本书由中国社会科学院"登峰战略资助计划"
当代文学重点学科资助出版

乡村儿童文学教育研究

费冬梅 著

中国社会科学出版社

图书在版编目(CIP)数据

乡村儿童文学教育研究/费冬梅著. —北京：中国社会科学出版社，2024.4
　ISBN 978-7-5227-3370-8

　Ⅰ.①乡…　Ⅱ.①费…　Ⅲ.①儿童文学—乡村教育—儿童教育—教育研究　Ⅳ.①I058

中国国家版本馆 CIP 数据核字(2024)第 065971 号

出 版 人	赵剑英
责任编辑	王小溪
责任校对	杨　林
责任印制	戴　宽

出　　版	中国社会科学出版社
社　　址	北京鼓楼西大街甲 158 号
邮　　编	100720
网　　址	http://www.csspw.cn
发 行 部	010-84083685
门 市 部	010-84029450
经　　销	新华书店及其他书店
印　　刷	北京君升印刷有限公司
装　　订	廊坊市广阳区广增装订厂
版　　次	2024 年 4 月第 1 版
印　　次	2024 年 4 月第 1 次印刷
开　　本	710×1000　1/16
印　　张	21.5
插　　页	2
字　　数	294 千字
定　　价	98.00 元

凡购买中国社会科学出版社图书，如有质量问题请与本社营销中心联系调换
电话：010-84083683
版权所有　侵权必究

谈语文教学与儿童文学阅读(代序)

曹文轩

与成人泛泛谈阅读的意义不一样，当前，广大中小学将阅读演化为一种制度，一种必需的、可以量化的实际行为。促成如此局面，除了上上下下都在强调阅读的意义，广大中小学的师生在心中认可了这些意义之外，一个更重要的原因是我们的语文学习观发生了重大变化。这一被推崇的语文观是以前没有的，即语文学习必须建立在广泛的阅读之上，而且，阅读直接被纳入语文教育教学的评估体系。这也许是具有中国特色的语文理念，这一理念无疑是恰当的，必将被载入中国当代语文教育史。

下面我以语文学习、语文教学为中心，以儿童文学为范畴，谈谈阅读的几大关系。

一　堂内阅读与堂外阅读

几年前，我在谈及一个语文老师怎么样才能讲好一门语文课的时候打过一个比方——语文是一个山头，攻破这座山头的力量，并不在这座山头，而是来自其他山头，其他山头屯兵百万，必须广泛调集其他山头的力量，才能最终将语文这座山头攻克。

一位语文老师手拿一本语文课本，如果这就是语文教学的全部，想把语文课讲好几乎是不可能的。对语文教材的阅读，自然属于堂内阅读，但堂内阅读的质量是由堂外阅读的质量决定的，一个语文老师的堂外阅读越广博，他对语文文本的解读就越丰富深入，堂外阅读在无形中给他增加了若干阅读课文和解读课文的视角，以及若干话语资源。如果一名语文教师仅限于堂内阅读，哪怕这种阅读是特别精细的甚至烂熟于心，他也不能对语文文本做出理想的解读，因为他需要一种发现文本的眼力，而这种眼力来自堂外阅读。

一名语文老师的堂外阅读早在堂内阅读之前就已经开始了，而当一本语文教材讲解完毕，堂外阅读仍在一如既往地进行，这是为下一本语文教材的讲解做更好的准备。当一名语文老师意识到堂外阅读是永远的、无边无际的，他的语文课可能也就达到了一种理想的境界。堂内阅读只是阅读的一部分，甚至是有限的一部分，就阅读而言，语文的课堂要多大有多大。

对学生而言，堂外的阅读一样是必需的，一个学生如果只将语文堂内阅读当成阅读的全部，要学好语文是不可能的。一个人的语言理解能力，对语感心领神会般的把握，叙述和阐述这个世界的能力，所有这一切都依赖这个人进入并沉浸到广泛的阅读中去。我们不可能找到一个例子——一个学生只是读语文课本，语文课本是他唯一的阅读图书，而他的语文学得很好。如果是这样，那所谓的好，大概也就是在老师的讲解之下，获得了一些有关语文的知识而已，而这种狭义的好，并不是真正意义上的好，并不是真正意义上的语文水平。当一个有着理想的堂外阅读的语文学习者，遇上了一个有着理想的堂外阅读的语文解读者——语文老师，那么会发生什么情况呢？语文学习者获得的绝不是"1+1=2"的结果，这个结果不可能是简单的加法就能够准确计算的，因为那位老师会使这个学生的知识发生他自己都不能控制的裂变和繁殖，而这位语文老师也因为拥有这样的学生，自己的知识也会发生裂变和繁殖，他们一路前行，走向语文的上佳境地。

二　规定性阅读与非规定性阅读

对语文课文的阅读肯定是规定性阅读，一个学生必须进行阅读，并且不是一般意义上的阅读，而是一种有明确指向、明确要求和明确任务的阅读。这种阅读具有功利性（这里的功利性并无贬义），这种阅读是可以被检验的，老师通过课堂提问、考试等方式检验一个学生是否完成了语文所设定的各项指标。这种阅读从某种意义上讲，是一种非自由的阅读。当然，一位有智慧的语文老师可以营造出一种快乐的自由氛围，让学习课文的学生在没有压力的情况之下，心情愉悦地完成对课文的学习。

我们现在谈论的规定性阅读，不是在堂内阅读的范畴内谈论的，而是在堂外阅读的范畴内谈论的。堂外阅读分为规定性阅读和非规定性阅读，所谓的规定性的堂外阅读，就是指那种与语文学习直接挂钩的阅读，具有明确的指向性。比如学习一篇取自萧红作品（节选自她的长篇小说《呼兰河传》）的课文时，为了更好地学习，有必要让学生在堂外去阅读萧红的整部作品，只有阅读整部作品，我们才有可能完成这篇课文的学习任务。而且，不只是一般性的阅读，是带着若干问题来阅读：老师要带领学生，首先搞清楚为什么节选了这一段，而不是那一段作为课文，这一段作为课文的文字，在整部作品中处在什么样的位置……许多答案，许多更充分的解释，需要从整部作品的阅读中找到。这只是一种情况。还有其他若干情况，比如，一篇 2000 字的课文是从一篇 5000 字的文本中删减改写而成的，我们就有必要让学生去阅读那篇没有被删减的原文，让学生注意到被删去的 3000 字是什么样的 3000 字，让学生通过比较阅读，体会删减、改写所形成的不同的呈现效果，甚至可以让学生尝试着评价删减、改写是否成功。

更多的堂外阅读应该是非规定性的阅读，这种阅读从表面上看不与任何一篇课文挂钩，看不出它与任何一篇课文有任何关系。对于这部分阅读而言，语文老师可以对学生选择图书给予指点，明确告诉学生，天下图书如汪洋大海一般，但不是所有图书都值得花费宝贵的生命去关注，要与一流图书亲近，要与经典亲近。学生的非规定性阅读应当是高度自由的，没有任何预置的任务，没有任何压力，阅读只是出于喜欢，出于享受阅读的欲望，是一个纯粹的阅读。此时，阅读者并无语文意识，他根本就没有将阅读与他的语文学习联系在一起！所有语文老师都要意识到，这种与功利主义完全剥离的阅读是必需的，是堂外阅读的主要部分。其实，阅读者在进行如此"无牵无挂"的阅读的时候，每一个字、每一个标点都在暗中与语文学习紧密相连，于是，他在潜移默化、不知不觉中得到了语感的培养，懂得了各种各样的修辞，甚至老师未讲解的时候，他就自然而然地有了完整的语法，说话、写作文再也不会出现语法错误。

规定性阅读与非规定性阅读，构成了一个学生理想的阅读生态，两者是交替进行的，一定会互相发生作用。比如，在一次规定性的阅读中，语文老师要求学生注意课文中的风景描写，那么学生就有了风景描写的意识。在进行自由阅读的时候，尽管没有得到老师的任何指点、指令，当学生与作品中的一段优美风景相遇时，就会不由自主地想到风景描写，也许还会立即用笔画下。进行这些工作的时候，学生是自愿自主的，没有感受到任何他者的压力，这种高度的自由感是一个学生能够进行自由阅读、一生阅读所必须有的心理基础。

三 语文意义上的阅读与文学意义上的阅读

一篇儿童文学作品，当它被作为课文选到了教材之中，如何对它进行阅读呢？我认为有两种不同的阅读方式，一种是在文学意义上的阅读，一种是在语文意义上的阅读，而这两种不同方式的阅读我们都需要进行。

首先，我们要明白这是一篇文学作品，我们要引导学生对这篇作品进行正确阅读——那种对文学作品应有的阅读。这句话听上去有点奇怪，难道对文学作品的阅读还有不恰当的方式吗？事实上，我们对文学作品更多的是不恰当的阅读，或者说是一种不理想的阅读。

我先从一部分语文老师对一篇文学作品的解读说起。我们有些语文老师在讲解一篇文学作品的时候，并没有将它作为一篇文学作品来讲解，而将它仅仅看作一篇社会学的材料，虽然还是讲语文课的那一套，比如作品的主题思想等，但他们在讲解的时候并无文学意识。我的意思是说，他们忘记了这是一部文学作品，即便是讲主题思想，也应当是在文学的范畴来讲，而不应该将所谓的主题思想当成一个纯粹的社会学问题。文学作品的主题是体现文学风格的，真正的文学家对社会问题的思考，与一个社会学家对社会问题的思考并不在同一个层面上，如托尔斯泰是一个思想家，但托尔斯泰对社会问题的思考是一个文学家的思考。语文老师应当始终在文学的范畴内对作品的主题思想进行研究，并且这种分析不仅是对主题思想本身的分析，还包括向学生讲解分析那位作家是如何用文学的方式去完成所谓的主题思想的。我们必须记住，对一部文学作品的分析，主题思想的分析只是一个方面，甚至是并不特别重要的方面，我们还应当花大量力气对它的生命价值、艺术手法等方面进行分析。"这是一堂文学课"，一个语文老师要时刻告诫自己。

在完成了对一篇文学作品的文学阅读之后，接下来要进行的阅读才是在语文意义上的阅读。当然，实际状况是，有可能这两种意义上的阅读会同时进行，但我认为可以分两步走，先进行文学意义上的阅读，再进行语文意义上的阅读。我希望学生做一个纯粹的文学作品阅读者，享受一篇文学作品给他带来的美学快感，然后再进入语文程式上的阅读。因为它毕竟是作为一篇语文课文，或者是作为与语文课文相关的文本而被要求阅读的。语文老师带领学生阅读一篇文学作品，可以从主题、细节、人物塑造、情节安排、氛围创设、写作技巧等方面去引导，而当回到语文程式的时候，他应当引导学生从遣词造句、比喻、烘托、起承转合等属于语文范畴的若干方面去阅读文本，其中语言文字必定是最重要的话题。语文老师要思考的是，如何通过对这篇作品的解读，通过一系列隶属于语文范畴的话题，在使学生懂得欣赏文学作品的同时，培养学生的语感、叙事能力、语言表达能力。语言阐述显然是语文课的重要目的，就学生而言，面对一篇作为课文的文学作品，可能更容易进行文学意义上的阅读，而对语文意义上的阅读可能缺乏兴趣，这就需要语文老师的引导。高超的语文老师能够做到既让学生好好地享受一篇文学作品，又能让他们在阅读文学作品的同时对语文充满兴趣。

我总记着洪宗礼先生（注：当代语文教育家）讲《孔乙己》的教学案例。他在带领学生阅读的时候，将文学意义上的阅读与语文意义上的阅读完美地结合在一起，他将《孔乙己》作为一个文学作品来加以解读欣赏，又将《孔乙己》作为一篇语文课文来加以解读。

《孔乙己》中有一段这样的文字："他（注：孔乙己）不回答，对柜里说：'温两碗酒，要一碟茴香豆。'便排出九文大钱。"[1] 这句话里的"排"字很有味道。就文学欣赏层面而言，这一"排"字可讲可不讲，因为作为一篇文学作品还有其他可议话题，如中国小知识分子的处境、人生的命运、人物刻画等。但作为语文课，对这一"排"字似乎就不应放过、不可忽略。如何处理这其中的关系呢？为了让学生最准确地领会"排"字的妙处，洪宗礼先生启发学生全身心体会"排"这个字的动作，在课堂上让学生掏出几枚硬币，根据自己对"排"字动作的理解，演示出孔乙己的动作。经过一番讨论，洪宗礼先生顺其自然地将学生们带到了对这个动作最准确的把握上，然后他解读了这个"排"字背后的丰富含义：这个动作体现了孔乙己的经济地位与能力，孔乙己很

---

[1]　鲁迅：《孔乙己》，《呐喊》，人民文学出版社1958年版，第23页。

穷，贫穷到寒酸，他不可能做出一字千金的派头，而只能算好了，一个钱一个钱地去花；可他又是一个小知识分子，小知识分子有小知识分子的尊严和必要的体面，他不可能与同样是贫苦者的普通劳动阶层一样，他不能粗野，他的动作应当是文雅的、精致的，所以是"排"出几文大钱，而不是"扔"出几文大钱。这便进入了修辞性的阅读、语文意义上的阅读，而如此阅读，倒有一种可能，这便是进行了一种更精致的文学阅读。

四　对儿童文学作品的阅读与对非儿童文学作品的阅读

儿童是否喜欢阅读儿童文学？可以这样回答：是。儿童文学是一种回归儿童、尽量与他们的天性相结合、反映他们的心灵世界的文学。阅读这些为他们量身定制的文学，对他们而言不仅是合适的，更有利于他们的成长。关于要阅读儿童文学的理由，我们可以用一本一本的专著加以论述，事实上这些论述已经如山似海，儿童文学在世界范围内早已经成为一个有体系有边界的完整的学科。小学、初中将儿童文学作为语文教材重要的文本资源无疑是正确的，儿童阅读儿童文学作品是应当的、正确的选择。

话说到此处，我们必须阐述另一个观点了：儿童文学并非而且不应该成为儿童唯一的阅读选择，让儿童去阅读特定为他们创作的儿童文学作品这个判断是偏颇的，甚至是极端和荒谬的。我们见过这样的民间语文读本，它的全部文本是清一色的儿童文学，作为一种民间语文读本，做如此尝试无可非议，这只是在强调儿童文学对于儿童的意义，我们非但没有任何理由反对，而且应当给予高度的评价，因为它把最好的儿童文学作品呈现给了那些暂时对作品高下还没有判断力的儿童，免去了他们与质量不高的儿童文学作品相遇造成时间、智力上的大量浪费的困局，但我们不可由此推导出一个有效的判断——语文教材就当如此编排，儿童就应当专门读儿童文学。

我去学校讲学经常碰到这样的情况，老师、家长求助于我，让我给他们的孩子开一份儿童文学的阅读书目，在他们看来这是孩子阅读的全部。此时我就会直截了当地告诉他们，儿童不可只读儿童文学，而且儿童不可只读文学，儿童可以读一切他们可以读的书。家长、教师听到如此说法，有的呈现出一番醒悟的神态，有的只是一脸困惑。为了刺激他们思考，我还极端地对他们说，儿童甚至可以不读儿童文学。儿童为什么一定要读儿童文学呢？他们愈发显得困惑了。我就对他们讲，你想，曹雪芹的童年有什么儿童文学可供他阅读？没有。可曹雪芹的成长也没有因此而受到影响，不仅好好的，还为我们写了一部辉煌的《红楼梦》。还有鲁迅，他的童年时代也没有我们现在所谓的儿童文学，鲁迅不也成了伟大的思想家、伟大的文学家吗？

话说回来，曹雪芹、鲁迅的童年没有儿童文学，那是没有办法的事，可是现在有了，有总比没有好；曹雪芹、鲁迅若能在童年读到安徒生的童话，他们的童年会不会更美满幸福一些，他们的人格会不会更健全一些呢？如果能读到《夏洛的网》《时代广场的蟋蟀》，这些书肯定会成为他们美好的回忆……我之所以那么极端地发问，只是想让他们思考一个问题：儿童若将儿童文学作为唯一的阅读文本是否合适？是否存在一些问题呢？让孩子们读一读哲学，为他们写的哲学，可不可以呢？

维护童年，保卫童年，让一个孩子完美地度过他的春季，这是儿童文学特有的功能。但是同时我们也要想到，孩子是需要长大的，他不可能永远停留在童年，不可能一辈子停留在所谓的童真、童趣之中，必须有超越童真、童趣的境界，另一样的境界将召唤他们化蛹为蝶。

注：上文原为曹文轩先生 2019 年 3 月 21 日在云南昆明"儿童文学与小学语文教学"研讨会上的发言稿。收入本书时，标题及正文做了部分改动和删减。感谢先生授权！

目　录

导论 …………………………………………………………（1）
　第一节　乡村儿童文学教育的历史与现状 ……………（4）
　第二节　研究综述 ………………………………………（8）

第一章　当前中国乡村儿童课外阅读面临的困境 ………（15）
　第一节　阅读问卷设计 …………………………………（15）
　第二节　乡村儿童课外阅读现状调查 …………………（17）
　第三节　乡村儿童阅读困境的成因及对策 ……………（24）

第二章　适用于乡村儿童文学教育的文学形式 …………（37）
　第一节　故事：一种文化传承和叙事疗法 ……………（37）
　第二节　诗歌：乡村儿童情感体验与表达的载体 ……（54）
　第三节　绘本：乡村儿童文学教育的"资源库" ………（65）

第三章　乡村儿童文学教育该如何选择儿童读物 ………（73）
　第一节　儿童读物的文学教育意义 ……………………（73）
　第二节　为乡村孩子编写儿童读物 ……………………（80）
　第三节　理想读物：乡土题材儿童小说 ………………（90）
　第四节　适合乡村儿童的几类绘本 ……………………（97）

第四章　家庭场域里的乡村儿童文学教育 ………………（115）
　第一节　当前中国家庭文学教育存在的问题 …………（115）

第二节　给乡村家长的一些讲故事策略 …………… (123)
　　第三节　选择优秀绘本的标准 ………………………… (146)
　　第四节　在家庭中如何读绘本？ ……………………… (160)

第五章　学校场域里的乡村儿童文学教育 ……………… (184)
　　第一节　乡村儿童阅读的"点灯人" …………………… (185)
　　第二节　乡村学校里的故事实践 ……………………… (199)
　　第三节　乡村学校里的绘本课程 ……………………… (215)
　　第四节　乡村学校里的诗歌课程 ……………………… (229)

第六章　社会场域里的乡村儿童文学教育 ……………… (247)
　　第一节　进一步促进公立图书馆城乡资源共享 ……… (248)
　　第二节　发挥乡村民间图书馆的力量 ………………… (261)
　　第三节　打造有特色的乡村文化社区 ………………… (266)

结语　推进乡村儿童文学教育的具体方案 ……………… (275)
附录 ……………………………………………………………… (282)
参考文献 ……………………………………………………… (322)
后记 ……………………………………………………………… (328)

导　论

> 我们的第一要著，是在改变他们的精神，而善于改变精神的是，我那时以为当然要推文艺。
>
> ——鲁迅《〈呐喊〉自序》

　　文学教育的范围甚广，从学制的层面看，包含各个阶段，比如小学的文学教育、中学的文学教育、大学的文学教育，从年龄的层面看，又包含成人的文学教育及儿童的文学教育。首先，为避免误解，要进行一下断句的工作，本书论题指向的是"乡村儿童"的"文学教育"，而非乡村的"儿童文学教育"，即本课题的研究重点为"文学教育"，而且主体是乡村儿童的文学教育，当然，出于论述的需要，也会谈到城市儿童的文学教育。一方面，"乡村儿童"的"文学教育"内在于"乡村教育"之中，是"乡村教育"中具体指向"文学"的一个类别。另一方面，"乡村儿童"的"文学教育"又内在于"文学教育"之中，是"文学教育"多个教育对象中的一个群体的教育。

　　这里还需要辨明两个概念的区别，"乡村儿童"的"文学教育"并不等于"儿童文学教育"，前者指的是泛泛意义上的"文学教育"，这里的文学既包括儿童文学，也包括适合教育儿童的部分成人文学作品，后者则专指"儿童文学"的教育，是"文学教育"的一个类别，即以儿童文学为素材，对儿童进行的各类文学教育活动，指向儿童文学对于儿童的教育价值。但通常而言，对儿童进行文学教育，不论是城市儿童，还是乡村儿童，我们一般多以儿童文学为素材。因而这两个概念有着相当多的重叠，在本书的论述中，在提及"乡村儿童文学教育"之际，除非有特别的注明，均指向"乡村儿童"的"文学教育"这一内涵。

这里的"教育"是指广义的教育，既包括学校教育，也包括家庭和社会教育，既指学校教育中的"课程教学"，也包含家庭和社会教育中的"教养"。进一步说，文学教育指的便是学校的文学教育、家庭的文学教育及社会的文学教育。关于文学教育，多位学者给出过不同的定义，如陈思和认为："文学教育，狭义地理解，应该是指在全日制小、中、大学校里正式纳入教育体制的文学课程，同时也应该包括成人教育、网络教育、电视教育等业余性质的文学课程；如果从广义来理解，那么，舞台的演出、公益性的文学讲座、图书馆的读书辅导、文学刊物的流通和媒体的文学节目、诗歌朗诵会等各类文学活动，只要与文学沾上边的，都可以纳入文学教育范畴。"[1] 这一定义意指学校课程和社会上的一切文学活动。郭英德认为："文学教育，指的是教育者与受教育者相互之间，经由文学文本的阅读、讲解与接受，丰富情感体验，获得审美愉悦，培养语文能力，进而传授人文知识、提高文化素养、陶冶精神情操的一种教育行为。"[2] 这一定义意指文学教育是借助文学文本进行的一种教育行为。学者朱自强亦对文学教育下过一个定义："所谓文学教育，就是指在语文教育中，通过语文阅读教学，将儿歌、儿童诗、童话、寓言、故事、小说、散文、古诗等文学样式所具有的教育价值转化为教育成果的一系列过程和行为。"[3] 朱自强认为，文学教育主要包括"文学语言教

---

[1] 陈思和：《文学教育窥探两题》，《天津师范大学学报》（社会科学版）2007年第2期。

[2] 郭英德：《古代中国文学教育的基本特点》，《陕西师范大学学报》（哲学社会科学版）2006年第6期。

[3] 朱自强：《朱自强学术文集9 论小学语文教育与儿童教育》，二十一世纪出版社集团2016年版，第44页。

育""想象力的培养"以及"健全人性的养成"三个部分。黄耀红则认为,"文学教育是一种以文学欣赏为中心、以情感培养为目的,融审美教育、文化教育和语言教育于一体的教育方式"①。

在此,笔者认同黄耀红的看法,将文学教育视作一种综合性的教育方式和教育行为。具体而言,本书研究的"乡村儿童文学教育",指的是乡村儿童以文学文本的欣赏为中心,融审美教育、文化教育、语言教育及阅读推广活动于一体的教育活动和教育行为,按场合,可分为家庭里的文学教育、学校里的文学教育和社会生活中的文学教育。在既往研究中,有的学者将儿童的文学教育局限于学校的"教学"范畴,比如有学者就对"儿童的文学教育"的主要部分"儿童文学教育"做出如下定义,"简单地说,儿童文学教育就是国文、国语科内借助儿童文学作品所进行的教育,或者说是借助文学文本所进行的以获得审美愉悦、各种知识以及接受道德训诫和培养语文能力等为目的的教学"②。本书则将其内涵扩展至家庭和社会层面。在此采用的"乡村"概念,包含两个区域单位:乡镇和村落,书中所提及的"乡村学校"即指位于乡镇和村落中的学校。故而,本书所指涉的"乡村儿童文学教育"不限于专门的"教学"范畴,指的是在乡村家庭、乡村学校、乡村社会中借助文学作品或某种文学形式对乡村儿童进行审美、语言表达、感受、想象、逻辑推理等能力培养的教育活动和教育行为。从这个宽泛的意义上讲,家庭中的亲子阅读、学校里的文学作品教学、社会文化空间里的阅读活动及阅读推广都属于乡村儿童文学教育的范畴。

目前,关于"乡村儿童"的"文学教育"的研究很少,但关于"乡村教育"和"儿童文学教育",学界已有不少研究。

---

① 黄耀红:《百年中小学文学教育史论》,湖南师范大学出版社2008年版,第24页。
② 张心科:《清末民国儿童文学教育发展史论》,北京师范大学出版社2011年版,第15—16页。

第一节　乡村儿童文学教育的历史与现状

在我国，对儿童进行文学教育，有着悠久的传统，其中有我们当前视为儿童文学的神话、童谣的教育——"在远古时代，神话、童谣等儿童文学作品的口头传承，就是在族群或家庭里进行的儿童文学教育"[①]。中国古代蒙学教育所用的教材中，也有不少成人文学作品，如《昭明文选》《古文观止》等，家长们在对儿童进行识字、知识教育的同时，也进行文学教育。但在 1904 年近代中国第一个学制产生之前，中国古代儿童的文学教育只是一种"泛文学教育"的形式，多以对儿童教授知识、训练语文技能、涵养德行为主要目的，审美教育并非重点。有学者将其概括为"以诗书教化为取向""以经史之学为主体""以文道结合为原则""以韵语教学为重点"的教育活动。[②] "中国古代文学教育内容，就其内涵而言，就从来不是纯粹的'文学'，而是包容着'非文学'的要素；就其外延而言，就从来不局限于文学读本，而是广泛地涉猎各种文献典籍。内涵包容性和外延宽泛性成为中国古代文学教育内容的基本特点。"[③]

晚清之际，西学东渐思潮兴起，有识之士逐渐意识到了中国传统蒙学教育的不足，如梁启超批评传统蒙学教材"事物不备，义理亦少"，建议编写"歌诀书"给儿童读；一个笔名叫"黄海锋郎"的人则主张改良学校课程，将"国文"这一课程纳入教育体系中，和"修身""历史""博物""舆地"并提，并主张诗歌图画

---

① 张心科：《清末民国儿童文学教育发展史论》，北京师范大学出版社 2011 年版，第 17 页。

② 参见黄耀红《百年中小学文学教育史论》，湖南师范大学出版社 2008 年版，第 27—34 页。

③ 郭英德：《古代中国文学教育的基本特点》，《陕西师范大学学报》（哲学社会科学版）2006 年第 6 期。

也是"儿童教授的材料"。这意味着对儿童进行文学教育逐渐得到了关注和重视，并往往以儿童文学为教学素材。其后，"随着新学制的建立和相应教科书的编订，现代'语文'学科逐渐从一元的蒙学中独立出来，儿童文学开始在学科独立的过程中扮演着重要的角色"[①]。

1904年，中国近代第一个取法于西方的新学制《奏定学堂章程》颁布。《奏定学堂章程》各个阶段的章程都附设了"中小学堂读古诗歌法"，其中详细规定了对儿童进行文学教育的相关内容：

> 初等小学堂读古诗歌，须择古歌谣及古人五言绝句之理正词婉、能感发人者；惟只可读三四五言，句法万不可长，每首字数尤不可多；遇闲暇放学时即令其吟诵，以养其性情，且舒其肺气。但万不可读律诗。
>
> 高等小学堂中学堂读古诗歌五七言均可，高等小学堂仍宜短篇，中学堂篇幅长短不拘；亦须择其词旨雅正而音节谐和者，其有益于学生与小学同，但万不可读律诗。学堂内万不宜作诗，以免多占时刻；诵读既多，必然能作，遏之不可，不待教也。
>
> 小学中学所读之诗歌，可相学生之年齿，选取通行之《古诗源》《古谚谣》二书，并郭茂倩《乐府诗集》中之雅正铿锵者（其轻佻不庄者勿读），及李白、孟郊、白居易、张籍、杨维桢、李东阳、尤侗诸人之乐府，暨其他名家集中之乐府有益风化者读之。又如唐宋人之七言绝句词义兼美者，皆协律可歌，亦可授读，皆有合于古人诗言志、律和声之旨，即可通于外国学堂唱歌作乐、和性忘劳之用。[②]

[①] 张心科：《清末民国儿童文学教育发展史论》，北京师范大学出版社2011年版，第33页。

[②] 课程教材研究所编：《20世纪中国中小学课程标准·教学大纲汇编·语文卷》，人民教育出版社2001年版，第6—7页。

章程里提及的建议儿童诵读的古诗歌,既包括歌谣等儿童文学作品,也包括"李白、孟郊、白居易、张籍、杨维桢、李东阳、尤侗诸人之乐府,暨其他名家集中之乐府有益风化"及"唐宋人之七言绝句词义兼美"的成人文学作品。学者张心科认为,此乃我国第一个有关文学教育的课程纲要。因其确立了文学课程地位、明确了文学课程目的、规划了文学课程内容、设计了文学课程实施方式,并且因其中的谚谣属于儿童文学范畴,这一文件又可称为中国第一份"儿童文学教育"的课程纲要。[①]

清末民初儿童的文学教育,有实用主义倾向,不仅教育部门推崇实用主义教育,一些教科书也直接以"实用"为名。而继蔡元培提倡"以美育代宗教",文学教育的重要性随之开始受到重视,教育界开始注重涵养文学之兴趣,培养儿童的审美情怀、文学趣味,促进其情感和心灵的健全发展。"在20世纪20年代的国语教学中,'文学教育'始终是一道动人的风景。不论是国语课程目标的设置、教材内容的选择还是教学方法的提示,文学教育都被摆到了突出的位置。特别是语体新文学,它以勃发的生机赢得了整个社会的关注,成为文学教育转型的重要标志。"[②] 1922 年以后,"儿童本位审美主义教育思潮高涨,儿童文学教育成为国语课程纲要的中心,儿童文学作品成为国语教科书的主体"[③]。

与此同时,对之前实用主义教育观的批评也一直存在。有人抱怨称,"小学校教育,说不到科学,今所授者,生活上之常识耳,升学之预备耳……小学教育说不到文学,今所授者,一皆以应用文为主"[④]。陈济成、陈伯吹也撰文批评说,"从前的人,他

[①] 参见张心科《清末民国儿童文学教育发展史论》,北京师范大学出版社 2011 年版,第 36—37 页。

[②] 黄耀红:《百年中小学文学教育史论》,湖南师范大学出版社 2008 年版,第 77 页。

[③] 张心科:《清末民国儿童文学教育发展史论》,北京师范大学出版社 2011 年版,第 105 页。

[④] 盛兆熊:《论文学改革的进行程序》,《新青年》1918 年第 4 卷第 5 期。

们以为儿童积极的价值，充其量也只有他们是成人的萌芽这一点。所以，每一个成人都希望他们'早熟'，甚至于以'少年老成'的口号去摧残他们。这种见解所生的效果，就是'注入式教育'的由来。把成人的理想、知识、习惯，尽量注入儿童，愈多愈好，愈快愈妙。把儿童仅看作成人的预备阶段而已，没有他们本身存在的意义与价值。既无所谓'儿童的生活'，自然也无所谓'儿童的教育'"①。

中华人民共和国成立以后，因为政治环境的改变，整个儿童文学教育的发展经过了曲折的历程。先后经历了汉语、文学分科（1955—1958年）导致的中小学文学教育短暂繁荣，以及之后的低迷和再度复兴。在这个过程中，乡村儿童的文学教育自然不可避免地与潮流起落。但即便低迷期，文学教育应该有自己的特色这一观点，还是得到了有识之士的认可。诗人李广田就曾强调，"教育的功能，一方面在教人以知识与技能，另一方面在教人以做人的道理。文学教育的功能属于后者。它教人以自处之道，而更重要的还是对人处世之道，总之，是教人以作人的态度。从文学中，我们虽也多多少少获得知识或技能，但传授知识与训练技能到底不是文学的本分"②。教人以做人的道理，培养丰沛的人格，涵养对美的良好感受，这才是文学教育要从事的长久的事业，而培养一个现代的有着健康心理、丰沛人格、良好审美品位的乡村儿童，就是乡村儿童文学教育要从事的长久的事业。

21世纪以来，一方面，对儿童进行文学启蒙和文学教育日渐受到教育界和家长的重视，学前儿童群体中，亲子阅读盛行，由此在社会上形成了一股"阅读热"和"绘本热"；另一方面，童书出版进入了我国历史上的黄金时代，孩子们有大量优质的童书资

---

① 陈济成、陈伯吹编：《儿童文学研究》，上海幼稚师范学校丛书社1934年版，第12页。

② 李广田：《论文学教育——温柔敦厚与爱憎分明》，刘兴育、雷文彬、孙晓明编《李广田论教育》，云南人民出版社2013年版，第246页。

源可以选择。可以说,我国儿童的文学教育进入了一个资源丰富的时期。但无论在家庭、学校还是公共文化机构,儿童的文学教育还都缺乏系统的指导,"填鸭式阅读""快餐式阅读""攀比式阅读"等现象纷纷出现。此外,在乡村现代化转型的过程中,乡村儿童的文学教育则出现了童书资源匮乏、家长指导能力和购买力双重不足、乡村阅读推广人才欠缺、中小学文学教育理念和教学方式陈旧落后等诸多问题,已远远落后于城市儿童的文学教育。对此,我们要直面这些困难,找出解决之道。

第二节　研究综述

一　关于乡村教育的研究

乡村教育,通常指的是行政村的学前教育、小学教育,以及乡镇的学前教育、中小学义务教育和高中教育。20世纪以来,学界已从多个视角对乡村教育进行了研究。20世纪二三十年代,关于乡村教育的讨论、研究在学术界和文化界形成了一股热潮。有识之士向国内民众积极介绍国外的乡村教育思想,并对当时国内乡村教育的现实予以热切的关注。"乡村教育"一词目前已知最早来自1911年雾豹在《教育杂志》上发表的《英国之乡村教育》一文。其后,《教育杂志》《教育周报》《教育研究》《教育建设》《教育汇刊》《新教育》等报纸杂志上,出现了越来越多的关注乡村教育尤其是乡村儿童教育的文章,如《乡村小学的训育问题》《乡村教育谭》《十年来乡村教育之根本缺点》《乡村小学课程之商榷》等。这一阶段涌现出了余家菊的《乡村教育通论》、古楳的《乡村教育》、龙发甲的《乡村教育概论》等专著,也出现了相当多的研究乡村儿童教育具体问题的著作,详细讨论乡村小学的行政、开设、教材等相关问题。而一些乡村教育家则出版了各具特色的乡村教育理论专著,如梁漱溟的《乡村建设理论》、廖泰初的《动变中的中国农村教育——山东省汶上县教育研究》等。

21世纪以来,随着"三农"问题的凸显,乡村教育再次成为教育学、历史学、社会学、人类学等各个领域关注的焦点。刘铁芳的论文《重新确立乡村教育的根本目标》认为,对乡村教育问题的追问,应该在三个层面展开:教育权利的保障与机会的平等;乡村教育文化视野的拓展;乡村少年在教育中的健康生存如何可能。作者认为,乡村教育的根本目标乃是乡村少年的精神成人。这意味着怎样在被社会现代化与教育的现代化设计框架之遮蔽中显现乡村教育的独特意涵,在促进乡村少年与时代精神相融合的同时又保持与乡村社会的共契,就成了当下教育问题的关键。论文提出了建设性的解决方案,即就目前而言,要使乡村教育凸显对乡村少年健康发展的关照,需要调整乡村教育对乡村少年的想象,显现乡村教育的乡村意蕴,拓展乡村教育的文化内涵,培植乡村教育的内在精神。[①]

罗建河的论文《试论乡村教育的错位与乡村建设主体的虚空》呼吁面对建设社会主义新农村的任务,当前的乡村教育不是要培育"适于乡村生活的人",而是要致力于建设一种新的乡村生活方式,如是方能摆脱乡村建设主体空虚化的困境。[②] 李红婷的论文《个体化社会下中国乡村学前教育的发展趋势》研究了当下中国乡村学前教育的严峻形势,并给出了一些可行的建议。作者认为,当下乡村文化呈荒漠化、乡村家庭赡养与教育功能弱化,隔代养育成为"常态"。随着这一系列社会经济文化的变迁,各级政府对待乡村学前教育的政策已逐渐由"市场主导"向"政府主导"回归。乡村幼教机构的增多在给予乡村家庭更多学前教育选择机会的同时,也带来恶性的价格竞争,加之乡村幼儿园教师队伍因经济收入低下而极其不稳定、"逆向选择"现象普遍,

---

[①] 参见刘铁芳《重新确立乡村教育的根本目标》,《探索与争鸣》2008年第5期。
[②] 参见罗建河《试论乡村教育的错位与乡村建设主体的虚空》,《教育学术月刊》2009年第11期。

致使乡村学前教育质量面临着严峻的挑战。政府在主导乡村学前教育发展时必须在增加教育机会的同时保障基本的教育质量,加强乡村幼儿园教师队伍建设,规范乡村幼教机构办园行为。①

在众多学者关注乡村教育政策的同时,乡村教师的生活状态也成了被关注的焦点,王莹莹的博士学位论文《我国农村教师生活史研究(1949—2013)——基于稻村的个案分析》以地处中原的稻村为个案,以扎根基层的农村教师为研究对象,对该村教师的生活史进行考察,并对农村教师生活样态的变迁与农村教育政策、教师政策,乃至和国家地方的社会、政治、文化发展的关系进行了比较深入的探讨。②而程志龙、程志宏两人的文章《农村学前教育师资队伍状况研究——基于青少年发展的起跑线公平角度的探讨》通过调查,从现象层面得出结论:农村学前教育专业师资存在数量不足,学历层次低,专业化程度弱,性别结构、年龄结构不合理,教师从教年限短,职称结构不合理等诸多不足。③

以上研究给笔者提供了不少启发,此外,还有不少讨论乡村教育的课程设计、乡村教育的出路等话题的研究文章,在此不一一评述。

二 关于儿童文学教育的研究

早在20世纪二三十年代,国内教育界就有人注意到了儿童文学的教育价值。1921年严既澄发表《儿童文学在儿童教育上之价值》,指出在小学阶段,儿童文学是最不可缺的精神养料。真正的儿童教育,应当首先注重儿童文学。1930年,钟子岩在《童话

---

① 参见李红婷《个体化社会下中国乡村学前教育的发展趋势》,《学前教育研究》2013年第3期。
② 参见王莹莹《我国农村教师生活史研究(1949—2013)——基于稻村的个案分析》,博士学位论文,东北师范大学,2014年。
③ 参见程志龙、程志宏《农村学前教育师资队伍状况研究——基于青少年发展的起跑线公平角度的探讨》,《中国青年研究》2014年第7期。

在教育上的价值之研究》一文里详细论述了童话这一文体对于儿童教育的意义，文中区分了教育的广狭之义，这段话放在百年后的今天，也足以振聋发聩：

> 第一，我的所谓"教育"，如其说是学校教育的意味，不如说是家庭教育的意味。因为童话和儿童的接触机会，在家庭比学校里更多。第二，我的所谓"教育"，如其说是education的意味，不如说是culture（教养）的意味。今日我国的所谓"教育"（education），是以（一）诉诸知力，（二）缺乏有机的统一，（三）缺乏兴味为其特征的。所以儿童虽然晓得了许多事实，他们却并不完全成为他们的心的粮食。并且因为各种知识的讲授缺乏兴味，所以儿童只为知识的重荷的压迫所苦，绝没有从心里感到兴味的事。一出学校，便把曾经学过的一切都忘却、放弃了。至于所学过的东西——成为他们的滋养，以至长大以后对于奥妙的人生和自然有深的理解并感到丰富的兴味，这样的人物，几乎可以说是没有。①

此外，还有许多探讨儿童文学教育价值、儿童文学课程标准、儿童文学教材编写、儿童文学教学实施等话题的文章。② 这一阶段也涌现出了一些有影响力的专著，如1924年朱鼎元编写的《儿童文学概论》、1927年赵景深撰写的《童话概要》、1928年张圣瑜编写的《儿童文学研究》、1932年陈伯吹编写的《儿童故事研究》等。

21世纪以来，儿童文学教育再度引发了广泛的关注和讨论。张心科和郑国民两位学者对20世纪二三十年代儿童文学教育兴起的原因做了探析，指出儿童文学教育是20世纪二三十年代一股重

---

① 钟子岩：《童话在教育上的价值之研究》，《教育杂志》1930年第22卷第12期。
② 参见张心科编著《民国儿童文学教育文论辑笺》，海豚出版社2012年版。

要的教育思潮，它的兴起与卢梭、福禄贝尔、蒙台梭利等儿童本位论者的教育思想在中国的迅速传播有关，这种来源于西方的新的教育理论对中国的儿童文学教育的发展产生了深远的影响，与此同时，蔡元培、李石岑、周作人等先行者的倡议也功不可没。

此外，部分学者对儿童文学与小学语文教育关系的关注也对笔者很有启发。2003 年，朱自强较早以专著的形式，倡导小学语文教育的儿童文学化，系统、深入地阐释了文学教育的理念和方法。朱自强认为好的小学课外语文读本，应该是真正儿童文学化的读本。[1] 而王泉根和赵静等人于 2006 年也合作出版了《儿童文学与中小学语文教学》一书，此书认为，在很大程度上，儿童文学与中小学语文教学可以说是"一体两面"之事。赵静的单篇论文《儿童文学与小学语文教育——20 世纪初期的历史透视》通过对 20 世纪早期中国儿童文学史与中小学语文课程发展史的透视，探讨儿童文学与中小学语文教育之间的互动关系。该文认为，学校教育的需要是中国现代儿童文学产生的主要推动力之一，学校的课程实践客观上促进了早期儿童文学创作的发展，同样，儿童文学的理论与实践为儿童文学成为语文教育的课程资源提供了可能。[2]

唐东堰的《新史料视野中的周作人儿童文学教育思想研究》一文着重研究周作人的儿童文学教育观，作者认为周作人作为中国儿童文学的先驱，在表述儿童文学理论时所秉承的是以儿童为本位的儿童教育观，较早强调儿童文学应以丰富儿童的精神生活为宗旨，并有美育功能和认知功能，且能够培育儿童语言表达能力。[3] 此外，赵准胜的论文《呼唤和谐的儿童本位观——儿童文学与小学语文教育》从"儿童观"这一视角，更为详细地论述了"具有

---

[1] 参见朱自强编著《快乐语文读本》（小学卷），山东文艺出版社 2003 年版。

[2] 参见赵静《儿童文学与小学语文教育——20 世纪初期的历史透视》，《教育科学》2003 年第 2 期。

[3] 参见唐东堰《新史料视野中的周作人儿童文学教育思想研究》，《文史博览（理论）》2014 年第 1 期。

现代意识的中国儿童文学和语文教育的诞生,以及二者在发展的过程中各自的特点和相互之间的影响"①,还有不少学者探讨新课改背景下的儿童文学教育现状和对策,或讨论小学阶段的儿童文学教学法等话题,此处不一一列举。

总体而言,这些研究大都倾向于从整体的文学(儿童文学)教育着眼论述,对城乡儿童家庭背景、经济状况、生长环境、学校的教育资源等"外部因素"的差异性研究得不够。近年来,不少学者已经采用经济学、社会学、文化学、心理学等学科领域的理论来分析乡村教育发展中的具体问题,然而这种跨学科的理论分析还有待拓展与深入。较之对普遍的乡村教育和文学教育进行的大量研究而言,专门的针对乡村儿童的文学教育的研究很少。综上所述,虽然文学教育和乡村教育领域各自都有不少研究著作,但是,研究文学教育的往往不专门涉及乡村教育,研究乡村教育的又不专门研究文学教育,由此导致了对二者联系的研究很缺乏的现状。而这也正是本书所努力达到的目标——即以乡村儿童为研究主体,将"乡村教育"和"文学教育"结合起来考察,探寻一条独特的适合乡村儿童的文学教育之路。基于此,本书要讨论的具体问题是:1. 乡村儿童需要怎样的文学教育? 2. 文学教育在乡村儿童成长中的作用? 3. 怎样帮助乡村儿童接受文学教育?

早在20世纪二三十年代,文学教育就已经成为一股教育思潮,并在当年产生了重要的影响。本书将努力展示中国乡村儿童接受文学教育的历史、现状和面临的困境,将文献研究、实证研究与应用对策研究有机地结合起来,揭示中国乡村儿童文学教育的历史与现状之间的内在联系;运用田野调查的方法,将文学与教育学、乡村社会学的不同方法有效地结合起来,探索导致当下乡村儿童文学教育困境的深层原因;在认识乡土文化的基础上,

---

① 赵准胜:《呼唤和谐的儿童本位观——儿童文学与小学语文教育》,博士学位论文,吉林大学,2007年,第9页。

辩证地把握中国城乡教育出现的多种问题，并提出适应乡村儿童实际需求的文学教育路径和策略。

2021年，学者邬志辉在第二届"《教育研究》论坛"上呼吁："乡村教育在资源要素上不如城市，但我们同时要看到，乡村有着城市无法比拟的独特的教育资源，比如乡村的自然条件、生态环境、社会文化、生活机会、产业特征、生产条件等，这些都可以成为乡村儿童学习和发展的机会，关键是我们要确立以问题为导向、以项目为抓手的探究式、合作式、参与式学习方式，让学校与社区紧密联合起来，共同实现既现代又田园的在地化教育，共同来教育我们自己的孩子。"[①] 因地制宜，利用好乡村独特的教育资源，是当前推动乡村儿童教育的必经之路。具体到文学教育领域，如何进行探究式、合作式、参与式的在地化教育呢？笔者认为，可以从绘本阅读、故事讲述、诗歌学习、文学特色课程的构建、文化空间的拓展几个方面分别开展，这些在正文中有详尽的阐述。

"童年的情形，便是将来的命运。"[②] 鲁迅先生的这句话点出了童年期对一个人成长的重要影响。而本书的主要目标和价值，便在于探讨如何给当下中国教育资源相对有限的乡村儿童一个平等的、先进的教育指导。指导乡村教育工作者和家长如何在当下中国城乡发展的大背景下，充分培育乡村儿童对乡村的热爱、对故土的感情，综合培养他们的审美、想象、思维和语言能力，增进他们的文化和文学素养，从精神上给乡村的孩子们一个支柱，培养他们对乡土的热爱和信心。让乡村的孩子，平等地感受到现代教育的光照。

---

① 转引自杜冰《乡村教育，撑起一片希望的天空》，《光明日报》2021年5月25日第13版。

② 鲁迅：《上海的儿童》，《南腔北调集》，人民文学出版社1973年版，第128页。

第一章　当前中国乡村儿童课外阅读面临的困境

文学教育的关键在于阅读，乡村儿童的阅读关系到乡村教育的振兴，也在一定程度上折射出中国国民整体的阅读水平和文化状况。本章将以调查报告的形式，具体呈现乡村儿童的课外阅读现状，旁及整个国内形势，以点面结合的方式提出乡村儿童在阅读上存在的问题，以期引发进一步的思考。

第一节　阅读问卷设计

自党的十八大以来，党中央高度重视社会主义文化建设，2021年，中宣部办公厅印发《关于做好2021年全民阅读工作的通知》，指出要"加大服务力度，倡导家庭阅读、亲子阅读，重视保障农村留守儿童、城市务工人员随迁子女等群体的基本阅读需求，加强面向残障人士、务工人员等群体的阅读服务，有针对性地做好重点和特殊人群的阅读工作"[1]，文件强调了农村留守儿童的基本阅读需求。2022年3月，时任国务院总理李克强在第十三届全国人大五次会议上作的政府工作报告中再度提及"全民阅读"，要求"繁荣新闻出版、广播影视、文学艺术、哲学社会科学

---

[1] 新华社：《中宣部办公厅印发〈关于做好2021年全民阅读工作的通知〉》，中国政府网，http://www.gov.cn/xinwen/2021-03/17/content_5593481.htm，2021年3月17日。

和档案等事业。深入推进全民阅读"①。这是"全民阅读"连续九次被写入政府工作报告。与此同时，作为乡村儿童的阅读需求也受到了越来越多的关注和重视。那么，乡村儿童的阅读现状是怎样的？还存在哪些问题？如何改进？

以往，关于乡村儿童阅读状况的调研已有一些，如2018年亚马逊中国携手中国扶贫基金会、北京师范大学中国公益研究院联合发布的首个针对中西部贫困地区的《乡村儿童阅读报告》，聚焦偏远山区儿童阅读现状；也有学者针对某省市部分地区乡村儿童做过相关阅读调研，如周林兴、邹莎、周丽对南昌、宜春部分地区小学生做的阅读调研②等，为我们了解近几年来中国乡村儿童的阅读情况提供了可资参考的数据。为了充分了解当前乡村儿童阅读的整体状况，分析其存在的问题及背后的原因，并寻找应对之策，笔者于2020年主持开展了新一轮乡村儿童课外阅读调查，调查对象为学龄前及小学阶段的乡村儿童养育人，调查范围为江苏、山东、浙江、陕西、江西、上海等省市，调查通过网络调研和线下访谈相结合的方式进行：1. 通过问卷的形式对乡村儿童养育人群体进行了网络调研；2. 对部分乡村教师、扶贫干部、公益组织负责人做了详细的访谈；3. 线下则对苏北某乡镇部分乡村家长及儿童进行了实地探访。最终，本调研共获得2210个样本数据。

基于以往关于乡村儿童阅读状况的调研对象以乡村儿童、乡村教师群体居多，已有不少可资参考的调研数据，本次调研的调查对象设定为乡村儿童养育人，包括学前儿童和小学生群体的父母、祖父母或其他亲友。③ 问卷采用单选题和多选题相结合的结

---

① 李克强：《政府工作报告——2022年3月5日在第十三届全国人民代表大会第五次会议上》，中国政府网，https://www.gov.cn/xinwen/2022-03/12/content_5678750.htm，2022年3月12日。

② 参见周林兴、邹莎、周丽《乡村振兴战略背景下乡村儿童阅读关怀研究》，《图书馆》2020年第9期。

③ 考虑到本次调研包含学前年龄段，这个阶段的儿童尚缺乏独立完成问卷的能力，本次调研没有另设儿童群体问卷。

构，问卷主体主要涉及对当前乡村儿童阅读客观现状的调查，以及养育人对儿童阅读现状及存在困境的主观认识。问卷设计的主要内容有：

1. 对养育人基本信息的调查，涉及养育人身份、养育人的受教育程度和工作情况、家中子女数量、孩子就读年级、日常休闲方式几个方面；

2. 对养育人家庭藏书数量及种类、每年购书数量、购书喜好、购书所能接受的价格区间的调查；

3. 对乡村儿童课外阅读情况、乡村家庭亲子阅读情况、乡村儿童家庭阅读环境、乡村儿童数字阅读情况的调查；

4. 对乡村学校教师年龄段、乡村教师对阅读的重视程度、校图书室使用情况、书店情况的调查。

网络问卷通过麦客平台进行统一发放，发放范围为江苏、山东、浙江、陕西、江西、上海等省市，线上借助各地乡建专家、扶贫干部、乡村教师的帮助，历时月余，收回有效问卷2210份。访谈是对网络问卷调查的进一步深入，问卷是随机发放的，访谈则面对具体对象，进行更深入细致的交流。至于访谈对象的选择，在身份选择上，又区分了乡镇干部、村干部、乡村教师、乡村公益图书馆负责人和普通村民，访谈主要围绕家庭阅读环境、乡村教师教学的经验和面临的困难、乡村儿童阅读与写作的特点、乡村公共空间的建设、乡村学校文学教育课程的尝试、对乡村儿童阅读推广的建议等主题进行。

第二节 乡村儿童课外阅读现状调查

乡村儿童在我国儿童总人口里占据着相当大的比例，据《2020年中国儿童人口状况：事实与数据》，2020年中国0—17周岁儿童人口为2.98亿，占全国总人口的21.1%，其中，农村留守儿童数量高达 4177 万人。[①] 本次调研主要想了解乡村学前儿童和小学生群体的阅读状况，调研发现，经过近年来国家和社会对全民阅读的大力推广和持续努力，我国当前乡村儿童阅读状况与供给情况已有很大改善，但短板仍然存在，需要在阅读数量和质量上继续强化。

首先，藏书量和年购书量有所提升。随着我国脱贫攻坚战取得全面胜利，广大农村地区区域性整体贫困得以解决，乡村家庭日常收入普遍增长、精神生活更加丰富，对儿童的课外阅读支持力度随之明显加大。2018 年亚马逊中国携手中国扶贫基金会、北京师范大学中国公益研究院联合发布了针对中西部贫困地区的《乡村儿童阅读报告》，报告显示："中西部贫困地区儿童的课外阅读资源匮乏，高达 74% 的受访乡村儿童一年阅读的课外读物不足 10 本，更有超过 36% 的儿童一年只读了不到 3 本书；此外，超过 71% 的乡村家庭藏书不足 10 本，一本课外读物都没有的乡村儿童占比接近 20%。"[②]

而在本次调研中，我们发现乡村儿童家庭的藏书量和年购书量都有所提升，家中藏书量在 10 本以上的家庭占比 56.13%，其中藏书量在 50 本以上的家庭占比 22.87%。每年给孩子购买图书 10 本以上的家庭占比 27.11%，购书 5—10 本的占比 47.43%。[③] 近年来，国内大中城市纷纷兴起"绘本热""亲子共读热"，随着亲子阅读成为流行趋势，全国各类出版社纷纷涉足绘本或童书市场，据媒体报道，"自 2015 年以来，出版巨头们纷纷涌进绘本市场，绘本的新书品种类随之出现爆发式增长"[④]。而这一阅读热潮

[①] 参见《2020 年中国儿童人口状况：事实与数据》，国家统计局，http://www.stats.gov.cn/zs/tjwh/tjkw/tjzl/202304/t20230419_1938814.html，2023 年 4 月 19 日。

[②] 艳梅：《"乡村儿童阅读报告"聚焦中西部》，《人民日报》（海外版）2018 年 5 月 11 日第 7 版。

[③] 参见本节调查问卷表格。

[④] 叶雨晨：《谁在制造"爆款"绘本》，《出版商务周报》2021 年 5 月 2 日第 13 版。

显然也影响了乡村家庭，让乡村家庭对阅读的热情和购书量都有所提升。

其次，阅读的重要性，绝大多数（占比 91.29%）乡村儿童家长都已经认识到了。自 2012 年，"开展全民阅读活动"写入党的十八大报告，成为建设社会主义文化强国的一项重要举措以来，在国家的倡议下，全社会日渐形成的"多读书、读好书，建设书香社会、书香中国"的氛围也对乡村儿童家庭产生了潜移默化的影响。家长们认为学校开展相关阅读课程十分必要，相信加强阅读会对孩子的性格发展和作文写作有很大帮助。

在图书内容的选择上，乡村儿童家长最倾向于选择"中外经典儿童文学作品"给孩子看；然后是"城市生活主题的图书"，希望孩子能了解乡村经验之外的世界；之后是选择"呈现乡村生活图景的童书"，如反映留守家庭亲子关系的绘本《团圆》等。至于游戏类的绘本、科普书籍和立体书等，只有 6.41% 的家庭会考虑购买。除了重视纸质书阅读，数据显示，有相当一部分家庭（占比 64.31%）还意识到了"听读"的重要性，给孩子购买过故事机等"听读"设备。

最后，乡村学校对阅读开始重视起来，并积极采取行动督促家长重视孩子的阅读，为孩子创造阅读环境。调研发现，65.49% 的乡村小学老师会积极向学生推荐阅读书单，16.78% 的老师虽然知道学生家庭条件有限，在推荐上不够热心，但也会推荐，只讲教材的老师仅占比 17.72%。除此之外，学校还会通过开展"全家爱阅读""亲子阅读百日打卡"等活动，鼓励乡村家庭积极开展长阶段阅读，因此，调研也发现，乡村儿童对阅读的兴趣也比较高，放学后积极读书学习的乡村儿童占比 47.05%。

虽然已经取得了不错的进步，但调研中我们发现，当下乡村儿童的阅读依然存在一些不足与问题。

首先是阅读资源依旧不够丰富，乡村儿童缺乏适合的书读。家长购书受价格因素影响较大。调研发现，不少乡村儿童依旧面临着高品质读物不足的境遇。在城市儿童面对海量原创童书、绘本和引进的高质量图书资源的同时，广大乡村儿童还面临着图书不足的境遇，即使有书的家庭，阅读的内容也多局限于教材和教辅类图书。调研发现，乡村儿童家庭在图书资源上的投入和购买力远低于城市儿童家庭。藏书数量"5本及以下"的家庭占比15.92%，藏书"5—10本"的占比27.95%，每年给孩子买书"不足5本"的家庭还有25.46%。而据2016年中国童书博览会联合几家出版机构发布的《中国城市儿童阅读调查报告》显示：在阅读资源上，73.5%的城市家庭中，适合孩子阅读的书籍数量超过10本，62.9%的家庭中，每年为孩子购买的书籍数量在10本左右。[①] 两相对比，城乡儿童在阅读资源上的不平衡现象依旧明显。

值得注意的是，调研中的乡村多子女家庭比例较大，占比78.73%，因为家庭经济水平的限制，乡村儿童家长购买图书时，最看重的是价格高低，而非城市儿童家长十分看重的图书主题、质量、装帧和设计等因素。42.13%的乡村儿童家长能接受的图书价格在"10—20元"，还有16.51%的家长只能接受"10元以内"的图书。"50元以上"价格比较高的精装书或立体书，只有4.03%的家长会考虑购买。当前，一些出版商为了盈利，促使童书出版向"立体化""精装化""高价位""艺术化"靠拢，受众主要面向城市中产家庭，60.42%的乡村家庭则更多倾向于选择价格较为低廉的平装本图书，还有10.89%的家庭会选择购买价格低廉但质量没有保障的图书给孩子看。

其次，乡村公共阅读空间和文化活动场所等公共资源配置尤显不足。在家庭和课堂之外，图书馆、书店、绘本馆、大型书展是营造儿童阅读环境的重要场所。好的阅读氛围可以让不爱阅读的孩子喜欢上阅读，并通过馆员的指导和帮助，让儿童学会如何

---

① 参见李丽萍《首发〈中国城市儿童阅读调查报告〉》，《中国出版传媒商报》2016年7月12日第9版。

阅读。在城市里，民间绘本馆、社区图书馆、书店、书展等社会阅读空间是公立图书馆、学校图书馆之外的重要补充，为都市儿童的学习和文化生活提供了极大的便利。而在乡村，这两类公共阅读空间虽已有很大拓展，但总体而言还很缺乏。在很多乡镇，甚至没有书店，一些已建立乡村图书室的乡村，也存在图书室管理不善、开放不及时等问题。

调研显示，34.30%的乡镇学校没有开放的图书室，29.88%的学校虽然配有图书室，"但很少开放，只提供给老师阅览"。另外，一些乡村图书室虽然有书，却是"摆设为主"，在借阅和阅读上还缺乏专业人员的服务和指导。调研还发现，在乡村图书室藏书中，机构或个人捐赠的教辅、练习册、与农业相关的技术类图书、成人看的文学名著仍然占据不小的份额，占比42.20%。至于书店，依然有34.99%的家庭反映家周围"没有书店，买书很难"，35.77%的家庭周围有书店，"但店内图书以教辅资料为主，文学读物很少"。实体书店、图书馆是城市儿童居所周边占比最多的公共文化资源，而乡村儿童家长中带孩子去过图书馆或书店等公共阅览空间、让孩子亲身感受过公共文化氛围的只占比34.22%。[①]

最后，缺乏有效的家庭阅读指导和代际的阅读影响。当下乡村儿童中留守儿童的比例较高。隔代养育、亲子分离、养育者整体文化水平较低等多种现实困难，导致乡村儿童普遍缺乏城市儿童习以为常的"亲子共读"体验，也很少受到悉心的阅读指导。在乡村家庭经济水平提升、网络购书渠道日渐多样化的当下，"缺乏有效的阅读指导"成为困扰乡村儿童阅读的主要障碍。受访者中，有53.50%的家长认为自己不会引导，"有了书孩子也不爱读"。这与乡村家长的整体文化水平不高有关。

调研发现，乡村儿童的养育人文化程度"初中及以下"者占60.04%，高中文化程度者占21.17%。这些养育人要么"家务太

---

① 参见本节调查问卷表格。

多，很少闲下来"（占比 51.65%），要么沉浸于观看"抖音""快手"等短视频网站，或热衷于看电视剧、打牌等娱乐休闲活动，闲暇时有读书习惯的仅占 17.19%。调研发现，"几乎没有陪伴孩子阅读"的乡村家庭占比 21.12%，曾陪伴孩子阅读，"但并不频繁""寒暑假会陪伴孩子阅读"的家庭占比 66.25%，经常一起阅读的仅占比 12.62%。家长想辅导孩子阅读，但又苦于不会辅导。这和城市儿童形成了鲜明对比，2016 年《中国城市儿童阅读调查报告》显示："在阅读影响上，父母、老师、同伴是对孩子阅读习惯养成最重要的三类人，其中父母居于首位。"[1] 而乡村儿童阅读习惯的培养基本依赖学校老师的督促。

此外，乡村教师在有针对性地辅导孩子进行文学阅读方面仍然有比较大的发展空间，调研显示，有 17.72% 的乡村教师只讲教材，不会指导学生进行文学阅读，16.78% 的乡村教师因为学校条件有限，有心无力。高达 34.30% 的乡村学校没有图书室。[2] 当前，乡村图书室、农家书屋得到大力发展，网络购书渠道日渐丰富，实体书店转型和渠道下沉等因素导致乡村图书市场日渐多元和丰富，但专业人才的配置还跟不上，比如乡村社区的图书室在借阅指导、阅读指导上普遍缺乏专业人员服务，面向少年儿童的专业指导也普遍不足。

笔者做的乡村儿童阅读调查是全国范围的，调查范围为江苏、山东、浙江、陕西、江西、上海等省市，并没有针对某一个省份做调查，且调研省份以东部省市居多。事实上，因为我国地域经济发展不平衡的现状，乡村儿童的阅读状况在东部地区和中西部地区之间还存在着发展不平衡现象（甚至在一个省内部，因为地区发展不平衡，也存在着较大的差异，如苏南和苏北），整体而言，东部地区的乡村儿童阅读状况明显要优于中西部地区，

---

[1] 李丽萍：《首发〈中国城市儿童阅读调查报告〉》，《中国出版传媒商报》2016 年 7 月 12 日第 9 版。

[2] 参见本节调查问卷表格。

有数据为证。2021年，陕西省的华商城事智库研究院聚焦乡村阅读，专门走访了陕西省内部分城市及乡村小学，开展了乡村儿童阅读现状调查活动，这个同时期做的西部省份内的调研数据可以作为我们考察当代中国乡村儿童阅读现状的补充参考。调研显示，陕西省内乡村儿童图书资源匮乏、图书质量较差，与城市儿童存在较大差距，高达67.22%的乡村儿童全年课外书籍阅读量不足10本。"一半以上的乡村儿童，居住地3公里内没有任何图书设施（如，书店、公共图书馆、移动书屋等）。仅有的书店多以教辅类书籍为主，同时，受家庭经济状况和认知所限，很多父母给孩子买的书也多是习题集、作文书。"[1]

城市与乡村儿童之间的阅读差距更是明显。华商城事智库研究院这份调查对于城乡儿童的阅读状况做了数据对比："与城市儿童不同，乡村儿童在'同学间借阅'一项上的比例明显高于城市儿童，44.15%的乡村儿童都曾与同学共享读物，而城市儿童在交换图书这一项上的比例仅为23.08%。与城市儿童不同，乡村儿童也没有更多机会和条件参加面向儿童的阅读推广活动。"调查显示，"陕西乡村儿童课外阅读量远低于城市儿童。高达67.22%的乡村儿童全年课外书籍阅读量不足10本，更有17.39%的儿童一年阅读量低于3本。相比之下，城市儿童全年阅读量多集中在10—50本，占比40.38%，能够完成50本以上课外阅读量的城市儿童占比21.15%"[2]。

在此，我们也可以对比一下东部发达省份的调研数据。2020年，浙江省进行了未成年人阅读情况调研。调研结果显示，浙江省未成年人阅读也存在不均衡的状况，"将学校所在地与学生阅读影响因素进行交叉比较发现，农村学校的学生回答'找不到感

---

[1] 参见《数据调查｜乡村儿童与城市儿童阅读差异在哪》，华商网，http://zhiku.hsw.cn/system/2021/0425/3207.shtml，2021年4月25日。

[2] 参见《数据调查｜乡村儿童与城市儿童阅读差异在哪》，华商网，http://zhiku.hsw.cn/system/2021/0425/3207.shtml，2021年4月25日。

兴趣的课外书''书价太贵买不起'占比高于平均数。与此同时，农村学校孩子对课外阅读的喜欢程度、参加阅读活动情况，农村家长对课外阅读的赞成度、陪同孩子看书时间等指标，也都明显低于城镇学校。而留守儿童、流动儿童、困难家庭儿童，这方面的情况更为突出"①。

要而言之，虽然这些年来，乡村儿童的阅读状况有所改善，但乡村学校的阅读环境、乡村家庭的文化氛围、村镇的文化空间、乡村阅读活动的开展等，还都面临着很多困难和挑战，需要全社会予以更多关注和帮扶。

第三节 乡村儿童阅读困境的成因及对策

儿童是乡村的未来，乡村儿童的阅读关系到乡村文化当前和未来的基本面貌。当前，乡村儿童的阅读面临着上述多方面的问题和挑战。原因概括而言，主要包括以下三个方面：一是家庭教育资源缺失，乡村儿童的指导者和图书资源双重匮乏；二是学校指导力度不足，因为"撤点并校"导致寄宿制学校规模过大，学生接受的指导力度不足，学校的图书资源和阅读空间也不够；三是乡村的社会支持力度薄弱，乡村儿童在家庭和学校之外，缺乏阅读的公共文化空间，整个乡村的阅读服务体系不完善。

值得注意的是，乡村儿童课外阅读不足，还有着其他方面的原因。比如，手机游戏抢占了乡村儿童大量的课外时间。手机游戏某种程度上满足了乡村儿童对社会交往、自我认知、情绪宣泄等方面的需求，但因为缺乏指导，其产生的负面影响却更大。事实上，乡村儿童沉迷电子游戏是全国性的现象。2021年，长期致力于乡村治

---

① 浙江省未成年人阅读状况调查课题组：《浙江省未成年人阅读状况调查（2019—2020）》，中国书籍出版社2021年版，第102页。

理研究的武汉大学某教育研究小组,开启了关于农村青少年网络沉迷问题的调研,调研中发现,农村是青少年手机游戏成瘾的"重灾区"。2021年暑假,该课题组在对黄颡口镇中小学生进行的问卷调查中发现:"周末和节假日孩子玩手机4小时以上的占比为11.63%,周一至周五玩到4小时以上的,也有9.1%。43.76%的孩子主要用手机玩游戏,48.74%的家长十分担心孩子会沉迷游戏。"[1]

通常而言,家庭是防止青少年网络沉迷的第一道防线,但对于乡村儿童而言,乡村的空心化、大量农村青壮年父母进城务工,让乡村儿童严重缺乏父母的陪护和监管,在调研的2055个学生中,"77%的学生家庭主要收入来源为务工,48%的孩子由祖父母辈进行日常监管"[2]。此外,乡村家长往往文化水平较低,导致监管不力,加之对互联网优势及弊端认识不足等原因,乡村儿童一旦接触手机游戏,便很容易沉溺。沉迷手机游戏是城乡儿童都面临的问题,但乡村儿童面临的家庭教导和监护不足的处境让他们更容易受到互联网弊端的影响。

父母是孩子的第一任老师,如何使亲子阅读、鼓励阅读的理念深入乡村家长心中,督促他们在家庭里营造良好的阅读氛围,是首先要考虑的问题。鉴于乡村家长不少人经常性地外出打工,对孩子陪护不足,如何针对这个群体给予他们适合的政策支持,比如设置探亲假,或鼓励他们远程指导孩子阅读,还需要进一步探讨。乡村家长普遍文化程度不高,我们国家现在对此已有针对性计划,将来可通过社区家长学校或乡村学校的家长课程,加强对乡村家长的培训和指导,督促乡村家长积极学习阅读相关的书籍,根据儿童的生理、心理特点,给孩子购买适合的图书。

如果说城市儿童的阅读是两条腿走路,那么当下乡村儿童的阅读就是一条腿走路——在家庭阅读不足的情况下,就主要依靠

---

[1] 陈慧娟:《是什么令农村青少年沉迷手游》,《光明日报》2021年9月7日第16版。
[2] 陈慧娟:《是什么令农村青少年沉迷手游》,《光明日报》2021年9月7日第16版。

学校。乡村学校是乡村儿童阅读的主要场所，学校的阅读氛围和阅读资源、教师的重视程度、图书室的使用频次都与乡村儿童的阅读水平息息相关。因为家庭阅读氛围的缺乏，要解决当前乡村儿童的阅读困境，乡村学校要承担起更多的责任。所以，乡村学校需要更多的经济和政策支持，以推动乡村学校开设阅读课程，提升乡村教师的阅读和文学素养，让乡村教师成为乡村儿童阅读之路上的"点灯人"，帮助乡村儿童认识到阅读的重要性，启蒙他们的阅读意识、激发他们的阅读兴趣、培养他们的阅读习惯、提升他们的阅读素养。

乡村儿童的阅读状况不仅与家庭和学校有关，当地政府政策是否支持也是重要的影响因子。一方面，当前乡村公共文化空间不足，公共文化服务也很薄弱，各地地方政府要十分重视乡村儿童对阅读的急迫需求，加强农村公共文化空间建设，鼓励公立图书馆城乡资源共享，鼓励各界积极创办乡村民营图书馆、书店，积极拓展乡村儿童的业余文化生活，让丰富多彩的文体活动、阅读空间吸引乡村儿童的注意，在良好的文化氛围里引导他们养成阅读的习惯；另一方面，要关注乡村儿童的阅读需求，加大对优秀乡土教材、乡村主题童书及绘本的资助力度和扶持力度。此外，还可以设置专门的乡村儿童阅读推广基金，资助乡村儿童家长、教师阅读推广人运营相关活动，并建立一个公开透明的资金使用制度。值得注意的是，不少地区乡村儿童已经初步接触互联网，乡村教师要给予积极引导，让他们学会辨别网络的利弊，引导他们利用好互联网中大量优质数字阅读资源，如电子书、电子绘本、听读资源等。还可将乡村儿童的阅读水平与地方政府、学校的考核指标挂钩，督促地方相关部门重视乡村儿童阅读。

小圈子可以影响大风气，乡村儿童阅读可以影响乡村家庭文化氛围，然后影响到一村一镇的文明程度，进而推动乡村的文化发展和文明进步。我们要集合各方面的力量，使家庭、学校、社区共同推动乡村儿童阅读状况的改善。

乡村儿童文学阅读现状调查问卷
累计浏览　　有效反馈 2210

您是孩子的： 单选

		占比（%）	数量
父亲		26.24	576
母亲		65.97	1448
爷爷、奶奶		4.92	108
姥爷、姥姥		0.32	7
其他		2.55	56

您的受教育程度是： 单选

		占比（%）	数量
初中及以下		60.04	1316
高中		21.17	464
专科		12.09	265
本科		6.16	135
硕士及以上		0.55	12

您目前的工作性质是： 单选

		占比（%）	数量
在外务工		20.34	446
在家务农		30.28	74
乡村教师或乡镇公务员		3.37	74
个体工商户		13.04	286
其他		32.97	723

您家中有几个孩子： 单选

		占比（%）	数量
1个		21.27	468
2个		63.95	1407
3个及以上		14.77	325

您的孩子读几年级？（多个孩子的家长，以最大的孩子为填答依据）单选

	占比（%）	数量
幼儿园	13.17	286
小学1—3年级	32.15	698
小学4—6年级	53.98	1172
还未入园	0.69	15

您家中谁照管孩子时间较多？单选

	占比（%）	数量
爸爸、妈妈	67.67	1484
爷爷、奶奶	29.82	654
姥姥、姥爷	1.69	37
其他亲友	0.82	18

您家中的藏书（教材之外）数量是：单选

	占比（%）	数量
5本以下	15.92	348
5—10本	27.95	611
11—50本	33.26	727
51—100本	14.18	310
100本以上	8.69	190

您平常会陪伴孩子一起阅读吗？单选

	占比（%）	数量
几乎没有	21.12	462
有，但并不频繁	60.63	1326
经常一起阅读	12.62	276
寒暑假会陪伴孩子阅读	5.62	123

您每年给孩子购买图书的数量是：单选

	占比（%）	数量
5本以下	25.46	555

您每年给孩子购买图书的数量是：单选

选项	占比（%）	数量
5—10 本	47.43	1034
11—50 本	23.94	522
50 本以上	3.17	69

您通常在哪里购买图书？单选

选项	占比（%）	数量
当当、京东等购书网站	47.32	1026
当地的新华书店	41.47	899
购买他人旧书	1.43	31
集市上的地摊	9.78	212

您平常在家的休闲方式是：单选

选项	占比（%）	数量
看电视剧、打牌	5.68	124
家务太多，很少闲下来	51.65	1127
有读书的习惯	17.19	375
看抖音等视频网站	25.48	556

您孩子的学校有开放的图书室吗？单选

选项	占比（%）	数量
有，经常开放给老师和学生	35.82	754
有，但很少开放，只提供给老师阅览	29.88	629
没有图书室	34.30	722

您平常会辅导孩子阅读吗？单选

选项	占比（%）	数量
很少辅导，孩子自己挑书看	30.68	667

您平常会辅导孩子阅读吗？ 单选

	占比（%）	数量
会给孩子选书，让孩子自己看	31.74	690
会给孩子选书，并和孩子一起阅读、讨论	20.10	437
想辅导，但是不会辅导	17.48	380

您能接受的一本童书的价格是多少？ 单选

	占比（%）	数量
10 元以内	16.51	361
10—20 元	42.13	921
21—30 元	24.20	529
31—50 元	13.13	287
50 元以上	4.03	88

您家周围有书店吗？ 单选

	占比（%）	数量
有，店内图书丰富，有适合儿童阅读的绘本、童书等	29.25	637
有，店内图书以教辅资料为主，文学读物很少	35.77	779
没有书店，买书很难	34.99	762

您孩子学校的老师会针对性地辅导孩子进行文学阅读吗？ 单选

	占比（%）	数量
会，老师会积极推荐阅读书单	65.49	1397
不会，老师只讲教材	17.72	378

您孩子学校的老师会针对性地辅导孩子进行文学阅读吗？ 单选

	占比（%）	数量
会，但并不热心，因为条件有限	16.78	358

您孩子所在幼儿园、小学或村委会的图书室藏书主要是哪一类的？ 单选

	占比（%）	数量
与农业相关的技术类图书	13.07	267
成人看的文学名著	14.49	296
机构或个人捐赠的教辅资料、练习册	14.64	299
绘本和童书	57.80	1181

您对您家乡的民间故事或童谣熟悉吗？是否会给孩子讲述？ 单选

	占比（%）	数量
不熟悉，不了解	42.53	923
熟悉，但很少给孩子讲	31.47	683
熟悉，会讲给孩子听	25.99	564

您孩子所在学校的语文老师的学历是： 单选

	占比（%）	数量
大专	27.12	554
中专	11.21	229
本科	56.49	1154
硕士及以上	5.19	106

您孩子学校的语文老师的年龄是： 单选

	占比（%）	数量
30岁以下	36.27	770
30—40岁	55.68	1182
41—50岁	6.88	146
50岁以上	1.18	25

您的孩子放学后通常做什么？单选

	占比（%）	数量
帮助家人做家务	11.82	254
主动读书学习	47.05	1011
玩手机、打游戏	7.31	157
其他玩耍方式	33.83	727

您买书的时候，会选择什么主题的图书？多选

	占比（%）	数量
乡村生活背景的，如反映留守家庭亲子关系的绘本《团圆》	14.51	342
城市生活背景的，希望孩子了解日常经验之外的世界	22.78	537
中外经典儿童文学作品	56.30	1327
游戏类的绘本、立体书等	6.41	151

您购买图书时，通常会选择哪类？单选

	占比（%）	数量
精装本图书	27.84	593
平装本图书	60.42	1287
昂贵的立体书	0.85	18
价格便宜但质量低劣的书	10.89	232

您带孩子去过图书馆或书店等公共阅览空间吗？单选

	占比（%）	数量
去过，会有意识地带孩子去感受阅读氛围	34.22	736

您带孩子去过图书馆或书店等公共阅览空间吗？ 单选		
想去，但离家太远，很少去	39.70	854
孩子从未去过	19.15	412
自己曾去过，但没带孩子同去	6.93	149

您觉得学校是否应该开展阅读课程？ 单选	占比（%）	数量
很有必要，会对孩子的文学阅读和作文写作有很大帮助	91.29	1959
不必要，学校只教教材就行了	3.49	75
可有可无	4.05	87
其他	1.16	25

您是否给孩子购买过故事机等电子"听读"设备？ 单选	占比（%）	数量
价格较贵，没有购买	35.69	758
购买了，孩子很喜欢"听读"	30.60	650
购买了，但孩子不习惯"听读"	24.72	525
其他	8.99	191

您觉得课堂之外的文学阅读有哪些好处？ 多选	占比（%）	数量
开阔视野，学到学校书本里没有的知识	37.32	1139

您觉得课堂之外的文学阅读有哪些好处？ 多选

	占比（%）	数量
增强阅读理解能力，有助于提高语文成绩	39.74	1213
没有什么好处，用处不大	1.34	41
对孩子的性格和为人处世有帮助	21.59	659

您的孩子通常在什么场所阅读？ 单选

	占比（%）	数量
孩子有独立的学习空间，也常在书桌跟前阅读	42.20	903
在房间外，或院子里	18.27	391
家中没有专门的书桌，通常在饭桌上阅读	10.37	222
睡前阅读	29.16	624

您觉得影响孩子进行文学阅读的障碍是什么？ 多选

	占比（%）	数量
儿童文学读物太贵，没钱买	9.88	230
没有购买渠道，书店太少	16.53	385
家长不会引导，有了书孩子也不爱读	53.50	1246
孩子太忙，没空阅读课外读物	20.09	468

您的孩子平均每年读几本文学读物？ 单选

	占比（%）	数量
5本以下	39.35	883

您的孩子平均每年读几本文学读物? 单选			
5—10 本		41.61	883
11—50 本		15.98	339
50 本以上		3.06	65

几个案例:

乡村儿童家长一(母亲,全职主妇): 小林是江苏省沭阳县的一名主妇,虽然是主妇,但也同时从县里的服装厂拿订单做兼职。她平时很少陪孩子看书,但一直很重视孩子的阅读。她每年都会在县城的图书城按照批发价一次性购买 50 本左右的图书,她能接受的图书价格为 7—15 元,对是不是正版不是很在乎,也不太能区分。孩子的学校老师会提供书单给家长,有学校老师的督促,两个孩子每天都会坚持阅读打卡。小林的孩子对阅读也比较感兴趣,放学后会主动读书学习。除父母购买的书籍之外,小林的孩子也会主动要求父母给他们购买绘画类、艺术类的童书。他们最近在读《一千零一夜》。

乡村儿童家长二(母亲,全职主妇): 小蒋,"80 后",专科文化程度。因为撤点并校,二胎全职妈妈小蒋的两个孩子都在镇上就读。小蒋所在的苏北乡镇经济不错,镇上有书店,但为便宜计,她买书仍然更多选择网购,家中藏书(包括自己买的和亲友赠送的)有 200 本左右。有时候小蒋会陪孩子看书,但更多的时候忙于家务,没空陪伴。有二胎后小蒋很少买书,让老二看老大的旧书。小蒋说,在镇上读书的儿童,大都是在书店买书,学校老师会给出书单让家长购买,每天也都有阅读打卡,一个月就要读 4 本书。

乡村儿童家长三(父亲,幼儿园老师): 陈老师是"80 后",是一名家长,也是一家乡村幼儿园的负责人。他对儿童阅读比较关注,只要自己孩子喜欢的书,都会买。他认为,乡村孩子家教这块是盲点,家长太忙,没时间陪孩子读书,也不懂怎么引导。对于乡村儿童,"陪读"这个词太遥远了,有的孩子家庭存在各种各样的问题,没办法很好地进行"亲子共读"。

乡村儿童家长四(父亲,村民): 小范,"80后",江苏省沭阳县村民,初中文化程度,哥哥是本科生,当地行政村书记。小范给孩子买书主要通过网购,每年买10多本,但因为孩子不懂爱惜,家中保存下来的书不多,只有30多本。小范能接受的童书价格在100元以内。虽然平常工作忙碌,只偶尔会陪孩子阅读,但小范对儿童阅读比较重视。在村里的工作中,小范的哥哥也在探索如何将村部阅览室设计成孩子喜欢的样式,吸引更多的乡村儿童去看书——该村有一个很不错的阅览室,儿童书很多,但孩子们一般周末才会去看书,且人数不多。小范的哥哥觉得乡村图书馆对于儿童的发展和成长非常重要。此外,他认为影响乡村儿童阅读的主要因素是缺乏家庭氛围,还需要做更多的阅读推广和宣传工作。

乡村儿童家长五(父亲,新产业工人): 小李,"80后",小学文化程度,有两个孩子。小李常年在外工作,很少给孩子买书,也几乎没有陪伴过孩子阅读,家中藏书很少,课外阅读完全依赖乡村小学,孩子看的都是学校统一购买发放的课外读物。

第二章 适用于乡村儿童文学教育的文学形式

前文说过,乡村儿童的文学教育,从广义上讲,主要指的是乡村儿童家庭里的文学教育、学校里的文学教育和社会生活中的文学教育,它不限于专门的"教学"范畴,而是指在乡村家庭、乡村学校、乡村社会中借助文学作品对乡村儿童进行审美、表达、感受、想象、逻辑推理等能力培养的教育活动和教育行为。从文体上区分,这种教育活动和教育行为则可以从诗歌、故事、小说、戏剧、绘本等几个方面进行。[①] 本章将重点分析故事、诗歌、绘本对于乡村儿童文学教育的价值。

第一节 故事:一种文化传承和叙事疗法

瓦上的雪/讲着春天/它把春天的故事/写在雪上/讲给路过的/麻雀和风/雪在屋顶融化/故事流到屋檐下/发了芽/阳光呀/请把故事讲给孩子/孩子请讲给你们的同伴/请细心照

---

① 儿童文学的文体较多,"拥有诗歌、童话、寓言、故事、小说、散文、报告文学、科学文艺、戏剧文学、影视文学等不同类型"。参见方卫平、王昆建主编《儿童文学教程》,高等教育出版社2004年版,第6页。

料嫩绿的藤蔓/直到故事开花

——童子《直到故事开花》①

一　民间故事对于乡村儿童的意义

据学者考证,"故事"之名很早就见于中国典籍,如司马迁在《太史公自序》中提及"余所谓述故事,整齐其世传,非所谓作也"②,而后自《汉武故事》面世,"故事"作为叙事体裁名称的用法逐渐流行。③ 民间口述故事的活动在世界各地都普遍存在,正如有学者描述的,"在非洲中部的村庄里,在太平洋装有舷外铁架的小船上,在澳大利亚灌木林中,以及在夏威夷火山的阴影里,现时的和神秘过去的故事,动物、神和英雄的故事,以及男人和女人们自身生活的故事,总是以它们的魅力俘获听众或丰富着日常生活的谈吐。这样的故事还在爱斯基摩雪屋的海豹油油灯下,在巴西的热带丛林中,在英属哥伦比亚海岸的图腾柱旁拥有听众。另外,在日本、中国和印度,僧人和学者、农民和手艺人全都加入了喜欢好的故事和崇敬故事讲得好的人的行列"④。

当前,我国民间故事的概念有广狭之分,我们通常言说的民间故事指的是这样的类型:"以现实世界中形形色色普通人的生活遭遇及其理想愿望为叙说中心,以自觉的艺术虚构方式编织而成,富于娱乐性与教育性。对口述者来说,它是最贴近自己的生活与心理,表达自己的情感与想象最自由最随意,因而也最富有

---

① 童子:《直到故事开花》,方卫平选评《童诗三百首》(全本),福建少年儿童出版社2022年版,第97页。

② (汉)司马迁:《太史公自序》,《史记》,(南朝宋)裴骃集解,(唐)司马贞索隐,(唐)张守节正义,中华书局1982年版,第3300页。

③ 参见刘守华《中国民间故事史》,湖北教育出版社1999年版,第6页。

④ [美]斯蒂·汤普森:《世界民间故事分类学》,郑海等译,上海文艺出版社1991年版,第2页。

文学意趣的故事。"① 在中国民间语境里，讲故事这一活动又被称为"讲古话""讲瞎话""摆龙门阵"，各地叫法不一，但以"故事"最为普遍。民间故事在具体类型上则分为动物故事、人物故事、生活故事、幻想故事、鬼狐精怪故事等，大类里又可细分为多个小类别，如人物故事里就有机智人物故事、巧媳妇故事、呆女婿故事、傻兄弟故事、恶婆婆故事，幻想故事里有仙女下凡、草木成精、魔法宝物、降妖除魔等类别。对此，《中国民间故事集成·总序》有过简要的概述：

> 在各地区和各民族中，虚构性的故事同样十分丰富。和传说相比，故事不需要依附特定的人物、事件、地方、风俗等等，它的题材和思想意义一般具有较大的普遍性。因此，如果说传说的丰富性主要表现在题材内容上，那么故事的丰富性则主要表现在它的艺术形式的多样性上。在这里有专门表现各种动物之间的纠葛的动物故事；有现实生活与神奇幻想交织而成的幻想故事；有借鬼、狐及其他精怪表现社会人情世态的作品；有据普通劳动者的生活虚构而成的情节曲折、具有幽默、诙谐特点的生活故事；有专以喜剧性手法讽刺统治阶级和人民生活中落后现象的笑话和滑稽故事；有专门表现人物机智行为和恶作剧的故事；有以隐喻的方式说明生活教训和哲理的故事；有用谜语、通俗诗歌、对联等结构而成的故事等等。②

首先，民间故事是一种文化的传承，这已经成为共识。日本著名图画书出版人松居直认为："对孩子来说，故事是一个充满惊奇、趣味，可以激发想象力的世界。……民间传说、童话故事及图画书中，也蕴藏着许多类似的神奇的种子。人人在讲故事或

---

① 刘守华：《中国民间故事史》，湖北教育出版社1999年版，第8页。
② 中国民间文学集成全国编辑委员会、《中国民间故事集成·天津卷》编辑委员会：《中国民间故事集成·天津卷》，中国ISBN中心2004年版，"总序"第10页。

念图画书给孩子听的同时,也在默默地进行播种的工作。这是一种文化的传承。"[①] 民间故事是乡村文化的重要组成部分,口耳相传的民间故事,也是乡村儿童最早接触的文学教育形式。相比城市而言,乡村具有更为悠久和丰富的口述文化传统,而这种传统对于乡村儿童有着重要的意义。

其次,讲故事是一种生动而有效的家庭教育方式,对孩子的道德观和价值观有着深刻的影响。"沉迷在故事中,无论是读还是听,都是人生最有意义的一种享受。这也是孩子们成长的一种方法,发挥道德联想的能力,反思个人经历的意义。引人入胜的故事、生动逼真的角色,都会让人思考怎么做才正确,什么才是最好的生活方式。"[②] 学者施爱东明确指出,在传统乡土社会,民间故事担负着一项重要的社会功能——伦理教育,即价值观教育的功能。他指出,传统乡土社会教育普及率低,乡民历史观念和价值观念的形成,很大程度上是通过口耳相传的故事或年节期间的乡村演剧形成的。[③] 正如恩格斯在他早年撰写的《德国的民间故事书》里写到的那样,"民间故事书的使命是使一个农民作完艰苦的日间劳动,在晚上拖着疲乏的身子回来的时候,得到快乐、振奋和慰藉,使他忘却自己的劳累,把他的硗瘠的田地变成馥郁的花园。民间故事书的使命是使一个手工业者的作坊和一个疲惫不堪的学徒的寒伧的楼顶小屋变成一个诗的世界和黄金的宫殿,而把他的矫健的情人形容成美丽的公主。但是民间故事书还有这样的使命:同圣经一样培养他的道德感,使他认清自己的力量、自己的权利、自己的自由,激起他的勇气,唤起他对祖国的爱"[④]。恩格斯主要

---

① [日]松居直:《幸福的种子:亲子共读图画书》,刘涤昭译,二十一世纪出版社2013年版,第62页。

② [美]琦库·阿达多:《巴巴央和魔法星》,马爱农译,中信出版社2016年版,"序言"第9页。

③ 参见施爱东《故事法则》,生活·读书·新知三联书店2021年版,第58页。

④ [德]弗里德里希·恩格斯:《德国的民间故事书》,《马克思 恩格斯论艺术》(四),曹葆华译,人民文学出版社1966年版,第401页。

谈的是民间故事对于乡村成年居民的道德影响，相比而言，民间故事对思想、价值观尚未定型的乡村儿童无疑有着更重要的教育意义。

最后，民间故事既是一种口头语言艺术，又是一种民间文化娱乐教育活动，它往往富含劳动人民历年生活经验、教训的积累，某种程度上具有人生启蒙教科书的性质，能给予乡村儿童广泛而深刻的人生启蒙。民间故事对儿童的成长有助益，早已成为学界共识。"在过去正规学校教育不普及的年代里，口耳相传的故事，曾经担负起非常重要的教化功能，使得即使在穷乡僻壤长大的孩子，也有一份中国人特有的文化气质。"[1]

民间故事还勾连了乡村家庭里的伦常亲情："中国过去多少故事，原本也多是在农村恬静无事的夜晚，由家中长辈闲闲摇扇，讲述给孩童们听的。这些故事的内容有'上穷碧落下黄泉'的玄奇，也关联了中华五千年历史和风云际会的人物，无数的民间传说更来自广袤无垠的中国乡野。这些故事不只充分打开了孩子的精神世界，开阔了孩子的心胸，无形中，也使讲述者和聆听者自然建立起了中国伦常的亲情。不仅如此，孩子在启蒙成长过程中，会因亲情的滋润，对自己、对世界充满信心。"[2] 民间故事还带给儿童憧憬和希望。民间故事往往有一个幸福美满的结局，给予读者以希望和信心。俄国著名作家高尔基就曾谈到民间故事对自己童年的影响："故事在我面前展开了对另一种生活的希望之光，在那种生活里，有一种自由的、无畏的力量在活动着，幻想着更美好的生活。"[3]

口头讲故事活动在我国源远流长，相关记载在我国文化典籍

---

[1] 汉声杂志社编写、绘图：《汉声中国童话·立夏的故事》，天地出版社2018年版，第4页。

[2] 汉声杂志社编写、绘图：《汉声中国童话·立夏的故事》，天地出版社2018年版，第6页。

[3] ［苏］高尔基：《谈故事》，孟昌译，《民间文学》1956年第5号。

中频频可见。来看清朝一位文人对家乡安徽乡村讲故事活动的生动描述:"农工之暇,二三野老,晚饭杯酒,暑则豆棚瓜架,寒则地炉活火,促膝言欢,论今评古,究原竟委,影响傅会。邪正善恶、是非曲直,居然凿凿可据,一时妇孺环听,不自知其手舞足蹈。言者有褒有贬,闻者忽喜忽怒。事之有无姑不具论。而藉此以寓劝惩,谁曰不宜?"①民间故事的讲述也不限于汉族,这是满族人讲故事的场景:"冬季是农闲季节,寒夜又那样漫长,于是,躺在温暖的炕头上,或围坐在火盆边,嘴里巴哒着旱烟袋,也许手里纳着鞋底等活计,手不闲,嘴也不闲地讲述着。夏季挂锄时节,夜晚坐在大树底下,或在庭院里以此来消磨夏天的酷热。秋后扒苞米或扒蚕茧,需要人手多,讲故事会吸引来劳动帮手,还会忘记了疲劳。"②

在 20 世纪 80 年代的中国乃至现在,不少乡村地区依然保留着讲故事的传统。如河北省藁城的耿村作为"故事村",就曾轰动一时——即便进入 21 世纪,耿村的故事讲述依然活跃。"在耿村,上至耄耋之年的老人,下至八九岁的小学生,几乎人人都能讲上几个精彩有趣的故事。按照国际上对民间故事讲述家的划分标准,耿村里能够讲述 100 个故事以上的大型民间故事讲述家就有 22 位,能讲述 50 个到 100 个故事的中型民间故事讲述家有 33 位。年龄最大的 86 岁,最小的 23 岁。"③耿村的故事大多代代相传,老一辈的故事就讲给孙辈们听,"碰见年龄小的,我就给讲些动物故事,年龄大些的,就讲传说和生活故事。小孩们听了,或多或少都能受些教育"④。不仅讲老故事,耿村人在讲故事中锻炼了口才,储备了丰富的民间文学资源,还擅长创造新故事,并将讲故事这一形

---

① (清)许奉恩:《兰苕馆外史》,贺岚澹校点,黄山书社 1996 年版,"自序"第 16 页。
② 张其卓:《这里是"泉眼"——搜集采录三位满族民间故事讲述家的报告》,张其卓、董明整理《满族三老人故事集》,春风文艺出版社 1984 年版,第 589 页。
③ 李晨:《中国故事第一村面临传承难题》,《北京青年报》2006 年 9 月 19 日第 A12 版。
④ 李晨:《中国故事第一村面临传承难题》,《北京青年报》2006 年 9 月 19 日第 A12 版。

式运用到当地儿童的文学教育中。

讲故事既能缓解疲劳，又能吸引劳动帮手，且能进行儿童教育，可谓一举多得。近二三十年来，随着电视机的普及和智能手机、互联网的流行，我国乡村地区的娱乐生活日渐丰富，加之青壮年多进城务工，讲故事的活动不复过往的热闹情形——连著名的故事村耿村都面临着故事传承的危机。不少乡村孩子的课后生活被游戏、电视机占领，实为憾事。当下，若能重拾乡村这一独特的口述传统，并进行形式更新来适应新时代乡村社区和乡村居民的文化需求，将会对乡村儿童的文学教育起到非常大的推动作用。

二 用疗愈性故事温暖乡村儿童的心灵

临床心理学家发现，童年期有 9 种常见的焦虑症候：依恋与分离、社交焦虑、床下的怪物、生活中的危险、创伤性恐惧、刻板、过度取悦他人、生与死、烦恼。① 虽然整个儿童群体都可能会面临这些焦虑，但乡村儿童面临这些焦虑的可能性显然更大。相比城市儿童，乡村儿童在经济上和精神上都面临着更多的困境，童年留守的经历、经济的贫穷、社交的匮乏、养育人的照顾不周等，都会给乡村儿童带来诸多心理上的"负面效应"乃至严重创伤。研究者发现，"亲子分离对留守儿童带来的心理创伤尤为明显，所有留守儿童教育问题都可以看成是心理问题的沉淀与外显"②。对此，有学者建议加强农村学校留守儿童心理教育师资力量，以学校为核心整合社会志愿者中的心理教育力量，指导留守家庭对留守儿童的心理教育；增加高校面向农村学校的心理教育师资的培养指标；加快农村留守儿童心理健康教育的国家与地方课程开发，为农村学校提供可供使用或继续开发的

---

① 参见［美］劳伦斯·科恩《游戏力Ⅱ：轻推，帮孩子战胜童年焦虑》，李岩、伍娜、高晓静译，中国人口出版社 2015 年版，第 183 页。

② 邓纯考：《中国农村留守儿童教育变迁》，中国社会科学出版社 2018 年版，第 284 页。

课程资源，推动心理健康教育成为农村中小学的必修课。总之，要将留守儿童心理问题的疏导放在所有问题的核心位置，优先解决。①

这些建议固然很好，但有的短期内难以实现，比如以学校为核心整合社会志愿者中的心理教育力量，这一条在乡村地区还属奢望。在当前的社会环境下，社会志愿者的服务范围还难以到达乡村地区的学校。在专业程度较高的心理教育课程之外，我们或许可以寻觅其他的路径，比如，文学教育如讲故事也可以发挥心灵抚慰的重要作用，并可能以其更为生动活泼的形式取得更好的教育效果。

在当前乡村，20世纪80年代的乡村社会和家庭里还能经常看到的讲故事现象，在父辈外出务工、祖辈为家务所牵制的现实条件制约下，已经大为减少。而寄宿的乡村儿童，因为生活单调、缺乏老师足够的关注、身边没有亲人等主客观原因，也出现了各种各样的精神问题。在这种现实境遇下，乡村儿童对情感的需求显得尤其急迫，而故事所具备的疗愈功能给了这些乡村孩子一个情感的流通空间。

从普遍意义上来说，故事的益处是明显的，它能够培养和强化孩子的注意力，更重要的是，可以激发孩子的想象力。借助想象的共情，帮助孩子们克服自身存在的性格障碍、行为不端或负面情绪。"故事就像自然疗法或顺势疗法——类似天然的药物，它凭借孩子们自身的潜能来消除失衡的状态。"② 这些故事具有疗愈作用，可以称为"治疗性故事"。

"故事医生"苏珊·佩罗对"治疗性故事"有一个定义，她认为："'治疗性故事'指那些帮助人们恢复失去的平衡，或者重新

---

① 参见邓纯考《中国农村留守儿童教育变迁》，中国社会科学出版社2018年版，第284页。

② ［澳］苏珊·佩罗：《故事知道怎么办2：给孩子的101个治疗故事》，春华、淑芬译，天津教育出版社2014年版，第4页。

获得健康感的故事。当老师、心理学家、父母、祖父母以及其他照顾孩子的成人给孩子讲治疗性故事时，故事能够让孩子的行为或状况重返平衡。"① 这些故事可以有多个主题，"无论故事的内容是怎样的，听故事时所产生的真实体验都具有'疗愈'的作用"②。用故事对乡村儿童进行教育，是个行之有效的好法子。

"治疗性故事"包含两类，一类是已有的民间故事或童话故事。"民间传说通常具有一种'永恒'的特质。它们满足了孩子对神奇事物的深切渴望，给孩子带来安慰和希望。在这样一个物质主义的年代，民间故事中深刻的智慧可以带来平衡，达到治疗的效果，故事中那些'神奇'之处对于孩子来说非常宝贵。"③ 民间故事存在已久，虽很少涉及现代社会生活中儿童所熟识的各种生活情境，但从这些故事中，现代儿童可以获得精神滋养，用以解决生活中面临的现实困境。

民间故事是个丰富的大宝库，因为有现成的故事文本，在讲述过程中只需要讲述人做一个口头转化，相对来说比较容易，也最为常见。在这个过程中，也可适当增删情节，以适应讲故事之际的现实情境。"民间故事讲述是一个典型的言语事件，有明确的可识别的开端、过程和结尾，使参与者及时进入和跳出讲述的转换时刻。由于故事讲述是嵌在日常生活的人们行动的流程中，它从开始到结束的标识起到明晰其特殊性和引导参与者规范自己言行的惯例功能。这一言语事件的特点给故事文本带来不同于作者写作的文本的特质，即行动始终贯穿其中。行动包括讲述人与听众的互动，讲述人'讲'故事的行为序列，听众'听'故事的

---

① [澳]苏珊·佩罗：《故事知道怎么办：如何让孩子有令人惊喜的改变》，重本、童乐译，天津教育出版社2011年版，第51页。
② [澳]苏珊·佩罗：《故事知道怎么办2：给孩子的101个治疗故事》，春华、淑芬译，天津教育出版社2014年版，第3页。
③ [澳]苏珊·佩罗：《故事知道怎么办：如何让孩子有令人惊喜的改变》，重本、童乐译，天津教育出版社2011年版，第91页。

行为序列，故事文本的生产则集结了讲述人的'讲'和听众的'听'两个层面。"① 虽然有现成的故事文本，相较而言，口头讲述故事比单独阅读故事文本具有更多的附加值。松居直就一直主张给孩子口头讲述民间故事，他认为："书写的语言和讲述的语言是不同的，用眼睛读的语言与用耳听的语言也是不同的。这两方面的体验都很有必要。理想的状况是，不依赖任何事情，只专注地用耳听，根据声音走进语言的意象世界。"② 用口语讲出来的故事，思维需要停顿休憩，讲故事之际，讲述人的感叹语、口头语或"是不是""对不对"等提示词，都会给听故事的孩子留下深刻的印象。

此外，讲故事的"加分项"还有故事情境所带来的教育效应，而这个是儿童单独阅读故事文本所接触不到的教育。故事语境，即故事讲述发生的具体时空和场景。在乡村，传统的讲故事方式主要有两类，一是哄孩子的故事；二是说书人给成年人讲述的故事。与之对应的故事情境也就不同，前者往往发生在家庭内部空间，祖父母、父母、亲友给儿童讲述的故事，是私密的、亲切的，往往是一对一的讲述方式，后者往往发生在人多的场合，是一对多的沟通方式。在讲述人（长辈）讲述民间故事的过程中，听众（儿童）不知不觉地接受了文学熏陶，并可能会将这种讲故事的传统传承下去。"故事讲述不是讲述人的独角戏，听众的在场是讲述活动不可或缺的要素。听众的积极回应是讲述人创造出色故事文本的助推器，听众是文本生产消费的参与者。听众中的孩童是最认真的群体，他们常常不厌其烦地让讲述人讲同一个故事，特别是家族中与之有亲友关系的讲述人。多次的重复磨砺了讲述人的技艺，也常常培养了孩童听众讲述故事的兴趣和技能，这成了故事传承不衰的自然驱动力。"③

---

① 祝秀丽：《解析故事构成要素：雅各布森的理论视角》，《民俗研究》2013年第1期。
② ［日］松居直：《我的图画书论》，郭雯霞、徐小洁译，新疆青少年出版社2017年版，第136页。
③ 祝秀丽：《解析故事构成要素：雅各布森的理论视角》，《民俗研究》2013年第1期。

另一类是家长或老师主动创编的故事。他们根据儿童的实际需求（情感、性格、知识层次），发挥想象力和创造力，创编一些针对性的新故事。通过故事的讲述，儿童可以从故事主人公战胜困难、磨砺心性的经历中得到暗示，发现自身摆脱困境的方法。这类家长或老师主动创编的故事，往往是开放式的，开放式的故事需要儿童和家长、教师进行双向互动，这样的讲述形式有其独特的意义："从一个开放的、未完成的绘本童话，孩子在每一次的介入、在创作中都体现着一种道德选择，而家长能在故事中间对孩子进行潜移默化的道德教育与公民教育，这是孩子未来走向社会、参与社会、成为社会人不可或缺的条件。"① 当然，开放的、未完成的故事需要更多的讲故事技能。

那么，一个好的创编故事应该是怎样的呢？自然是能吸引儿童注意力的故事，而"一个故事要真正抓住儿童的注意力，就必须给他带来欢乐，激发他的好奇心。为了丰富他的生活，故事还必须激发他的想象力，帮助他发展智力和澄清感情；使他的忧虑与志向相协调，完全认同他的困难，同时提出办法解决烦扰他的问题。总之，它必须同时涉及他人格的所有方面——这从来没有小看儿童所处困境的严重性，相反，充分认同这种严重性，同时增强他的自信和对未来的信心"②。

创编新故事时，一定要注意避免说教或"训诫"。说教的故事面目可憎，不仅儿童不喜欢听，也难以取得良好的教育效果。生动的故事，有丰富情节的故事，才能打动儿童，走进他们的心灵，进而改变他们行为中的不完善之处。家长或教师要想创造疗愈性故事，需要根据孩子们所处的状况和心理特征，来精心选择隐喻并构思故事的情节，进而通过促使孩子产生共情，逐渐改变

---

① 康春华：《"介入"故事：点燃儿童的艺术想象力》，《新京报书评周刊》公众号，https://mp.weixin.qq.com/s/3XG2LkTQtLjgbE0YBZoCBg，2016年7月15日。

② ［美］布鲁诺·贝特尔海姆：《童话的魅力——童话的心理意义与价值》，舒伟、丁素萍、樊高月译，社会科学文献出版社2015年版，第3页。

他们的行为。疗愈性故事不是立竿见影的灵药,而是通过儿童的心灵,缓慢地起作用的。比如幼儿就喜欢听家长反复地讲同一个故事,这种重复对幼儿有疗愈作用,幼儿正是在故事反复讲述的过程中体会到对已知情节的安全感。

那么,如何创造疗愈性故事呢?

首先,需要选择合适的隐喻。在选择隐喻之前,故事创造者需要了解儿童所处的状态,了解他的心理、情感状态和行为存在哪些不足,然后根据这些既有症状,来选择相关的隐喻。比如一个幼儿园的小朋友有不爱洗澡的情况,教师或家长就可以给他讲一个不爱洗澡的小象的故事;一个小学生有打人的现象,就可以给他讲一个爱打人的猴子的故事。然后,要从孩子自身熟悉的环境或喜好的物品中找到隐喻的线索。比如对乡村儿童讲述疗愈性故事时,最好选择和乡村环境相关的隐喻,而非以高楼大厦为背景。针对乡村孩子喜好的动物或物品、环境来构思故事情节,乡村儿童听了才容易产生共情,也才会收到良好的疗愈效果。

其次,要构思曲折的情节。通常而言,故事都有着一定的"套路",学界将这种套路称为"元情节"。据学者施爱东考察,民间故事的元情节基本都是围绕正面主人公展开的,展开的模式有四种:1. 主人公接到挑战;2. 主人公经过一段艰苦历程;3. 主人公战胜对手;4. 主人公获得奖赏。在这四类情节的基础上,在讲故事的过程中,可以不断地插入二级情节和三级情节。[①] 情节对于故事的重要性不言而喻。要想引人入胜,一个故事往往会设置一个"系铃方案"和一个"解铃方案",在两个方案之间的是"障碍","障碍"是推动情节发展、打破主人公现有状态的催化剂,也是引发读者兴趣的重要元素。

对此,苏珊·佩罗的看法是:"故事的情节是治疗性故事结构中的发展环节。随着故事的发展,精彩的情节能够创造'张

---

① 参见施爱东《故事法则》,生活·读书·新知三联书店 2021 年版,第 39 页。

力',让故事充分展开,逐渐形成'失衡'的行为,然后又找到了健康的解决方案,摆脱了这种失衡的行为。对于年幼的孩子来说,故事情节中通常只需要简单的事件和很小的张力,而对于年龄大些的孩子们,事件可以更详细些或更复杂些,并随着情节的发展产生更大的张力。"① 换句话说,在故事里,讲故事的人需要提供一个健康的解决方案,以帮助故事里有麻烦的主人公找到出路,或纠正不完善的行为,或消除负面情绪的影响,以引导现实生活中听故事的儿童的行为改变。

再次,需要有丰满的细节。好的故事都需要丰满的细节,光有好的隐喻和情节还不够,丰富的细节才能抓住小听众的心。整理重述中国传统民间童话故事而后结集为《中国故事》的一苇分享了在乡村讲授故事课的经验。2014 年,她在西联小学支教时,给孩子们专门开设了故事课,她发现"孩子最喜欢细节,喜欢如在眼前的动作描摹,喜欢绘声绘色的对话表演,喜欢真切有情的内心想法",比如孩子们不爱听"小鸡崽哭着走回家"这样的概括叙述,而是喜欢听"'吱呜呜……吱呜呜……',小鸡崽一边走,一边哭。眼泪'滴滴答答''滴滴答答',落在路边一坨牛粪上"这样的充满了生动描绘的讲述,孩子们会被深深吸引,缠住老师一直问:"后来呢?后来怎样啦?"②

最后,要注意给故事一个光明的结局。光明的结局在中国传统戏剧故事中最为普遍,即所谓的"大团圆"。新文化运动以来,知识分子往往对中国传统故事的大团圆结局持批判态度,认为是国民软弱性的体现。出于启蒙的目的,知识分子对传统故事结局的批判自有其先进性和合理性,但从乡村民众的阅读心理和乡村社会的生态来讲,大团圆结局有其合理性,"大团圆是人类共同的世俗幻象,也是一种世界性的民间文学现象。这种追求与其归结于

---

① [澳]苏珊·佩罗:《故事知道怎么办 2:给孩子的 101 个治疗故事》,春华、淑芬译,天津教育出版社 2014 年版,第 25 页。

② 参见一苇《"民间故事养活了我的灵魂"》,《光明日报》2017 年 4 月 8 日第 5 版。

国民性，不如归结于'人类性'，或者民间性、世俗性"①。乡村普通民众需要在艰苦的生活中听到或看到一些结局美好的故事，而对于思想并未成熟、承受力有限的乡村儿童尤其是留守儿童而言，励志类的充满了温暖色彩的故事无疑更具有温暖人心的作用。

在此，笔者也结合自己的家庭实践谈谈这几个基本原则。笔者在家庭的文学教育中，对疗愈性故事的实践很重视，在讲故事时很注意从孩子喜欢的动物中选择隐喻。比如有一次因为出差，和孩子分别半月，如何缓解孩子因为"离别"而产生的情绪？回家后笔者就编了这个《小恐龙的故事》。

小恐龙的故事

孩子年龄：3岁9个月

出差半月归来，孩子和爸爸不在家，去超市了。匆忙放下行李，就奔下楼去接。快到小区大门口的时候，看见父子俩边聊天边走过来。他们没有看见我。我在一米开外蹲下，伸出双手。喊孩子的名字。"妈妈！"孩子抬头向我跑过来。

"妈妈，抱抱！"在回家的路上，孩子在我怀里笑闹，却又不大直视我的眼睛。非常欢喜，却又有点儿害羞。和之前的每次离别重逢一样。才十五天。

我开门时，孩子突然说："妈妈，我太想你了！"进门时，他又说："妈妈，我太想你了！"晚上睡前一直缠着我讲了四五个故事，方才睡下。第一个要听的依然是《恐龙的故事》。于是给他讲了一个小恐龙等妈妈的故事：

从前，有一只小恐龙，他和爸爸妈妈住在恐龙公园里。有一天，妈妈去很远的地方找食物吃，好多天都不能回家。小恐龙在家里非常地想念妈妈。

---

① 施爱东：《故事法则》，生活·读书·新知三联书店2021年版，第65页。

早晨，小恐龙起床看见太阳公公，他想起了妈妈。"太阳公公，你知道我的妈妈在哪里吗？她冷不冷？你可以去看看她吗？让她不要冻着好吗？"太阳公公笑眯眯的也不说话，慢慢地落山了。

午饭后，小恐龙来到一条小河边。他看见哗啦啦唱歌的小河，想起了妈妈。"小河流，你知道我的妈妈去哪里了吗？她渴不渴？你可以去看看她吗？"小河流不说话，哗啦啦流走了。

在公园散步时，小恐龙看见一只快乐的小鸟，他想起了妈妈。"小鸟儿，你知道我的妈妈去哪里了吗？她什么时候回来？请你告诉她，我很想她。"小鸟点点头，不说话，也飞走了。

晚上睡觉时，小恐龙抱着自己的小熊布娃娃，想起了妈妈。"小熊小熊，你知道我的妈妈去哪里了吗？我好想听她讲故事啊，不过没关系，今天我抱着你睡。晚安，小熊。晚安，妈妈。"

过了一天，又过了一天，过了好多天。这一天，小恐龙起床了。他推开门一看，咦，怎么门口有这么多的水果！各种各样的水果堆满了院子，还有好吃的饼干啊，核桃啊，好多好吃的东西啊，小恐龙开心极了，他抬头一看——小恐龙看到了什么啊？

"妈妈！小恐龙的妈妈回来了！"一直安静听故事的孩子立即说。

"隐喻是治疗性故事创作中不可或缺的重要手段。它可以帮助听者建立充满想象的连接。作为故事情节的重要组成部分，隐喻通常既充当负面角色（导致行为或状况失衡的障碍、诱惑者或诱惑物），也充当正面角色（使行为或状况恢复健康或平衡的帮助者或引导者）。"[①] 针对离别期间孩子"思念妈妈"的情绪，笔者选择了孩子所喜欢的动物恐龙作为隐喻，在故事中，小恐龙在通过各种行动排遣了难熬的思念之后，终于见到了妈妈，现实中

---

① ［澳］苏珊·佩罗：《故事知道怎么办：如何让孩子有令人惊喜的改变》，重本、童乐译，天津教育出版社2011年版，第64页。

孩子的思念心情也得到了抒发和安慰。

除了疗愈情感，儿童的日常行为举止也可以用讲故事来纠正。举一个例子。幼儿园的小朋友，有了物品所有权的概念，却往往对公共物品缺乏概念，常"霸占"公共物品。当孩子出现独占公共物品这样的行为时，笔者就精心设计了相似的情节，给他讲了这个《小青蛇的故事》。

小青蛇的故事

孩子年龄：3 岁半

我：很久以前，在一个池塘里，住着很多小动物，有小蝌蚪啊，小鱼啊，小虾啊，还有小乌龟、蜻蜓和一条小青蛇。小青蛇呢，住在一个大荷叶底下。他很喜欢他的大荷叶，每天总是懒洋洋地待在荷叶上睡觉。有一天，小鱼早上醒来，和好朋友小虾一起出门玩，他们游啊游啊，来到了大荷叶底下。这时候，小青蛇看见了，拦住了他们。他很霸道地说："小鱼小虾，这是我的大荷叶，不许你们经过！"小鱼很奇怪："这明明是池塘里的大荷叶呀，怎么是你的呢？"小虾也很奇怪："这是大家的大荷叶，不是你一个人的。"小青蛇不听，还是把小鱼小虾撵走了。

过了几天，一只小蝌蚪又游啊游，来到了大荷叶底下，想美美地睡个觉。可是小青蛇又说："这是我的大荷叶，不许你来！"小蝌蚪有点儿害怕："小青蛇，我可以在这玩一会儿吗？""不行！"小青蛇还是把小蝌蚪撵走了。

一天又一天，小青蛇霸占着大荷叶，谁也不让碰，池塘里的小动物们都不和他玩了。他们都说，小青蛇是一个霸道的小家伙。时间长了，小青蛇一个人在大荷叶上，有时候觉得很快乐，有时候啊，他突然觉得，也很孤单。宝宝，小青蛇做得对不对啊？

孩子：不对！

我：那你以后在楼下玩还说不说"这是我的滑梯"了？
孩子：不说了，妈妈。①

"从广义上讲，任何优秀的儿童文学都是具有教育意义的，善的熏染、美的浸润、真的启迪，都是教育；另一方面，应将教育观念充分地文学化，或者说要以文学的方式去表现教育性。"② 讲故事就是以文学的方式春风化雨地教育儿童。孩子们在听故事的过程中，会将自己的欲求投射到故事里的主人公身上，在主人公的曲折经历里想象自己的人生。

疗愈性故事适应于家庭，但并非所有的家庭都拥有讲述疗愈性故事的能力。当前，中国城市中产家庭通常都非常看重孩子的早期教育和语言启蒙，对亲子共读和给孩子讲睡前故事比较热衷。亲子共读既需要家长有足够的经济实力去购买价格不菲的各种绘本，也需要投入大量的时间，而讲故事虽然并不需要花费多少财力，却也需要投入极大的时间成本。两者都属于"精心栽培型"的家庭文学教育方式。③ 相比而言，因为忙于生计，乡村家长通常没有这么多的时间和精力投注到孩子的文学教育中，乡村社会对此也缺乏足够的指导和宣传。乡村家长往往采取"自然放养型"教育方式，对孩子的要求多停留于学校的考试，而对文学启蒙、审美培养缺乏关注。尤其是乡村儿童群体中不少人是留守儿童，父母长年在外打工，多由年迈的祖父母照料，这些祖父母的文化程度有限，我们很难要求忙碌的祖父母在劳累之余坚持给乡村儿童讲述民间故事和创编新故事。

---

① 笔者这些丰富的家庭文学教育实践，是以大城市的文学研究者的身份来进行的。在分享经验的同时，笔者也深知普通的乡村家长难以做到。在此仅分享一种教育方法。
② 杜传坤：《20世纪中国幼儿文学史论》，北京大学出版社2020年版，第338页。
③ 近年来，实践"精心栽培型"教育方式的父母十分注重孩子的认知发展水平、语言表达能力、社交技巧、审美能力等的提升，甚至在社会上形成了小学生乃至幼儿园小朋友教育"内卷"的现象。

不仅家庭阅读环境存在巨大差异，在社区、学校，城乡儿童也拥有完全不同的阅读环境。好学校往往在城市里，好老师往往在好学校里，除了学校，城市中还有遍地开花的公共图书馆、社区图书馆、书店、绘本馆等公共文化空间，而在乡村，这样的文化空间十分缺乏。在成长的过程中，城市儿童往往还能接受家长、老师之外的阅读指导，即城市家庭里的社会关系网会给城市儿童许多非正式的指导。而乡村儿童除了在学校接受教育，很难从家庭的社会网络里寻求到支持——他们的亲友也通常生活在乡村，没有足够的社会资本。

因此，要通过疗愈性故事来对乡村儿童施加有益影响，我们要面对的，不仅仅是教育方法的指导和教育理念的宣传问题，还有教育人才匮乏、教育资源不足等更深层次的问题。目前，我们还是只能更多地依赖乡村学校。督促乡村学校开设专门的故事课程，培训乡村老师给孩子讲述民间故事或童话故事，并有针对性地创编疗愈性故事。当然，这是一个大工程，不能仅靠乡村学校和个别老师自身的一腔热血，还需要召集专家进行深入研发，创建适合推广的故事课程，在研发和推广的过程中，自然需要来自基层政府和教育部门的支持。

第二节　诗歌：乡村儿童情感体验与表达的载体

什么是诗？谁知？
玫瑰不是诗，芬芳才是；
天空不是诗，光明才是；
流萤不是诗，闪烁才是；
大海不是诗，涛声才是；
我自己不是诗，能让我耳闻目睹心感

而散文却做不到的，才是诗：
但那是什么，谁知？①

——依里诺尔·法吉恩

"诗教"是我国古代儿童的重要教育思想，所谓"不学诗，无以言"。何谓"诗教"？"在儿童蒙昧时期，要以正的东西来滋养孩子，教正则易正，教歪则易歪。用优美、真挚的诗歌来浸染和充盈儿童的内心，潜移默化地引导与改善，以涵养性情，塑造人格，这就是以诗为教的诗教。"②中国是诗歌大国，浩瀚的古典诗歌是儿童教育的宝库。历史上，供儿童使用的韵语读物和古典诗歌选本非常多，韵语读物有《千字文》《三字经》《百家姓》等，诗歌选本则主要包括训蒙诗选和诗歌教科书，训蒙诗选有《神童诗》《千家诗》《小学弦歌》《唐诗三百首》等，至于诗歌教科书，晚清以后，中小学堂专门开设有"读古诗歌"课程，当时就催生了《女学修身古诗歌》《古诗歌读本》《小学堂诗歌》等诗歌教科书。③

一方面，中国传统的儿童文学教育往往是从押韵的韵语、童谣④、儿歌开始的，童谣、儿歌又可称为歌谣。押韵的儿歌，介于歌与诗之间，往往蕴含着丰富的地方文化、民俗及有关自然、生活的种种常识，因其浅易晓畅，在教育上的优势十分明显。

---

① ［英］依里诺尔·法吉恩：《什么是诗》，王文明译，王文明编著《英语经典365》，湖北教育出版社2010年版，第154页。

② 牟坚：《编者的话》，钱理群、洪子诚主编《未名诗歌分级读本》（小学卷1），江苏凤凰少年儿童出版社2019年版，第14页。

③ 参见陆胤《国文的创生：清季文学教育与知识衍变》，社会科学文献出版社2022年版，第357页。

④ 童谣在我国有着悠久的历史，中国古代典籍中保存的童谣不少属于应政治的需要而编造出来的谶语，如《史记》《古今风谣》《天籁集》等典籍中记录了不少古代童谣。一些历史小说也借童谣隐喻人物命运，像《三国演义》就引用了好几首童谣来隐喻政治人物的命运，如"一凤并一龙，相将到蜀中。才到半路里，凤死落坡东。风送雨，雨随风，隆汉兴时蜀道通，蜀道通时只有龙"，隐喻蜀国名将庞统的人生遭际和蜀国的政治命运，而另一首童谣则隐喻了董卓的命运："千里草，何青青！十日卜，不得生！"

"正是由于汉字是单音节的,就非常容易构成整齐的词组和短句,也非常容易合辙押韵。——相形之下,要比多音节的西洋语文容易得多。整齐,押韵,念起来顺口,听起来悦耳,既合乎儿童的兴趣,又容易记忆。"①

儿歌对于儿童成长的重要性,很早就受到了重视。周作人在《儿歌之研究》中曾对此详加论述:

> 凡儿生半载,听觉发达,能辨别声音,闻有韵或有律之音,甚感愉快。儿初学语,不成字句,而自有节调,及能言时,恒复述歌词,自能成诵,易於常言。盖儿歌学语,先音节而后词意,此儿歌之所由发生,其在幼稚教育上所以重要,亦正在此。②

另一方面,对儿歌的研究也是我国儿童文学理论的滥觞。明代吕得胜、吕坤父子先后编写了《小儿语》《女小儿语》及《续小儿语》《演小儿语》几本书,其中《小儿语》《女小儿语》及《续小儿语》收录的是格言和谚语,《演小儿语》则是搜集各地的童谣编纂而成,是我国历史上第一部儿歌专集。《演小儿语》共收录了46首儿歌,很多儿歌明白浅显,有鲜明的节奏感,如《打哇哇》:"打哇哇,止儿声,越打越不停。你若歇了手,他也住了口。"③

---

① 张志公:《传统语文教育初探》,上海教育出版社1962年版,第75页。
② 周作人:《儿歌之研究》,《儿童文学小论》,朝华出版社2018年版,第55页。周作人正是在阅读英国人利亚(Lear)的诙谐诗时,萌生了写儿童杂事诗的念头。利亚写作的诙谐诗,周作人曾按字面意思译为"没有意思的诗"。周作人还在《知堂回想录》中引用利亚一首名为《荒唐书》的诗:"那里有个老人带着一部胡子,/他说,这正是我所怕的,/有两只猫头鹰和一只母鸡,/四只叫天子和一只知更雀,/都在我的胡子里做了巢了!"周作人:《北大感旧录(六)》,《知堂回想录》(下),河北教育出版社2002年版,第563页。
③ (明)吕坤:《演小儿语》,《吕坤全集》,王国轩、王秀梅整理,中华书局2008年版,第1248页。

《鹦哥乐》:"鹦哥乐,檐前挂,为甚过潼关,终日只说话。"① 对此书,周作人曾给予高度评价,认为其"能够趣味与教训并重,确是不可多得的"②。我国古代的儿歌集还有《古今风谣》《天籁集》《广天籁集》《北京儿歌》《孺子歌图》等。这些歌谣对我国古代儿童的文学教育做出了一定的贡献。吕德胜的《小儿语·序》和吕坤的《书小儿语后》则是中国最早的研究儿歌的文章。虽然只是对儿歌的特点及对儿童教育的重要性做了简要梳理,但依然是我国儿童文学理论史上的重要文献。吕氏父子认识到儿童与歌谣之间天生的契合,认为"儿之有知而能言也,皆有歌谣以遂其乐","一儿习之,可为诸儿流布,童时习之,可为终身体认"③,对儿童的一生都有重要的影响。

周作人是率先进行儿歌童谣搜集和研究工作的中国学者。1914年,他发布启事,公开征集儿歌童谣,在启事开篇即提出:"作人今欲采集儿歌童话,录为一编,以存越国土风之特色,为民俗研究儿童教育之资材。"④ 1918年,北京大学开展了全国性征集歌谣的活动,周作人和刘半农等人积极搜集各地的儿歌童谣,以做儿童教育和民俗研究之用。在此影响之下,全国各地出版了不少儿歌童谣。当时一些音乐家还为比较流行的儿童诗谱曲,反过来推动了歌谣的传播。比如《卖布谣》《卖报歌》《兰花草》等儿童诗都被谱成节奏明快的曲子,广为传唱。

在儿童诗产生的过程中,歌谣也起到了催化剂的作用。近代以来,梁启超、黄遵宪等人倡议"诗界革命",促进了"学堂乐歌"的出现和流行。"学堂乐歌可视作儿童诗在晚清特定社会教

---

① (明)吕坤:《演小儿语》,《吕坤全集》,王国轩、王秀梅整理,中华书局2008年版,第1246页。

② 周作人:《吕坤的〈演小儿语〉》,钟叔河编《周作人文类编·花煞》,湖南文艺出版社1998年版,第539页。

③ (明)吕得胜:《小儿语·序》,《吕坤全集》,王国轩、王秀梅整理,中华书局2008年版,第1221页。

④ 周作人:《征求绍兴儿歌童话启》,《绍兴县教育会月刊》1914年第4期。

育背景下的一种变体。新式学堂建立起来后，若干留日学生仿效'明治维新'时期的方法，把西方的歌曲与中国的维新思想、爱国民主要求熔为一炉，开创了'学堂乐歌'这一新的诗歌形式。"[1] 梁启超非常重视"歌诀书"的教化作用，认为儿童诗可以作精神教育之用，他还创作了《爱国歌四章》《终业式四章》等爱国诗歌。黄遵宪也是"学堂乐歌"的倡导者和践行者，他亲自创作了两首学堂乐歌：《幼稚园上学歌》和《小学校学生相和歌十九章》，由此成为近代中国新式儿童诗的拓荒者。除了梁启超和黄遵宪的作品，李叔同的《送别》、杨度的《黄河歌》等也风行一时。这些"学堂乐歌深受当时'诗界革命'的影响，内容上重视'爱国''尚武''革命''勉学'等'新意境'的营造，表现出浓厚的爱国及道德启蒙的色彩，形式上则强调保留古典诗词的音韵格律，追求'古风格'"[2]，严格来说，还不属于现代儿童诗。

中国严格意义上的现代儿童诗，要在五四新文化运动之后才出现。现代儿童诗打破旧体诗歌的桎梏，采用人们日常的口语白话，不受格律、字数、行数的限制，形式很自由，讲究自然节奏，同时在很大程度上摆脱了对教育功利目标的追求，更多关注书写儿童本身的趣味和想象。胡适创作的第一本新诗集《尝试集》里虽然有不少诗歌脱胎于古诗词，但也有专为学生们写的校歌，以及像《希望》这样后经谱曲成为流行歌曲的作品。此后，刘半农创作了一些适合儿童欣赏和朗诵的儿童诗，如《一个小农家的暮》《学徒苦》，严既澄的《竹马》《小鸭子》《早晨》、刘大白的《卖布谣》《布谷》《秋燕》《捉迷藏》《两个老鼠抬了一个梦》以及俞平伯的童诗集《忆》都是早期儿童诗的优秀之作。其中，俞平伯的《忆》尤其出色，这是俞平伯回忆童年生活的一组诗作，作品以儿童眼光、儿童视角写童年趣事，骑竹马、听故事、捉迷藏、

---

[1] 蒋风主编：《中国儿童文学史》，复旦大学出版社2019年版，第55页。
[2] 杜传坤：《20世纪中国幼儿文学史论》，北京大学出版社2020年版，第160页。

过元宵等童年经验在诗人笔下得到了活泼泼的呈现。如写捉迷藏的诗："'来了！'/'快躲！门！门……'/我看不见他们了，/他们怎能看见我？/虽然，一扇门后头/分明地有双孩子的脚。"① 这样的诗已经完全是现代的儿童诗了，没有格律音韵的限制，没有刻意强调节奏感，而是通过一个个场景来刻画儿童天真烂漫的心理，塑造儿童可爱纯真的形象。

经过七十多年的发展，中国儿童诗的形式得到了充分发展，发展出催眠曲、摇篮歌、配合幼儿教育的游戏歌、供青少年朗诵的朗诵诗、供阅读的寓言诗等多种诗体。

童谣或儿歌的内容有很多种类，有哄睡时母亲唱的摇篮歌，如浙江儿歌："又会哭，又会笑，三只黄狗来抬轿。一抬抬到城隍庙，城隍菩萨看见哈哈笑。"黑龙江儿歌："小孩小孩你别哭，过了腊八就杀猪。小孩小孩你别馋，过了腊八就是年。"有孩子游戏时唱的游戏歌，如安徽儿歌："鸡毛鸡毛上天去，你给老爷搬砖去。搬来金砖盖金殿，坐个天子万万年。"有启发儿童智慧的谜语歌："什么圆圆在天边？什么圆圆在眼前？什么圆圆长街卖？什么圆圆水上眠？月亮圆圆在天边，眼镜圆圆在眼前，烧饼圆圆长街卖，荷叶圆圆水上眠。"有帮助孩子练习发音的急口令，如浙江儿歌："天上一颗星，地下一块冰。屋上一只鹰，墙上一排钉。抬头不见天上的星，乒乒乓乓踏碎地下的冰。啊嘘啊嘘赶走了屋上的鹰。息列忽落拔掉了墙上的钉。"② 供儿童娱乐身心的滑稽儿歌："公鸡下了个双黄蛋，母鸡下了个嘰嘴骡。旗杆顶上驴打滚，高山岭上把鱼摸，墙头上边来遛马，瓦房脊上跑大车……""日头出来照西墙，筷子没有扁担长。瘦子没有胖子胖，老头的胡子长在下巴上。"③

---

① 俞平伯：《忆》，海豚出版社 2012 年版，第 11 页。
② 以上几首儿歌转引自褚东郊《中国儿歌的研究》，《小说月报》1927 年第 17 卷号外《中国文学研究》。
③ 这两首滑稽儿歌转引自李岳南《谈民间传统儿歌的艺术特色和技巧》，《儿童文学研究》1981 年第 7 辑。

此外，还有帮助儿童识数用的数数歌，如唐山地区的儿歌："说了个一，道了个一，豆荚开花密又密。说了个二，道了个二，韭菜开花一根棍儿。说了个三，道了个三，兰草开花在路边。说了个四，道了个四，黄瓜开花一身刺。说了个五，道了个五，石榴开花红屁股。说了个六，道了个六，鸡冠开花像狗肉。说了个七，道了个七，金桂开花香扑鼻。说了个八，道了个八，牵牛开花像喇叭。说了个九，道了个九，凤仙开花采在手。说了个十，道了个十，高粱开花直又直。"① 教育儿童了解识别四时花卉的浙江儿歌："正月梅花香又香。二月兰花盆里装。三月桃花红十里。四月蔷薇靠矮墙。五月石榴红似火。六月荷花满池塘。七月栀子头上戴。八月丹桂满枝黄。九月菊花初开放。十月芙蓉正上妆。十一月水仙供上案。十二月腊梅雪里香。"② 又有："石榴开花一点红，梨树开花粉妆成，茄子开花颠倒树，蒺藜开花落骂名。高粱开花节节高，玉米开花正当腰，佛手开花伸巴掌，红花开花一撮毛。"③ 教育儿童季节变化的儿歌："杨柳儿活，抽陀螺；杨柳儿青，放空钟；杨柳儿死，踢毽子；杨柳发芽，打拔儿。"④ 描摹乡村日常生活场景的儿歌："小母鸡格格搭，爱吃老黄瓜。老黄瓜留作种，爱吃香油饼。香油饼不香，爱吃面汤。面汤不练，爱吃鸡蛋。鸡蛋有皮，爱吃牛蹄。牛蹄有毛，爱吃仙桃。仙桃有尖，爱吃牛肝。牛肝有血，爱吃老鳖。老鳖告状，告在和尚。和尚念经，念到三星。三星八卦，拔到癞蛤蟆。蛤蟆浮水，浮到老鬼。老鬼把门，把到二人。二人射箭，射到老院。老院放炮，放到大道。大道冒烟，

---

① 转引自褚东郊《中国儿歌的研究》，《小说月报》1927 年第 17 卷号外《中国文学研究》。

② 转引自褚东郊《中国儿歌的研究》，《小说月报》1927 年第 17 卷号外《中国文学研究》。

③ 转引自李岳南《谈民间传统儿歌的艺术特色和技巧》，《儿童文学研究》1981 年第 7 辑。

④ 转引自李岳南《谈民间传统儿歌的艺术特色和技巧》，《儿童文学研究》1981 年第 7 辑。

冒到诸天。"① 等等。

儿歌往往押韵，或一韵到底，或中间换韵，句式上三言、四言、五言、杂言都有，体裁上则有问答体、拟人体、叙述体等多种。因为押韵，便往往"可吟唱"，其悠扬的曲调、欢快的韵律，会激起儿童深切的共鸣。② 值得注意的是，虽然民间歌谣对于儿童成长有促进作用，但也有一些糟粕，比如嘲笑人的生理缺陷或性格缺陷的儿歌③，在进行现代转化时，我们要择其精华，去其糟粕。

儿歌作者往往不可考，相较而言，儿童诗的作者则是可考的。我们现在所称的儿童诗，主要指的是成人为儿童写作的诗歌。至于儿童自己写诗，是近几年才比较受关注的现象。关于儿童诗的功用，日本儿童文学作家松居直认为：

> 读一些像儿歌、童谣或有韵律的文章等给孩子听，对培养孩子的母语基础有着重要意义。语言首先是从听声音和韵律开始，接着才是获得形象和意义。因此，父母一定要重视由语言的声音及韵律的丰富体验而产生的听觉与语言的关系。声音是语言不可或缺的要素，在很大程度上决定了语言的魅力。但是，现在社会却偏重文字与语义的关系，而忽略了语言

---

① 转引自褚东郊《中国儿歌的研究》，《小说月报》1927年第17卷号外《中国文学研究》。

② 西方文学史上，童谣的重要性也很受重视。如李利安·H. 史密斯指出："儿童早先对《鹅妈妈的故事》的热衷，将会在对数数歌、游戏歌的熟悉中得以继续，它们也变成了一代又一代儿童们的财富。这些传统韵文轻而易举地成为了每个儿童的文学财富，并且将陪伴他们走过一生。我们无法忽略诗歌的这种早期影响，无论它是什么，对于敏感的孩子来说，都是永恒的。这种永恒说明了那些能够留下最初印象的诗，是一种'让此后人生的记忆中环绕着美'的东西。"[加]李利安·H. 史密斯：《欢欣岁月》，梅思繁译，湖南少年儿童出版社2014年版，第139页。

③ 如嘲笑矮子的湖北儿歌："矮子矮，摸螃蟹。螃蟹上了坡，矮子还在河里摸。螃蟹上了岸，矮子还在河里站。"

的真正生命力。现代的母语是不是失去了"语言神性"的生命力？是不是变得带有过多的阐释性或解说性？我建议在幼儿的早期阶段，父母能多给孩子们读一些儿歌或诗歌。①

在西方文学史上，强调儿童诗重要性的诗人也有很多，如美国散文家阿涅斯·瑞普利尔在《名诗选集》导言中，做出了如下论断：

> 儿童从诗歌中获得的愉悦是深远且多种多样的。激起热血的英勇的曲调，回响在耳边的精灵的音乐，让年幼的心灵如同陷入梦境一般的故事，英勇的功绩、不幸的命运、阴沉的民谣、敏锐又欢乐的抒情诗，还有每一个词汇都被打磨得如同宝石一般闪亮的短小诗歌……这些美好的事物都是孩子们了解并且喜欢的。刻意给他们只有韵律和节奏的作品反倒是无用的；将他们年幼却蓬勃的想象力用那些故意显得简单、浅显造作的作品限制起来则是狭隘的。在阅读诗歌的时候，儿童的想象力总是可以超越他的理解能力的，他的情感将带他越过其心智上的限制。他只有一样东西需要学习，即如何在阅读中享受愉悦……②

英国诗人沃尔特·德·拉·马雷还以诗一般动听的语言诉说了歌谣与童诗给予自己的影响：

> 我挑选了我最喜欢的诗歌，无论什么时候阅读它们，它们都能像"魔毯"或者"七里靴"一样，把我带到一个属于它们的王国里去。据说夜莺歌唱的时候，其他的鸟都会坐下

---

① ［日］松居直：《我的图画书论》，郭雯霞、徐小洁译，新疆青少年出版社2017年版，第35页。

② 转引自［加］李利安·H. 史密斯《欢欣岁月》，梅思繁译，湖南少年儿童出版社2014年版，第127—128页。

来安静地聆听它的歌声。而我也非常清楚地记得,当黄莺站在清晨湿漉漉的枝头吟唱时,那些很小很小的鸟儿都不出声地站在那里,静静地倾听着。公鸡在子夜时分啼叫着,方圆百里它的同族都回应着。捕鸟的人吹着口哨诱骗着野鸭们。就这样,有一些歌谣与诗影响着我童年时的心灵,它们同样继续影响着今天已经老去的我。①

在西方诗歌史上,曾涌现了诸多经典儿童诗。英国知名儿童诗作者斯蒂文森,其童年诗集《一个孩子的诗园》,对儿童游乐的场景、天真的想象、纯洁的心灵进行了深入而美妙的刻画,比如写儿童荡秋千:"荡呀荡着秋千上蓝天,/上蓝天,你呀喜欢不喜欢?/我想小孩儿最爱的就是荡秋千,/荡着秋千真好玩,真好玩!//荡过围墙去呀荡上天,/我看到天地这么宽,这么宽,/我看到河流、树木和牛羊,/我看到田野没有边,没有边……"② 此外,罗塞蒂的《儿童的歌》、米尔恩的《当我们还很小很小的时候》也是经典诗集。罗塞蒂的《风》清丽优雅,深受儿童喜爱——"谁见过风呢?/不是你,也不是我。当树叶沙沙摇响,/那就是风从林间穿过。//谁见过风呢?/不是你,也不是我。/当树梢低下头来,/那就是风从它身旁经过。"③ 东方的童诗则以泰戈尔和金子美玲的作品最为知名,泰戈尔的《飞鸟集》、金子美玲的《向着明亮那方》都是书写儿童心理和情感的儿童诗杰作。

当代中国,则涌现出了郭风、柯岩、圣野、金近、鲁兵、任溶溶、樊发稼、金波等儿童诗人,推动了儿童诗的进一步发展。诗人们对儿童诗的文学教育作用大都很重视,比如诗人金波认为儿童诗"给情感以衣裳",可以"锻炼美的感觉",认为儿童诗要

---

① 转引自〔加〕李利安·H. 史密斯《欢欣岁月》,梅思繁译,湖南少年儿童出版社2014年版,第125页。

② 转引自韦苇《世界儿童文学史》,安徽教育出版社2015年版,第340页。

③ 转引自韦苇《世界儿童文学史》,安徽教育出版社2015年版,第341页。

担负起培养少年儿童审美能力的任务。他强调,要按照美的规律来给儿童写诗,而不能通过直白的叫喊给儿童灌输知识或理念。①

"童心即诗。"儿童天然地与诗歌有默契。一方面,"诗歌上,孩子比大人灵,因为孩子是人类生命中最接近诗歌的状态,他们就活在诗里"②;另一方面,"诗是生命中最善(心意)、最美(想象)、最真(直觉)的那些瞬间,它们闪闪发光。诗是生命自身闪耀着的光。光的源头呢?就是那颗童心"③。少年儿童是诗歌教育的初始期,"青少年对事物敏感,有充沛的想象力,与诗歌有着本原性的亲和力。诗与童心的内在契合,让少年儿童时期成为培育良好的语言和诗歌趣味的最佳阶段"④。

"发现幼童,即发现幼童的身体,发现幼童的姿态,发现幼童的童言稚语。"⑤ 孩子是天生的诗人。幼年时期,不论城乡儿童,均一派天真自然,童心似金,其童言童语,多发自肺腑,具有天生的"诗意"。当前社会中,城市儿童在日常生活中接触到越来越丰富和现代的生活方式,而乡村儿童因为居于乡村,日常生活更多接近自然,而以往童诗——不论是旧体诗还是新诗——多有对大自然的描写,对于乡村儿童而言,有一种天然的亲近感,以乡村题材为主的传统童谣和儿童诗无疑非常适合乡村儿童的文学教育。只要教育引导得当,可以更好地激发他们对诗歌的理解和兴趣,也可以增进他们的人生体验和情感表达。⑥

---

① 参见金波《儿童诗的写作》,《儿童文学研究》1981 年第 7 辑。
② 树才:《给孩子的 12 堂诗歌课》,上海社会科学院出版社 2017 年版,第 223 页。
③ 树才:《给孩子的 12 堂诗歌课》,上海社会科学院出版社 2017 年版,第 7 页。
④ 钱理群、洪子诚主编:《未名诗歌分级读本》(小学卷 1),江苏凤凰少年儿童出版社 2019 年版,"总序"第 8 页。
⑤ [法]菲力浦·阿利埃斯:《儿童的世纪:旧制度下的儿童和家庭生活》,沈坚、朱晓罕译,北京大学出版社 2013 年版,第 76 页。
⑥ 刘绪源先生曾归纳得出儿童文学的三大母题:"母爱""顽童"和"自然"。参见刘绪源《儿童文学的三大母题》(第四版),复旦大学出版社 2015 年版。儿童文学作家们创作的众多童谣和童诗作品,歌颂母爱,歌颂自然,或抒写顽童,均和乡村生活环境及乡村儿童生活比较接近。我们可以通过适当的教育方法,引导孩子学习诗歌。

对乡村儿童进行诗歌教育，有几个途径。一是传承传统"诗教"的有益经验，让乡村儿童通过口头上的吟唱和诵读，感受古诗词之美；二是开设"诗歌课"，让乡村儿童了解诗歌基本知识，学习优秀诗作，并引导、启发他们自主创作现代儿童诗；三是让乡村儿童借助阅读诗歌绘本和童谣绘本来学习新诗、了解乡土文化。不论是口头上的吟唱和诵读，还是阅读童谣绘本或上诗歌课，都还得依靠乡村学校和相关部门的支持。

第三节　绘本：乡村儿童文学教育的"资源库"

绘本（Illustrated Picture Books）通常也称图画书，"图画书"是对英语 Picture Books 的直译，而"绘本"则是来自日语对英语的译法。儿童文学研究界和教育学者，在文章中通常使用"图画书"一词，而在出版界、阅读推广人群体及广大家长群体中，"绘本"一词则得到了更广泛的使用。事实上，两个词是共通的，依据个人习惯有所区分。

关于图画书的定义有很多，美国图书馆协会儿童图书馆服务专业委员会曾对图画书的概念做过一个界定，称："儿童图画书与其他图文并茂的图书不同，它旨在为儿童提供视觉的体验。它依靠一系列图画和文字的互动来呈现完整的故事情节、主题和思想。"[1] 日本绘本编辑大家松居直也有过一个定义，他认为："只是把图画作为对文章的补充和说明，或是为了加上图画让孩子看了高兴的书都不能称之为图画书。什么叫图画书？图画书是文章也说话，图画也说话，文章和图画用不同的方法都在说话，以此来表现同一个主题……假如用数学式来写图画书表现特征的话，

---

[1] 参见［美］丹尼丝·I. 马图卡《图画书入门》，《图画书宝典》，王志庚译，北京联合出版公司 2017 年版，第 5 页。

可以这样写：文＋画＝有插图的书，文×画＝图画书。"[1] 国内学界则将图画书分为广义和狭义，如方卫平认为："广义的图画书包括各类含有插图的童书，而狭义的图画书则主要指由图画与文字共同讲述一个完整故事的图书。"[2] 狭义的图画书主要情节上有一个核心的故事，广义的图画书则不限于有一个完整的文学故事，可以是低幼识物、科普百科、英语启蒙读物或数学、物理、化学主题的图画书等。本书在使用"绘本"之际，概念上取广义绘本之意。

根据图画与文字的比例关系，图画书可分为不同的类型。有的插画多文字少，图画在叙事中起到了主导作用，文字仅作为理解故事的辅助。有的插画和文字大抵相当，图画和文本共同承担叙事的功能。有的则文字多插画少，文字在叙事中起到了重要作用，而图画则仅为辅助。图画书的开本多样，文图关系的配合形式也十分丰富，从封面到封底，从文字的内容到插图的风格，书中每一个细节组合起来，旨在给儿童提供一个综合的审美体验。

图画书的出现，伴随着"重新发现孩子"的思潮。近代以来，孩子的权利逐渐得到了重视，知识界如约翰·洛克、卢梭、华兹华斯等逐渐意识到，孩子在精神世界和心理发展、兴趣爱好方面都和成人不同，应该有专属于孩子的读物。世界上第一本图画书是17世纪捷克教育家约翰·阿摩司·夸美纽斯所著的《世界图解》，该书开创了将文字与图画结合叙事的先河。"进入19世纪以后，儿童被明确界定为与成年人有不同文学需求的读者，因此，专为儿童设计的大量图书涌入出版市场，带有童谣、诗歌、打油诗、童话、寓言和冒险活动的图画书更是广受儿童的欢迎。"[3] 20

---

[1] ［日］松居直：《我的图画书论》，郭雯霞、徐小洁译，新疆青少年出版社2017年版，第241页。

[2] 方卫平：《享受图画书——图画书的艺术与鉴赏》，明天出版社2012年版，第8页。

[3] ［美］丹尼丝·I.马ël卡：《图画书入门》，《图画书宝典》，王志庚译，北京联合出版公司2017年版，第17页。

世纪 60 年代以后,图画书逐渐成为欧美儿童文学门类中的主导文类,涌现出了一批富有才华的艺术家,如李欧·李奥尼、艾瑞·卡尔、桑达克等。

20 世纪 90 年代后,图画书的发展进入了一个新的阶段,这一时期涌现出了许多技艺精湛的插画家,将图画书提升到一种艺术形态的标准。图画书因此被广泛认同为儿童文学的一种形式。当前,绘本作为儿童文学的一个类别已经得到国内外学者的广泛承认。美国学者 Nancy Anderson(南希·安德森)在 *Elementary Children's Literature*(《儿童文学基础》)中,将绘本视作儿童文学的一个类别,其余的为传统文学(神话、寓言、传说、童话)、小说(幻想小说、写实小说和历史小说)、非小说、传记与自传、诗歌和散文。[①] 我国国内儿童文学理论界也基本将绘本视作儿童文学的一个类别。"绘本是图画与文字相结合的一种综合性艺术形式,是文学与艺术的融合。但从本质上说,绘本是儿童文学的一种,因为无论是从起源还是内容和形式上看,它都与儿童文学有着更为紧密的关系。"[②] 2008 年,王泉根在主编《儿童文学教程》时,将儿童文学分为韵文体、幻想体、叙事体、散文体、多媒体和科学体六大类,将图画书归为多媒体一类。2009 年,朱自强在对儿童文学进行分类时,将图画书和韵语儿童文学、幻想儿童文学、写实儿童文学、纪实儿童文学、科学文艺、动物文学并列;[③] 2016 年,谭旭东在《儿童文学概论》中也将图画书归为儿童文学之一种。

进入 21 世纪以来,图画书的制作技术和媒材有了更广泛多元的拓展,在世界各地成为儿童的流行读物。而今,"大众文化的

[①] 参见李世娟、李东来主编《图书馆绘本阅读推广》,朝华出版社 2017 年版,第 26 页。

[②] 李世娟、李东来主编:《图书馆绘本阅读推广》,朝华出版社 2017 年版,第 25 页。

[③] 参见朱自强《朱自强学术文集 3 儿童文学概论》,二十一世纪出版社集团 2016 年版,第 208 页。

需求、插画行业的兴起、印刷技术的进步、日益增长的对教育特别是对幼儿教育的重视以及儿童文学的国际交流等，多种多样的因素使图画书具有的表现力和教育价值得到人们的瞩目。再加上儿童图书馆的发展与普及，更增强人们对图画书的认识和需求。孩子的阅读起点需提前到幼儿期，让孩子先从图画书入手爱上读书，这已成为当今世界的普遍共识"[1]。2001年，美国"儿童早期读写推广计划"将早期读写能力分为六个方面，分别是词汇量、阅读兴趣、阅读意识、叙述能力、文字知识、语音意识。[2] 而图画书在这几个方面均有所助益，比如可以培养儿童的阅读习惯，培养他们的阅读意识，在阅读的过程中识文断字，增进语言表达能力，同时给儿童提供丰富生动的图画，提升他们的视觉素养，丰富他们的美学体验和艺术经验，增进他们的阅读兴趣。

绘本是图画文学的典型代表，是绘画艺术和文学的结合体，因为结合了图画叙事和文学叙事两种形式，也具备视觉艺术和语言艺术两种艺术的特征，因而具有多样化的功能和价值——文学功能、审美功能、语言教育功能，同时还具备促进儿童社会化、提升情绪发展能力等多种功能——是我们对儿童进行文学教育的资源库。作为当前最为流行的儿童文学形式的一种，绘本在城乡儿童的文学教育中扮演或理应扮演着举足轻重的角色。

具体而言，绘本可以给儿童带来丰富的情感体验、艺术体验和逻辑推理训练。情感层面，众多以情绪为主题的绘本以生动的故事和绘画给儿童提供了了解、化解负面情绪的方法，可以帮助儿童学会和自己的情绪相处。"绘本中各种各样的故事，可以帮助孩子去理解不同场合、不同机遇下，不同人的情绪和情感，在故事中体验人生的喜怒哀乐，培养孩子的共情能力；有了共情能

---

[1] ［日］松居直：《我的图画书论》，郭雯霞、徐小洁译，新疆青少年出版社2017年版，第230页。

[2] 参见［美］丹尼丝·I. 马图卡《儿童与图画书》，《图画书宝典》，王志庚译，北京联合出版公司2017年版，第189—190页。

力，孩子也就能学会站在他人的角度思考问题，学会换位思考。这些都有助于孩子更好地进行社会化，享受融洽的人际关系；遇到问题时知道如何去解决，而不是任性地发泄负面情绪。"① 艺术层面，可以让儿童读者接受绘画的媒材、布局、线条、色彩、意境等艺术教育。逻辑推理层面，可以促进儿童提升观察力、思维能力和想象力。优秀的绘本往往在图画中隐藏许多信息和丰富的小细节，以激发小读者的好奇心和观察力、想象力。绘本中有不少主题是关于抽象概念的，比如"爱""亲情""友情""勇敢""分享""冷静"等，通过生动的故事和绘画，小读者更容易理解。

绘本的文字往往精练简洁，且大多符合儿童的认知水平，对于儿童词汇量的增长也有帮助。绘本的文字部分通常都是一个小故事，阅读绘本是儿童参与并体验文学故事的最佳方式。艾登·钱伯斯就对绘本高度评价，认为绘本是儿童进入文学世界最自然的一个渠道："不论对什么年龄的孩子，绘本都像纸上的剧场，为他们演绎出阅读时内心世界里呈现的一幕幕画面。"② 绘本对于儿童品格的塑造和教养的形成同样有益，这是因为"图画书提供了一个自然的儿童发展环境，图画书中的插图反映着一个儿童发展过程中的点点滴滴，图画书就是通过那些令人难忘的可爱的角色，来引领孩子们成长。那些绘画精美且符合儿童发展规律的图画书是非常有用的儿童教养工具"③。此外，因为绘本是一种综合性的艺术，它还可以和绘画课、手工课、戏剧课等课程形式结合起来，从多个方面为儿童的文学教育活动提供素材。

此外，绘本还是对儿童进行革命历史教育的好素材。将部分革命历史小说转化为绘本，可以让当代儿童在自主阅读中潜移默

---

① 李世娟、李东来主编：《图书馆绘本阅读推广》，朝华出版社2017年版，第43页。

② ［英］艾登·钱伯斯：《打造儿童阅读环境》，许慧贞译，北京联合出版公司2016年版，第103页。

③ ［美］丹尼丝·I. 马图卡：《儿童与图画书》，《图画书宝典》，王志庚译，北京联合出版公司2017年版，第185页。

化地触摸历史。对此，国内出版界已经有了一些尝试，如 2015—2016 年解放军文艺出版社相继推出的"和平鸽绘本系列"和"长征绘本丛书"，收有《南京那一年》《我们家的抗战》《心形雨花石》《虎子的军团》《红军柳》《远去的马蹄声》《爸爸的木船》《在一起》《小太阳》《大郭小郭行军锅》等书，以绘本形式讲述抗战和长征故事，对儿童进行革命传统教育。2017 年电子工业出版社出版了"我的大英雄"剪纸绘本丛书，该丛书是手工剪纸配图的革命题材儿童绘本，分别为《雷锋的故事》《杨靖宇将军》《巾帼英雄赵一曼》《狼牙山五壮士》《战斗英雄黄继光》《伟大的战士邱少云》《刘胡兰的故事》《人民英雄》。此外，还有一些单册图书，如反映中国共产党党员生平的《李保国》。绘本是让儿童接触经典文艺的助推器，一些改编的绘本，如根据鲁迅的经典散文改编的绘本《风筝》《从百草园到三味书屋》，根据萧红的长篇小说改编的套装绘本《呼兰河传》，都深化了小读者的文化和审美体验。

在绘本出现之前，我国国内面向儿童的读物，主要是传统连环画和用于识字启蒙的挂图。[①] 连环画（又称小人书）是中国一种特殊的书籍形式，和现在流行的绘本相比，传统连环画同样采用图画叙事，但图文关系是固定的上图下文，没有绘本那么形式多样，在色彩上通常为黑白图文，也不像绘本那样丰富多彩，其优点是故事性强，老少咸宜，开本小，方便携带，成本低，价格低廉。连环画在 20 世纪 50—80 年代，曾普遍活跃在中国的城乡各处，产生了极其广泛的影响。80 年代后期以来，连环画开始衰落，不仅创作界新作渐少，经典连环画的销售市场也逐渐被欧美绘本、日本动漫、画报、画刊取代。21 世纪以来，随着人们生活水平的提高和科技的发展，电脑、智能手机、电子游戏、电子阅读设备的逐渐普及，提供了更为丰富和海量的影像体验，装帧和

[①] 中国古代就有以图本形式呈现的幼教读物，如《小学图》《增订绘像日记故事》《前后二十四孝图说》《绘图蒙学歌》《绘图庄农杂字》等。

印刷相对简陋的传统连环画失去了广泛的传播基础，逐渐走向边缘化。虽然被边缘化了，但连环画里其实有一些相当优秀的作品，其中革命历史题材主题的连环画多改编自当年知名的文学名著，凝聚了几代绘画精英的心血，文学和艺术水准都达到了相当高的水平，有的在艺术性上要远高于当今的一些普通绘本，如《鸡毛信》《林海雪原》《渡江侦察记》《铁道游击队》《红日》《红岩》《敌后武工队》《山乡巨变》《朝阳沟》等。我们需要继承和发展传统连环画的成功经验，并总结其衰落的原因，将连环画这一最具"中国作风"和"中国气派"的艺术形态加以改良，让其重新成为老百姓尤其是全国少年儿童所喜闻乐见的读物。

自21世纪初欧美绘本引进中国后，编译、宣传、推广国外优秀绘本，成了国内一些童书出版公司的主流做法。自2010年以后，绘本市场逐渐兴盛，近几年，因为全民阅读的大趋势和亲子阅读的流行，绘本已经成为国内儿童教育图书市场的主要读物。据媒体报道，"2020年，京东图书绘本销售的交易额首次超过儿童文学，成为最大的童书品类"①。据北京开卷的数据，绘本在中国市场的码洋占有率和品种占有率逐年增长。2020年码洋规模最大的前三类依次是少儿文学、少儿科普百科和少儿绘本，码洋比重少儿文学占23.71%，少儿科普百科占21.42%，少儿绘本占18.56%，低幼启蒙占10.22%，其他占26.09%。② 可以说，绘本综合性的丰富的教育价值越来越受到人们的关注。

绘本纵有千般好，但我们目前还面临着一个难题，即当前我国绘本的阅读和推广在城乡之间发展不平衡。城市家长早已意识到绘本对于儿童教育的重要性，绘本基本上已成为城市儿童的日常读物，城市家庭绘本藏书量动辄数百乃至上千册，在各大城市，家庭之外也有各类绘本馆和图书馆的图书资源可供使用。相

---

① 叶雨晨：《谁在制造"爆款"绘本》，《出版商务周报》2021年5月2日第13版。
② 参见北京开卷《2020年少儿图书零售市场报告：少儿图书零售市场同比增长1.96%》，搜狐网，https://www.sohu.com/a/447145551_292883，2021年1月27日。

比而言，因为乡村家长购买力有限及教育理念落后，乡村家庭在绘本的购买和阅读上还有很大的发展空间，具体到推广活动上，乡村地区在家庭层面、学校层面和社区层面的绘本阅读推广都比较匮乏。

乡村儿童享有的阅读资源有限，只有当他们也能拥有和其他儿童同等的阅读机会，享受同等的阅读资源时，我们的"全民阅读"才能取得更大的成效。为此，基层公共图书馆和教育部门要发挥应有的力量，创新活动方式和阅读渠道，进一步推进乡村儿童的绘本阅读。①

---

① 令人欣慰的是，一些地区的基层图书馆已经做出了有益的尝试，如湖南省郴州市图书馆就积极组织开展"结对子种文化——关爱留守儿童 送书进校园"活动，让优质的绘本走进乡村儿童群体。期待这样的活动越来越多。

第三章　乡村儿童文学教育该如何选择儿童读物

第一节　儿童读物的文学教育意义

儿童读物是儿童阅读的素材和前提，没有优质读物，就不会有优质的阅读。而没有优质的读物，乡村儿童的文学教育就缺乏凭借。当前，要进行乡村儿童文学教育，就需要为乡村儿童出版、选择合适的优质的儿童读物。

何谓"儿童读物"？通俗地讲，就是给儿童看的读物。从广义上说，绘本、儿童小说、科普读物、小学教科书等，都可以称为儿童读物，而古诗词、古代神话传说等主要面向成年读者的文学作品也可作为儿童读物，从这个意义上讲，儿童读物的范围很广。陈伯吹先生对"儿童读物"有一个狭义上的定义，他认为，儿童读物指的是"除了教科书以外，连那些作为补充读物和课外读物的读物，甚至于各科的副课本、练习本、日记和书信等等的指导书籍，也一概不包括在内，纯粹是在狭义的偏重文学欣赏的这圈子内的儿童读物"[1]。在此，本书使用"儿童读物"一词，基本也指文学欣赏范畴的儿童读物。

---

[1] 陈伯吹：《儿童读物的编著与供应》，《教育杂志》1947年第32卷第3期。

"儿童读物是世界上最纯真、最善良、最美丽的读物，是最少国家界限、民族隔阂、宗教信仰、政治色彩，最少城乡之别、贫富之分的高度平等的普世性读物。"① 从读物的体系来分，儿童读物一般分为两个大的方面，一是教科书体系，如各个年级的语文课本及配套读物，这是儿童阅读的"主食"；二是一般读物，如各种文学作品、课外读物，这是儿童阅读的"副食"。从读者年龄上分，儿童读物分为0—6岁的亲子读物和7—18岁的少儿读物；从内容上分，则可分为幼儿启蒙读物、绘本、儿童文学图书、传统文化经典读物、科普图书、艺术类图书及卡通动漫图书等。其中，儿童文学图书又可分为儿歌（童谣）、故事、童话、散文、小说、戏剧等类别。在儿童文学真正诞生之前，我国古代社会也有一些儿童读物，如识字启蒙类的蒙学书，像《三字经》《百家姓》《千字文》《弟子规》《千家诗》等，用于对儿童进行识字启蒙和思想道德启蒙；然后是古典小说，我国古代小说史上曾出现一批充满想象力的鬼怪神魔小说，如《西游记》《封神演义》《聊斋志异》《镜花缘》等，深受儿童欢迎；此外，古典诗词中一些写景物、写亲情、写儿童的，富有审美教育、情感教育和知识教育价值，也是惯常的儿童读物。晚清民国时期，随着西方儿童教育思想在国内的译介和传播，"以儿童为本位"的教育思想逐渐得到认可，儿童文学开始在国内兴起和被接受，这时候，译介的儿童小说和童话及以"学堂乐歌"为形式存在的儿童诗歌，成为当年儿童的主要读物。

当前，我国儿童读物出版市场十分火爆，据京东图书与北京开卷信息技术有限公司成立的阅读与产业发展联合研究院发布的2019年线上童书消费报告，"2019年，童书在京东平台实现高速增长，成交额同比增幅超过图书整体增速，成交额占比位居品类

---

① 海飞：《让农村儿童与城市儿童站在同一阅读起跑线上——我国少儿出版与农村儿童阅读现状分析及发展对策研究》，《中国出版》2011年第23期。

第二，仅次于文教类图书"。2020年第一季度，受新冠疫情影响，图书市场整体遭受打击，但据开卷的数据，京东童书网店渠道码洋同比却有接近20%的增长。[1] 可以说，不论是出版机构的数量，还是童书的品种，当前的童书出版格局都堪称"兴盛"，呈现"井喷式"发展面貌。据出版家海飞统计，截至2019年3月，"全国580多家出版社，有556家出版童书；在童书出版品种上，年出版童书4万多种，总量世界第一；在童书出版市场上，拥有3.67亿未成年人的巨大的童书市场，年总印数达8亿多册，在销品种30多万种，销售总额200多亿人民币；在童书出版年产值上，连续20年以两位数增长"[2]。

	儿童读物出版种数（种）	儿童读物出版总印数（万册）	儿童读物出版总印张（千印张）
2015	36633	55564	3387086
2016	43639	77789	4528085
2017	42441	82007	4883681
2018	44196	88858	5412232
2019	43712	94555	5704316
2020	42517	90432	5023408

2015—2020年中国儿童读物出版种类、印数及印张数[3]

图片来源：智研咨询，www.cnyxx.com。

与此同时，我国儿童读物的出版也存在不少问题，出现了内容同质化、娱乐化和低俗化等现象。

---

[1] 参见《2020童书市场哪家强｜京开研究院童书消费报告》，澎湃新闻，https://www.thepaper.cn/newsDetail_forward_7531295，2020年5月24日。

[2] 海飞：《从高速度发展向高质量发展，一文看尽中国童书出版格局》，出版商务网，http://www.cptoday.cn/news/detail/7208，2019年3月14日。

[3] 图表来自智研咨询发布的《2023—2029年中国儿童读物行业运营现状及市场前景规划报告》，百度百家号，https://baijiahao.baidu.com/s?id=1751987658544007398&wfr=spider&for=pc，2022年12月12日。

第一，在数量和质量之间存在错位。无论是出版种类，还是印数，我国当前儿童读物都处于极大丰富的兴盛期，然而童书市场的火爆导致激烈的竞争，激烈的竞争导致儿童读物质量参差不齐。如童书出版领域就出现了"跟风出版、重复出版、多版出版、盗版出版、抢版出版、差错出版、低俗出版、压库出版"以及"争抢作家、抬高版税、虚高定价、电商大战、奖项林立"等现象。[①]

第二，创作方面良莠不齐。除了一些经典的"常青树"之外，优秀的新作较少；一些作家为了迎合儿童的娱乐化需求和市场的需要，创作急功近利，在情节、格调上把关不够，对儿童读者不仅缺乏教育和引导作用，反而容易产生误导，如有的儿童小说出现了诱引自杀、美化自杀、讨论自杀方式等情节，遭到家长的投诉；有的读物粗制滥造，情节荒谬滑稽，缺乏纯正的审美趣味和良好的文学品位，如有的绘本竟然出现了"鸡妈妈炖好一锅鸡汤"这样的句子；此外，印刷质量得不到保障，一些质量低劣的童书开封后油墨味刺鼻，字迹模糊不清，不仅伤害儿童读者的健康，还会影响儿童读者的阅读体验和视觉素养。[②] 这种现象已经引起了儿童文学界的警示，金波先生很早就呼吁：

> 我们的小读者是小树苗，不是摇钱树。少儿图书市场扩大了，有了很大的利润空间，于是有一些人就抓住这样一个商机，就把孩子当成了摇钱树，向他们倾销不太好的图书产品，或提高书价，把手伸进孩子的口袋，他们赚取了利润，但是孩子和家长损失的不仅是一点钱财，还有比钱财更宝贵的身心健康，要知道孩子们都很好奇，但他们又缺少辨别的

[①] 参见海飞《从高速度发展向高质量发展，一文看尽中国童书出版格局》，出版商务网，http://www.cptoday.cn/news/detail/7208，2019年3月14日。

[②] 当前我国童书定价普遍较高，乡村家长购买力不足，往往转向低劣书市场。笔者在调研中得知，有的乡村家长因为低劣书便宜，反而特意购买低劣书——他们觉得低劣书和正版书差不多。

能力，所以他们一旦沉溺在凶杀、恐怖、色情的内容当中，就会在宝贵的童年时代失去纯真的品质，失去纯正的审美趣味，失去陶冶情操的大好年华。所以我们为孩子们写书、出书，应该把握这样的一个原则，要给他们一双寻找美的眼睛，一颗向善的心灵，一个求真的理想。①

正如金波先生所说，童书创作者们要坚守住这样一个原则，要用高质量的书籍给孩子们"一双寻找美的眼睛，一颗向善的心灵，一个求真的理想"。

第三，儿童读物出版城乡不平衡。儿童的文学教育，包括家庭、学校和社会三类文学教育活动，在城市里，这三类教育活动分布得比较均衡，在大量阅读推广人的带领下，不少城市家庭十分重视亲子阅读，形成绘本热、童书热，城市中小学校也广泛开展各类阅读活动，读书角、学校图书馆都配置得比较完善。社会层面，各类绘本馆、图书馆、书店提供了大量公共阅读空间，并经常开展各类阅读活动，此外，童书的购买也十分便利，这些因素共同激发了都市里的儿童阅读热潮。相比而言，乡村儿童的文学教育活动则比较落后，据调研数据，乡村儿童家庭购书量不足，家长在指导上也缺乏精力和能力，没有出现城市里普遍存在的阅读推广人。社会层面，因为图书馆等公共文化空间缺乏，也没有形成阅读热。②

这种情况并非当下才有，可以说是一个历史遗留问题。这和我国长期以来城乡经济文化发展不平衡的局面有关。中华人民共

---

① 金波：《作家要爱护这一方净土》，中国作家网，http：//www.chinawriter.com.cn/wxpl/2013/2013-09-22/175109.html，2013年9月22日。

② 当前，唯一得到重视和发展的是乡村学校进行的文学教育活动。笔者经过调研发现，65.49%的乡村小学老师会积极向学生推荐阅读书单；16.78%的老师虽然知道学生家庭条件有限，在推荐上不够热心，但也会推荐；只讲教材的老师占比17.72%。除此之外，有的学校还会通过开展"全家爱阅读""亲子阅读百日打卡"等活动，鼓励乡村家庭积极开展长阶段阅读。参见本书第一章第二节调查问卷表格。

和国成立之前,就有学者注意到城乡儿童读物出版的差距,呼吁"莫忘农村儿童","要供给他们好的教本,内容要表现农村气味",认为"现在儿童读物太偏重了都市,课本都是都市通用的,而忘记了乡村。农村小孩是我们下一代的生产者,很重要的。希望能使乡村和城市的教师多联络,供给乡村好的教本,内容要尽量农村化,表现农村气味"①。城市儿童读物往往充斥着新奇的事物和现代化的生活方式,而出版界对乡村儿童的生活处境缺乏足够的关注。

当下的中国乡村儿童,其境遇与1949年以前的乡村儿童相比,自然是优越太多。虽然总体而言,中国乡村儿童的图书阅读量和购买量仍然不足,但相比之前已经有不少进步。在调研中,我们发现乡村儿童家庭的藏书量和年购书量都有所提升,家中藏书在10本以上的家庭占比56.13%,其中50本以上的家庭占比22.87%。每年给孩子购买图书10本以上的家庭占比27.11%,5—10本的占比47.43%。②但乡村儿童相对于城市儿童教育资源有限的情况却一如既往。具体到儿童读物领域,城乡儿童读物出版的差距依然没有得到很好的解决。出版社出版童书时,首先考虑的仍然是城市儿童群体的需求。乡村儿童读物仍然存在"书少""无人编""太贵"等问题和困境,为应对乡村儿童的"文化饥荒",需要文艺界相关部门以及出版机构加强合作,推动和帮助作家、艺术家为乡村儿童创作出更多更好的作品,同时加强对适合乡村儿童阅读的儿童读物的编写、出版工作,多管齐下,解决乡村儿童读物缺乏的问题。

针对当下的乡村儿童阅读困境,我们一方面需要继续推动体现乡村儿童阅读兴趣、呈现乡村儿童日常生活经验的读物的出版;另一方面,则需要我们学会在海量的既有童书里选择适合乡村儿童的读物,供阅读之需。

---

① 黄衣青:《莫忘农村儿童》,《大公报》1948年4月5日第四版。
② 参见本书第一章第二节调查问卷表格。

阅读是教育的核心，要对乡村儿童进行文学教育，就必须十分重视他们的文学阅读，选择合适的图书是阅读活动开始的第一步。什么样的儿童读物可以对乡村儿童起到更好的教育作用呢？进一步说，乡村儿童的文学教育需要什么样的儿童读物呢？这就需要我们从海量的儿童读物中做出选择。一方面图书市场泥沙俱下，另一方面儿童读者群体心智尚未成熟，家长、老师、教育部门在为他们选择读物时必须慎之又慎，做好质量把关，选择真正对他们有益的图书才能收到期待中的教育效果。

选择需要坚持一个标准，那就是适合，要量体裁衣，根据儿童群体普遍的生长发育规律和乡村儿童的特殊心理状态及情感特征来选择，站在乡村儿童的立场上，根据他们的需要来选择。比如乡村儿童因为亲情缺乏，常有孤单、焦虑、自卑等情绪出现，我们在选择读物时，就要选一些帮助乡村儿童了解情绪、表达情绪及学会化解情绪的读物，如《我的情绪我知道》《妈妈，我真的很生气》等图书；乡村儿童中有不少人处于留守状态，和祖父母一起生活，他们对父母之爱十分渴求，针对这种情感缺失的问题，我们也需要选择一些表达亲情之美好的读物给他们，让他们在阅读中体验亲情之温馨，理解祖父母的爱、奉献和智慧，如《爷爷一定有办法》《有时候，我特别喜欢妈妈》《团圆》等；乡村儿童家境往往不富裕，物质条件有限，我们也需要给他们选择一些主人公在困境中自立自强的图书，如《草房子》《青铜葵花》等。

除了国内的儿童文学作品，国外的一些佳作也可推荐，如日本的《佐贺的超级阿嬷》，这本书虽然写的是日本儿童，但其主题是一个留守儿童和祖辈相依为命的故事，书中主人公自立自强的精神会让同样处于留守状态的中国乡村儿童产生共情并获得力量；此外，乡村儿童天然地与大自然亲近，如何在大自然中学习、生活、汲取生命的力量？我们也需要选择一些在生活中进行教育的主题读物，如《秘密花园》这样的儿童小说——《秘密花园》讲述了一个寄居在亲戚家里的小女孩在大自然中获得成长力量的故事。

对于儿童而言,"文学教育"中的"文学"范围广泛,但首要的是儿童文学,而儿童的文学教育的核心应该是儿童文学的阅读。① 那些儿童文学的经典读物,如国内外优秀的童话和儿童小说、戏剧等,是历史淘洗下的精品,自然是城乡儿童皆宜的。当然,除了儿童文学作品,历史、科普、艺术类儿童读物也可纳入进来,以弥补乡村儿童在日常生活中审美教育的欠缺,拓宽他们的视野。总而言之,我们给乡村儿童选书只有一个标准和目的,就是希望能塑造这样一个人:哪怕他在一个并不开阔的生长环境中,依然能有一颗开放的心、一个较大的视野,能拥有坚韧的精神力量,坦然接受不能改变的,努力去改变能改变的,当面对种种生活上的不如意时,有一份内心的坚定来勇敢面对,并用自己的努力打造一个更好的未来。

第二节 为乡村孩子编写儿童读物

有识之士很早就注意到了城乡儿童读物不平衡的现象,中华人民共和国成立之前,著名儿童文学家陈伯吹先生就对给乡村儿童编选读物十分关注:

> 中国的儿童,正在惨痛的内战中长大起来,贫穷、饥饿、失学、流浪、犯罪、疫病,重重压迫着新中国幼苗的成

---

① 在中国的传统文化脉络中,父母亲人、哲人思想家、教育者、儿科专家,都是儿童的"教育者"。历史学家熊秉真强调,除了以上几类人物,为儿童书写歌谣故事的文学作者,在艺术品上描绘幼童形象的艺术家,历史上也对儿童教育有着不可忽视的影响。他们或以儿童生活为素材,用文字、声音、色彩描述儿童的世界;或用工艺、表演等视觉手段,呈现理想儿童的形象。这些文艺作品对于儿童有着重要的教育作用,也都是适合儿童的儿童读物。参见熊秉真《童年忆往》,广西师范大学出版社2008年版,第26页。

长，而这些幼苗，绝大多数散处在全国农村各地，那些地方也正是世界上最落伍最黑暗的角落，编著一些什么样的读物给他们看呢？是不是写述一些都市的足以炫耀夸张的豪奢的生活与新奇的事物？是不是写述一些封建的歌功颂德的言辞，鼓励并且引诱他们盲目地奋斗成为独裁的奴役人民的"伟人"？是不是写述一些人云亦云的歪曲的言论去欺骗他们，因而让他们没有了是非正义的感觉？……不是的，不是的，不论那一个现代的中国儿童都不需要这种庸俗的编书匠给予他们的"渣滓"。他们所需要的是——正确的认识与思想，科学的智识与技能，艺术的欣赏与创作。前提决定了，随后依照着选择题材，随后动手编著。①

陈伯吹认为，要给乡村儿童编写具备"正确的认识与思想，科学的智识与技能，艺术的欣赏与创作"的读物。"问渠哪得清如许，为有源头活水来。"儿童读物的出版和推广是阅读的根本保证。在统一的语文教科书之外，我们要提高儿童读物的编写与出版能力，为乡村儿童提供营养丰富、品种多样的"副食"，这些"副食"要具备思想、智识、技能与艺术欣赏的价值。近几年来，给儿童编选的原创文学选本的市场火爆，涌现出一批深受读者欢迎的童书选本。这些选本都是对儿童进行文学教育的重要载体，按照体裁来分，主要有诗歌、小说、散文三类。

一 给乡村孩子编选诗歌读物

诗歌教育在青少年时期有着特殊的功用，儿童心性纯粹，对世界充满了好奇，拥有敏锐的感受力和想象力，是提高诗歌鉴赏力、培养诗歌趣味的最好时期，也是进行诗歌教育的起点所在。当前，关于诗歌的儿童选本是市场上最多的，也最受家长欢迎。

---

① 陈伯吹：《儿童读物的编著与供应》，《教育杂志》1947年第32卷第3期。

比较有代表性的有叶嘉莹编选的《给孩子的古诗词》、周啸天主编的《读给孩子的古诗词·童子吟》《读给孩子的古诗词·少年说》，此外还有中国少年儿童出版社出版的《陪孩子读古诗词》系列，以及配合学校古诗文教学用的《中小学古诗文分级读本》。此外，一些出版社也将《诗经》《唐诗三百首》《声律启蒙》《笠翁对韵》等传统文化诗歌读本添加了各式精美插图，予以出版。古代中国是乡土社会，古典诗歌的写作基本都是以乡土社会为背景，这类童书选本对于当代儿童而言——不论城市还是乡村——都是适用的。乡村儿童因为居住和生活环境的关系，对这些选本天然地更为亲切。

新诗选本也有不少。比如钱理群、洪子诚主编的《未名诗歌分级读本》，该丛书分为小学卷和中学卷，宗旨是让小读者们及早唤起诗心，在成长中得到诗歌的浸润和教养，领略诗歌世界的瑰丽与奥妙。其外，还有王小妮编的《给孩子们的诗》、北岛主编的《给孩子的诗》、果麦编的《给孩子读诗》《陪孩子念童谣》等选本。除此之外，还有专门搜集、收录孩子们自己创作的诗歌作品的选本，如果麦文化出品的《孩子们的诗》、小众书坊策划出品的《孩子都是天生的诗人：那些从童心生长出来的诗》、王宜振和夏海涛主编的《诗歌里的童年——孩子写给孩子的诗》、"是光诗歌"项目组选编的《大山里的小诗人》（该书收录的全部是乡村儿童的新诗作品）等。近几年来，诗歌类儿童读物在市场上很受欢迎，单是2017年，长江少年儿童出版社的《玛格丽特晚安诗》、湖南少年儿童出版社的《爱的朗读：诗与故事》以及浙江文艺出版社的《给孩子读诗》三本诗集就在当当童书类畅销书榜单上名列前茅。

为孩子编选的小说和散文主题的选本也有不少，如王安忆选编的《给孩子的故事》、天一文化编的《读给孩子的散文》、黄永玉的《给孩子的动物寓言》等。此外，著名出版家钟叔河编了一套给孩子的古典散文选本，分别是《给孩子读故事》（精选笔记体散文)、《给孩子读短信》(精选古代文学家书信)、《给孩子读经典》(精选先秦经典文章),希望小读者"多多读好书,多读读好书,便知读书好"是钟先生编选此书的初衷,也收到了良好的效果。

这些书之所以热销,有多重原因。当今城市儿童的文学教育受到家长重视是一个原因,另一个原因是编选和出版方的精益求精。综览这些图书,有个共同点,就是主编者多为文化名人,有着比较大的号召力,与此同时,出版社进行了很好的营销。总体而言,这些童书选本质量很高,受到广大家长欢迎。在形式上,这些图书基本都是精装,其中,"活字文化"是系列丛书,采用纯文字的形式,其余的书大多配有插图,文图相配,读者的体验十分舒适。钟舒河先生主编的"给孩子"系列更是精心制作,采用多媒体阅读模式,在插图、配套音频朗读、封面制作、装饰上精雕细琢,力争尽善尽美,这就让这些书的质量和审美有了保障。[①]这些选本面向的是整个儿童群体,但总体而言,偏于都市儿童的阅读需求,对于城市儿童而言,无论是购买力,还是阅读的适用性,都比乡村儿童更高。针对乡村儿童的情感需求和阅读需求的选本,目前还相对有限。

从浩瀚的古典诗歌海洋里,我们可以精选出一批适合乡村儿童阅读的作品。从题材上看,首先是选乡村田园生活的诗,这个主题的诗十分丰富,中国诗歌史上的"田园诗派"就有很多优秀的描写乡村风景、日常生活、儿童童趣的作品。我们可以从历代的田园诗中精选出一批适合乡村儿童阅读和吟诵的精品之作,配以插图,增强可读性和视觉吸引力,让古典诗歌发挥出更大的当代教育价值。[②]像写家畜的诗《鹅》,写农民辛苦的诗《悯农》,

---

[①] 一个现实问题是,因为价格高昂,这类选本乡村儿童往往无力购买。

[②] 中信出版社出版的《山水田园诗选:齐白石插图珍藏版》将历代山水田园诗配以齐白石的插图,以精装本形式出版,赏心悦目,非常精美。但乡村儿童购买力有限,我们期待出版界能有平装版或其他价廉物美的类似诗选出现。

写田园风光的诗《归园田居》——陶渊明的田园诗非常适合乡村儿童阅读。这些诗描写的场景在乡村都是举目可见的日常生活，读到这些，孩子们自然觉得亲切，只要教师稍加解读，便会了然于心。

至于大量的写乡村儿童童心童趣的诗，都可入选。如唐代白居易的《池上》（"小娃撑小艇，偷采白莲回。不解藏踪迹，浮萍一道开"）、唐代胡令能的《小儿垂钓》（"蓬头稚子学垂纶，侧坐莓苔草映身。路人借问遥招手，怕得鱼惊不应人"）、宋代范成大的《四时田园杂兴》（"梅子金黄杏子肥，麦花雪白菜花稀。日长篱落无人过，唯有蜻蜓蛱蝶飞"）、宋代翁卷的《乡村四月》（"绿遍山原白满川，子规声里雨如烟。乡村四月闲人少，才了蚕桑又插田"）、清代袁枚的《所见》（"牧童骑黄牛，歌声振林樾。意欲捕鸣蝉，忽然闭口立"），等等。

此外，古典诗歌里也有写城乡生活交集的作品，根据现实中农村的"打工潮"，也可选出一些书写城乡对比现象的诗歌选本，比如写劳动人民辛苦的诗《蚕妇》"昨夜入城市，归来泪满襟，遍身罗绮者，不是养蚕人"）、写建筑工人心理的诗《陶者》"陶尽门前土，屋上无片瓦。十指不沾泥，鳞鳞居大厦"），写进城农民贫寒交迫的诗《卖炭翁》，等等。

此外，新诗中也有不少写乡土田园、自然和城乡差异的作品，只是当前对新诗中"田园诗"做分类整理的书还不多见，这类主题的诗歌，会让乡村儿童产生情感的共鸣，更能理解在乡村劳作或外出打工的父母的艰辛和不易，也可编选出来供乡村儿童阅读。

二 给乡村孩子编选故事读物

在传统中国，已经有为教育儿童编选的故事书存在，如唐朝李翰撰写的《蒙求》，该书以四字韵语的形式总结中国历史人物事迹和史实，如"王戎简要，裴楷清通。孔明卧龙，吕望非熊。杨震关西，丁宽易东。谢安高洁，王导公忠。匡衡凿壁，孙敬闭户"[1]。后代又有《历代蒙求》，同样是用四字韵文写成的历史故事。明代则有《鉴略》一书，该书为明代李廷机所撰，以五言韵文的形式，陈述历史故事，如写唐代历史的"魏征为丞相，治国如安堵。定乱不言功，帝独称房杜。惟献大宝箴，谏臣张蕴古"[2]。明清之际，又有《幼学故事琼林》《龙文鞭影》《新镌联对便蒙七宝故事大全》《新镌注释故事》《训蒙故事》等故事书出现。这些故事书多以中国历史为素材，以韵语编纂而成，以知识教化为主，离"文学故事"尚远。

近代以来，国内教育界对"故事"的文学教育意义也十分重视，涌现了多本编选给儿童看的现代故事选集，如沈百英编的《幼稚园的故事》以及陈鹤琴和钟昭华合编的《儿童故事》等。当前，出版界也有一些给孩子编选的故事选本，如一苇编选的《中国故事》、王安忆选编的《给孩子的故事》。《中国故事》搜集的主要是民间故事，而《给孩子的故事》搜集的主要是小说，也包括少许散文作品。

王安忆《给孩子的故事》里选编的作品既有虚构的小说，也有非虚构的散文，在序言中，她强调小说和散文的共通之处是，不论小说还是散文，它们都有一个有头有尾的"故事"，而"故事"的要旨是讲一件事情"就要从头开始，到尾结束"，要遵循叙事完整的原则。[3] 这个选集里收入的篇目不少都是乡土主题的，比如张洁的《捡麦穗》、汪曾祺的《黄油烙饼》、高晓声的《摆渡》等。乡土小说和散文是我国现当代文学中的重要文类，其中也有适合儿童阅读的佳作。这些作品因为和乡村孩子的生活经验密切相关，有了一定乡村生活体验的孩子对这些作品的理解会比城市

---

[1] （唐）李瀚：《蒙求注释》，颜维材、黎邦元注译，陈霞村修订，山西人民出版社1987年版，第1—9页。

[2] （明）李廷机：《五字鉴译注》，古卫兵译注，北岳文艺出版社2016年版，第251页。

[3] 参见王安忆选编《给孩子的故事》，中信出版社2017年版，"序"第10页。

里的孩子更深刻。在教师的引导下，可以获得学生的强烈共鸣。而借此也可以引导学生认识农村的美和诗意。这样，既丰富了孩子们的人文阅读，又增强了乡村儿童对家乡的热爱和认同感。更重要的是，和乡村生活十分贴近的教育内容，更容易让乡村学生产生兴趣，培养起对学习和生活的自信。总而言之，类似的图文并茂的故事选集值得进一步发掘和推广。

三　编写乡土教材、讲义

儿童的文学教育首先要依赖的是小学语文教材，语文教材里收录了不少儿童文学作品。但仅仅靠教材是不够的，当前，我国一些研究机构对加强、推广儿童阅读已经做出了尝试，如"亲近母语"编写了一套文学诵读教材，以儿童的文学教育为主轴，结合语言文字和文化的学习，选文上注重儿童的精神发展，精心选择适合儿童阅读的文学内容，包括童谣、故事、童话、小说、散文等，并设置了"文学聚焦"专栏，加强儿童的文学阅读训练。这样的教材对于城乡儿童都是适用的，当前，随着乡村振兴战略的实行，针对乡村儿童的特殊境遇和阅读需求，编写有乡土特点的文学教材也是大势所趋。那么，乡村儿童需要的文学教材与城市儿童相比有什么独特性呢？

自近代以来，一些学者已经认识到了乡土教育的重要性。潘光旦先生对此呼吁尤切，在《说乡土教育》一文中，他感慨道：

> 近代教育下的青年，对于纵横多少万里的地理，和对于上下多少万年的历史，不难取得一知半解，而于大学青年，对于这全部历史环境里的某些部分，可能还了解得相当详细，前途如果成一个专家的话，他可能知道得比谁都彻底。但我们如果问他，人是什么一回事，他自己又是怎样的一个人，他的家世来历如何，他的高曾祖父母以至于母党的前辈，是些什么人，他从小生长的家乡最初是怎样开拓的，后

来有些什么重要的变迁，出过什么重要的人才，对一省一国有过什么文化上的贡献，本乡的地形地质如何，山川的脉络如何，有何名胜古迹，有何特别的自然或人工的产物——他可以瞠目咋舌不知所对。我曾经向不少的青年提出过这一类的问题，真正答复得有些要领的可以说十无一二，这不是很奇特么？①

潘先生批评的青年缺乏乡土文化，追溯起来，其原因便是青年在儿童期缺乏乡土教育。长期以来，我们的文化传承在乡土风俗这一块是相对欠缺的。陈平原曾指出："今天谈'弘扬传统文化'，必须兼顾高文典册与百姓日用——写在书本上，汇集成各种'皇皇大典'的，是'文化积累'；活在乡野间，主要靠口传与实践的风土人情，同样是值得关怀的'文化承传'。"② 除了以上各类文学读本，乡土教材也是乡村儿童需要学习的一类读物。这是乡村儿童的特殊需要，是乡土教育的重要组成部分。

乡村小学是乡村儿童进行乡土教育的重要阵地。晚清时期，曾兴起过编写乡土教材的风潮，虽只有短短几年的时间，却也给我们提供了参考和学习的样本。1904年，清政府颁布了《奏定初等小学堂章程》，其中明确规定了小学一、二年级进行每周一课时的乡土课程教育，具体科目有历史、地理和格致三类：

历史：讲乡土之大端故事及本地古先名人之事实。

地理：讲乡土之道里建置，附近之山水以及本地先贤之祠庙遗迹等类。

格致：讲乡土之动物、植物、矿物，凡关于日用所必需

---

① 潘光旦：《说乡土教育》，潘乃谷、潘乃和编《潘光旦教育文存》，人民教育出版社2002年版，第340页。

② 陈平原：《乡土教材的编写与教学——关于〈潮汕文化读本〉》，《潮州日报》2017年4月13日第6版。

者，使知其作用及名称。①

此后，全国相继出版了不少乡土教材，如《江西乡土地理教科书》《湖北乡土历史教科书》《湖北乡土地理教科书》《广东乡土地理教科书》等。成一时风潮。当前，乡村儿童若要形成对于乡土的记忆和认知，培养对乡村的认同，就需要通过日常生活经验和学校教育来习得。当家庭教育不足时，学校的责任就显得尤为重大。而在学校进行乡土教育，就需要编写相应的乡土教材，开设乡土教育课程。

费孝通先生曾说，"编写乡土教材的目的是在使本乡人熟悉本乡事，培养热爱家乡的感情，立志为家乡建设出力"②。陈平原曾总结一本乡土教材《潮汕文化读本》的特点，认为这本乡土教材有三点特色：第一，乡土气息；第二，儿童趣味；第三，文章魅力。该书对潮汕地区的物产、风土人情、民间习俗做了介绍，还借助童谣的形式，介绍了诸多海鲜、文化百科。在编写过程中，作者还考虑了儿童的学习、思考和接受能力，各分册列有"童谣""故事""古诗""散文""论文"栏目，以诗文的形式将历史、地理、文学、艺术等乡土文化融入进去，以"随风潜入夜，润物细无声"的形式达到乡土教育的目的，与此同时，这些借助童谣、故事、散文形式实施的乡土教育自然也是文学教育。我们可以借鉴这些编辑经验，编写各地的乡土教材。

乡村学校的课堂里，乡土文化的融入是一个重要的内容，而乡土教材的编写就是让乡土文化自然而然地走进乡村课堂的一个途径。好的乡土教材并不是仅仅传授文化历史常识，而是要通过合理的设置，把学生带入乡村日常生活，走入他们身边的世界，

---

① 《奏定初等小学堂章程》，璩鑫圭、唐良炎编《中国近代教育史资料汇编·学制演变》，上海教育出版社 2007 年版，第 306 页。

② 费孝通：《忆小学乡土教育》，《人间，是温暖的驿站：费孝通人物随笔》，北京联合出版公司 2018 年版，第 202 页。

进而了解到家乡的风土人情，培养对家乡的热爱和认同感。

在这一过程中，乡村教师的作用十分重要。正如有学者呼吁的："乡村社会拥有丰富的历史资源、文化资源和自然资源，这些都是乡村社会独有的教育宝藏。乡村教师要善于利用这些资源，积极开发乡土课程，创新教育教学方法，将学科知识目标融入学生在真实世界中所遇到问题的解决当中去，尊重学生学习主体性与创造性，实现学生认知、社会与情感等多领域发展。通过乡土课程的开发与实施，让孩子可以有机会走出校园，走进乡村社区，走近他们生活与成长的乡村世界，与之建立起活动联结、情感联结、精神联结，在联结中认识与反思，进而形成认同感与归属感，使其成长为有根且智慧的乡村少年。"[1]

目前，全国已经有不少乡土教材问世，但大多以市县为单位，其实，不仅一个市可以有独特的乡土教材，小到一个镇、一个村庄，都可以有一本适合本乡本土特色的教材。

在具体教学过程中，可以鼓励师生协作，合作编写一本《我们的村庄》或《我们的家乡》教材。通过"小范围"的教材或者更简单一些的讲义的编写，将乡村儿童的日常生活纳入课本，并在教学的过程中鼓励师生互动，充分调动孩子参与的积极性。在编写的过程中，给孩子们设立任务，让他们去搜集村里老一辈人流传的或是老一辈人自己的故事，共同谱写"一个村庄的历史"。乡村小学的教师可以自编适合本乡本土特色的讲义，作为正常授课之外的辅导课程的读物，这个课程是为乡村学生了解故乡文化和历史地理专门设立的。

"有关乡土的缤纷知识，并非自然习得，同样需要学习与提醒、关怀与记忆。"[2] 乡村儿童有了这份知识的积累，将来无论去向何方，都有一个"根"——对故乡的爱，永远在心里。

---

[1] 王海英：《乡村教师，重新确立你的身份认同》，《光明日报》2019年8月27日第15版。

[2] 陈平原：《〈潮汕文化读本〉——致同学们》，《潮州日报》2018年2月22日第3版。

第三节　理想读物：乡土题材儿童小说

儿童对于儿童读物的需求因年龄差异而有所区别。绘本、儿歌、童谣是最适合学前儿童的读物，而对于中小学阶段的儿童，童话、儿童小说则更贴近他们的阅读兴趣和成长发展需要。对于乡村儿童而言，贴合他们生活经验的乡土题材童话或儿童小说则无疑是理想的读物。

在现代文学史上，《稻草人》是我国第一本个人创作的童话集，与西方以王子、公主、仙女、精怪为主题的童话不同，叶圣陶的童话关注现实生活中的儿童境遇，将乡村环境、乡土人物以童话的形式呈现出来，给中国儿童提供了具备新的审美风格和阅读趣味的儿童读物。除了现实主义风格的童话写到乡村儿童，一些儿童小说也将关注的目光投向了乡村儿童这个群体，如凌叔华的《小哥儿俩》。即使是以儿童与战争为主题的一些小说，主角也往往是乡村儿童，场景也多是乡村地区，如《鸡毛信》《雨来没有死》等，这些作品呈现了丰富的乡村儿童形象：善良、勇敢、机智、充满了生命的活力，同时书写了各具地域特色的乡村自然环境。如《雨来没有死》里这样刻画乡村儿童雨来及其小伙伴的形象：

> 雨来最喜欢这道紧靠着村边的还乡河。每到夏天，雨来和铁头、三钻儿，还有很多很多光屁股的小朋友，好像一群鱼，在河里钻上钻下，藏猫猫、狗刨、立浮、仰浮。雨来仰浮的本领最高，能够脸朝天在水里躺着，不但不沉底，还要把小肚皮露在水面上。①

---

① 管桦：《雨来没有死》，《人民日报》1949年4月4日第四版。

这一段描写可谓乡村儿童最为熟悉的嬉游场景，读来仿若身临其境。这些小说，今天的乡村儿童读来，也丝毫不会觉得有隔膜。若教师加以适当引导，结合历史背景予以阐释，则会使他们有更深刻的体悟。中华人民共和国成立以后，以乡村儿童为主要人物形象或以乡村为写作背景的儿童文学佳作还有任大星的《野妹子》、徐光耀的《小兵张嘎》、汪曾祺的《羊舍一夕》、李心田的《闪闪的红星》、任大霖的《童年时代的朋友》、郭风的散文集《避雨的豹》等。

新时期以来，当代儿童文学创作进入第二个黄金时期，出现了丰富的创作面貌，尤其是 20 世纪 80 年代以后，"在新的社会文化中得以孕生或被推到公共视野下的现实童年的各种生活境遇，从不同的方向激发着新时期儿童文学作家们的创作热情。乡土的、城市的、校园的、家庭的、男孩的、女孩的，不同社会文化背景和不同年龄层次的，等等，这些多角度的童年生活表现既建构着当代儿童文学丰富的写作面貌，也传递着人们对于童年现象的一种更为宽广的文化理解与生存关怀"①。21 世纪初，受西方引进的《哈利·波特》精灵魔法类题材小说的影响，我国儿童文学小说创作偏向于"幻想类"，自 2015 年以后，现实主义题材又逐渐复兴。"书写'中国童年'，讲述'中国故事'成为儿童文学创作的主旋律。作家们有意识地拓展了现实主义儿童文学的题材领域，军旅题材、援疆题材、支教题材、扶贫题材、乡土地域题材、文化题材、生态题材纷纷涌现，历史题材、战争题材、青春题材、校园题材等多个领域也均有突破意义的佳作。"② 其中，都市题材儿童小说发展迅速，涌现出不少优秀的作品。如《八十一棵许愿树》，讲述南京女孩伊娜与边疆少年巴吐尔交往的故事，城市儿童的生活图景和边疆少年的日常构成两条叙事线索，塑造了新时

---

① 方卫平、赵霞：《儿童文学的中国想象——新世纪儿童文学艺术发展论》，安徽少年儿童出版社 2018 年版，第 322 页。

② 崔昕平：《中国当下儿童文学创作现状纵谈》，《延河》2020 年第 6 期。

代少年儿童的形象。此外,《我想长成一棵葱》《三片青姜》《逃逃》《一诺的家风》《装进书包里的秘密》《爸爸的甜酒窝》等小说也各有特色和优长。

20世纪90年代,关注乡村儿童生活的儿童小说,如曹文轩的《草房子》《根鸟》,曾引起社会广泛关注和反响,尤其是《草房子》,发表后广受好评。书中的乡村少年各有特色,或调皮灵动,或勇敢坚韧,作者通过对乡村少年群像的塑造,写出了一个有着浓厚人情美的乡土世界。书中乡村少年身上所拥有的道义的力量、情感的力量、智慧的力量和美的力量,深深打动了读者,此书也成为新时期儿童文学的扛鼎之作。但此后,乡土题材的儿童小说在一段时期内却面临着十分尴尬的处境。"一方面,由于消费市场的现实,目前在儿童小说创作中占据主流的毫无疑问是灵感迭出的城市童年题材;但另一方面,乡土题材儿童小说对于乡村文化和童年的表现由于代表了一种自觉、可贵的边缘艺术探寻,又总是受到来自儿童文学界的特殊关注(特别是各类儿童文学奖项的关注)。尤其进入新世纪以来,尽管乡土题材儿童小说的新作仍然持续在各类儿童文学刊物和评奖榜上露脸,但真正在内容和艺术表现方面令人过目不忘的作品显然太少。"[①]

近些年来,乡土题材的儿童小说创作日渐发展,呈现出较为丰富的面貌,涌现出一些比较优秀的乡土儿童小说。如张国龙书写的"铁桥李花"系列乡村儿童成长故事(《麻柳溪边芭茅花》《红丘陵上的李花》《老林深处的铁桥》),该系列小说讲述一对乡村兄妹铁桥和李花艰辛而温暖的相守相助的故事,通过一系列事件刻画兄妹俩在绝境中的坚持和困厄中的相互搀扶,呈现了乡村少年穷且益坚、不向命运轻易屈服的坚韧品质。莫国辉的《遥远的塘鱼村》是一部乡村少年的成长史,书写了塘鱼村几个乡村孩

[①] 方卫平、赵霞:《儿童文学的中国想象——新世纪儿童文学艺术发展论》,安徽少年儿童出版社2018年版,第190页。

子的命运。小说的深刻之处在于结尾的悲剧性,作者并没有给书里的乡村儿童一个虚幻的光明的前景,而是试图以悲剧来唤醒读者对乡村孩子生活困境的关注。祁智的《小水的除夕》则聚焦原生态的乡村儿童的日常生活,描绘出了一幅幅纯净明丽的乡村儿童图景,表现了乡村儿童之间纯朴的友谊。

对留守儿童生活的书写是这些乡土小说的一大主题。谢华良的《陈土豆的红灯笼》塑造了一个普通的留守儿童陈土豆的形象,在陈土豆身上,传承了中国民间最美好的道德传统。《艾烟》讲述了一个乡村女孩纸叶的留守故事,故事的情节并不复杂,主要事件就是纸叶和男孩树用艾灸给爷爷治病,其间勾连起乡村生活的风土人情。《泥孩子》讲述的是一个留守儿童"泥孩子"的故事,"泥孩子"和爷爷奶奶在乡村守候着一片葡萄园,在单调的乡村生活中,和憨牛、黑根两个乡村男孩相遇、相知,随着葡萄园结不出葡萄、钓鱼的河水越来越脏,乡村环境恶化的主题得以彰显。该书写得清新自然,故事简单明快,如一首忧伤的田园诗。此外,还有《留守》《大槐树下》《蓝天下的课桌》《流动的花朵》《云三彩》《樱桃小庄》《逐光的孩子》《空巢十二月》等作品关注农村留守儿童成长,多采用现实主义手法书写当前乡镇儿童的生活和情感状态,引起了较多的关注和好评。

这些乡村主题的儿童小说以深切的情怀书写一个个乡村儿童的成长故事,故事里的主人公们的命运也是当前无数个乡村儿童生活处境的写照,他们对乡村儿童命运的关注,让人敬佩。但不得不说,这类小说也存在一些问题,比如"比较隔"的问题。作者大都在都市生活,作品或是回忆过去的乡村生活经验,或是短期调研后的成果,他们对当前的乡土生活缺乏日常的经验,导致在塑造故事情节及人物性格时出现失真现象。比如《艾烟》里的主人公名字叫"纸叶",这是一个非常文艺的名字,是文化水平不高的乡村留守儿童家庭通常不会取的。而《泥孩子》里的主人公却又走向了另一个极端,过于追求"土气",男孩不是"憨牛",

就是"黑根"。

此外，有的作者缺乏乡土生活经验，写的虽然是乡土主题，用的却是城市生活经验，这也导致了文本内部的不和谐现象，比如《艾烟》里写蜻蜓："蜻蜓已经把脑袋转到一边，耷拉着，像一个拉不下面子不得不参加朋友的生日舞会，却在热闹喧哗的音乐与人群中落寞地心不在焉地起劲地想自己还有多少正经事儿没做的大学生。"[①] 这个比喻完全是城市化的，很突兀，跳脱了小说的整体语境。有的作者虽然有关注乡村儿童或流动儿童的情怀，但笔下写自己不熟悉的经验和人物，缺乏真切的生活经验做底子，写起来只有骨架，没有血肉。比如王一梅的《城市的眼睛》，写一个乡村儿童进城后的种种经历，故事素材是作者听来的，写起来空有一副架子，部分情节跳脱、缺乏铺垫，也没有塑造出生气勃勃的人物形象。还有一些作者创作速度过快，或态度不够认真，导致一些乡村主题小说艺术价值不高，理念痕迹过重。总之，我们还需要更好更接地气的作品。现实主义的儿童小说对于乡村儿童的文学教育十分重要，在当前大力推进乡村振兴战略的背景下，我们尤其应该鼓励作者创作面向乡村儿童的现实主义儿童文学佳作，以激发共情，促进乡村儿童身心健康发展。

除了现实主义的儿童成长小说，动物童话和动物小说也是乡村儿童理想的读物。以动物或动物与人的关系为主题的儿童文学作品，在世界儿童文学史上占据着重要的地位，其中一类是动物寓言和动物童话，如《彼得兔的故事》《柳林风声》《列那狐的故事》《噢：小黑猫成长记》《黑骏马》《野性的呼唤》《骑鹅历险记》《夏洛的网》《小鹿斑比》《时代广场的蟋蟀》《纳尼亚传奇》《小熊维尼》等，都是经典之作；另一类是以动物为主题的现实主义小说，如曹文轩的《痴鸡》、乌热尔图的《七岔

---

① 星子：《艾烟》，天天出版社2015年版，第9页。

犄角的公鹿》、王小波的《一只特立独行的猪》等名篇。"这些故事里的动物或儿童文学角色所拥有的情感是相当多层面的,而作为读者的儿童可以依他们所需来模仿或重建那些情感——不论是他们自己或他人的情感。"① 不论城乡儿童都可以从动物文学中得到丰富的体悟,但这类作品尤其与乡村儿童有着天然的契合。在乡村,儿童较频繁地接触动物,如兔子、鹅、鸭子、牛、羊等,相比城市儿童大多从图画书或者动物园接触到这些动物而言,乡村儿童与动物朝夕相处,有着更深刻的生活体验,也更容易理解和接受这些动物主题的儿童文学作品所传达的情感教育和道德教育内涵:在儿童读者身上培育责任感、同理心和对生命的尊重。

虚构体的童话故事和小说之外,一些非虚构的散文作品也值得关注,如漆永祥的散文集《五更盘道》、王一梅的《一片小树林》等,这些作品往往有着生动的故事情节和人物形象,十分动人。《五更盘道》是一个在山村长大的文化人书写的散文集,书中写了作者自由自在、在山野自然中欣欣然成长的少年经历,还写了众多陪伴作者成长的父老乡亲,其中又重点写了两类人,一是乡村老师及同学,二是亲人,无不写得生动形象。作者有多年乡土生活的经历,同时是专业的文学研究者,再加上对生活精细而深情的体悟,文字融方言土语、典雅文言、流畅白话于一体,或鲜活灵动,或雅俗相间,或洒脱幽默。这样的作品既能让乡村儿童觉得十分亲切,产生共情,又能给读者以极大的精神鼓舞。

王一梅的《一片小树林》2014年出版后,入选了"践行与培育社会主义核心价值观主题出版重点出版物",2014年年底,又荣获冰心图书奖。该书讲述的是一所乡村学校校长杨瑞清和他学

---

① [德]乌特·弗雷弗特等:《情感学习:儿童文学如何教我们感受情绪》,黄怀庆译,上海人民出版社2021年版,第135页。

生的故事，被誉为"我们身边的巴学园和小林校长"。这本书的产生过程更值得我们关注。据责任编辑陈文瑛讲述：

> 所以当她（王一梅——引者注）开始了实地采访，为写作做准备，我便会同社里的相关部门，提出了这个选题。几经研讨，我们形成了一个比较明确的选题方向：《一片小树林》要着眼于基层教育实践者的感人事迹，潜心塑造扎根基层教育工作的先进教师形象，描绘美好的中国乡村校园，呈现接近大自然、在生活中进行情感教育的现代教育观，以及关注心灵、发现优秀、引导儿童主动探索的现代儿童观。这个选题规划包含了几层意思：1.选题要表达的主题是：彰显一个基层乡村学校教师为改变村小面貌而努力奋斗的精神。2.选题的内容：讲述杨瑞清校长带领村小的老师为乡村孩子建设美好校园的故事。3.呈现方式：采用纪实文学的表现手法，叙述感人的故事。①

"接近大自然、在生活中进行情感教育的现代教育观"，以及"关注心灵、发现优秀、引导儿童主动探索的现代儿童观"，正是当前乡村教育实践需要的"既现代又田园的在地化教育"方案。该书编辑敏锐地察觉到了行知小学教育实践的巨大价值，并督促作者创作成纪实文学作品。这样的作品"接地气"，是乡村儿童、教师、家长都能为之动容并受到鼓舞的。

当然，我们向乡村儿童推荐乡村主题的儿童读物，并不意味着不关注、不推荐优秀的城市主题读物。"他山之石，可以攻玉。"城乡儿童在阅读上其实并没有截然二分的界限。城市主题的儿童读物也是乡村儿童了解世界、开阔视野的必需品。事实上，我们

---

① 陈文瑛：《〈一片小树林〉编辑手记：书写中国"巴学园"》，《中华读书报》2015年4月15日第8版。

在调研中发现，在图书内容的选择上，乡村儿童家长最倾向于选择"中外经典儿童文学作品"给孩子看，然后便是"城市生活主题的图书"，他们希望孩子能了解乡村经验之外的世界。同理，城市儿童也有必要阅读乡村主题的读物，了解同一片蓝天下不同儿童的生活、学习状况和处境。

第四节　适合乡村儿童的几类绘本

一　乡村主题的诗歌绘本

文学的教育功能主要通过阅读来实现，诗歌阅读本身就是诗歌教育。要对乡村儿童进行诗歌教育，首先得有合适的读物和教材。当前我国国内已经有一些诗歌教育读本，比较知名的如《日有所诵》诗教教材，这套读本精选经典儿歌、童谣、童诗、古诗词曲、中外现当代诗歌及部分诗性的散文，按年级编排，每学年为一册，每册分为上、下卷，对应每学期的16周次，设置成16个诵读单元，供学校老师们进行课程化教学，选取的诗歌作品多朗朗上口、音韵和谐，在编排上将古体诗和现代诗、儿歌和儿童诗相互穿插，体裁均衡分布在每个单元。这套教材是我们当前比较成熟的诗教读本。因为选材的经典性，广泛适用于城乡儿童。而着力于乡村儿童诗歌教育实践的"是光诗歌"项目，则采用自己研发的教材，按照四季的区别开设课程。

童诗集是乡村儿童诗歌教育的理想读物，阅读大量的童诗尤其是乡村主题的童诗对于乡村儿童十分有益。研究发现，"让儿童在早期经常听读诗歌，不仅可以帮助他们培养基础的文学素养，还能鼓励孩子热爱阅读。尽管孩子们可能不明白诗歌字面的意思，但诗歌却是孩子们表达思维、分享情感的文学载体。诗歌里的韵律、节奏和字母游戏，不仅吸引着孩子们的注意力，还能激发他们的想象力。诗歌中重复的词句和节奏能让孩子们记起他们认识的人、去过的地方和经历的事情"①。那些书写乡村自然风物的童诗便是极佳的诗教读物。

此外,主要以乡村生活为主题的童谣无疑也是理想读物,是乡村学校进行诗歌教学的重要载体。关于童谣,朱介凡在《中国儿歌》一书中有过界定,他明确指出童谣不等于儿歌,认为"童谣多是政治性的预测、讽刺,让历史家取为治乱兴衰的论断"②,童谣的主要特征有:重政治性,有预测性,意思恍惚游离故意逗人猜解,没有一定的结构形式,是后人就历史已有事物的附会。而儿歌的句式更为自由,声韵活泼,意境清新,言语平白,和儿童的生活密切相关。③ 我们今天提到童谣,往往将其与儿歌并举。童谣对于儿童有深远影响,聆听童谣时,"在这种语义空洞但语音符号丰满的交错循环的音乐中,在呼唤与回应、冲突与和解中,蕴藏着诗性语言的种子,这种语言在它的音乐、韵律和节拍中,将我们的身体进行编码"④,以至于"不管隔了多少年代,我们的孩子,我们,还有我们的父母、爷爷奶奶,甚至是爷爷奶奶的爷爷奶奶,那么多人的童年都被同一首童谣串联起来"⑤。

在当前的"读图时代",儿童诗歌越来越多地借助插画来达到更好的审美教育效果,"一般来说,成功的诗歌插画要求画家要具有超乎寻常的主观性。它形成了一种平行的视觉陈述,尤其当诗歌以抒情为基调的时候"⑥。将童谣和图画相结合的绘本能对

---

① [美]丹尼丝·I. 马图卡:《类型和体裁》,《图画书宝典》,王志庚译,北京联合出版公司2017年版,第135页。

② 朱介凡编著:《中国儿歌》,晨光出版社2021年版,第11页。

③ 参见朱介凡编著《中国儿歌》,晨光出版社2021年版,第12—13页。

④ [美]凯伦·寇茨:《"看不见的蜜蜂":一种儿童诗歌理论》,谈凤霞译,《南京师范大学文学院学报》2019年第3期。

⑤ 熊亮等主编:《中国童谣》(绘本版),中信出版社2019年版,"前言"第1页。

⑥ [英]马丁·萨利斯伯瑞:《英国儿童读物插画完全教程》,谢冬梅、谢翌暄译,上海人民美术出版社2005年版,第104页。

儿童起到更好的教育作用。这种绘本又叫歌谣书，它们往往以童谣、儿童诗、摇篮曲、古诗词等韵文为主题，搭配生动形象的插画，有的还配有听读资源，以此激发儿童的阅读兴趣。儿童往往对节奏和韵律敏感，相比于平常用来"目读"的散文体的图画书，这种韵文体的图画书往往更适合儿童诵读或听读。

歌谣绘本在欧美早有流行，是欧美绘本中的重要一脉，知名的童谣绘本有《鹅妈妈童谣》《三只山羊嘎啦嘎啦》《雨做成了苹果酱》等，散文诗绘本有《鹰啊，我是你兄弟》《沙漠里的声音》《不一样的倾听》《我的沙漠节日》《一天开始的方式》等，儿童诗绘本有《雪晚林边歇马》[①]。此外，还有歌词绘本，如根据著名歌手鲍勃·迪伦的歌词绘制的绘本 If Dogs Run Free、If Not for You、Blow in the Wind 等。目前，中国原创童谣类绘本的插图往往以传统艺术手法如水墨、剪纸等形式呈现，知名童谣绘本有《一园青菜成了精》《月亮粑粑》《耗子大爷在家吗》《月亮走我也走》《麻雀生蛋粒粒滚》《青蛙笑翻了》《天黑黑要落雨》等。童诗绘本则有《布谷鸟的心愿》《下雪天的声音》等。除了以单首童谣制作的绘本，还有童谣合集绘本，如画家熊亮组织编写的《中国童谣》等一系列民俗文化绘本。

传统童谣大多是乡村主题，将传统童谣通过改编配图，以绘本的形式呈现，对于当下乡村儿童学习了解传统文化和民间文化，有着很大助益。国内出版界对此已有深刻认识，做出了各种努力。在童谣改编成绘本的过程中，一些作家或画家往往会根据现代儿童的阅读心理习惯，对传统童谣进行适当改编。这改编或为语言上的，或为内容上的，或为文体上的。语言上主要是将童谣中的方言方音改为普通话。我们国内不少童谣具有地方文化特色，在某个地域流行，并具备地方方言的典型词汇和典型读音。

---

① 日本诗歌绘本也有不少佳作，如谷川俊太郎的《妈妈，为什么？》、西卷茅子的《我的连衣裙》等。

在改编成通行的绘本时,创作者有的对其做了"普泛化"的处理,选择在正文采用普通话版的童谣,但在文末附上了方言版本,以满足不同读者的需求。如蔡皋的童谣绘本《月亮粑粑》,普通话版和方言版分别是:

月亮粑粑(方言版)	月亮粑粑(改编版)
月亮粑粑,肚里坐个爹爹。	月亮粑粑,里头坐个爷爷。
爹爹出来买菜,肚里坐个奶奶。	爷爷出来买菜,里头坐个奶奶。
奶奶出来装香,肚里坐个姑娘。	奶奶出来装香,里头坐个姑娘。
姑娘出来绣花,绣杂糍粑。	姑娘出来绣花,绣个糍粑。
糍粑跌得井里变杂蛤蟆。	糍粑跌到井里变个蛤蟆。
蛤蟆伸脚,变杂喜鹊。	蛤蟆伸脚,变个喜鹊。
喜鹊上树,变杂斑鸠。	喜鹊上树,变个斑鸠。
斑鸠咕咕咕,和尚呷豆腐。	斑鸠咕咕咕,和尚吃豆腐。
豆腐一蒲渣,和尚呷糍粑。	豆腐一捧渣,和尚吃糍粑。
糍粑一蒲壳,和尚呷菱角。	糍粑一捧壳,和尚吃菱角。
菱角溜溜尖,和尚要上天。	菱角溜溜尖,和尚要上天。
天上四个字,和尚犯哒事。	天上四个字,和尚犯了事。
事又犯得恶,抓哒和尚敲栗壳。①	事又犯得恶,抓着和尚敲栗壳。②

普通话版中的"和尚吃豆腐",方言版是"和尚呷豆腐",不仅在用字上有区别,在读音上也有较大差异,如"月亮粑粑,肚里坐个爷爷",湖南方言里"爷爷"读作"dia"。

有的绘本考虑到时代变化和当前儿童受众的接受程度,对原有童谣里的部分语句做了调整。如周翔绘制的绘本《一园青菜成了精》,改编自北方童谣,这首童谣的原文和改编版分别是:

---

① 转引自蔡皋绘《月亮粑粑》,湖南少年儿童出版社2016年版,第20页。作家汤素兰对这首童谣的解读非常细腻:"那种声音没有意义,却最为愉快。愉悦本身就是意义。正是通过身体的运动、韵律与声音,新生的孩子与世界发生了联结。孩子从天上的月亮粑粑开始唱起,一直唱到前山小庙里的和尚因为顽皮挨了栗壳;他从老爹爹唱到蛤蟆。他逃离语言的概念,从天(月亮)到地(街、井),从老人(爹爹、奶奶)到小孩(小和尚),从人(爹爹、奶奶、姑娘、小和尚)到动物(蛤蟆、斑鸠、喜鹊),从吃(粑粑、糍粑、豆腐、菱角)到玩(上树),从而建立了人与人之间,人与天地万物之间的新联结。"汤素兰《第一次的月亮,第二次的天真》,《邢台日报》2022年6月9日第6版。

② 参见蔡皋绘《月亮粑粑》,湖南少年儿童出版社2016年版,第2—19页。

一园青菜成了精（原版）	一园青菜成了精（改编版）
一个大嫂上正东，碰到一园青菜成了精：青头萝卜坐宝殿，红头萝卜掌正宫。河南反了白莲藕，一封战表进京城；豆芽菜跪倒奏一本，胡萝卜挂帅去出征；白菜打着黄罗伞，芥菜前部做先行；小葱使的银战杆，韭菜使的两刃锋；牛腿瓠子掌大炮，青豆角子掌火绳。只听得，古碌碌，三声大炮响隆隆。打得茄子满身青，打得黄瓜一包刺，打得扁豆扯成蓬，打得豆腐尿黄尿，凉粉吓得战战兢兢，藕王一见心害怕，一头钻进稀泥坑。①	出了城门往正东，一园青菜绿葱葱。最近几天没人问，他们个个成了精。绿头萝卜称大王，红头萝卜当娘娘。隔壁莲藕急了眼，一封战书打进园。豆芽菜跪倒来报信，胡萝卜挂帅去出征。两边兄弟来叫阵，大呼小叫争输赢。小葱端起银杆枪，一个劲儿向前冲。茄子一挺大肚皮，小葱撞个倒栽葱。韭菜使出两刃锋，呼啦呼啦上了阵。黄瓜甩起扫堂腿，踢得韭菜往回奔。莲藕斗得劲头儿足，胡萝卜急得搬救兵。歪嘴葫芦放大炮，轰隆隆三声响。打得大蒜裂了瓣，打得黄瓜上下青。打得辣椒满身红，打得茄子一身紫。打得豆腐尿黄水，打得凉粉战兢兢。藕王一看抵不过，一头钻进烂泥坑。②

在绘本中，原本童谣开头的"一个大嫂上正东，碰到一园蔬菜成了精"被改为"出了城门往正东，一园青菜绿葱葱，最近几天没人问，他们个个成了精"；"青头萝卜坐大殿，红头萝卜掌正宫"一句被改为"绿头萝卜称大王，红头萝卜当娘娘"；而"河南反了白莲藕，一封战表进京城"一句原本指涉的是白莲教，被改为更富有童趣的"隔壁莲藕急了眼，一封战书打进园"，将已成为过去时的政治隐喻隐去，变为纯粹的儿童文学读本。原文中"小葱使的银战杆，韭菜使的两刃锋"两句被扩充为"小葱端起银杆枪，一个劲儿向前冲，茄子一挺大肚皮，小葱撞个倒栽葱。韭菜使出两刃锋，呼啦呼啦上了阵，黄瓜甩起扫堂腿，踢得韭菜往回奔"，增添了部分情节，让画面更加生动丰满。

有的创作者在将童谣改编成绘本之际，还改变了文体，将童谣体改为散文体，以绘本《天黑黑要落雨》为例，这本书改编自一首方言童谣，原文是：

天黑黑要落雨，阿公仔举锄要掘芋。掘啊掘，掘仔掘，

---

① 转引自褚东郊《中国儿歌的研究》，《小说月报》1927年第17卷号外《中国文学研究》。

② 参见周翔绘《一园青菜成了精》，明天出版社2008年版，第1—31页。

掘着一尾旋留鼓。依呀夏都真正趣味，阿公要煮咸，阿嬷要煮淡，二个相争打破锅，依呀夏都隆铛侵咚锵，哇哈哈！①

改编后成了白话散文体：

天黑黑，要落雨，阿公在野地里挖山芋。他挖呀挖，挖呀挖，嗨哟，嗨哟，一锄，一锄，又一锄……嘿，挖到好多毛茸茸的小芋头啊，一串一串的呢！哎呀！还逮到一条活蹦乱跳的小泥鳅儿！

"老婆子，快来看！今天我运气好，挖芋头时逮到一条肥肥的泥鳅！"阿公咂咂嘴，说："老婆子啊，家里有大蒜，有辣子，把那泥鳅给我油炸了，正好下酒！"阿婆不乐意了："炸泥鳅？就吃你一个？老头子啊，今天你挖的芋头多棒，炖锅泥鳅汤最好了，大伙儿都尝个鲜！"

"不行，不行！那可是我逮的泥鳅！油炸，我说了算！"
"放开手！糟老头子！这可是我的锅！家里吃什么我做主！"
"老太婆，你放手！"
"救命啊！"
"你们别抢了！"
轰隆隆！轰隆隆！轰隆隆！
"咦，老婆子，发生什么事了？泥鳅咋不见啦？"
"哎呀！我的宝贝罐子呀！"
"阿公，阿婆，你们别吵了，我们并不想吃泥鳅呢！我们吃煨芋头吧？"②

比较可知，改编版保留了故事的基本梗概，但在语言上却多

---

① 参见萧翱子编绘《天黑黑要落雨》，湖南少年儿童出版社 2019 年版，第 30 页。
② 参见萧翱子编绘《天黑黑要落雨》，湖南少年儿童出版社 2019 年版，第 1—29 页。

有改动，增加了细节、对话、场景描写、象声词，与此同时，失去了原有童谣的韵律美，好处是降低了小读者的阅读难度，也将原有地域性的童谣扩充为全国儿童都可以理解的乡土文化读物。存在类似情况的还有《麻雀生蛋粒粒滚》，该书也是将童谣体改成散文体的形式。

以上几种改编，主要都是形式上的。有的改动则要更大一些，甚至对故事的结局做了截然相反的调整。如蔡皋改编的绘本《三个和尚》。在中国，"三个和尚"的童谣家喻户晓，"一个和尚挑水吃，两个和尚抬水吃，三个和尚没水吃"，是民间口耳相传的对人性的讽喻。蔡皋在改编之际，对故事做了全新演绎。她调整了结尾，让书中的三个和尚想到了好方法，彻底解决了靠蛮力吃水的历史，三个和尚最后"就地取材，劈开竹子，架起水槽，终于把水引到庙里来了"。

为何要把"三个和尚没水吃"改成"三个和尚有水吃"？蔡皋解释此举的创作心理：

> 做"三个和尚"的故事，是因为我觉得在此可以存放一点传统的好物件，比如素朴，比如与自然相亲，比如勤劳和仁爱……
>
> "三个和尚"的故事来自民间一句俗语，我觉得它够经典，因为它内里有对人性的洞悉。"有生之初，人各自能也，人各自利也"，人之所以有超越人性弱点的能力则是靠教化的力量。人心向善爱美也是一种天性。教育的力量是将人性的灵动水源引入一种较为健康或崇高的境界。
>
> 我画"三个和尚"实则是画孩子。孩子无所谓美丑。和各种优点相比，童年的小缺点是一张可爱脸庞上的脏物，是可以一抹一抹去掉的。我爱画孩子，爱童年的状态，我希望孩子有水喝，希望他们生活在一起有欢乐、有安全感、有希望。
>
> 其实，我们成人都是为儿童准备的。因为未来在儿童那

里，我们为孩子实则为自己，为大家的未来。

所以，我将故事发生的地方选址在一座大山的空阔处，有山有水的地方有仁有智，自然是最为宽厚最为权威的智者，这或许是为什么"仁者乐山，智者乐水"的道理吧？

……

我在《三个和尚》里不厌其烦地画了环境之美、劳动之美和生活之美，是因为我觉得人生审美的态度健康一点的话，就会发现劳动之美和创造生活之美，私心就会像影子一样退缩到只能成为一种衬托的位置，眼光也会随之开阔，要获此力，需在童年期就开始引导。

我喜欢图画书具有一种优良的品质，那种有灵魂的良善品质，技巧倒是退居其次的。[①]

中国传统民间童谣或民间故事有对人性暗黑面的讽喻，也有针对政治事件、人物的谶语，并不适合原封不动地让当下儿童阅读。蔡皋持儿童本位的儿童观，做这样的改编便显得十分重要，以"有灵魂的良善品质"，让儿童在阅读时受到潜移默化的教育，才是我们出版童谣图画书的初衷。当然，对于这些改编，童书创作界和研究界也有争议，比如作家兼学者彭懿就认为："如何把一个民间故事改编成一本图画书，确实是一个难题。如果削减了文字，孩子们听到的，就不是一个原汁原味的民间故事；而如果一个字不删、甚至是增加了文字，孩子们看到的，又确实不像是一本图画书了。"[②] 但不论是改编字句、文体，还是改编情节，将传统童谣改编成现代图画书都需要以当下乡村儿童的阅读和审美心理为基础，这样才能起到更好的教育作用。

[①] 蔡皋:《经典是传统的存放处——〈三个和尚〉创作思考》,《人民教育》2015年第12期。

[②] 彭懿:《中日两国"漏"型民间故事图画书文字文本比照研究》,《中国儿童文学》2012年第2期。

童谣虽然在生活中都是以吟唱为主，但是童谣图画书却扩充了读的层面，既可以教孩子吟唱，也可以读给孩子听，或供孩子自主阅读之用。反复吟唱或阅读此类图画书，深入领会文字的韵律和语言之美，可以培养出孩子良好的语言敏锐感和对阅读的兴趣，与此同时，在潜移默化之中接受中国传统文化的熏陶。

二 民间故事主题绘本

我国的民间故事通常具有强烈的故事性、趣味性、乡土特色和游戏精神。因为经济水平的限制，当前大多数乡村家庭没有城市家庭那样丰富的藏书和良好的阅读环境，孩子们可能会较晚接触到经典儿童读物，却有机会接触到流传于民间的传说和故事。值得注意的是，随着时代变化，对民间故事不能止于口头的聆听和口耳相传，想要更好地传承民族自己的故事，引导乡村儿童对民间文化的兴趣，还需要因地制宜，发展出更贴合当前儿童学习习惯的形式。比如，将民间故事转化成绘本就是一个很好的路径。

绘本（图画书）在当代中国的兴起是20世纪90年代以后的事，但民国时期，一些出版机构就已经注意到图画书在儿童教育上的功用和价值，出版了一些图画故事书，这些书有的便是由民间故事转化而来的。对这些图书，当年学者给予了很高的评价，如赵景深认为：

> 现在出版的图画故事取材于我国自己的民间故事似更多于外国。例如北新的《乞丐变乞丐》和商务的《两乞丐》，便都是取材于我国民间故事的。又北新的《黑熊上当》和商务的《好计策》就是取材于我国的《老虎精》型故事（用钟敬文《中国民谭型式》的定名）。[①]

[①] 赵景深：《儿童图画故事论》，《民间文学丛谈》，湖南人民出版社1982年版，第220页。

这些改编自民间故事的图画书，严格来说，在艺术性和装帧的质量上与现在的绘本还有着较大的距离，但其作为一种可贵的尝试，依然有其独特价值。中华人民共和国成立以后，一些艺术家如杨永青、马得、潘晓庆、杜大恺等对中国民间故事资源予以重新开发利用，借助国画、水彩、蜡笔、彩铅、水墨等多种艺术形式，创作了《神笔马良》《凤栖梧桐》《鲁班和伞》《大闹天宫》《龙王公主》《真假孙悟空》《鲁班学艺》等一系列优秀的图画书，这些图画书在当年受到了儿童读者们的热烈欢迎，直到今天依然为儿童所喜爱。

21世纪以来，蔡皋、熊亮、周翔等艺术家继续发掘中国民间故事、童谣里的优秀资源，借助更现代的装帧和设计，创造出了《月亮粑粑》《花木兰》《灶王爷》《一园青菜成了精》等优秀图画书。近年来，唐亚明也开始注重将中国传统民间故事资源转化为现代绘本，其推出的《梁山伯与祝英台》让人耳目一新。该书在媒材上使用特殊的刻纸及上色技巧，利用皮影戏的元素，并结合传统水墨画移步易景的构图，将梁祝的故事凝结为十几个绝美的场景，给读者提供了极佳的艺术体验；在内容上融入古代神话中的怪兽与神明，又传播了传统文化，可以说是民间故事改编成现代绘本的成功之作。

为了形成规模效应，有的出版社集中推出了系列绘本，如湖南少年儿童出版社的"童心童谣"绘本系列，该系列主张"于山川风物、民风民俗、四时美景、孩童歌谣中，找到本藏于我们根骨血液中的生机与力量"[1]，收录有《你喜欢什么瓜》《你喜欢什么房子》《大西瓜》《聚宝盆》《天黑黑要落雨》五册绘本；北京师范大学出版社组织出版了"中国记忆传统节日图画书"系列12册，通过诗词、神话、故事来讲解传统民俗和节日知识；新疆青少年出

---

[1] 参见萧翱子等编绘"童心童谣系列绘本"腰封推荐语，湖南少年儿童出版社2019年版。

版社的"故事中国"图画书，号称"用水墨为孩子讲原汁原味的中国故事"，台湾地区也出版了广受欢迎的《汉声中国童话》[①]。这些绘本多由民间故事改编而来，主要在内容上有所修订。

当前，也有一些出版社采用现代出版技术对传统文化资源做了现代化的处理，通过采取书内互动、立体设计等形式，来增强改编绘本对当下儿童的吸引力。"民族的就是现代的"，中国民间故事向现代绘本的转化不乏成功的先例。部分由民间故事改编而成的绘本甚至走向世界，获得了国际图画书大奖，如美籍华人杨志成取材于中国传统故事的绘本《田螺姑娘》《狼婆婆》《叶限》等作品，通过对中西绘画艺术的融合，形成了一种国际性的图像语言，为世界各地的儿童所欢迎。

在连环画领域，民间故事是重要的题材来源。在过去的几十年里，涌现出了《孔雀东南飞》《牛郎织女》《杜鹃》《牧童与黄娥》《望郎树》《神鱼》《天鹅宝蛋》《珍珠姑娘》《九姐》《都灵山》《十兄弟》《八哥》《老三打井》《取红灯》《聚宝盆和智慧袋》《石骡和石磨》《金斧头的故事》《济公斗蟋蟀》《幼女斩蛇》《五兄弟》《长寿草》《王小打鱼》《白螺仙子》《神仙山》《木兰从军》《铁拳周大相》《黄河的故事》《通州塔》《铸钟》等众多优秀民间故事连环画。当前，一些出版社将其按主题分类出版，如上海人民美术出版社策划出版了《中国民间故事连环画》全30册；还有一些出版社针对传统文化主题连环画做了形式改良，比如"活字文化"策划的"中国绘本"系列，精选了《牛郎织女》《白蛇传》《李逵闹东京》《少年将军岳云》四本名家杰作，以注重传统文化特色的连环画为载体，文字和体例上则进行了改编，以左文右图的大开本绘本形式呈现。

又如人民美术出版社出版了两辑《彩色连环画珍品集》，第

[①] 《汉声中国童话》依照农历，以每天一个故事为体例，集合了中国节令掌故、历史和科学故事、伟人故事、神话、民间传说等。

一辑收录了《武松打虎》《生死牌》《李逵闹东京》《牛郎织女》《三打祝家庄》《白蛇传》《秋江》《桃花扇》，第二辑收录了《西厢记》《闹天宫》《三打白骨精》《将相和》《昭君出塞》《蝴蝶杯》《岳云》《张羽煮海》，将多本中国连环画精品集中一起出版。连环画出版社出版了"中国绘本彩色连环画故事"，对《西厢记》《木兰辞》《孙悟空三打白骨精》等六册连环画以彩色大开本形式予以改版。这些形式上的改良更符合新时代儿童的阅读习惯和需求，也方便他们更好地领略老艺术家们精湛的艺术造诣。这些"新连环画"获得了市场的认可，受到了儿童读者的欢迎。

总之，运用漫画、绘本、连环画的形式来传播推广中国传统文化，给乡村儿童提供适合的读物，这是一个很好的路径。以后我们可总结经验，进一步推动民间故事类图画书的创作和出版。近年来，中国丰富的民间文化资源也得到了国家的高度重视。2020年8月19日，为传承中华文化基因，促进中华优秀传统文化创造性转化和创新性发展，国家新闻出版署发布了《关于开展2020年度中国经典民间故事动漫创作出版工程申报工作的通知》，进一步推动中国经典民间故事动漫创作出版工程。① 通知附录了

---

① 《中国经典民间故事动漫创作出版工程故事参考目录（2020年辑）》列出了60个民间故事，具体如下：1. 仓颉造字；2. 共工触山；3. 防风神话；4. 鲧化黄龙；5. 伏羲画卦；6. 燧人取火；7. 黄帝战蚩尤；8. 参星与商星；9. 五谷的来历；10. 尧王嫁女；11. 伏羲结网打鱼；12. 禹凿龙门；13. 涂山氏化石生启；14. 蚕神的传说；15. 玄鸟生商；16. 巫山神女；17. 杜宇化鹃；18. 旱魃；19. 李冰斗蛟；20. 鲁班的故事；21. 孟母教子；22. 毛遂自荐；23. 纪昌学射；24. 扁鹊治病；25. 完璧归赵；26. 田忌赛马；27. 邯郸学步；28. 伯牙与子期；29. 管宁割席；30. 凿壁偷光；31. 李寄斩蛇；32. 周处除害；33. 神笔马良；34. 巨神顾米亚（布朗族）；35. 遮帕麻与遮米麻（阿昌族）；36. 布洛陀（壮族）；37. 密洛陀（瑶族）；38. 司岗里（佤族）；39. 牡帕密帕的故事（拉祜族）；40. 天宫大战（满族）；41. 山海经神话（系列）；42. 牛郎织女的传说；43. 白蛇传说；44. 孟姜女传说；45. 梁山伯与祝英台；46. 青蛙骑手（藏族）；47. 八仙闹海；48. 望娘滩；49. 聚宝盆；50. 白水素女；51. 崂山道士；52. 九色鹿；53. 月老的故事；54. 刘海戏金蟾；55. 文财神的故事；56. 武财神的故事；57. 门神的故事；58. 排定生肖；59. 石狮吐血；（转下页）

一些民间故事，这些故事有的弘扬了中华传统文化讲仁爱、重民本、守诚信、崇正义、尚和合、求大同的思想理念，有的蕴含了爱国爱家、自强不息、敬业乐群、扶危济困、见义勇为、孝老爱亲的中华传统美德，有的则体现了中国传统的民情风俗、生活理念、人文素养、美学方式等内容，有的曾经被改编成绘本或漫画形式予以出版，有的还不大为人所知。但它们丰富的文化内涵都值得在当今社会进一步推广。

三 乡村主题绘本

优秀的图画书是对儿童进行文学教育的重要文学文本，一些乡村主题的图画书是乡村儿童的合适读物。孩子、乡村、世界三者之间的关系，是当前乡村主题图画书的主要话题。无论在科普绘本还是传统的图画书中，围绕"乡村"的人、事、情来着笔，是主要的方法。为此，也涌现出了不少优秀的作品。

对记忆中乡村生活的记叙和书写，是当前乡村主题图画书的一大主题。其中，又分为"还乡"和"怀旧"两种叙事方式。"还乡"这一脉的情节主要是借由城里的儿童陪着父母返回故乡，和乡村的传统文化习俗相遇，呈现各种新奇事物。"怀旧"这一脉的情节则主要是生活在城市里的成人回忆童年的故事。这些图画书往往以乡村风景、节日、风俗为主题，如《池塘》《小艾的端午节》《谜语》《五月》《公鸡的唾沫》等。

《池塘》作者用素描手法，讲述了乡村夏日池塘的一天，从早晨到傍晚，池塘里的蚂蚁、蜻蜓、瓢虫、蜜蜂、青蛙、纺织娘、蝴蝶、田螺、蜗牛、喜鹊，池塘周边的柳树、荷花，动植物各自忙碌有序，呈现出一派生机和野趣。这是作者记忆中的童年时光，美好而静谧，作者的创作谈可以说代表了这一类作者的共同

（接上页）60. 钱王射潮。参见国家新闻出版署官网，https://www.nppa.gov.cn/xxfb/tzgs/202008/t20200831666216.html，2020年8月31日。

心声:"幼年时,我与外婆生活在农村,那是一个河网密布的地方。河滨、池塘、水渠,都是孩子们百玩不厌的地方,我在那里不知道消磨了多少个夏日的午后。多年后,我成了一个为孩子们画画的人。"[1] 为了让更多的孩子了解乡村、了解自然,作者创作了这本书。

《小艾的端午节》讲述的是一个生长在大城市的女孩小艾和妈妈一起回到乡下古镇过端午节的故事。文本本身融入数首童谣:"五月五,是端阳,门插艾,香满堂。吃粽子,撒白糖,龙舟下水喜洋洋。""摇啊摇,摇到外婆桥,外婆叫我好宝宝。请吃糖,请吃糕,糖啊糕啊莫吃饱。少吃滋味多,多吃滋味少。"[2] 清新明快又极富人情之美。插图恬淡宁静,文图配合,呈现出江南古镇上特有的端午风情,是一本原创图画书佳作。

《谜语》讲述在城市长大的小女孩小欣清明节回乡给奶奶扫墓,在途中,她回忆和奶奶相处的点点滴滴,借助奶奶给她出的各种谜语,串联起乡村儿童的生活图景:蚯蚓、油菜花、蜗牛、竹笋。写实性的油画插图充满了浓郁的田园风光,温馨美好。这些内容不仅展现了清明节的地方民俗,也富有生命教育的内涵。书中穿插的谜语有乡村特色,如"去年秋天撒下种,长出绿苗过一冬,开春它还接着长,遍地花黄满天香"(油菜花),"头戴节节帽,身穿节节衣,年年二三月,出土赴宴席"(竹笋),"像鸟不是鸟,身上没羽毛,每到清明节,上天飞高高"(风筝)。祖孙之间温馨的互动,传递出浓浓的亲情。当前中国乡村有不少留守儿童,这本讲述祖孙亲情的优秀绘本有着强烈的现实感,十分适合给乡村儿童阅读。

《五月》是一本文图皆美的优秀作品。该书文本清新动人,以孩子的视角,展现乡间生活和时节之美。刻画了乡村家庭五月

---

[1] 张乐:《我画〈池塘〉》,《文学报》2020 年 8 月 20 日第 9 版。
[2] 王轶美:《小艾的端午节》,中国中福会出版社 2015 年版,第 5、19 页。

里儿童养蚕、摘桑葚、斗蛋、听雨,大人插秧、种菜等美好的家庭生活场景,文图作者对乡村和儿童都有真挚的喜爱之情,呈现出的文字和插图温馨、动人。让人不禁心生对乡村田园生活的向往和热爱之情。

《公鸡的唾沫》是著名作家彭懿的作品,讲述了一对在城市生活的姐弟到乡下爷爷奶奶家暂住的故事。在乡村,他们住的是泥巴抹墙的瓦房,睡的是传统的雕花大床,吃的是各种野菜团子,也全程参与了日常的乡村生活,如采菱角、起塘捉鱼。当弟弟被马蜂蜇了之际,爷爷就用公鸡的唾沫给弟弟涂抹。这些有趣而新奇的日常生活场景是城市儿童体验不到的。童年记忆里的乡村生活,读来温情脉脉。

类似的作品还有《牙齿,牙齿,扔屋顶》。这本获得第四届"丰子恺儿童图画书奖"佳作奖的绘本讲述的是乡村儿童"换牙"的习俗,通过一颗牙齿串联起一个街巷众多的人与事,讲述祖孙之间的深厚感情。

此外,还有根据文学作品改编的乡村儿童与家畜主题的图画书。如根据曹文轩短篇小说改编的图画书《痴鸡》,根据王小波短篇小说改编的图画书《一只特立独行的猪》,都是乡村主题图画书中的优秀作品。

短篇小说《痴鸡》讲的是一只黑母鸡克服种种困难,终于孵出了小鸡成为鸡妈妈的故事。故事采用童年视角,用少年的眼光讲述。黑母鸡的主人为了让它继续下蛋,设置种种障碍阻挠它孵蛋。如用竹竿撑它、将小旗缚在它尾巴上吓唬它、把它扔到河里、将它的双眼蒙住放在一根晾衣服的铁丝上恐吓,却终究没有打消黑母鸡想成为妈妈的痴念。原作用充满画面感的文字刻画出当了妈妈后的黑母鸡的快乐生活:"黑母鸡领着一群小鸡正走出竹林,来到一棵柳树下。当时,正是中午,阳光明亮耀眼,微风中,柳丝轻轻飘扬。那些小鸡似乎已经长了一些日子,都已显出羽色了,竟一只只都是白的,像一团团雪,在黑母鸡周围欢快地觅食与玩耍。其中一只，看见柳丝在飘扬，竟跳起来想用嘴去叼住，却未能叼住，倒跌在地上，笨拙地翻了一个跟头。再细看黑母鸡，只见它神态安详，再无一丝痴态，鸡冠也红了，毛也亮亮闪闪的又紧密又有光泽。"①改编成图画书的《痴鸡》精简了部分文字，以鲜明的绘画风格给读者塑造了一只坚忍执着的黑母鸡的形象，其间蕴含的磅礴的生命意识、深厚的人文情怀，适合所有人阅读，尤其适合乡村儿童阅读。

《一只特立独行的猪》是当代作家王小波的短篇小说，改编成图画书时，做了较大的改动，使之适合儿童阅读。图画书作者别具匠心地采用了中国传统的剪布绣和贴布绣技艺，并借鉴生动古朴的汉画风格，塑造了乡野之间一只充满生命活力的小黑猪的生动形象。

随着城镇化的不断发展，农村到城市务工的人员增多，乡村儿童也面临着城乡生活方式的双重体验。乡村家长和儿童"进城"后的境遇，是乡村主题图画书的另一个重要主题。比如，著名的图画书《团圆》叙写的就是在外务工的乡村父亲春节回乡和孩子团圆的故事。

《团圆》以一个乡村小女孩的视角，讲述了一个发生在春节的团圆故事。乡村女孩毛毛的爸爸常年在城市打工，只有过年的时候才回家，爸爸回家的时候是毛毛最幸福的时候，她和爸爸一起包汤圆，吃幸运硬币，由最初的陌生到逐渐熟悉，再到离别时的落寞，作者细腻地刻画出小女孩与父亲之间的情感，十分动人。除了故事本身朴实动人，该书的艺术性也很高，通过多样化的排版（小图特写、全景图展现、四格漫画等形式）、浓郁的画风、如电影运镜般的流畅节奏，呈现出了故事的人情美、艺术美和传统特色，文图融合，十分贴近当代乡村儿童的心理和情感特征，让乡村儿童读者在阅读时能获得情感共鸣，感受亲情之美。

---

① 曹文轩：《痴鸡》，《乌雀镇》，吉林出版集团股份有限公司2014年版，第194页。

该书面世后，获得第一届丰子恺儿童图画书奖"最佳儿童图画书首奖"、《纽约时报》2011年度优秀儿童图画书奖等荣誉。

图画书《回家》也是对这一主题的呈现。只是与《团圆》以女儿视角重点讲述孩子的"等待"心情和爸爸回家后的团圆时光不同，《回家》采取两条线索讲述故事。主线讲的是家俊爸爸艰辛的回家之路，刻画了在城市务工的家俊爸爸带着给儿子买的礼物，排队买车票、转乘长途汽车、凌晨坐上三轮摩托车、坐上渡船、遭遇大雪封山，最后艰辛步行回家的经历。辅线讲的是乡村儿童家俊在老家盼望、等待爸爸回家的心路历程。乡村儿童读者可以从这本图画书里感受到乡村留守家庭两地分离和相聚的情感体验，产生共情。

以上两本图画书着眼于受到城市冲击的乡村图景，以此为基础展开叙事。除此之外，乡村孩子进城后的遭遇，也有作者予以呈现，这方面比较出色的绘本有《翼娃子》。《翼娃子》是一本现实主义题材的图画书，与大多数图画书清新温暖的风格不同，这本书的主题有一些沉重，呈现的是进城务工人员及其子女在都市里艰辛而又充满温情的生活状态。故事讲述了来自农村的翼娃子一天的生活轨迹：和开小吃店的父母早起乘车、在小吃店吃早饭、写作业、去菜市场买菜、帮忙招呼顾客、和妈妈一同回家，画家对这些平凡的都市异乡人怀有悲悯，坚守着真挚朴实的创作观："我不要好玩的故事，不要镜头大幅度的推拉摇移，不要所谓的戏剧性张力，我想我可以用最虔诚的手法来表现这本书。书里的文字不多，但在语言无法到达的地方，我耐心地画出一道道衣褶、一根根面条、一块块地砖和一团团热气。我用缓慢的速度把一些真实的瞬间定格为永远的画面。"[①] 书中每一个生活片段都绘制得细致入微，呈现了丰厚的情感内涵，也传递了坚韧、朴实、乐观的人性之美。在当前的中国大地上还有无数个身在异

---

① 刘洵：《生活的火车悬空着驶过》，《翼娃子》，明天出版社2017年版，第34页。

乡、守望故土的翼娃子及他们的家人，他们的生活状态和情感需求需要社会予以关注。这样的绘本无疑会得到他们的共鸣。

除了明确以"乡村"为主题的绘本之外，还有许多其他的绘本也与乡村有关，比如以自然、植物为主题的科普绘本，以乡村景物、人事、动物为主题的童话绘本。这类绘本其实城乡儿童皆宜，城市儿童接触自然的机会较少，需要在这类图书中获得滋养，而乡村儿童则可以将其与日常生活体验相结合，获得更深切的共鸣。欧美大奖绘本中这类主题的有不少，如《夏天的天空》《小狐狸买手套》《手套》《三只山羊嘎啦嘎啦》等，可纳入乡村儿童阅览书目范围。我国原创的科普绘本，也有很多十分优秀的作品。比如《漫画万物由来》系列绘本，这套书一共有六本，每本讲述一种生活中常见食品的由来，分别是《大米》《面条》《酱油》《豆腐》《糖》《盐》。这套书涉及种植、农作物生长、矿产开采、工业生产、加工、制作等各方面常识，出版之后，受到了城乡儿童两个读者群体的欢迎。这种通识教育主题的科普绘本，是城乡皆宜的，对于乡村儿童尤其适合，可以让他们从日常生活中习得知识和文化。

此外，"田野里的自然历史课"系列也十分贴近乡村儿童的日常生活，这套书包含《一餐饭里的世界》《一把锄下的历史》《一渠水里的智慧》《一束丝中的辉煌》《节气歌里的秘密》五本，从食材、农具、水利、桑蚕和节气五个维度展现了中国农耕文化的魅力，也是对乡村儿童进行在地化教育的极佳读物素材，对于提升乡村儿童的综合素养十分有助益。而那些以自然植物为主题的绘本则更多，如"美丽中国·乡村四季"系列绘本、"二十四节气"主题的自然绘本等，都是适合乡村儿童的读物。

第四章　家庭场域里的乡村儿童文学教育

乡村儿童的家庭教育不是一个家庭的事，而是全社会的事，它关系到乡村人才培养和教育振兴。推动"十四五"时期家庭教育高质量发展，要求我们必须高度重视乡村儿童的家庭教育，在进一步完善城市家庭教育的同时，补足乡村家庭教育这一短板，为我国的乡村振兴战略奠定扎实的基础。而文学教育是家庭教育的重要环节，尤其需要我们予以高度重视。家庭里的文学教育可以有多种形式，一般包括亲子共读、故事讲述、诗歌启蒙等。

第一节　当前中国家庭文学教育存在的问题

家庭是儿童的第一个课堂，家长是儿童的第一任老师。家庭教育，指的是"家庭成员之间的互相教育，通常多指父母或其他年长者对儿女辈进行的教育"[1]。自古以来，中国人就十分重视家庭教育。家教对于中国人而言，并非一个小家之事，而是"家齐而后国治"的一个起点，关乎整个家族的兴盛："家之兴由子弟之贤，子弟之贤由乎蒙养，蒙养以正，岂曰保家，亦以作圣。"[2]

---

[1] 顾明远：《教育大辞典》第1卷，上海教育出版社1990年版，第11页。
[2] 赵振：《中国历代家训文献叙录》，齐鲁书社2014年版，第171页。

在"家国一体"思想的影响下，个人、家庭、社会形成有机联系的整体。中国家教经验丰富，形成了丰富而驳杂的家庭教育理论体系，也留下了大量家训、家规、教子诗词及家教故事，知名的有《颜氏家训》《诫子书》《戒子弟书》《责子》等。在这些文献中，就有不少进行文学启蒙的家庭教育案例。

家庭是对儿童进行文学教育的最初的场域。中国历史上，士人家庭向来有文学启蒙的传统。颜之推在家庭中就十分注重对子女进行文学教育，他认为让子女学习棋琴书画百家之书，可以陶冶性灵，是人生一大乐事。明代王阳明在《训蒙大意》中对儿童的文学教育也十分重视，他认为年幼的儿童"如草木之始萌芽，舒畅之则条达，摧挠之则衰痿"，对待儿童要"诱之歌诗以发其志意""导之习礼以肃其威仪""讽之读书以开其知觉"，要像培育、灌溉幼苗一样引领儿童成长。[①] 据儿童史专家熊秉真考证，明清士人家庭在男孩入私塾之前，通常都会对其进行文学启蒙教育，如教授韵文、诗句、属对。这些活动，主要是为日后正式入学做好准备。"这些学前启智活动，均在一般家居环境下进行，子弟的年龄又小，故亲长常取生活中素材，就近取喻，以不拘形式的方法施行。"[②]

明清士人家庭父母最常口授给儿童的是古歌谣、唐诗，《童年忆往》中整理了大量士人家庭对儿童进行文学教育的事例，这些家庭或利用身边景物，训练儿童即景作对，或教儿童辨识门联匾额上的字词语义，或教儿童背诵古诗词等。被誉为"中国编辑儿童读物第一人"的孙毓修曾描绘过中国家庭里进行文学教育的温馨画面："灯前茶后，儿女团坐，为之照本风诵，听者已如坐狙邱而议稷下，诚家庭之乐事也。"[③] 以上所述家庭文学教育活动均属于士人家庭，历史上，农家子弟接触良好的文学启蒙的机会较少，但因为我国

---

① 参见（明）王守仁《训蒙大意示教读刘伯颂等》，《王文成公全书·卷之二·语录二·传习录中》，王晓昕、赵平略点校，中华书局2015年版，第108—109页。

② 熊秉真：《童年忆往》，广西师范大学出版社2008年版，第103页。

③ 孙毓修：《〈童话〉序》，《东方杂志》1908年第12期。

传统乡绅文化及"耕读传家久,诗书继世长"的文化传统,他们还是能接触到一定的文学熏陶。明清之际,"新人口群在不断被吸收纳入原有以士人子弟为主的蒙学对象之中,最明显的,包括农工商、中下阶层子弟,乡间村童,以及幼龄女童"[1]。相应地,这一时期也刊刻上市了一些给农工商子弟阅读的启蒙书籍,如《日用俗字》《庄农杂字》《绘图庄农杂字》等。此外,中国悠久的民间说故事传统也给乡村儿童提供了另一类重要的文学教育形式。

进入新时代,在全社会的关心、关注下,我国的家庭教育取得了长足进步,《家庭教育促进法》的颁布实施,更是为依法培养子女提供了法律遵循。与此同时,我国家庭里的文学教育也取得了很大的进步。近年来,无论是城市家长还是乡村家长,都越来越重视对文学教育的重要一环——阅读兴趣和阅读能力的培养,大大改善了家庭文学教育的整体面貌,这在学前儿童群体中体现得尤为明显,学前儿童因为年龄小,自主阅读能力较低,在阅读上需要依赖家长的指导。据浙江省未成年人阅读状况调查课题组针对浙江省的调研,截至2020年,97.6%的家长赞成孩子早期阅读,而93.5%的家长会每天陪伴孩子阅读。[2]

然而,我国儿童当前的家庭文学教育仍然存在一些问题。第一个比较突出的问题是城市家庭文学教育存在理念偏差。文学教育的核心是文学阅读,然而我们注意到,在对孩子进行阅读启蒙教育的过程中,不少城市家庭出现了"填鸭式阅读"的倾向,主要表现在以下几个方面:一是重数量、轻质量,过于在意孩子阅读书籍的数量,不少家长甚至在社交软件里炫耀家中藏书数量,在家长圈里形成攀比现象[3];二是阅读方式单调落伍,"家长讲,

---

[1] 熊秉真:《童年忆往》,广西师范大学出版社2008年版,第161页。
[2] 参见浙江省未成年人阅读状况调查课题组《浙江省未成年人阅读状况调查》,中国书籍出版社2021年版,第105、107页。
[3] 比如这样的文章:《我们选择"低物欲"生活,却三年给娃买了5万元书,带她遍游全国》,作者涂姬,发表于公众号"小花生网",2022年7月31日。

学生听",严格按照阅读计划,要求孩子每天必须阅读多少页,还要在微信朋友圈打卡,将阅读变成了"具仪式感"的机械化劳动;三是家长希望孩子阅读的书籍和孩子自己感兴趣的书籍往往存在冲突,家长老是逼迫孩子去读所谓的"好书",孩子缺乏自主选择图书的空间。比起对孩子的阅读不管不问的家长,这些重视阅读的城市家长无疑是应该予以肯定的。但凡事都要讲方式方法,若违背教育规律,不管儿童的认知水平和身心发育,在阅读上一味要求孩子贪多求快,只会适得其反,不仅不能让孩子从阅读中获益,反而会破坏孩子的阅读兴趣,让他们产生"厌读"情绪。

对此,被誉为"日本绘本之父"的松居直有一段忠告:"父母越像骑手般地进行读书赛跑,结果越是无意义甚至是有害的。孩子读书是孩子的快乐,而非父母的面子。父母要把有趣的书而不一定是有用和有益的书,放在孩子的身边,让孩子自由地感受读书的快乐。可能的话,大人和孩子一起营造快乐的读书氛围,那是最好的读书指导。"① 由此观之,不能让孩子感到快乐的阅读无法留在孩子心中,对他们的成长也没有多少益处。因此,家长要警惕和拒绝"填鸭式阅读",尊重孩子的阅读心理和阅读感受,让阅读真正走进孩子内心。以学前儿童的亲子共读为例,很多家长在亲子共读时,特别希望孩子通过阅读学习到"知识",所以比较注重对书中知识性内容的讲解,更多关注书中的"人生道理"和"人生智慧",而对图书的风格、审美等缺乏必要关注。有的家长为了让孩子早点识字,为孩子读图画书时,往往要求孩子盯着文字,自己则指着文字一个字一个字地给孩子念。不可否认,这样的亲子阅读方式,的确能让孩子更快地识字,但往往也会忽略对孩子审美素养的培养。还有的家长在给孩子讲故事的时候动辄否定孩子的想法,认为他们离题太远,这实在是低估了孩

---

① [日]松居直:《我的图画书论》,郭雯霞、徐小洁译,新疆青少年出版社2017年版,第96页。

子的能力。家长一定要尊重孩子的阅读感受,不要低估孩子,不要强行灌输家长自以为正确的观念。

第二个比较突出的问题是乡村儿童的家庭文学教育比较匮乏。中国乡村发展基金会、北京师范大学中国教育政策研究院联合21世纪教育研究院发布的《2022年中国乡村教育发展报告》(以下简称《报告》)指出,乡村家庭教育不足仍是制约当前乡村教育发展的一块短板。《报告》认为:"学习成绩位列后20%的学生多与缺乏家庭支持有关,家校协作缺乏有效机制和专业资源,需要社会支持。"[①] 具体就文学教育而言,城市中产家庭往往十分重视文学教育,家长在家中不仅自己阅读,形成示范效应,还陪伴孩子进行亲子阅读,文化水平较高的家长还会系统地给孩子讲授文学知识,进行文学启蒙。[②] 相比之下,乡村儿童的家庭文学教育则非常匮乏。

对于多数乡村家庭的养育人而言,要完成乡村儿童的家庭文学教育是比较困难的事情,乡村家长的经济实力、工作性质及教育背景,都决定了他们无法对孩子进行精细的文学教育。对于孩子的教育而言,金钱和时间是一个家庭最需要投入的两类资源。但在这两个领域,乡村家庭都处于劣势。一方面,是金钱的限制,有限的经济收入限制了他们给孩子的教育投入,比如在图书、电脑、休闲娱乐、课外文化活动等方面,乡村家庭的投入和城市家庭有着明显的差距;另一方面,更重要的是时间和精力的投入。对于乡村家庭而言,时间成本丝毫不比金钱成本更容易支配,乡村家庭培育孩子的时间成本甚至比金钱支出更有限。这一问题在乡村留守儿童群体中体现得尤为突出。当下乡村很多家长,常年外出打工,一年回来一两次,陪伴孩子的时间非常有限。这些留

[①] 李庆:《报告|引入社会力量弥补乡村教育不足〈2022年中国乡村教育发展报告〉发布》,《公益时报》2022年8月23日第1版。

[②] 有的城市家长还将家庭文学教育的成果结集成书,如《爸爸的文学课》《最喜小儿无赖》等。

守儿童不得不和父母长期分离,有的一年到头只能通过电话交流。孩子的家庭教育,几乎全由祖辈承担。祖辈往往还要兼顾家中农活,或到附近工厂做工,无暇顾及孩子的教育问题。要而言之,乡村家庭能给予乡村儿童的支持和资源投入都非常有限。

第三个比较突出的问题是家长的能力有限。乡村家长的教育经历、见识和个人能力往往有限。笔者在调研中发现,乡村儿童的养育人文化程度"初中及以下"者占据60.04%,高中文化程度者占21.17%。[①] 家庭中亲子间的双向互动对于儿童的早期发展十分重要,"儿童的大脑并不是一台可孤立运转的计算机,而是一种社会性的器官和机制"[②]。城市家长往往采取"精心栽培型"教养模式,经济收入和文化教育程度比较高的城市家长,在家庭生活中,通过讲述睡前故事和耐心的引导,能给予孩子充分的语言训练和文学启蒙。相比而言,乡村家长往往采取"自然放养型"教养方式,在孩子的成长过程中参与度低,对于孩子的家庭教育和学习指导、人生规划都很薄弱,缺乏足够的文学教育技能。以语言为例,乡村家庭的语言偏于实用,多是命令式的,家长很少为了培养孩子的语言能力而与孩子主动交流,不会引导孩子表达,不会根据孩子的兴趣爱好进行跟踪讨论。因而,很多乡村儿童在语言上得不到充分的训练。指导阅读对于乡村家长而言,更是一项比较稀缺的技能。要指导孩子阅读,需要家长具备一定的语言表达能力、审美素养以及良好的与孩子沟通对话的能力,这一方面,乡村家长往往心有余而力不足。我们的一个访谈对象,为了防止孩子撕书,把家里的绘本高高放起,让孩子够不着——他们不会和孩子讲道理,让孩子明白爱护书籍的重要性,反而选择以"逃避"的方式来解决问题。

还有不少乡村家长缺乏长远眼光,对于教育持有功利态度,

[①] 参见本书第一章第二节调研问卷表格。

[②] [美]罗伯特·帕特南:《我们的孩子》,田雷、宋昕译,中国政法大学出版社2017年版,第124页。

在看到短期内无法收到足够的回报时,往往会终止对孩子的教育投入,以致"读书无用论"一度在乡村盛行。具体到阅读领域,因为阅读是一个需要循序渐进的长线投入,短期内对于考试分数提升作用不大,所以乡村家长往往不会给予太多重视。因为文化水平较低,精力有限,乡村家长很多时候也无法配合学校老师的安排,对孩子进行协调培养。[1]

总而言之,金钱、时间、资源上的多重匮乏,让城乡儿童的家庭文学教育差距越拉越大。城市儿童所能享有的精心的照料、丰富的儿童阅读资源和耐心的阅读指导,都是乡村儿童所难以企及的。经济学家指出,伴随着收入、财富和教育方面的不平等,一个国家不同人群之间会出现"育儿差距":"除了收入、财富和教育方面的不平等,还有在不同人群之间增长的'育儿差距'。在某些方面,这样的差距可能成为一个闭环中的链条,让一些家庭从繁荣走向繁荣,而另一些家庭却从贫困走向贫困。"[2] 对于教育程度较高的城市家长而言,他们在孩子的教育上投入了更多的资源和精力,并且已经形成了一定的教育习惯。相比之下,乡村家长则远远不及。城市家长为孩子购置丰富的课外读物,给孩子提供精心的阅读指导,那些价格不菲的儿童读物,对于收入较低的乡村家庭而言,还属于奢侈品。因为忙于生计,乡村家长往往又缺乏足够的时间来陪伴孩子进行亲子共读或共享"睡前故事时间"。

当前,我国广大乡村地区普遍存在撤点并校、撤乡并镇现象,部分乡村家庭为了给孩子提供更好的教育条件,也主动让孩子"进城"读书,由此导致我国很多城镇出现了"超大班"现象。[3] 且不

---

[1] 退一步说,乡村家长并非没人重视孩子的文学教育,他们的困境在于,即使意识到了,也没有足够的时间和精力以及足够的经济资源来对孩子进行文学教育。

[2] [美]马赛厄斯·德普克、法布里奇奥·齐利博蒂:《爱、金钱和孩子》,吴娴、鲁敏儿译,格致出版社、上海人民出版社2019年版,第163页。

[3] 据笔者调研,这些县城的超大班动辄有七八十个学生。

说"超大班"的教学效果如何,为解决入学距离过远、接送不便等实际困难,当前乡村中小学普遍采取寄宿制,由此导致乡村儿童在家庭中的活动时间大为减少,乡村家庭的教育功能亦随之大幅度削弱。而对于儿童而言,这个时期的家庭教育至关重要。"乡村教育所承担的主要是从幼儿园到小学的基础教育,这个时期是奠定孩子生命基础的做人教育的关键时期。对于这个时期的儿童,具有温度的亲情和仁爱滋养是比知识等其他东西更重要的教育。这个时期的儿童对父母和家庭还有强烈的依恋感,这个时期必须有父母陪伴,才能符合儿童生命成长的需要和规律。"[1] 而当前乡村儿童的家庭状况明显不尽如人意。

在家庭之外,城市有大量的公共文化空间,可以给儿童提供家庭之外的阅读影响,如图书馆、书店、绘本馆等,在这些公共文化空间里活动的城市儿童,也可以与身边的同龄人相互学习,形成"同群效应"。正如有学者指出的:"来自富裕和高学历父母的家庭的孩子往往与相同背景的孩子进行越来越多的互动,其中大多数孩子都拥有雄心勃勃的权威性父母,同群效应(peer effect)强化了父母的直接影响。而较贫穷家庭的孩子愈发被排除在这种良性循环之外。"[2] 因为当前中国实行的户籍制度,乡村儿童和城市儿童在居住环境上形成了居住隔离,乡村儿童能接触到的大多是乡村儿童和乡村亲友,他们很难从同龄人或亲友身上获得额外的指导,从而无法实现教育上的良性循环。

一个孩子,无法选择自己的出身,当一个家庭或一个群体无力改变现有处境时,通过政府的干预来减少差距、创造相对公平的教育环境,便显得特别重要。对此,我们要通过各种方式来提升乡村儿童的家庭文学教育水平,缩短城乡儿童之间受教育的差

---

[1] 张孝德、萧淑贞:《五问乡村能否以及是否需要搞教育》,"中华民居"公众号,https://mp.weixin.qq.com/s/T5ZQ90waFaAmOVLl9Hpy3w,2021年8月9日。

[2] [美]马赛厄斯·德普克、[美]法布里奇奥·齐利博蒂:《爱、金钱和孩子》,吴娴、鲁敏儿译,格致出版社、上海人民出版社2019年版,第169页。

距，借助公立图书馆、乡村学校、公益组织、社区家长学校等多种机构或组织的力量，给予乡村家长相关指导，培养他们成为"有辅助能力的大人"。

首先，各类机构、组织要切实履行《中华人民共和国家庭教育促进法》的相关要求，推动乡村公共文化空间建设，塑造良好的乡村社会文化氛围，尽力改善乡村儿童家庭教育的土壤。在营造乡村文化氛围的基础上，依托乡村社区公共服务设施，设立社区家长学校等家庭教育指导服务站点，面向乡村家长进行家庭文学教育知识宣传，帮助他们树立先进的文学教育理念。在这个过程中，对于留守儿童家长的教育指导尤为重要，要让他们知道哪怕不在孩子身边，也需要通过电话和网络对他们进行及时的教育指导。其次，中小学校、幼儿园也有必要纳入家庭教育指导服务工作计划，作为乡村教师业务培训的内容，让学校成为孩子们的"第二家庭"，通过乡村教师的力量，指导乡村家长学习、了解先进的家庭文学教育理念。此外，研究界、文化机构等也需开发更为多样鲜活的教育课程，为乡村家长提供优质家教资源。本章的第二、三、四节将具体针对学前儿童的家庭文学教育，给出详尽的建议。

第二节 给乡村家长的一些讲故事策略

前文已经说过故事对于乡村儿童的意义和价值，这一节主要谈谈技巧层面的内容。

对儿童进行文学教育，其有利之处在于往往能于潜移默化之中达到理性说服所不能达到的效果，有时候，通过故事，通过共情和想象，可以对其起到更好的教育作用。讲故事是中国乡村一个悠久的口述传统，但随着城镇化的发展，很多年轻的父母进城务工，不少乡村儿童成了留守儿童，祖父母或留守的一方家长在家务劳作之余，精力有限，传统的讲故事变得不再常见。然而，这一重要的口述传统无疑十分重要,对于孩子的生命教育、道德教育及文学教育都有着巨大的价值。当前,给儿童讲故事在城市家庭里已经成为一个日渐流行的趋势,社会上也有专门的培训课程,注重提升孩子们的演讲与口才能力。

因为生计之故,乡村家长往往非常忙碌,在养育孩子之余,还要从事种植、家务、打零工等诸多劳动——在笔者做的调研中,养育人因为"家务太多,很少闲下来"而无法陪伴孩子阅读的比例高达51.65%。因而,乡村家庭的讲故事活动往往伴随着父母的劳作一同进行。这种"不专心"可能导致乡村家庭缺乏城市家庭文学教育的高效,却也有它独特的优点。日本幼教之父仓桥物三曾提出一个"母亲的侧脸"理论,笔者深以为然。仓桥物三首先注意到"忙碌的母亲"这一群体,他认为这样的群体虽然有许多不利条件,但也可以进行良好的家庭教育:

> 虽然母亲在任何时候都想和自己的孩子正面沟通。但是,母亲也有自己的事情。
>
> 虽说母亲为了孩子总是时刻准备着,但她并不能总是闲着,不能总陪在孩子的身边。家庭教育并不只是母亲有空陪在孩子身边时的工作,不,倒不如说家庭教育是在从早到晚忙碌处理家务的过程中进行的。那时,孩子看到的是母亲的侧脸。侧脸,用当下流行的话叫做侧影,表示侧面观、部分观、窥视等意思。但是,作为家庭教育真谛之一的母亲的侧脸,不应该是这样一种东西。为社交、享乐或者其他事情而忙碌的母亲的侧脸上,虽然也很婀娜美丽,但是在孩子看来却不会觉得珍贵,也不会怀念这样的侧脸。对于孩子来讲最珍贵的,是更加朴实的,至少是未经修饰的侧脸。[①]

---

① [日]仓桥物三:《育儿之心》,郑洪倩、田慧丽、杨剑译,华东师范大学出版社2015年版,第95页。

仓桥物三认为，母亲正在工作的状态会对孩子产生积极的影响："平时能看到母亲的侧脸，是母亲在做事情的时候。如在田埂上看到的正在插秧的母亲的侧脸，在家里目不转睛地穿针引线的母亲的侧脸，这些都和正面看起来温柔的表情不同，是一种专心工作的神情。看到这样的侧脸，孩子的内心不但没有松懈，反而更加振作了。和想要撒娇的依恋不同，此时孩子感受到的是母亲的富有力量的、有志气的形象。"① 他认为，相对于语言说教来说，事实和生活更加重要。在家庭生活中辛勤劳作的母亲，同时又不忽略对孩子的关心，这样的母亲才是自家孩子的家庭教育者。

忙碌的母亲给孩子讲述故事，对孩子的影响将会是深远的。所以，乡村家长不用担心自己一边干活一边讲故事效果不好，要知道，反而正是在这样的状态中，孩子会有额外的收获。笔者幼年时经常听母亲边做家务边讲故事，可以说，如今形成的给孩子讲故事的习惯便是由母亲处得来的。在一则亲子随笔里，笔者回忆了童年时听母亲讲故事的场景，而笔者个人的经历也正可作为民间故事具备"疗愈"价值的一个案例。②

---

① ［日］仓桥物三：《育儿之心》，郑洪倩、田慧丽、杨剑译，华东师范大学出版社 2015年版，第95页。

② 这是笔者和孩子之间的一则共读日记：

晚上给孩子讲了绘本"根娃娃"系列中的《狮王婚宴》和《雪国奇遇》，这是一套很清新的书，著绘都是辛茜·冯·奥尔弗斯，很有灵气的女画家，译得很美。后来，大概因为思念故乡的缘故，我自作主张，开始用乡音和孩子说话，讲最后一个口述故事。一开始，他拒绝，给我讲道理说，一个人在北京就要讲北京话，不然就不是北京人啦！回到姥姥家才可以讲家乡话云云。我说，为什么我们不可以同时讲两种话呢？最后，孩子终于被我说服了。果然，讲《小红帽》的过程中，因为对故事很熟悉，语言并未成为障碍，孩子和我配合得很好。而用家乡话讲故事让我想起小时候妈妈边纳鞋底边给我讲梁祝故事的场景，那会儿我们的鞋都是妈妈自己做的，鞋是千层底，一针一线纳就，妈妈在煤油灯下讲故事的时候，先是收拾一下针线匾，然后戴上顶针，拿起锥子和鞋底，就开始劳作了。随着手和胳膊的抡动，麻线在空中划出一道道弧线。为了省却换线的麻烦，那条麻线往往很长，每次穿底而过的时候，在空气中会发出好听的声音来，在煤油灯闪烁的黄色光晕下，有着非常动人的节奏和音乐感。其实这样说倒更恰当：妈妈不是讲故事时纳鞋底，而是纳鞋底时顺便给我讲故事。（转下页）

一方面，乡村家长教育孩子时的"不专心"可能并不是一个劣势，反而可能成为一个优势。另一方面，虽然城乡儿童在心理、性格、成长背景上存在比较大的差异，但讲故事的技巧和策略却大多是相通的，乡村家长也需要向有经验的城市家长学习。如何讲好故事是一项需要认真学习的技能。故事妈妈方素珍在《绘本阅读时代》中总结了一些讲故事的技巧。1. 原汁原味朗读法。选择生动有趣的故事进行朗读。2. 点读法。用手指头指着书中的文字为孩子念读，这种方法适用于向低幼儿童讲绘本故事。3. 有问有答讲读法。一边讲述一边提问，帮助孩子理解故事，帮助孩子了解角色所处的情景，突出矛盾，引导孩子思考。4. 角色扮演法。主讲人用口语扮演或动作扮演等形式，担任书中某一或多个角色。此法可增强读者对阅读活动的兴趣，加深对故事的理解。也可以鼓励读者根据自己的理解，对故事中原有的情节改编演出，培养读者的想象力和创造力。5. 延伸活动法。以各种形式的游戏为手段，激发孩子对故事的兴趣。例如讲完故事后，教孩子做一本简易的小书、画画、拼图等。[①] 这些主要针对城市儿童的讲故事技巧，乡村家长也可以参考学习。

充满亲子密切语言交流的家庭故事无疑是最好的提升儿童语言能力的方式。心理学家维果斯基研究发现，语言在儿童早期智

（接上页）

那会儿我没有绘本，没有书，一直都是听她讲口述故事，她讲祝英台和梁山伯最后都变成了蝴蝶，一起翩翩飞舞。在乡村的夜晚，我想象着我见过的最美丽的蝴蝶，黑色的大花蝴蝶，是梁山伯，白色的温柔的小蝴蝶，是祝英台，我比画着，拿起针线匾里的碎布片，问："是这样飞的吗，是这样的吗？"

嗯，好吧，我承认，今晚私心里我是想回味一下自己的小时候，有那么一瞬间，我好像看见了三十年前的乡村夜晚，我是我妈妈，我的孩子是小小的我。

……

讲完我问："你觉得妈妈的家乡话（苏北方言）和北京话有什么不一样吗？"孩子想了想说："姥姥家的话重，我们的北京话轻，就像一只大象和一个松鼠那样，大象走路很重，松鼠走路很轻。"我被这个比喻惊艳到了！

① 参见方素珍《绘本阅读时代》，浙江少年儿童出版社2013年版，第158—159页。

力发展的过程中起到十分重要的作用：第一，语言是传授社会经验的重要途径，大人们的说话方式和内容是向儿童传输文化的主要通道；第二，语言帮助儿童规范自己的行为，儿童可以将语言作为表达思想的工具，这种能力产生于儿童与他人的交谈过程中；第三，语言在一定阶段会内化为思维。[1] 每个家庭都应该有属于自己的独特故事，但现实中却并非每个家庭都能讲好自己的独特故事，这对家长的语言表达能力、想象力和耐心都是一个比较大的挑战。家庭中的文学教育，需要密切的亲子互动，单纯地翻看图画书或是给孩子朗读图书还不够。小朋友的想象奇妙得很，重复而生硬的故事诵读不如根据情境自己编创故事效果好。

讲故事要区分受众，根据听众的年龄层次来选择不同的讲述方式。这一点，对于学前儿童尤为重要。

0—2 岁婴儿期

讲故事并非一定要等到孩子有良好的语言表达能力的时候才可以进行，事实上，在婴儿期，讲故事就可以开始了，这时候讲故事是尝试给孩子以语词的刺激和帮助他们感受日常生活。大部分儿童在 1 岁左右开始学说话，会说出一些简单的词语，这些词语往往是儿童日常生活经验里接触到的人或物，如父母、兄弟姐妹、玩具、食物、动物等，这时候父母可以根据孩子的语言学习情况和智力发育情况编创故事。比如，孩子白天新学到一个词，晚上就可以用这个核心词编一个故事，白天孩子遇到了一件印象深刻的事，晚上就可以以故事的形式对其做一个梳理。当孩子还缺乏足够的语言表达能力的时候，家长可以自问自答，依照时间顺序或空间顺序给孩子讲解、回忆白天的经历，用温柔的语调，缓慢而清晰地给孩子讲述，可长可短，依孩子的聆听状态及时调

---

[1] 参见［英］H. 鲁道夫·谢弗《儿童心理学》（精装修订版），王莉译，电子工业出版社 2016 年版，第 190 页。

整。事实证明，只要方法得当，这个阶段的小婴儿完全可以聆听完一个不短的故事。

比如，在孩子（乳名蛮蛮）1岁2个月的时候，笔者给他讲了一个比较完整的故事。那时他刚学会了一个新词"小鸟"。以下是案例分享。

好朋友

孩子年龄：1岁2个月

好，现在我们给蛮蛮讲第一个故事。如果你觉得好的话，你就拍拍小手，好不好？（蛮蛮笑着拍手）拍拍小手是吧？这个故事的名字叫什么呢？叫"好朋友"，我讲的这个《好朋友》呢，这里面肯定有两个人，他们才能成为好朋友，对不对？

从前，有一棵非常非常粗的大树，这棵大树长得特别特别高（蛮蛮笑），树顶上有特别特别多的树叶子。然后呢，在这树叶子中间，有一个小鸟窝，里面住了一只特别漂亮的鸟（蛮蛮笑）。你知道鸟吗？你认识鸟，是不是？（蛮蛮说"大"音）哎，你认识鸟！然后呢，在大树的底下，大树不是很高的吗？在大树底下呢，还有一个树洞（蛮蛮叫唤"洞"音），树洞被别人当作房子住了，这里面住着什么呀？住着一只大白兔。因为小鸟和大白兔都住在这同一棵树上，所以呢，他们就成了好朋友。小鸟就叫大白兔"大白兔哥哥"，然后呢，大白兔就叫小鸟"小鸟弟弟"，他们每天早晨都会互相打招呼，都会说"大白兔哥哥，你好""小鸟弟弟，你好"。每天晚上呢，他们也都互相说晚安，一个说"大白兔哥哥，早点休息"，另一个说"小鸟弟弟，你也早点睡好不好？"

大白兔喜欢吃胡萝卜，他呢，在大树边上种了一块地，里面呢，栽种了好多胡萝卜（蛮蛮发"萝卜"音）。小鸟呢，喜欢吃虫子，他的窝里面呢，藏了好多好多虫子。有一天，大白兔很好奇，他说："小鸟弟弟，咱们俩来换一下食物好不好？我家种了这么多胡萝卜，我送给你一些吃好不好呀？"小鸟也感兴趣了，说："好呀好呀，我的窝里也有好多虫子呢。我也送一点给你吃吧。"

于是，他们俩就选择一个地方，因为大白兔没办法到树顶啊，所以小鸟就飞到树底下，飞到树底下大白兔的洞里见面了。见面的时候呢，小鸟带来了好多好多虫子，呀，这些虫子把大白兔的房子都占领了，桌子上也是虫子，床上也是虫子，凳子上也是虫子，到处都是虫子，大白兔吓坏了，他说："呀呀，你都带了些什么东西来啊，你把我的房间弄得乱七八糟，脏兮兮的，而且这些虫子毛茸茸的，好可怕呀！"（蛮蛮笑）

小鸟弟弟就很不高兴，他说："大白兔哥哥，我把我最好的食物给你带来了。不是什么可怕的怪物，你怎么能这样说呢？"大白兔说："哦，原来是这样啊，可是，我不爱吃虫子呀，他们那么可怕，一点也不好看。而且，我根本就不敢碰它。小鸟弟弟，我来带你看看我的胡萝卜吧，它们又好看又好吃呢。"于是大白兔就把小鸟弟弟带到他的田里去。果然呢，田里面种了好多好多胡萝卜，已经都被大白兔拔起来了（蛮蛮说"大"音），一根一根地摞在一起，而且被大白兔洗得干干净净（蛮蛮说"干干"音）。大白兔就对小鸟弟弟说："小鸟弟弟，你赶紧来吃一根吧，可香着呢。"小鸟弟弟听了，就使劲地用嘴在胡萝卜上啄了一口，结果胡萝卜太硬了，小鸟啄了一下就疼得哇哇叫。

"啊呀呀，这是什么东西啊，把我的嘴都弄疼了！"小鸟大声地叫喊起来。大白兔很奇怪，说："怎么会呢，我吃起来可又脆又香又甜啊，可好吃着呢！"小鸟仍然哭鼻子，说："啊呀！我的牙坏了，我的嘴巴啄坏了，可怎么办呢？"大白兔反应过来，说："小鸟弟弟，是不是这些胡萝卜不适合你啊，只适合我大白兔吃啊？"小鸟弟弟也反应过来说："是啊，大白兔哥哥，我喜欢吃虫子，你不喜欢，你喜欢吃胡萝卜，我又不喜欢，咱们每个人都只喜欢自己的食物，食物是不能交换的。"

于是，他们俩就开开心心地回家了。这个故事讲完了，好不好玩啊？如果你觉得好玩，你就点点头好不好？（蛮蛮点头）哦，乖乖，真的好玩呀？那妈妈以后再给你讲啊。今天这个故事就讲完了。妈妈以后每天都给蛮蛮讲一个故事好不好，你说"好"（蛮蛮笑）。
……

儿童心理学家鲁道夫·谢弗对儿童语言学也有深入研究，他认为："通常儿童不是在简单的词汇课程中听到单词的，而是作为一种快速连续的语流的一部分而听到的。当他们自己还处于单个单词的水平时，他们是怎样在这种单词几乎没有什么停顿的语流中切分并学到有意义的词呢？答案之一就是，成年人常常自动化地或不知不觉地根据儿童加工这些语言的能力调整了他们自己的语言，从而为学习者提供了额外的帮助和支持。比如，他们会在单词间留出停顿、放慢速度、在句子某些部分做特别强调以保证儿童能适当地集中注意力；在他们说的单词中插入手势和其他非语言的提示，为儿童提供额外的信息，使他们理解和模仿这些单词变得简单许多。"[①] 可以说，儿童学习语言是一个社会交往的过程，而家庭里的亲子故事则给儿童提供了最好的语言学习环境。如在故事的整个讲述过程中，笔者调动声调、表情及手势来解释某些孩子还听不懂的词语，而对他已学到的词语则用重音强调。果然，在整个讲述过程中，孩子的反应很好，在他熟悉和了解的语句处，总能有语言上的或是神情、行动上的反馈。这个时期，讲故事最重要的意义还是精神层面的。

当孩子词汇量见长，则可以在讲故事的过程中更多地给予互动，家长可以由最初的"自问自答"模式调整为"自问自答+提问"模式。以下是案例分享。

---

① [英] H. 鲁道夫·谢弗：《儿童心理学》（精装修订版），王莉译，电子工业出版社2016年版，第267页。

吃不着葡萄的小狐狸

孩子年龄：1岁8个月

终于把孩子哄睡了。近一个小时的时间里，小家伙赖在我的臂弯，不停地央我给他讲故事。今天我讲了狐狸吃葡萄的故事。

我开始讲了：大森林里有一只非常漂亮的小狐狸。"小狐狸爱吃什么啊？""葡萄！"蛮蛮立即回答。对，小狐狸很爱吃葡萄。这一天，他在森林里走啊走，看见前面有一个大房子，房子周围有一个葡萄架，架子上挂着好多大葡萄，小狐狸高兴极了。因为，终于有葡萄吃了呀！走到架子底下一看，咦，葡萄架太高了，小狐狸蹦啊蹦，就是够不着。怎么办呢？得找好朋友帮忙啊。

小狐狸都有哪些好朋友啊？（蛮蛮插话：大象呢，老虎呢，兔子呢，猫猫呢）嗯，对啊，大象鼻子很长，可以帮小狐狸把葡萄甩下来。还有谁呢？长颈鹿脖子也很长，可以给小狐狸摘葡萄对不对？于是，小狐狸就去找长颈鹿哥哥帮忙。

"哥哥，我想吃葡萄，可是我够不着，你可以帮帮我吗？"长颈鹿说："好啊，我来帮你吧。"于是，长颈鹿就摘了好多葡萄，都给了小狐狸。小狐狸说："谢谢你，长颈鹿哥哥，你也吃几串葡萄吧？可好吃呢。"长颈鹿说："我不吃葡萄，我喜欢吃草啊。小狐狸，你还是把葡萄拿回家给爸爸妈妈吃吧。"

小狐狸就高高兴兴抱着葡萄回家了。爸爸妈妈看见小狐狸带回这么多葡萄，也很高兴，他们就一起吃葡萄，吃得好开心。可是葡萄实在太多了，还有好几串没吃完。怎么办呢？小狐狸想了想，决定把葡萄送给他最喜欢的朋友吃。

小狐狸最喜欢的朋友是谁呢？是一个非常可爱善良的小朋友，他有大大的眼睛，小小的鼻子，红红的嘴巴。他叫什么名字啊？（麦兜！蛮蛮插话）嗯，于是小狐狸就抱着葡萄来到了麦兜家里。小麦兜在干什么呢，噢，他正在画画呢。

"麦兜麦兜，快看，我给你带什么来了？！大葡萄啊！"小狐狸老远地就喊起来了。麦兜一看,也高兴得不得了。他吃了好几颗。然后他问:"小狐狸,我家里也有好多好吃的,你也来吃一点吧。"麦兜家里有什么好吃的呢?(饼干、苹果、枣——蛮蛮插话)

"这么多好吃的,你随便挑吧,小狐狸。""不吃不吃,我不爱吃那些。我只爱吃葡萄。"小狐狸把尾巴摇来摇去。

……

2—3 岁

2岁以后的孩子逐渐学会了简单的语句表达。这时候可以鼓励他自己编创故事,可长可短。一开始孩子讲故事时,家长要注意引导,多多鼓励。最初的故事启蒙可以从练习造句开始,从简单的交代时间、地点、人物,到逐渐加进细节。在孩子讲故事的过程中,细节有时候并非完全符合现实,要尊重儿童丰富的想象力,不要粗暴干涉。家长可以在孩子讲故事的过程中以提问的方式,表达自己聆听的兴趣和热情,引导孩子"讲下去",或掺杂以复述的方式,重复孩子讲述的故事时间、人物、场景、行动逻辑,在有意无意中让他明白故事的基本元素,慢慢地丰富细节。

以笔者的两则家庭亲子故事为例。

老虎拔萝卜

孩子年龄:2岁4个月

今天下午图书馆闭馆,和孩子一起在校园里散步。路上,他撒娇说:"妈妈抱抱!"我说:"好啊,那你给妈妈讲个故事好吗?""好的!"竹笛答应得很爽快。于是他开始讲起来:

从前,有一只大老虎。

然后呢?

他要到森林里吃肉肉。

嗯,然后呢?

他走啊走啊,走啊走啊……

走到哪儿了呢?

他走到一个大大的胡萝卜跟前。

然后呢?

他就把它拿起来了。

噢,然后他又干什么了?

他送给小兔子吃!

他把萝卜给小兔子,他自己吃什么呀?

他自己咬了一口!

喔,妈妈明白了。大老虎和小兔子是好朋友,是吗?

是!(第一个故事结束)

这是2岁4个月的竹笛第一回编创故事。

大汽车的故事

孩子年龄:2岁9个月

(宝宝,给妈妈讲个故事好吗?)

好的!竹笛答应了。开始讲起来:

从前,有一只小白兔。(小白兔的家在哪里呢?)

他住在大森林里。(噢,住在大森林里啊。)

他喜欢吃胡萝卜。(是的,小白兔很喜欢吃胡萝卜。)

他开着大汽车去找黑人,他和黑人一起去超市。(他们去超市买什么了呢?)

他们在超市里买了棒棒糖,买了水果,买了蔬菜,还有瓜子。(买了这么多东西啊?!)

大汽车付了钱。(我平常去超市,经常带着孩子一起排队,告诉他买东西要先给收银台的阿姨付钱,他显然记得了。)

然后他们去大汽车那里吃饭。大汽车又去东边玩。(东边有什么东西呀?)

东边有鱼!(哦,后来你又干什么了?)

我跟着大汽车去买糖果。(哦,小白兔呢?怎么不见了?)

小白兔去森林里玩了。小白兔的好朋友是蜗牛,蜗牛在家吃糖呢。(噢,蜗牛喜欢吃糖糖啊!)

大汽车一手拿着钱一手拉着我,我把钱全拿出来了,塞进储蓄罐里,然后再把它关住。(噢,把钱放在储蓄罐里攒起来,攒多了就可以买东西吃了。)

小蜗牛用一个铲子在车上铲土,他把土铲到汽车里,然后关住,然后再把门帘打开,里面有小白兔呢。(哦,小白兔跑到汽车里了啊!)

然后他们一起去跑步,小白兔在前面跑,大汽车在后面追。(噢,大汽车跑得比小白兔快,啊,大汽车就快追上小白兔了!)

他们跑到火车里了。蜗牛也跑到火车里了,小白兔也跑到火车里了。然后把门关住。(孩子的"想象"完全出乎我意料。我一边努力想象着一只飞奔的蜗牛和小白兔赶火车的情形,一边嗯嗯答应着:这样大汽车就追不到小白兔了。)

小白兔拿出一个小蛇,让蜗牛拿着,小白兔坐在前面,大汽车坐在后面。火车开到小白兔的家里了。妈妈,这个故事讲完了。(最后几句速度快得我几乎来不及反应。故事讲完了,那你这个故事叫什么名字呢?你给它取个名字好不好?)

竹笛脱口而出:大汽车的故事!

这两个故事都是竹笛主导的,前后相差四个月。从中我们可以看到竹笛讲述故事的能力有了明显的进步。第一个故事里竹笛的语句都很简短,缺乏必要的形容词和副词的修饰,情节也很简单,在逻辑上有不清晰之处。第二个故事里竹笛的词汇量明显丰富了许多,句式也有长短之分了,故事的情节也比较"丰富"——其实有点杂乱，形容词和副词等修饰语依然较少。这时需要有意识地加以引导。经笔者引导后，竹笛就开始逐渐注意到增加修饰语了。比如，竹笛有一次给我讲故事，每个故事都只有一个开头，但显然都在有意识地训练修饰语的用法：

> 从前有两个大象，一个是白色的，一个是紫蓝色的；
> 从前还有两个风筝，一个是白色的，一个是紫蓝色的；
> 从前有两个青蛙，一个是白色的，一个是紫蓝色的。
>
> （孩子年龄：2岁5个月）

风筝可以有白色的，也可以有紫蓝色的，但现实生活中根本不可能有白色和紫蓝色的青蛙和大象，很明显，竹笛新学到两个颜色词，便开心地用在了对一系列事物的形容上。

3岁前的幼儿在亲子故事的讲述过程中很少有回应、互动的能力，但家长讲故事前可以问一问孩子喜欢听什么，让他自己命题，家长再酌情编故事。要给孩子讲和他的日常生活、他的已学词汇有联系的故事，这样他才能听懂，虽然这时候他还不大会表达出来。给3岁之前的幼儿讲文学史上的经典故事，在题材上也要有选择。以经典童话故事为例，给孩子口头讲述经典童话故事是很多家长都会做的选择，这样比自己编故事相对容易许多，但要注意的是，《安徒生童话》《格林童话》等经典童话含有暴力恐怖的内容，很多时候是写给"长大后的孩子"看的，不适合做睡前故事讲给幼儿听。家长在讲经典时，可以对此类内容做适当删减。

也可以在故事中掺杂有韵律的儿歌，营造出故事所需要的氛围和张力，来增强孩子的兴趣，并让他们对讲故事的过程保持专注。在孩子3岁半的时候，笔者在讲故事时便开始融入自编儿歌，效果非常好，在故事结束以后的一周里，孩子还经常吟唱。

大树爷爷的摇篮曲

孩子年龄：3岁半

7月份刚从老家回来时①，给孩子讲故事，几乎就是我一个人的独角戏，之前在北京时抢着和我一起编故事的状态迟迟没有恢复。每一次，我问他，想让他参与到故事进程中，他都说不知道。最近几周，随着故事越讲越多，参与的热情终于回来了。一方面我很高兴，孩子的想象力和语言组织能力都有很大的提升；另一方面，感觉自己快变成故事机了：早上上学路上讲，晚上睡觉前也讲，一天总要讲个四五个，且要用他能听得懂的语言和事物组织，加上语气词之类，着实很累。但他已然形成了一个雷打不动的习惯，每天不讲故事就不老实睡觉了……这是昨晚一起编的故事，简单记录一下：

我：从前，森林里有一棵大树，这棵树非常的大，非常的高，他是大树里的树爷爷。在这棵大树上，住着好多小动物，树顶上住着一只小松鼠，树干上住着一只啄木鸟，树洞里面呢，住的小动物更多了，大树上有好多个树洞呢，住着小兔子、小刺猬、小蜗牛，还有一只小羊。

每天早晨，树顶上的小松鼠最先醒来。他在树上蹦蹦跳跳地玩游戏，玩了好久了，咦，怎么树洞里的小动物们还没起床啊？我得去把他们叫醒。小松鼠就去敲门了。他先敲小兔子的门。咚咚咚，"谁啊？"门里面传来小兔子懒洋洋的声音。"是我啊，小松鼠，快起床了，太阳公公晒屁股了！"接着他又去敲小羊、小蜗牛的门，小动物们都说："小松鼠，别急别急，我们穿好衣服就出来了！"过了一会儿，小兔子啊，小刺猬啊，小羊啊，都穿好衣服出来了，然后他们就一起去森林里找食物吃。

他们走啊走，来到了一个大草地旁边。这里有好多好多果

---

① 之前，孩子在外地的爷爷奶奶家住了两个月。

树，有好多食物呢，有苹果啊，葡萄啊。

竹笛：小刺猬找的是苹果。小羊最爱吃草，小羊在哪个洞洞里睡觉呢？（思路偏离了我的）

我：在最大的一个树洞里。

竹笛：小刺猬的家在哪呢？

我：在大树上，所有的小动物都住在这棵大树上，有的住在树梢上，有的住在树洞里。这棵树是世界上最大的一棵树，这棵大树有好多树洞呢。

竹笛：小刺猬的门是什么门？刺猬门。小山羊的是小山羊门。蜗牛在哪个房子里睡觉呢？

我：蜗牛在一个圆圆的弯弯的房子里睡觉。

竹笛：蜗牛就把衣服给脱掉了，他就睡着了，只有蜗牛一个人睡着了。

我：其他人呢？

竹笛：其他人还在那儿搭积木呢。

我：在谁的房子里搭积木呢？

竹笛：小山羊、小牛、小刺猬都在房子里搭积木。

我：（拉回主线）小动物们把食物都找回来了，在大树洞里开始吃早餐。吃完早餐他们又玩游戏。玩什么游戏呢？玩跑步的游戏，小羊和兔子要进行跑步比赛，小动物们都在旁边看，然后他们玩累了。到了晚上，太阳落山了，大树爷爷开始唱摇篮曲了：

摇啊摇，摇啊摇，小动物们快睡觉。

啄木鸟，你别吵，啄木鸟，你别吵。

摇啊摇，摇啊摇，小动物们快睡觉。

小蜗牛，你别笑。小兔子，快睡觉。

大树爷爷不停地唱着摇篮曲，终于，把所有的小动物都哄睡了。这时候，大树爷爷也打哈欠了，他说："呀，我也瞌睡了，我也要睡觉了。"

当然，除了在故事中融入儿歌，还可以儿歌为主要元素，自行编创故事。尤其是在孩子年龄比较小，对有韵律的词句很喜欢的情况下。城市家长可以《两只老虎》或《我有一只小毛驴》《小燕子》等儿歌为主干，自行扩展情节、编创故事。有的儿歌如《小燕子》温柔灵动，有的儿歌如《我有一只小毛驴》则幽默逗乐，可以根据孩子的喜好，自行选择。乡村家长则可以选择和自然风物相关的儿歌来扩充情节。

4岁以后，绝大部分孩子的语言表达已经基本无障碍。这个时候家长讲故事可以趋向更复杂化的线索和主题区分。总而言之，首先，对于学前儿童而言，因为生理和心理发育的限制，想让他们读多少文学的材料，是不太现实的，但学前儿童有着丰富的想象力和好奇心，可以通过给他们讲故事，让他们在"听读"中学习语言，培养文学兴趣，为日后进一步的深入阅读打下基础。这些都是普遍的经验，适合城乡儿童。

其次，在这些共通的经验和原理之外，给乡村儿童讲故事，要注意到乡村儿童的特点，因势利导、因地制宜、因人而异地讲好家庭故事。儿童自身的特质决定了父母要选择什么样的故事来讲述。通常而言，家长们要注意遵循几个原则：1. 贴近乡村儿童的日常生活经验来讲；2. 理解孩子的情感需求，贴近孩子的真实情感来讲；3. 有条件的话，可以和经典儿童文学或绘本结合起来。无论是遵循哪种原则，都要贴近乡村儿童的真情实感和生活经验，如此，才能走进他们的心。

乡村儿童天然地与大自然亲近，大自然是一个丰富的资源库，我们可以在大自然中获得讲故事的无穷无尽的灵感。安静的树林，辽阔的田野，雨后的草叶，夜间的蛙鸣，丰收季节的麦穗，刚成熟的蔬果，乡村田野生活给我们提供了无数的素材，无穷的纹理、形状、图案，只要有心，便可以从中生发出各种各样的故事。

以贴近乡村儿童日常生活经验为例，在20世纪八九十年代的中国乡村，捡麦穗是乡村儿童经常从事的农间劳作活动，21世纪以来，随着机械化的发展，乡村儿童捡麦穗的场景已经不常见了。但生活于乡野，乡村儿童对庄稼、田地还是有着天然的亲近感。家长可以用这个背景来编创故事。笔者幼时生活在乡村，童年的经历留给我许多美好的回忆。笔者的孩子虽然生活在大都市，但为了培养他"接地气"的品质和对田园的热爱，笔者也经常会编一些乡土背景的故事给孩子听。《老鼠一家捡麦穗》是其中一个，在此做一下分享。

老鼠一家捡麦穗
孩子年龄：4岁5个月

我：很久很久以前，在一个村庄里，有一个小院子，小院子的围墙下，有一个小小的洞，洞里住着小老鼠一家。有一天，老鼠妈妈发现家里没食物吃了，老鼠哥哥、老鼠弟弟还有老鼠妹妹肚子饿得咕咕叫。怎么办呢？他们围在一起想办法。想啊想，有了！老鼠哥哥想出了一个好主意！"妈妈，我们可以去麦田里捡麦穗呀！"老鼠妈妈听了，高兴地说："嗯，这真是一个好主意！"捡麦穗需要篮子啊，老鼠妈妈赶紧找来一些柔软的树枝，编成了一只小篮子。然后就带着孩子们向麦田出发了。

麦田在村庄外面，他们走了一会儿就到了，哇，好大好大的一片麦田啊！老鼠妈妈指着麦田里掉落的麦穗，对孩子们说："快捡吧，孩子们！把它们放进我们的篮子里！把它们放进我们的衣服口袋里！然后把它们放进我们的肚子里！快捡吧，孩子们！"

于是老鼠哥哥、老鼠弟弟还有老鼠妹妹，马上四下里分开，到处捡麦穗了。他们捡起一个麦穗，就放进小篮子里，又捡起一个，再放进篮子里，不一会儿，小篮子就快装满了。就在这时，老鼠弟弟突然大叫起来："妈妈，快看，这是什么?!"老鼠哥哥和老鼠妹妹立即向老鼠弟弟这边跑过来，老鼠妈妈也慢腾腾地过来了。

原来，老鼠弟弟在麦田里发现了一个鸟窝，鸟窝里还有三个鸟蛋呢！小小的白白的三个鸟蛋，在绿草丛里看起来特别可爱。嚓嚓嚓，是什么声音？老鼠们吓了一跳。嚓嚓嚓，声音又来了，就在脚底下呢，噢，原来是鸟蛋发出来的。嚓嚓嚓，声音越来越响了，不一会儿，一个鸟蛋裂开了一条小缝。

竹笛：是小鸟要出来了吗？

我：对，小缝里露出来一只小鸟的嘴巴，过了一会儿，蛋壳又破了一块，缝隙越来越大，啊，小鸟的头和身体也露出来了！老鼠一家惊奇地看着，都忘了捡麦穗了。不一会儿，另外两个鸟蛋也孵出小鸟来了。现在有几只小鸟了？

竹笛：三只小鸟！

我："妈妈，小鸟们怎么没有妈妈呢？"老鼠妹妹问。"谁说他们没有妈妈呢？他们的妈妈一定也是像我们一样出去找食物了！"老鼠妈妈笑眯眯地说。就在这时，天上突然传来了喳喳喳的声音，原来是鸟妈妈飞回来了。可是她没有落下，只在天空转来转去地飞，不停地扑扇着翅膀，看起来凶巴巴的。你说为什么鸟妈妈这么凶呢？

竹笛：因为鸟妈妈怕老鼠吃小鸟！

我：对，鸟妈妈很害怕。老鼠妈妈说："孩子们，我们走远一点吧。"于是老鼠妈妈带着小老鼠走远了，躲在一个土堆后面悄悄地观察小鸟。这时候，鸟妈妈才赶紧飞了下来。她看见自己的鸟宝宝，开心极了。她给一只鸟宝宝喂虫子吃，然后又喂了另外两只鸟宝宝，再然后呢，把他们都背在身上，飞到麦田旁边的树林里去了。在那里，鸟妈妈在树梢上安了一个新家。老鼠妈妈和老鼠哥哥、老鼠弟弟还有老鼠妹妹，一直等鸟妈妈一家飞得看不见了，才离开麦田。这时候啊，天已经黑了。月亮出来了，星星也出来了。老鼠妈妈和小老鼠们就在星光下，提着装满了麦穗的小篮子，高高兴兴地回家了。这个故事讲完了。

还可以将文学经典融入自编故事里。这个对家长有比较高的要求,笔者作为文学研究者,一直在努力尝试将文学作品不留痕迹地融入日常故事的讲述之中。多数乡村儿童家长文化程度不高,对文学经典不太熟悉,操作起来可能比较困难,但可以将他们熟知的民间故事或民间谣谚融入自编故事里。以下是案例分享。

大鹏和萝丝[①]

孩子年龄:5岁

我:很久很久以前,有一只大鱼,叫作鲲,这个大鱼会神奇的魔法,念动咒语后,咦,变成一只大鸟了,这大鸟的翅膀特别大,就像天上的云那样大,它不飞的时候,蹲在那儿就像一个小山,对了,这只鸟叫作大鹏。大鹏喜欢旅行,它每年都要飞到很远很远的南方去,那儿有个湖泊,叫天池,它一路飞啊飞,要飞很久很久才能飞到……有一天,大鹏经过一个小村庄,觉得累了,就停下来休息,它蹲在地上,就像一个土坡。

这时候,母鸡萝丝出来散步,远远地看见这个土坡,她高兴极了,飞快地跑上去,想翻出点儿草籽吃。刚翻了几下,咦,脚底下的土坡有点晃动,啊,原来这不是土坡,是一只大鸟啊!

Hello,大鸟!你从哪里来?要往哪里去呢?

大鹏说,我从北边来,要往南边去。

萝丝问,南边远吗?

大鹏答,很远很远哪,我要飞三个月才能到。

萝丝又问,去那么远是干什么去呢?

大鹏答,南边有一个湖泊,叫天池,天池里的水是天底下最清的,天池里的云是天底下最白的。那儿的风景一般人见不到,你也见不到呵。

---

① 这个故事融入了《庄子·逍遥游》里的部分内容及绘本《母鸡萝丝去散步》里的角色形象。

萝丝笑了，她说："我从小就出生在这个村庄，村庄外也有一个湖泊，它并不大，但湖泊周围有青青的草地，草地边有树林、田野、庄稼。我和我的伙伴们每天在湖边玩耍游戏，有晚霞的傍晚，我们就围在湖边看水里的云，云有各种颜色，在水底摇啊摇，我们一边看一边唱歌跳舞，我们还咯咯哒咯咯哒地欢呼。"

"天色晚了，牛啊羊啊狗啊猫啊都回到村庄里去，睡觉了，我呢，就飞到一棵矮树上休息。那会儿，树上挂满星星，丁零零丁零零，我好像能听见星星在说话，蟋蟀呢，在树底下轻轻地唱……我听着牛羊还有我家主人睡觉的呼噜声，觉得真是开心极了。大鸟，这样的风景天池有吗？"

大鹏不说话。过了一会儿，和萝丝说声再见，就飞走了。萝丝说了句拜拜，吃饱了草籽，回矮树上去了。

这个故事讲完了！你喜欢大鹏还是母鸡呢？

竹笛：萝丝！

我：嗯？为什么？

竹笛：不为什么。

……

还可以把童书、绘本阅读和亲子故事结合起来。欧美绘本及中国原创绘本里有许多乡村主题的作品，家长在自编故事时，可以借鉴这些优秀作品的叙事方式，模仿其叙事结构，从而进行适当改编或创编。以下是案例分享。

七彩花[①]

孩子年龄：3 岁 9 个月

我：在一片草地上，有一朵非常美丽的花，她有七种颜色

[①] 这一篇亲子故事化用了绘本《彩虹色的花》里的主要情节。

呢。有红色、绿色、黄色、蓝色、橙色、紫色、白色，每片花瓣的颜色都不一样。她叫七彩花。有一天，有一只小蝴蝶飞到草地上玩。她玩得太开心了，都没有注意天下雨了。啊呀，这可怎么办呢？小蝴蝶很发愁，下雨了怎么回家啊？七彩花看见小蝴蝶发愁的样子，说："别担心，小蝴蝶，我送你一片红色的花瓣吧，它可是一把漂亮的雨伞呢！"小蝴蝶感谢了七彩花，打着花瓣伞飞回家了。

又过了一天，一只小蚂蚁来到草地上玩耍，他玩着玩着累坏了，就想睡一个午觉。可是，没有被子盖会不会感冒呢？七彩花说："小蚂蚁，别担心，我送你一片紫色的花瓣吧，它可是一床很舒服的棉被呢！"小蚂蚁感谢了七彩花，在草地上盖着紫色的花瓣被子睡着了。

竹笛：又过了一天，一只短尾巴的恐龙走了过来。他转晕头了，妈妈。

我：七彩花说："别担心，小恐龙，你到大树下休息休息吧，我送你一片黄色的花瓣，它可以盖在你的眼睛上，它可是一副漂亮的眼镜呢。"小恐龙感谢了七彩花，拿着黄色的花瓣眼镜走过去了。

竹笛：又过了一天，来了一条小蛇。妈妈，这下是什么颜色的花瓣呢？

我：小蛇口渴了，七彩花说："别担心，小蛇，我送你一片绿色的花瓣吧，花瓣上有露水，你可以喝掉它。"小蛇感谢了七彩花，拿着绿色的花瓣水走了。又过了一天，来了一只小松鼠，小松鼠饿坏了，到处找松果吃，七彩花说："别担心，小松鼠，我送你一片橙色的花瓣吧，它可是美味的点心呢。"小松鼠感谢了七彩花，拿着橙色的花瓣点心也走了。

竹笛：妈妈，还剩下什么颜色的？

我：还剩下蓝色的和白色的花瓣。这一天，小麦兜来到了草地上，他看到了七彩花，他非常喜欢七彩花，七彩花说："小朋友,我送你一片蓝色的花瓣吧?它可是一个非常棒的枕头呢,晚上你可以做一个美丽的梦。"小麦兜拿着蓝色花瓣也高高兴兴地回家了。这时候,七彩花还有什么花瓣啊?

竹笛:还有一片白色的。

我:这时候,突然刮起了大风,把最后一片白色的花瓣给吹走了。七彩花现在一片花瓣也没有了,它现在变得很难看。它变成一朵光秃秃的花了。

第二天早上,小麦兜又来看七彩花,他看到七彩花光秃秃的,心里好难过啊。他说:"七彩花,我要给你重新做一片美丽的花瓣!"过了几天,蚂蚁、小蛇、蝴蝶、松鼠、恐龙都回来了,他们每个人手里都拿着一片彩色的花瓣,这是他们亲手用布做的!他们把花瓣都送给了七彩花。七彩花又变成一朵美丽的花了!这个故事讲完了。

当孩子有了足够的故事打底,慢慢地就可以自己独立编创故事了。独立编创故事对于儿童而言,是一个质的跨越。是从再造想象到创造想象的转变。想象分为再造想象和创造想象。儿童阅读绘本后复述故事属于再造想象,而家长引导儿童独立编创一个新的故事,则属于创造想象。在家庭和学校的教学中,家长、教师引导儿童编创新故事,是锻炼儿童想象力和语言表达能力的重要途径。通常而言,儿童编创故事有以下特点:1. 往往以情节为主;2. 内容是逐渐丰满的;3. 所编故事往往都有现实的生活背景。

引导儿童编创故事,也需要分阶段进行。一开始,家长可以和孩子合作编创故事,即"你一言我一语"地完成一个"合作的故事",最后再过渡到独立完整地编真正属于他们的故事。詹尼弗·柯茨提出过一个"合作的故事"理论,指出:"'合作'的故事即包括那些有两个或更多成员都积极参与讲述的叙事,也包括那些由一个主要叙述者讲述,其他成员助一臂之力的叙事。参与者对故事的贡献可以是愉快的感叹或害怕的惊叫，可以是寻求更多信息的提问，也可以是评价性的言语。那种参与者的贡献仅为轻微的应答或笑声的叙事则不被列入'合作的故事'这一范畴，即使这些贡献明摆着有助于叙事、在女性的叙事中也很典型（较之男性叙事而言）。"[1] 这种"合作的故事"需要双向的密切交流，在听众的提问或共同讲述中将故事情节往前推进。家庭中的亲子故事最好都采用这种"合作的故事"形式，在孩子3岁之前，以父母讲述为主、孩子提问为辅，3岁以后，则可以以孩子讲述为主、父母提问为辅。这种平等的讲述氛围，会给孩子以深深的鼓励，鼓励他们勇于表达、积极思考。通过合作，亲子共建一个美妙的故事世界。以下是案例分享。

牛　说

孩子年龄：5岁4个月

睡前一起编故事。

竹笛：从前，牛是不会说话的。

我：有一天，他在树下吃草，突然被一个圆圆的硬硬的东西砸了一下。

竹笛：他吓坏了，撒腿就跑，边跑边喊："救命啊，天塌了！"跑了很久很久，他才慢慢地停下脚步。

我：这时，他发现自己来到了一个完全陌生的地方。这是一座三层的楼房，棕红色的瓷砖在阳光下闪闪发亮。这是哪里呢？他心想。

竹笛：这时，一个小男孩走了出来，问："你从哪里来啊？"

我：牛举目四顾，天地茫茫，竟然不知自己从何处来。他嗡

---

[1] ［英］詹尼弗·柯茨：《男士交谈——建构男性气质的话语》，刘伊俐译，北京大学出版社2006年版，第152—153页。

地哼了一声，不回答。

竹笛："你饿了吧？我带你去吃草吧？"小男孩陪着牛往一片大草地上走。牛就在草地上吃草，小男孩拿了一个篮子，摘了一篮子花。

我：天渐渐黑了，可是小男孩和牛都没有发觉，他们一边看天上的星星，一边说话儿。

竹笛：牛说，他就住在很远很远的星星上面。

我：牛说，他也听得懂弹琴，但更喜欢青草中间蟋蟀的歌声。有一次，有一个人来给他弹琴，他正在和蟋蟀聊天儿，心里烦得不得了。

竹笛：牛说，人其实是很笨的，他们只看得见自己的琴，看不见草中的蟋蟀。

我：牛说，从前，有两个小孩到天上找妈妈，就是自己背着飞上天的，后来，他们都变成了星星。

竹笛：这只牛就是牛郎的牛，小男孩就是牛郎。

我：他们聊了很久很久，聊累了，牛说，我该走了。

竹笛：小男孩说，别走别走，我带你回家，我们一起看奥特曼。

我：……于是，牛背着小男孩，小男孩拿着一篮子花，一起回家了。

竹笛：他们成了好朋友。这个故事讲完了！

在"合作的故事"之后，孩子可以努力尝试独自编创故事，当孩子能够独立完整地编出真正属于他们的故事的时候，家庭文学教育可以说取得了"重要成果"。当然，这个过程不是一蹴而就的，它需要亲子之间长期的坚持。

第三节　选择优秀绘本的标准

家庭文学教育有多种表现形式，上一节论述的"故事"即是其中一种，但目前最主流的还属以各类绘本为素材、针对学前儿童进行的"亲子共读"。

乡村儿童要接受良好的文学教育，就需要读到好的书籍。当前，伴随着童书出版界竞争的加剧，广大童书编辑在引进国外获奖绘本及开发中国原创绘本上都投入了更多的精力，产品也更加精益求精。随之而来的是，涌现了越来越多的精通绘本阅读的家长及阅读推广人。一些注重推广母婴产品的公众号，如年糕妈妈、童书妈妈三川玲、成长树等，通过与出版社直接对接的销售渠道，以相对便宜的价格、详尽的内容解读，向广大公众号粉丝推广精选绘本。但这些公众号的经营者主要是城市家长，主要针对的也是城市家长群体。虽然这几年来乡村的阅读状况有所改善，但乡村家长精通绘本阅读并成为阅读推广人的情形还不多见。大多数的乡村家长在给孩子挑选图书时，依然感到困惑和迷茫，他们不得不依赖当地学校老师推荐的书单，在购书时，缺乏独立性和自主性。

遴选绘本，首要的考虑是得有一份优质绘本书单。说到书单，有阅读推广人开的书单，也有名校校长（如清华附小校长窦桂梅）开的书单，还有图书馆或公益阅读机构开的书单。但这些书单多针对城市家庭的阅读情况而定，专门针对乡村儿童的阅读书单还属空白。推荐书单，其实并不容易，不仅要对绘本资源有比较全面的了解和认知，还要对儿童的生理和精神发育情况比较了解。这里想强调的是：为了更好地培养儿童的阅读兴趣，每个家庭都应该有自己独一无二的书单，因为只有父母，才最了解自己的孩子，知道孩子的喜好兴趣和需要关注的领域，因人而异地选择书目，才会有更好的效果。专家推荐的书单可以借鉴，但不一定特别适合自家孩子的实际情况。"授人以鱼，不如授人以渔。"在依赖乡村教师给儿童提供阅读书目之外，我们还要指导乡村家长学会辨识什么是好的绘本，以方便自己给孩子挑选合适的图书，进而指导孩子进行有效阅读。

那么什么是好的绘本呢？好的绘本首先是秉持儿童本位儿童观的绘本。所谓儿童本位的儿童观，"既不是把儿童看作未完成品，然后按照成人自己的人生预设去教训儿童（如历史上的教训主义儿童观），也不是仅从成人的精神需要出发去利用儿童（如历史上童心主义的儿童观），而是从儿童自身的原初生命欲求出发去解放和发展儿童，并且在这解放和发展儿童的过程中，将自身融入其间，以保持和丰富人性中的可贵品质"①。好的绘本能体现真、善、美理念，富有丰富的想象力，能给予儿童丰富的情感体验和艺术经验，并且能提高儿童对自然、社会和人生的认知。

那么，怎么样给自己的孩子精选一份量体裁衣的书单呢？总的原则是，我们在为孩子挑选图画书时，要考虑儿童的生活经验、心理和认知水平的发展情况，不宜挑难度太大的图书拔苗助长，可参考"最近发展区"理论，给孩子挑选适合的书籍。

这里，我们有必要了解一下孩子们阅读图画书的心理。孩子们看书是有心理动力的，这个心理动力就是图画书得满足孩子们对温情、母爱、好奇心、神秘美丽的事物、善良的天性及熟悉的日常生活的认同，挑选具备这些品质的图画书，才能调动孩子的阅读兴趣，走进孩子们的心里。训诫味道太浓的图画书，画风呆板毫无个性的图画书，是不能引起孩子们的阅读兴趣的。好的图画书能让孩子们感觉发现了知己般的亲切。比如，"大卫系列"绘本就非常好，孩子看了觉得这样一个调皮捣蛋的孩子，可不就是我吗？他一边笑书里的自己，一边觉得自己的情绪也得到了纾解。具体到乡村儿童，描写他们的处境、心理和情感的图画书就能引起他们共情，比如《团圆》这样的图画书就刻画了乡村留守儿童期盼父母回家的思念之情，这样的绘本自然能打动他们的

---

① 朱自强：《朱自强学术文集 3 儿童文学概论》，二十一世纪出版社集团 2016 年版，第 47 页。

心。总之一句话,选对了绘本,亲子共读就成功了一大半。

从孩子的视角选择。调研中,不少乡村家长说,孩子有书不肯读。孩子们不爱读书,不是孩子的错,很大的责任在家长不会引导。家长没有根据孩子的实际情况选择适合的图书。遇到困难时,便一味地将责任推到孩子身上。那么,什么样的书才是孩子爱读的呢?

好的童书孩子爱读。"正如儿童文学的命名那样,儿童文学的特殊读者群是孩子们。除了文化的差异性造成阅读的目的和阅读的动机不同外,有一个事实是一致的:儿童不是成年人。儿童不及成年人有那么强的理解力,也不及成年人有那么多生活阅历。为了给孩子们提供精神食粮,儿童文学必须取材于孩子们,取材于语言还不健全,生活经验还不丰富的孩子们。因此,好的儿童文学作品应该是从语言和概念上都很容易被孩子理解的东西。"[1] 因此,那些能体现儿童熟悉的场景、用儿童熟悉的语言和绘画风格制作而成的作品,就比较容易受到小读者们欢迎,也才能激发起他们的阅读兴趣。站在孩子的视角创作的图画书能让他们觉得亲切,不知不觉地就被吸引进书中的世界。松居直也十分强调这一点,他在选择图画书时,"首先考虑的是那些理解孩子们的世界,并用孩子们的想法和心情去绘画的图画书。换句话说,图画书不应该被动地接受,它应该让孩子产生一种亲切感,不知不觉引领孩子走进一个奇妙的世界"[2]。

在选择童书时,首先要充分考虑孩子的生理发育和智力发育特点。不同年龄段的孩子,有不同的生理特征和智力发展水平,他们感兴趣和能够阅读理解的书籍是不一样的。尽管现在有人认

---

[1] 雷昊润瑛、杨奇志:《如何选择合适的读物——儿童阅读与文学作品的选择》,李文玲、舒华主编《儿童阅读的世界Ⅳ:学校、家庭与社区的实践研究》,北京师范大学出版社2016年版,第267页。

[2] [日]松居直:《我的图画书论》,郭雯霞、徐小洁译,新疆青少年出版社2017年版,第46页。

为绘本适合所有年龄段的人群阅读，但对儿童而言，还是需要充分考虑年龄特点。为孩子挑选图画书，要考虑孩子现有的生理发育情况和认知发展水平。

比如3岁之前的幼儿可以更多地选择玩具书，玩具图画书一般包括纸板书、立体书、翻翻书、洞洞书等，精巧的设计、新颖的创意，会引起幼儿的阅读兴趣，给他们提供快乐的阅读时光，让他们的童书阅读之旅一开始便充满乐趣。若再细分的话，0—1岁的婴儿是语言形成的准备期，婴儿只会说简单的字词，更喜欢用眼睛、嘴巴、手来感知周围的世界。因此，这一阶段可以选择布书、翻翻书、音乐书、触摸书。此阶段的婴儿皮肤娇嫩，书籍最好是软边或圆边的，不可选择锋利书页或硬壳精装书籍，以免孩子抓握、撕咬时伤到自己。在色彩上以黑白纯色块、明亮色块为主，内容上则以对日常生活物品的认知为主，也可读一读节奏简单流畅的童谣类低幼绘本。如《蹦！》《猜猜我是谁》《脸，脸，各种各样的脸》《噗～噗～噗》《棕色的熊，棕色的熊，你在看什么》等。

1—3岁的幼儿语言功能逐渐发育，可以讲简单的句子，可以和大人进行沟通对话了，这个阶段可以选择纸板书、洞洞书、立体书及内容上有简单故事情节、反映幼儿情绪、体现亲子互动、画风明快活泼的绘本。如"小鸡球球"绘本系列、《菲菲生气了——非常、非常的生气》、《逃家小兔》、《爸爸，我要月亮》、《晚安，月亮》、《波西和皮普》、"杜噜嘟嘟"系列等。

3—6岁的儿童语言迅速发展，开始入幼儿园学习，这时候他们面临集体生活的新境遇，在生理和心理上都有了新的变化，对生活的认知和好奇也与日俱增，我们可以选择富有想象力、情节比较曲折、画风夸张幽默的绘本，类型上平装书、精装书、异形书、墙书都可以尝试，内容上则以启蒙读物为主，如可以选择哲学启蒙绘本、数学启蒙绘本等。比如《小老鼠的漫长一夜》，讲述小老鼠和妈妈分床睡的细微心理；《团圆》讲述乡村儿童和爸爸分开的生活体验;《幼儿园的一天》《古仑巴幼儿园》《我爱幼儿园》等书是对幼儿园生活的描写,可以增加孩子对幼儿园的兴趣。《长个不停的腿》《我变成一只喷火龙了》《开心小猪和大象哥哥》等幽默风格系列绘本,以及一些表现儿童日常生活情境的写实故事,也可以阅读。此外,那些可以让孩子在绘本中获得生活体验和生活技能的书,如《妈妈,买绿豆》《吃包子的理由》等也是非常优质的读物。

6岁以后,孩子开始上小学,对生活和社会的认知更加丰富,这一阶段可以阅读情节更为曲折、绘画风格更为多元的绘本,并逐渐过渡到阅读桥梁书和纯文字类的童书,如"不一样的卡梅拉"系列、《窗边的小豆豆》、《黑猫警长》、《柳林风声》等。在材质上,没有限制,什么类型的都可以阅读。总之,要根据孩子的智力发育和生理发育情况,有针对性地给孩子选择图书。

其次,要根据孩子的心理发育情况、能力发展和兴趣爱好来选择绘本。孩子在日常生活中,在亲子互动、与同伴相处及自我发展的过程中,会遇到各种各样的问题,自然也会有各种各样的情绪出现,良好的情绪管理能力是衡量一个孩子是否健康发展的重要标准。家长们在选择绘本时,要考虑孩子的性格特点和情绪控制情况,选择一些情绪管理绘本,来帮助孩子疏导负面情绪,发展正面情绪。对于乡村儿童而言,选择书写孤独、思念、友情、亲子温情主题的绘本便尤为重要。在此推荐《我好担心》《哭出来也没关系》《请不要生气》《有时候,我特别喜欢妈妈》《我讨厌妈妈》《一个黑黑、黑黑的故事》《吃掉黑暗的怪兽》《当我安静下来》等书。

儿童在成长过程中,对生活和社会的适应能力在逐渐提升,家长也可以适当选择一些培养儿童适应能力的绘本,来引导、帮助儿童解决日常生活中遇到的难题,进一步增强他们解决问题的信心。笔者推荐《我爱洗澡》《小熊不刷牙》《牙齿大街的新鲜事》《不睡觉世界冠军》《我爱幼儿园》《我的牙掉了》《第一次上街买东西》等书。此外,反映儿童在日常生活中亲子交往、伙伴交往、师生交往及关系的绘本，其影响也会延伸到现实生活中，对孩子处理人际关系有启发，推动其心理健康发展。在此推荐《不要告状，除非是大事》《好朋友》《我们是朋友》《南瓜汤》等书。能促进儿童自我认知发展的绘本也可以选择，推荐《我的情绪我控制》《和我一起玩》《我要更勇敢》《我想要不一样》《你我如此与众不同》等书。

在此需要提醒的是，给孩子挑选图画书时，大人不要心存偏见。好的童书作者都是深切理解儿童心理的人。自己先有一颗不老的童心，用心讲故事，用童心绘图，作品才能引起儿童的兴趣。少一些机械的说教，多一些纯粹的天真，就是要讲道理，也应该像水果果冻一样，将水果的汁水融进去，而不是放一块果皮在上层煞风景——经典多"想象自己是儿童"，而非"我要教育儿童"。有的家长容易以自己的主观判断拒绝一些图书，比如《我爸爸》《我妈妈》这两本书画风虽然鲜艳，但人物形象并不美丽，有的家长就会拒绝给孩子购买。然而，据读者反馈，很多小孩子非常喜欢看。很多时候，家长买书有意无意地带有成人趣味，这是不可取的。有条件的话，家长不妨带着孩子亲自去书店挑选，网购的话，也尽量站在孩子的角度，考虑孩子的趣味，不要心存偏见。

从图画书本身优劣来选择。图画书是通过文字和图画共同传达信息，既具有文学性，又具有艺术可视性的书籍。判断一本图画书的优劣，也该从两个方面来进行。文字的叙事性是否优秀？图画作品的艺术性是否优秀？两者之间的配合是否紧密？叙事性的优劣主要体现在语言上。松居直对图画书的语言十分重视，他认为"图画书的好坏，取决于图画书中有多少丰富的语言，有多少富有内涵的存在感的语言，有多少读者和听者发自内心产生共鸣的语言。正是这样的语言，塑造出了丰富而温暖的意象"[①]。具

---

① [日]松居直：《我的图画书论》，郭雯霞、徐小洁译，新疆青少年出版社2017年版，第101页。

备丰富的语言,有一个能打动人心的故事的,就是好的图画书。

此外,要考虑到书籍的媒材、装帧和设计的区别,这些外部因素也是儿童是否喜爱一本书的重要因素。所谓媒材,即图画书的插画师用来绘制插画的工具、材料和手段。通常而言,插画师进行插画创作的主要技法是配色,用颜色和色调来营造插画效果和感染力,其中,常用的媒材有油画、水粉、蛋彩、水彩、丙烯等,而利用素描来作为主要绘画手段的插画师,则会选用彩粉画、铅笔画和刮板画等形式,此外,图画书的制作媒材还有拼贴画、剪纸画、布艺画、集成艺术品[1]、铜版画、木版画、摄影、泥塑、剪纸、刺绣等艺术形式。至于装帧,图画书的装帧一般有平装本、精装本、布艺书、硬板书等几种形式。不同的媒材有不同的质地和美感,水彩画有朦胧清新的美感,油画则往往用于呈现比较厚重的场景和角色……通常而言,我们可以尽量给孩子提供多种多样媒材制作的图画书,丰富孩子们的阅读感受,让他们感受到各种形式的美。

要判断一本书的材质、风格、字体等是否适合某个年龄段的儿童。通常来说,3岁之前的幼儿皮肤娇弱,家长可以选择布书或者不容易弄伤孩子皮肤的布艺书、纸板书给他们阅读;3岁以后则可以过渡到平装书、精装书乃至立体书。从文字少、图画多,逐渐过渡到文字多、图画少,最后直接阅读全文字的书籍。说到风格,每本图画书的插画都有自己的风格,这种风格包括插画师所常用的媒材、色彩、主题、构图等,尤其是在把一个插画师的作品集中到一起时,这种风格的"独特性"将会更加明显。知名的图画书插画师几乎都有自己鲜明的风格,阅读水平较高的儿童可以辨识出一个插画师系列作品的相似特征。

那么,什么年龄的儿童喜欢、适合什么样的风格?即儿童对

---

[1] 所谓集成艺术品,是用纽扣、布料、毛线、水果等日用品制成的一种三维艺术作品,按照创作主旨对原材料进行排列组合,然后以摄影作品的形式集合构成的图画书。

风格的喜好究竟是怎样的？不少研究者从各个角度开展过实验，得出的结论不尽相同。班伯格研究发现，"儿童比较喜欢插图颜色明亮的故事书；大一点的儿童更容易接受轻柔的色彩和语调；所有的儿童都喜欢大的居中的粗体，匀称、三维的形状"①。郝特、福里斯特、牛顿几位研究者通过比较5岁儿童和7岁儿童注视他们喜欢的图画的时间长短，推断出如下结论："每个年龄段的儿童在看第一眼时都比较喜欢漂亮的图画，但是小的儿童喜欢丑陋的图画超过中性的图案。"② "好的图画故事书的风格营造出的气氛会让孩子对画面产生认同感，从而引领着孩子走入神奇的故事世界，领略文学传达的视觉意境。因此经常阅读好的图画故事书，能加深幼儿的审美体验，是提高其审美能力的捷径。这些艺术语言会潜移默化地滋润孩子们的心灵，丰富孩子们的艺术感觉。"③

具体而言，挑选优质图画书，要考虑以下几个因素。

第一，语言生活化。松居直十分重视童书的语言："就童书来说，语言极为重要。通俗易懂的语言、令人快乐的语言、戏剧化的语言、清晰而不暧昧的语言，能让孩子们生成一些体验，让他们有所共鸣，这些都非常重要。威严的、含蓄的、有品位的、有余韵的以及微妙的语言，是孩子们不擅长、不理解的。"④ 因而，家长在给孩子挑选绘本时，要尽可能避免选择主题太过抽象、语言太过理念化的图书，抽象的主题，比如《田鼠阿佛》这本书，讲述的是几只田鼠对待生活的不同态度，其中田鼠阿佛以诗意化的态度对待生活，与众不同。这本书的寓意很好，但对于

---

① 转引自康长运《幼儿图画故事书阅读过程研究》，教育科学出版社2007年版，第4页。

② 转引自康长运《幼儿图画故事书阅读过程研究》，教育科学出版社2007年版，第6页。

③ 康长运：《幼儿图画故事书阅读过程研究》，教育科学出版社2007年版，第42页。

④ ［日］松居直：《我的图画书论》，郭雯霞、徐小洁译，新疆青少年出版社2017年版，第135页。

幼儿而言，书中"诗人"这个词是很难理解的，依照他们的心智发展水平，还难以懂得这个词，也就不能理解这本书的寓意。因而，这本书就比较适合小学生而非幼儿。

第二，画风灵动活泼。画风充满动感的图画书能够贴近笔下小动物的现实特征，画家往往对童心十分了解，插图真实自然又充满了趣味。一些著名的图画书在这方面可谓榜样，如被誉为现代绘本开山之作的《彼得兔的故事》。松居直对这本图画书十分欣赏，在这本经典的图画书中，"小兔子像人一样穿着衣服，兔妈妈也像人一样拎着篮子，打着洋伞去买东西。尽管这样，读者还是觉得它们是活生生的兔子。因为在插图中，即使最细小的动作举止也流露着兔子的特性，这是不同于那种单纯将人脸换成兔子脸的拟人手法。无论是内容还是插图，故事都是以兔子的特征、生活为素材。也就是说，这本小小的图画书体现的是大自然的世界。在这本图画书的世界里，一方面是想象中像人一样穿着衣服的兔子的生活，一方面是现实中兔子的生活，想象和现实很自然地融合在了一起"。"通过这部作品，大家可以感受到波特对童心的了解，感受到她对孩子的爱心。哭泣的小兔子、让妈妈帮忙缝扣子的小兔子，每一个场景都让人深切地感受到作者的儿童视角。可以说，《彼得兔的故事》中的插图才是图画书中的插图应该具有的面貌。"[①] 家长要想提高选择图画书的眼力，就要多看《彼得兔的故事》这样有生动鲜活插图的图画书，如此才能提升判断图画书插图优劣的直觉与能力，找到那个"感觉"。

英国著名的插画家埃米莉·格雷维特非常懂儿童心理，她的绘本作品风格大都生动活泼，往往能赢得小读者的深切共鸣。分享一则阅读案例。

---

① ［日］松居直：《我的图画书论》，郭雯霞、徐小洁译，新疆青少年出版社 2017 年版，第 15—16 页。

Again? Mummy!
孩子年龄：4岁

方才孩子梦里咯咯笑出声来，把我惊醒了，因为什么笑呢？梦见了小恐龙吗？

睡前一起读这本绘本：睡觉的时间到了，可是小绿龙不想睡，他拿着一本书让妈妈讲故事，第一次妈妈很有兴致地把小绿龙抱在怀里，一起专心地阅读，讲完后小绿龙意犹未尽：再来一次吧，妈妈？妈妈又讲了第二遍，讲完了，然而小绿龙拉着妈妈的尾巴不让走：再讲一次吧，妈妈？妈妈神情倦怠地讲了第三遍，然而还有第四遍，妈妈这下熬不住了，呼呼打起了瞌睡，小绿龙气得变成了小红龙，鼻子冒烟，喷出火来，把手中的书烧了一个大洞！……

孩子听这书听得专心致志，不时哈哈大笑，讲完后不出所料，开始学小绿龙的口吻一遍又一遍地说：Again mummy? Again mummy？然后我把这个恐龙妈妈讲了四遍的故事也讲了四遍……睡前，孩子说："妈妈，我喜欢这只小恐龙。""为什么呢？"我问。"因为他让妈妈一遍又一遍地讲故事！"——就像他平时一样，小恐龙就是他自己，或者说他找到了一个知己。这让我很开心。

童书虽多，但大多是写到大人心里去的，像这样写到孩子心里去的，就很少见。作者是一位妈妈，有长期共读的经验，所以才有这个看似普通实则精妙的绘本。

《再来一次》完美贴合了亲子共读时儿童的心理，恐龙妈妈的困倦、小绿龙的坚持和恼火，被画家表达得淋漓尽致。书中的小绿龙仿若生活中缠着妈妈一遍遍讲故事的孩子，读这本书就好像看到了生活中的自己，儿童怎能不为之着迷？埃米莉·格雷维特还有不少精彩之作，如《小老鼠的恐惧的大书》，讲述一只患有各种各样恐惧症的老鼠的故事，书中运用了丰富的细节元素，如拼贴画、模切以及压线手法，多方面地呈现了小老鼠在日常生活中的恐惧。这本谈论各种各样恐惧和担心的图画书,也完美贴合了儿童恐惧害怕的心理及直面恐惧的尝试,获得了 2008 年的凯特·格林纳威奖。此外,她的《猴子和我》《兔子的 12 个大麻烦》均是懂得儿童心理、吸引儿童阅读的佳作。

如松居直推荐的那样,我们在选择图画书时,就要选择那些能生动体现儿童生活习惯、心理、情感的书,避免选择画风死板单一的图书。日韩的一些图画书,还有国内的一些原创绘本,往往存在这个问题。卡通人物没有表情、没有个性,风格沉闷无趣。孩子天性活泼好动,也愿意看活泼生动的图画书。看到充满动感的图画书时,孩子们也更容易把图画书中的人物行动化为生活中自己的动作,即有现实的反馈。动作表情及风景的塑造和描绘是图画书的核心,这几个要素表达得细致精彩,孩子们读书的时候就更容易理解情节和主旨,也更易提升审美素养。

这里说的活泼生动指的是风格,而不是色彩。有的家长喜欢买色彩绚丽的书给孩子看,以为这就是生动,其实是误解。表面的华丽并非插图的目的,好的插图是要贴近地表现故事内容的。"对于图画书的插图来说,重要的不是色彩的丰富,而是有没有充分表达故事内容的表现力。即使是清一色的黑色、褐色,只要精彩地描绘出故事的世界,孩子们就可以通过插图来理解故事的内容,想象故事世界。"① 色彩绚丽不等于画面丰富生动,有些图画书,虽然色彩是黑、白、灰简单的组合,比如日本绘本"鼠小弟"系列,但插画与故事内容互相吻合,就很受小读者欢迎。

第三,叙事性好。图画本身会讲故事。如果一本图画书这一页与下一页之间跳跃性太大,缺乏相互关联的因素,而完全借助文字来勾连,这样的图画书可能就不适合幼儿阅读。图画书里的插画并非单独的艺术品,而是前后勾连推动故事情节发展的必备

---

① [日]松居直:《我的图画书论》,郭雯霞、徐小洁译,新疆青少年出版社 2017 年版,第 19 页。

要素。一些动画片或电影改编的图画书在这个方面做得不够好，画面与画面之间往往跨度较大。这里有一个简单的判断方法：家长可以在不看文字的情况下先看一遍图画，如果大致能看懂图画说的是什么，这样的书在叙事性上就算过关了。至于小学阶段的儿童，则可以更多关注文字多图画少的桥梁书。

第四，有丰富的细节。好的图画书有很丰富的细节，藏着很多小惊喜、小秘密，是创作者精心准备的"藏猫猫"游戏，留给小读者挖掘的。"深知孩子们眼力的老练的画家，常常会在图画书中设计出各种各样的'小花招'。他们时常不经意地画些有着某种含义的东西。读者发现不了也没关系，也许不一定有谁会发现。那么，谁会发现呢？画家独自暗笑着。"[1]

细节对于图画书创作而言，十分重要。画家通过设计细节，往往能提供比文字更多的信息，赋予文字更多的言外之意。以《爷爷一定有办法》为例，书中主角是爷爷和孙子，而配角是家中地板下的小老鼠一家。随着翻页，不仅主角的故事在推进，小小的配角们也忙碌着自己的生活。爷爷不断地给孙子修补衣物，小老鼠一家也欢喜地利用余下的碎布展开了自己的日常生活。爷孙俩和小老鼠一家并行不悖地共同生活在这个故事世界中，两条线索同时行进，明暗之间交相辉映，让整个故事韵味悠长。一本图画书，若能拥有丰富有趣的细节，就有了吸引小读者注意的神奇魔力。小读者在一遍遍阅读的过程中，会享受到无穷的乐趣。

有的图画书的插图除了对主角和配角刻画细致，在对风景的绘制上也充满心思，比如立体书《爱丽丝漫游奇境》里的树冠就隐藏了小说中的人物头像，这些优秀的图画书有很多细微之处的精彩，等待读者去探究和发现。研究者发现，幼儿往往把注意力

---

[1] ［日］松居直：《我的图画书论》，郭雯霞、徐小洁译，新疆青少年出版社 2017 年版，第 86 页。

集中到图画的细节上,他们更注重细节而非把图画看作一个整体。① 这就是为什么平常亲子共读时,大人往往注意不到插画师的一些"匠心独运"之处,而小孩子却往往一眼就发现了插画师们隐藏起来的秘密线索。国内的不少图画书在细节方面比较欠缺,往往是人物加背景,缺乏余韵,还有进一步提升的空间。

第五,风格不妨多元。不同风格的图画书可以丰富孩子的审美感受。不妨给孩子选择多种媒材制作的、多种风格的图画书,以丰富他们的阅读感受。日本著名插画家安野光雅说过:"孩子的思维与成人的不同,孩子可以全盘吸纳,什么新想法都能接受。正因为如此,仅仅教孩子们'正确'的概念并不总是好事情。科学的理解很重要,但也应该鼓励发挥想象力。有些成人看到一道彩虹,就想他们必须向孩子解释光谱知识。但对这类事物首先应该唤起的是神奇感。"② 儿童的想象力丰富,思维不受束缚,写实主义、浪漫主义、卡通风格、印象派、表现主义风格的作品都可以尝试。值得注意的是,要尽量选择风格温暖明亮的作品,避免暗黑系的画风。

从出版方和作者视角来选择。

除了从儿童视角和图书本身考虑,家长选择优质图画书,还有另一个重要标准,那就是可以选择获过大奖或口碑质量过硬的作者的作品。世界知名的图画书奖项有国际安徒生奖、美国凯迪克奖、澳大利亚年度童书奖、英国凯特·格林纳威插画奖、德国青少年文学奖、日本绘本大奖等。获得国际大奖的绘本多为创作者精心打造的杰作,这些获奖作者的其他书往往风格也比较相近,质量一般相差不大,佳作居多。比如"大卫"系列、李欧·李奥尼作品系列、昆廷·布莱克作品系列、艾米丽·格雷维特作

---

① 参见康长运《幼儿图画故事书阅读过程研究》,教育科学出版社 2007 年版,第 8 页。

② [美]伦纳德·S. 马库斯:《图画书为什么重要:二十一位世界顶级插画家访谈集》,阿甲等译,江苏凤凰美术出版社 2017 年版,第 3 页。

品系列的每一本都很精彩，值得信任。这些爱惜羽毛的插画家，对自己的每一本书都精雕细琢。这类优秀绘本作者有不少，选择他们的作品，一般都有质量保证。如获得过凯迪克金奖的绘本有《让路给小鸭子》《野兽出没的地方》，获得凯特·格林纳威奖的有《和甘伯伯去游河》《极地重生》《宝儿》等。

近年来，中国原创绘本得到了快速发展，涌现出一些优质绘本，部分有影响力的儿童阅读推广机构、媒体、出版社、图书馆开始设立原创童书评价体系，随着原创图画书的日渐兴盛，这些原创绘本奖项也开始有了更广泛的影响力。我国原创绘本界有两个大奖——"丰子恺儿童图画书奖"和"信谊图画书奖"，两个奖项的历届获奖绘本值得阅读。如《团圆》《安的种子》《子儿，吐吐》等。除了专门的奖项，一些媒体或图书馆组织的年度童书排行榜也值得参考，如《父母必读》自2005年开始推出的年度童书排行榜，深圳少年儿童图书馆联合全国15个城市儿童图书馆共同举办的"我最喜爱的童书"评选活动，类似的还有各个城市举行的童书评选活动，如"深圳年度十大童书评选"，这些奖项和榜单也值得家长朋友们参考。

第四节　在家庭中如何读绘本？

当前，亲子阅读在城市家长群体里，已经得到了相当程度的重视，许多城市儿童在一两岁时就已经开始了图画书阅读之旅。但对乡村儿童而言，图画书的阅读还是要晚许多，即便进入阅读阶段，父母的功利心也比较重，他们更倾向于孩子从图画书里获得"实打实"的好处，即多识字、多掌握知识。首先要纠正的就是家长这种太功利的观念。对此，松居直有一段忠告："父母越像骑手般地进行读书赛跑，结果越是无意义甚至是有害的。孩子读书是孩子的快乐，而非父母的面子。父母要把有趣的书而不一定是有用和有益的书，放在孩子的身边，让孩子自由地感受读书的快乐。可能的话，大人和孩子一起营造快乐的读书氛围，那是最好的读书指导。因为对孩子来说，书是令人快乐的事物。"①"图画书，如果不是令人感到发自内心的快乐，就不会留在孩子的心中。如果不在孩子的心中留下什么，那么图画书便不会促进孩子的精神成长。"②

图画书是文字和图画及两者之间的关系共同组成的一个整体，是一门综合艺术，既有美术领域的构图、线条、色彩，也有文学中的词汇、句式、结构，外在的形式和内在的思想内容，两相结合，共同构成图画书的独特魅力。儿童对图画书的阅读也受到家长的引导、儿童本身的认知程度、情感发育、阅读态度等多种主客观因素的影响。因为图书选择、智力发展、情感发育和认知程度的不同，乡村儿童和城市儿童在阅读的效果上是存在明显差异的。但他们之间也有共同点，遵循共同的阅读规律。

对于儿童而言，阅读并非仅仅认识书本上的文字那么简单，阅读是一个循环的过程，"对于刚开始学习阅读的孩子而言，我们能帮助他们的最好方式，就是依循着孩子在阅读循环中的进展，随时肯定他们完成的每一个步骤。孩子能去注意书架上的藏书，是一个步骤；能在架上选出一本他想读的书，是另一个步骤；决定手上的书正是他想看的书，或再放回架上去，又是一个步骤；终于，他打算坐下来好好阅读这一本书了，这也是一个步骤"③。城乡儿童阅读要遵循这一个一个步骤，才能收到更好的效果。

首先，仪式感很重要。通常而言，一本图画书往往由封面、环衬、扉页、正文、封底组成。阅读一本图画书时，最好有一种

---

① [日]松居直：《我的图画书论》，郭雯霞、徐小洁译，新疆青少年出版社2017年版，第96页。

② [日]松居直：《我的图画书论》，郭雯霞、徐小洁译，新疆青少年出版社2017年版，第92页。

③ [英]艾登·钱伯斯：《打造儿童阅读环境》，许慧贞译，北京联合出版公司2016年版，第7—8页。

程序，即所谓的"仪式感"。松居直十分重视这种阅读的仪式感，他将之与观赏戏剧类比。在他看来，阅读故事就好比欣赏戏剧，"经过封面、环衬、扉页，终于进入正式的舞台。这种'间隔'很重要。看戏也是这样，进入剧场就坐，然后演出铃响，场内静下来，舞台幕布徐徐拉开。一步步下来，观众有了进入戏剧中故事世界的心理准备，紧张感和期待感也不断得以强化。与此相同，图画书慢慢地经过封面、环衬、扉页几个环节，起到与戏剧开幕一样的效果。这是进入'书'的仪式，而仪式本身也是戏剧的一部分"[①]。

  这种阅读的仪式感于乡村儿童而言，无疑是一种奢侈。让阅读成为乡村儿童的一种生活方式，是我们期望的理想图景。当前，多数乡村儿童的家庭阅读氛围比较薄弱，有的孩子不懂得爱护书籍，会撕毁书籍或是乱抛乱扔。读书往往也没有固定时间。理想的情况是：家长和孩子读书，可以设置一个仪式，在阅读第一页之前，先介绍一下这本书的作者：作家和插画家，向他们表示感谢。孩子对图书作者尊重了，也会慢慢懂得爱惜书籍，不会乱扔乱摔。还要向孩子强调，生气的时候绝对不能扔书，书是我们的好朋友。此外，看书的时候，最好让孩子自己挑选喜欢的图画书。大人不要指定读某本书。这样也有助于培养孩子的阅读兴趣。

  我们来梳理阅读的过程。

  第一步，先由孩子读图。成人读书，只看文字便可以理解，而对于儿童，尤其是学龄前儿童而言，图画对于他们理解故事的情节至关重要。家长在与儿童亲子共读时，要有意识地引导儿童观察、体会插画所表达的故事，启发他们在观察的基础上进行联想，推测故事的进展，逐渐培养孩子看图识意的习惯和能力。通常而言，好的图画书中的插画有画家精心设计的小细节、小心思，我们应该先鼓励孩子自己看图画，通过封面来辨识作者的主

[①] [日]松居直：《我的图画书论》，郭雯霞、徐小洁译，新疆青少年出版社2017年版，第73页。

要意图，通过书中插图猜测故事情节，熟悉作者的风格，逐步提升孩子的艺术感受力。以笔者的亲子共读为例。

《30000个西瓜逃跑了》
孩子年龄：5岁3个月

晚上共读三四本绘本之后，我们来评定哪本书最好。我说，我喜欢《完美的一天》，因为它画面美丽，语言诗意——大概这样的图画书最符合讲述者、教育者的偷懒习惯，又符合说教心。

竹笛说，他喜欢《30000个西瓜逃跑了》（下文简称《西瓜》），按照通常的阅读习惯，我先是让孩子自己翻阅，囫囵读一遍，不看文字，通过图画的翻页关联来判断大概讲了一个什么故事，然后我讲他听，读毕，对于自己满意的作品，孩子通常会自己再翻看一遍。《西瓜》是三个环节中每一个都能深深吸引他注意力的一本书。而另两本，缺少第三环节，看完就不想再看了。稍微琢磨一下，果然这本更好。

好在何处呢？该书讲的是西瓜田里两只乌鸦在聊天，他俩说："这田里的西瓜长得真好呀，明天估计就要被卖掉了！"西瓜们听见，吓坏了，交头接耳窃窃私语商量后，决定连夜逃跑，毕竟不能丢掉自由。他们逃向山坡，又滚下山坡，汇成一个西瓜池，当周遭的小动物们闻香而来时，西瓜池突然变成了一个巨型红唇怪兽，吓走了小动物们，后遂以夸父的姿态奔向了太阳……第二天，一个布满了西瓜子的太阳出现在天空，看着瓜田里忙碌而奇怪地探究为何西瓜全不见了的人们。

我问，你为何觉得这本书好？竹笛答："西瓜怪物多酷啊！最后太阳都被西瓜占领了！"

故事的新奇、幽默激发了儿童的想象力。这本书理想的受众是乡村儿童，见过绿油油成片成片西瓜田或香瓜田的，看过西瓜初生时嫩黄模样的，知道西瓜藤蔓与丝瓜藤蔓之不同的，甚或卧在地头的草木搭成的瓜棚里，听见过细雨打在瓜皮上簌簌落落声音的乡村孩子们，最适宜读这本书。既有生活的经验，又有艺术的凝练。结合日常生活经验来阅读和理解这些乡土主题的绘本，将会收到更好的效果。在读这本书时，笔者就是先让孩子自己翻阅图画，发现了他对这本书的独特兴趣，才开始细心体味该书的妙处——原本笔者对这本书并不看好。

判断你的孩子读图能力如何，最好的方法就是给他买一些无字绘本，看他能否看得懂。值得注意的是，在孩子读图时，家长没有必要要求他们严格按照插图的顺序来读，可以让他们先按照自己的兴趣随意浏览，对图书主要人物及情节有个大概的了解，鼓励他们发现自己最感兴趣的画面或角色形象，然后再在下一个步骤里引导孩子逐页阅读。

第二步，家长读字。针对 0—3 岁的孩子，家长读讲时尽量用通俗的口语解释，否则生词太多，可能会影响孩子的阅读兴趣。3 岁以后，可以按照文字给孩子阅读图画书，让孩子熟悉书面语言的节奏，并慢慢地习得新词语、新句子。这个阶段非常重要，松居直先生就再三强调给孩子读书的重要性，他认为："孩子们用耳倾听，并在心中形成意象，换句话就是与语言面对面，这是一种很重要的语言教育。只有从耳中听故事，孩子们才能从幼儿期开始与语言本来的形式相碰撞，这真的太重要了。有了这种体验，孩子们才会对语言变得敏感，并对语言持有一种信赖感。"[①]家长在有时间和精力的情况下，要多给孩子读书，让孩子在聆听中感受语言的魅力、韵律和意义。太早让孩子自己读图画书，效果并不好，因为识字量有限，学前儿童独自读图画书时，往往是挑着读、跳着读的，此时阅读的快乐会大打折扣。

---

① ［日］松居直：《我的图画书论》，郭雯霞、徐小洁译，新疆青少年出版社 2017 年版，第 143 页。

那么要不要指读呢？很多家长在亲子共读时，往往侧重让孩子学习知识。讲读时，比较注重对图书的知识性内容和主题的讲解，家长们关注图画书所传达的"人生道理"或"人生智慧"，而对图书的风格、审美、情感等层面缺乏必要的关注。有的家长为了让孩子早点识字，读图画书的时候会要求孩子看字，自己则指着书上的文字一个字一个字地给孩子念。不可否认，这样的确容易认字快，但这样做往往会忽略对孩子审美素养的培养，也容易打消孩子对图画书的阅读兴趣。"阅读其实包含三种层次：表面意义的获得，潜在意义的揭示，审美经验的满足。审美经验的获得是阅读的最高境界，也是阅读乐趣之所在。积极的反应阅读不仅是为了知道说了一个什么故事，故事的主题是什么，更重要的是感受作品中的情感，与图画故事产生呼应，体会一种与故事世界对话的乐趣。阅读的本质就是体验作品的情感并对此做出回应。"[1] 识字绝不是阅读图画书的唯一目的，也非唯一手段。

第三步，亲子共读，发现细节，互动，角色扮演。亲子共读如何能让孩子保持兴趣，而不是家长兴致勃勃地念字，孩子却心不在焉呢？绘本的选择是第一，家长阅读过程中的讲述方式也很重要。家长读的时候，最好要根据角色不同而有音色、语调的区别。在共读过程中，进行积极的亲子互动和交流，可以适当鼓励孩子提出问题。提问可以在阅读的过程中、故事并未结束时，就某个情节进行提问，可以让孩子讲述对故事发展线索的判断，促进孩子独立思考。以笔者和孩子共读《小鹿斑比》为例。

《小鹿斑比》
孩子年龄：3 岁 9 个月

昨晚睡前给竹笛讲《小鹿斑比》。小鹿斑比和妈妈在草地上

---

[1] 康长运：《幼儿图画故事书阅读过程研究》，教育科学出版社 2007 年版，第 112 页。

玩耍，这时候，猎人来了。在逃跑的时候，鹿妈妈被猎枪打中了膝盖，她摔倒了。"斑比，你快点跑，用你最大的力气跑，不要管我，不要回头看，直到你跑进灌木丛，跑到安全的地方。"可是，妈妈摔倒了，她跑不动了，留在这儿很危险，要是被猎人抓到怎么办呢？小鹿着急地看着妈妈。

"宝宝，小鹿决定自己一个人往前跑还是留下来陪妈妈呢？"我把这个困境抛给孩子，想看一看在这两难的选择面前他会怎么办。竹笛不说话，好像在认真地思考，这几秒钟里，我竟然有点紧张，有点伤感——无论哪一个选择，都是不完美的，都会有伤痛。没多会儿，孩子激动地说："妈妈，小鹿拿绳子把猎人捆起来！这时候，蛇也来了，把猎人的脚狠狠地咬了一口！"

我笑了。觉得意外而特别欣慰。

"小鹿接着吹起了口哨，他把所有的好朋友都呼唤到身边，大象来了，山羊来了，兔子来了，松鼠来了……大象用长鼻子一下把猎人卷得高高的，松鼠用松果砸猎人，山羊用他的角顶猎人。最后，他们终于把猎人赶跑了！猎人再也不敢来森林里做坏事了。"

"这个故事讲完了！"竹笛开心地说。

孩子的讲述自然和故事本来的结局有所不同，但孩子在这个过程中"改写"了故事结局，是一种非常好的写作训练。提问也可以在故事结束之后，借此观察孩子对整个故事寓意的理解。还以笔者和孩子之间的亲子共读为例。

《鹅妈妈故事集》

孩子年龄：3 岁 9 个月

今晚八点半开始讲故事，讲了四个，终于哄睡了。都是《鹅妈妈故事集》里的。重点讲了《三个愿望》的故事。

这个故事大意是：一个樵夫得到天神垂青，可以实现三个愿望。樵夫和妻子想来想去，不知许什么愿望好，结果醉意蒙眬间樵夫要了一根香肠，被妻子臭骂了一通，樵夫气急败坏中让香肠贴到妻子的鼻子上拿不下来了。轮到第三个愿望时，樵夫问妻子："你是愿意做一个国王的香肠鼻王后呢？还是做一个樵夫的正常的妻子呢？"最后他们开开心心许了第三个愿望：拿走香肠。两人又回到原来的状态，什么也没多，什么也没少；不，多了快乐，少了抱怨。

讲完后，问竹笛："如果你可以实现一个愿望，你愿意向天神要一大堆玩具但是得有一个香肠鼻子，还是愿意要一个正常的鼻子但不给你玩具呢？"长长的绕来绕去的问题竹笛竟然听明白了，他郑重思考了一会儿，答："妈妈，我不要香肠鼻子，我已经有玩具了！"

禁受得住诱惑了！

讲这个故事的本意是教孩子一个道理：不可以贪婪。提问的时候联系孩子的日常生活，启发他对自己的日常举止进行反思，取得了良好的效果。

要注意的是，鼓励家长互动，不是要家长机械地连续提问，那样反而会打断孩子阅读的进程，打消孩子阅读的热情。家长可以鼓励孩子发现细节，或者模仿书中的场景，进行现实生活中的移情，比如《猜猜我有多爱你》《魔法亲亲》这类亲情绘本中写到的情节都可以在日常生活中实践一下。宗旨就是让孩子在阅读中感受到快乐，在游戏中学习。图画书是一个复杂的多面体艺术品，孩子们完全可以从任何一个角度进入，享受它们的滋养。

第四步，鼓励孩子复述故事。如果仅仅凭借记忆，还是重复家长之前讲过的那些内容，不能根据画面加入自己生动的个人化的体验，还不算复述故事。根据画面，加入自己的体验，绘声绘色地复述故事的完整情节结构，才是理想的状态。当然，这个比

较难,需要长期的引导,也会受到年龄的限制。阿普尔比研究儿童的阅读反应后发现:

> 前运算阶段的儿童很难将反应表述出来,而具体运算阶段的儿童能够较好地对反应进行概括和归类。例如,当被要求讨论一个故事时,前运算阶段的儿童仅仅是复述故事信息,而不能很好地重组;然而具体运算阶段的孩子能从一些大的标准对故事进行概括和归类,比如说冒险故事。当问儿童为什么喜欢故事时,前运算阶段的儿童仍然处于自我中心的状态,他们不能说出喜欢的理由。当被要求给出一个答案时,他们仅仅集中于他们当时想起来的故事的一个方面,"我喜欢它是因为他们得到了钱和金子"。然而处于具体运算阶段的儿童开始将他们的感觉分类,并根据"令人激动""没意思""有趣"等来评价一本书。[1]

第五步,巩固对绘本的理解。"幼儿总是试着用自己的经验来理解、解释故事,同时也会把图画书阅读的经验迁移到生活中。幼儿的图画书阅读是一个幼儿将此时的视觉经验与先前所接触的事物和已有经验相连结的过程,是一个幼儿主动的'意义建构'的过程。图画书阅读与生活经验是不能分离的。幼儿以其生活经验为基础理解图画书,又会把图画书阅读的经验迁移到生活中。对孩子来说,图画书阅读就是生活的一部分。"[2] 图画书是作家和插画师合力精心编织的,充满了天真童趣。经常阅读图画书的儿童,当回到现实生活中来时,也会将故事里的情节和想象带入现实。孩子读完绘本后,对于印象深刻的那些图书,在现实生活中多少会有反馈,或是行动上的,或是语言上的。以笔者的亲

---

[1] 转引自康长运《幼儿图画故事书阅读过程研究》,教育科学出版社 2007 年版,第 7 页。

[2] 康长运:《幼儿图画故事书阅读过程研究》,教育科学出版社 2007 年版,第 58 页。

子共读实践为例。

《长颈鹿不会跳舞》
孩子年龄：4 岁

睡前读《长颈鹿不会跳舞》，书中提到长颈鹿受到动物们的帮助后向大家鞠躬致谢，竹笛问我："妈妈，鞠躬是什么意思？"于是示范给他看，说这是向他人郑重表示感谢之意。竹笛点了点头，表示明白了。

晚上玩积木，搭了好几个款式送给我。我说谢谢你做了这么多礼物给我，话音刚落，竹笛已从积木堆中站起，右手轻放腰间，弯腰低头一鞠躬："妈妈，谢谢你对我的夸奖！"我一惊。赶紧转移话题："今天积木就搭到这里吧，我们吃点苹果就睡觉好不好？""好的，没问题！妈妈，谢谢你给我削苹果！"又是一鞠躬！

看来我得感谢长颈鹿驯化了我家的"小野人"。

当生活中的某个场景促使儿童联想到阅读过的绘本语言或角色，这时候我们可以尝试用日常生活中的对话来帮助孩子温习阅读过的绘本。当孩子偶尔在和家长聊天时提起图画书中的人物或句式时，最好不要错过这个特别好的和孩子温习图画书的机会，可以顺势模仿图画书中的场景或者语言，进行一场拓展练习。

举一个例子。这是一个对《逃家小兔》展开的拓展练习。是笔者真实的家庭阅读经历。在此之前我和孩子一起看了绘本《逃家小兔》，所以一开始孩子在生活中提起一个绘本中的句子，我就接上下一句了，我明白"典"出何处，孩子也明白"典"出何处，我和孩子有一个共同的阅读背景，所以能举一反三，于是模仿《逃家小兔》的对话开始了自己一系列的"变身"计划……自然，经过这一番练习，孩子对《逃家小兔》的理解就更好了。

《逃家小兔》读后感[①]

孩子年龄：3岁8个月

今天的"读后感"起源于我把孩子放在杯子口的一小块面包弄掉在桌子上。

竹笛：妈妈，你把我的面包弄掉了，你跟我的面包道歉！不然，我要变成一只小青蛙了，让你找不着我。

我：那我就变成池塘里的荷叶，你在池塘里游泳，我就找到你了。

竹笛：你变成荷叶，我就变成一朵花，放在你的大荷叶上，让大荷叶漂行吗？我还要变成一只小鸡，让你找不着我。

我：你要变成小鸡，那我就变成面包，让你有粮食吃，让你吃得肚子饱饱的，你就回来找我了。

竹笛：我要变成口香糖，让你找不着我。

我：你要变成口香糖，那我就变成一个小盒子，让你睡在我的小盒子里面，让风刮不着你，雨也淋不着你，好不好？

竹笛：我还要变成一个电脑，让你找不着我。

我：那我就变成电脑里的……动画片，这样你打开电脑，我就可以和你在一起。

竹笛：我要变成一个小贴画，让你找不着我。

我：你要变成小贴画，那我就变成一本书，让你贴在我的书里面。

竹笛：我要变成一个红旗，让你找不着我。

我：你要变成红旗，我就变成风，把你的红旗吹来吹去，和你在一起。

竹笛：我又要变成一个袜子，让你找不到我。

我：你要变成袜子啊，那我就变成一只脚，让你的袜子穿在

[①] 孩子年龄小，和家长对话时，量词使用不够准确。为尊重客观表达，现如实照录。

我的脚上,这下你跑不了了吧?

　　竹笛:我要变成一个书包,让你找不找我。

　　我:你要变成一个书包啊,那我就变成一个小娃娃,背着书包上学,这下你就和我在一起了吧?

　　竹笛:我又要变成一个衣服,让你找不着我。

　　我:你要变成一个衣服呀,那我就变成一条裤子,和你一块儿穿在一个小朋友的身上。

　　竹笛:我要变成一个书,让你找不着我。

　　我:你要变成书,那我就变成一支画笔,在你的书上写字,这下你跑不了了吧?

　　竹笛:我还要变成一个花,让你找不着我。

　　我:你要变成一朵花,那我就变成一片绿叶,让你跟我在一起,都长在花棚里。

　　竹笛:我要变成一个照片,让你找不着我。

　　我:你要变成照片,那我就变成小夹子,把你夹住,这下你跑不了了吧?

　　竹笛:那我就要变成小夹子,把你的皮给夹坏。

　　我:你要变成小夹子啊,那我就变成一根小绳子,跟你在一起。

　　竹笛:我要变成一个小夹子,把你的绳子夹破。我要变成一个台灯,让你找不着我。

　　我:那我就变成一张桌子,把你放在我的桌子上面。

　　竹笛:我要变成一个被子,让你找不着我。

　　我:那我就变成一个枕头,和你靠在一起,等晚上小朋友睡觉的时候枕着。

　　竹笛:我要变成葫芦娃,让你找不着我。

　　我:那我就变成老爷爷,和葫芦娃住在一起。

　　……

其次，建议进行分类阅读、对照阅读。

可以根据主题分类阅读，加深孩子的印象和理解。现举例如下。

季节性绘本：《下雪天》《手套》《小狐狸买手套》《白雪晶晶》《快乐的一天》《萝卜回来了》《松鼠先生和第一场雪》等。

节日性绘本：圣诞节绘本《威廉先生的圣诞树》、春节绘本《过年了》等。

亲情类绘本：《我爸爸》《我妈妈》《爷爷总是有办法》《世界上最好的爸爸》《你睡不着吗？》《逃家小兔》《猜猜我有多爱你》等。

动物系列绘本："花园小象波米诺"系列、"五只小猴子"系列、"小鸡卡梅拉"系列、"小猪奥莉薇"系列等。

对这类主题相近的绘本还可以进行"对读"，比如《我爸爸》和《我妈妈》两本书主题相似，文字表述方式相似，可以家长看一本，孩子看另一本，对照着读，效果很好。其他类似主题的绘本也可以对读，让孩子发现不同风格绘本的差异所在，并比较分析优劣。以笔者的共读实践为例。

对读：《一条聪明的鱼》和《鱼就是鱼》
孩子年龄：5岁4个月

今晚共读绘本《一条聪明的鱼》，想起去年读过的另一本相似主题的《鱼就是鱼》，觉得可以对照着读，也顺便回忆了一下情节。

第一本《一条聪明的鱼》，是幼儿版的进化论，讲很久很久以前，所有人出现之前，大海里一条聪明的鱼有了想到陆地上走一走的念头，便聪明地制作出四只鞋子，成功登陆，然后回到海洋呼朋引伴，鼓励更多的鱼到陆地上，改变了整个世界的故事。第二本《鱼就是鱼》讲的是一条鱼想象自己变成鸟，变成奶牛，变成人，想跃上岸看看未曾见过的世界，然后发现了自己的"不能",于是安心回到河流,享受自由自在的水中生活——是一个鱼版的"1900"①的故事。……两个故事情节简单,画风朴素,构思及插图有相似之处,蕴含的哲理却大为不同——放在一起对读,是可以做中高考作文题材料的。

共读结束,照例和竹笛交流读后感,顺便想启发他思考,究竟是勇气可嘉好,还是坚守边界好?我问:"你喜欢哪一条鱼的故事?"竹笛不答,回问:"你呢?"我坚持先听他的看法。

竹笛想了一会儿道:"鱼是不会做鞋子的啊,鞋子是牛做的,而牛是生活在岸上的,鱼没办法找到牛皮。鱼也找不到布,他也没办法用布做鞋子。海里只有海藻,可是鱼没有手,他怎么会用海藻做鞋子呢?所以,这条鱼的聪明是假的。"这个读后感出乎我的意料……我没有提醒他,这个故事发生在陆地上所有人、所有动物出现之前,眼下,他显然不能理解那个什么还都没有开始出现的世界。

"不过,你怎么知道鞋子是牛做的呢?"

"我看了书。"竹笛拿出一本我没有讲过的书来,指给我看封面。"牛的身边有个箭头,箭头指向鞋子,就说明鞋子是牛做的。"我一时不知该如何评价这样一个由自学加应用知识而来的对绘本的解读。优点是,竹笛有了自我学习及联想、应用知识的意识和能力,但随之而来的是想象力的受限——那种恢宏的可以越过细节真实的童话的魅力,他没有掌握。

对于乡村儿童而言,在知识的习得和想象力的丰富之间,如何好好平衡,是一个难题。

最后,要重视孩子的阅读感受。

阅读中,要尊重孩子的阅读感受,不要低估孩子,不要强行灌输家长的观念。有的家庭中爷爷奶奶在给孩子讲故事的时候往

---

① "1900"是著名电影《海上钢琴师》主人公的名字。

往存在这个问题，动辄否定孩子们的想法，认为他们离题太远。经过长期的阅读积累，孩子的阅读能力会逐渐提高。一是有发现丰富细节的能力，发现细节更容易理解故事的情节，不同年龄的孩子对细节的观察程度不同，年龄越大，观察到重要细节的能力越强。二是可以把握故事线索，根据画面进行前后推理。看《大卫，圣诞节到啦！》，能够根据画面推测出大卫的背影。对图画书中的人物，可以推测他们的想法，比如看《魔法亲亲》的时候，当小浣熊伸出手后，孩子也像小浣熊一样让家长伸出手，亲妈妈一大口。三是对故事讲述能做出迅速的回应，能体会故事中人物的情感和想法，理解人物的喜悦与痛苦。四是能辨识同一作者的作品，发现作者惯常的叙述风格和插画家独特的绘画元素。当然，能够提出与成人不同的看法，有独立见识，这是最难的一点，也是阅读水平相当高的体现。

附：培养观察力和想象力——以《我可是猫啊》为例

［注：分享记述笔者和孩子共读绘本《我可是猫啊》过程的一则随笔，这一过程也基本上是笔者前述理论的实践，供乡村家长参考。］

《我可是猫啊》绘本的作者是佐野洋子。佐野洋子比较知名的作品是另一本书《活了一百万次的猫》，与之相比，知道《我可是猫啊》的人不多。对于这本绘本的评价，也有不少争议。有的家长在购书留言中说："此书画风太阴森，怕吓到小孩子，退货！"其实这只是大人的看法，我们读绘本，最好避免以大人的眼光遮蔽孩子的观点。我初读这本书时，也是莫名其妙，觉得猫画得既不好看，画面也嫌太空，简简单单的几幅图，有什么好看的？但在实际共读的过程中，却发现大大的惊喜。这个画风粗狂、情节简单、主人公丑陋且有抑郁倾向的绘本，孩子却特别喜欢。

《我可是猫啊》的封面是一只长相凶恶的猫拿着刀叉，面对眼前桌子上的一盘鱼，封底也是一盘鱼，只是只剩下鱼头和鱼骨了。孩子看书多了，很自然地看了封面后又看封底，得出了猫把鱼吃完了的结论。接下来的书名页也有一幅画。

我问："刚才封面上猫在吃鱼，这幅画里猫在干什么呢？"

孩子答："猫戴着一顶帽子，好像在照镜子呢！"

"嗯，照完镜子猫想干什么呢？我们继续往下面看。"很明显，封面和书名页都是在给正文的情节铺路。翻开书，第一个跨页里，主角出场，配的文字是：

> 有一只爱吃鱼的猫
> 它最爱吃青花鱼

孩子已经识字，这句话就完全念了出来。这幅图上的猫我们看到了正脸，戴着帽子叼着烟斗，正在树林里优哉游哉地散步。第二个跨页依然是猫叼着烟斗散步，不同的是它甩起了尾巴，抬起了胳膊。配的文字是：

> 我今晚就吃青花鱼吧，我可好久没吃了。

我问："猫是不是好久没吃鱼了啊？"
孩子答："它刚刚吃过一条啊（翻回去看封面）。"
我接着念文字：

> 其实，它中午刚刚吃过青花鱼。
> 猫在散步时，满脑子想的都是青花鱼。

"当你喜欢一个东西的时候，是不是也一直会想着它？就像你喜欢《翻开这本小小的书》，放学的路上一直跟妈妈提，是不是？"
孩子说："我一直看一直看那本书。"

"除了猫的姿势发生了变化,这一页的树林也变了。为什么变了呢?"我问。

"因为猫一直在走啊!真是个傻妈妈,这个都不知道!"

《我可是猫啊》内页插图1

第三、四、五三幅跨页画的是猫被越来越多的青花鱼追逐落荒而逃的情景。"猫扭头一看,树林中,大群的青花鱼飞快地冲自己游了过来。"我继续抛出"傻"问题:"为什么说鱼游过来而不是飞过来呢?你看,鱼是在树林中,不是大海里啊!"

孩子不回答,大概没想好怎么回答。

我继续讲,猫也很吃惊,他自言自语地说:"莫名其妙,怎么会有这种事?"猫飞快地逃跑,它紧闭双眼,跑得上气不接下气。

对应的这幅图完全没有影像,只是斜刷了几笔棕色。"这幅图为什么不画猫和鱼呢?"我问道。

"因为猫这会儿闭上眼睛了啊,它什么也看不见。"孩子说。

"看不见东西,猫能听见什么呢?"

"猫能听见青花鱼在唱歌,唱'你吃了青花鱼了吧?'"

《我可是猫啊》内页插图 2

"嗯,它还能听见什么声音呢?"我启发道,"晚上妈妈和你一起在小区里走,你听见了什么声音?"

"我听见了草丛里虫子的声音,还有风的声音。"

"那你猜一猜,猫这会儿还听到了什么声音呢?"

孩子想了想,说:"它也听到了树叶的声音,还有风的声音。"

我补充道:"它还听见了自己的心跳声和呼呼的喘气声。"

这幅纯黑的画面后来书中又出现了一次。接下来的画面也十分奇特,情节是猫继续逃跑,此刻画家画了一个双脸猫,看起来真是好难看。

孩子倒是不管难看不难看,一看就问我:"妈妈,为什么猫变成两个脸了呢?"

"你平常玩风车的时候,风车转起来和没转的时候有什么差别呢?"我转换话题,问他。

他回答:"风车会变成好多个,会变成圆圈。"

我拿起手中的彩笔飞快地摇动:"看,彩笔摇得很快的时候,有什么变化?彩笔也变成好多个了!(回到画面)那我们再看看,

《我可是猫啊》内页插图3

猫吓得没命地逃跑，它一会儿回头看看青花鱼追没追上来，一会儿看看前面的城市还远不远，它一会儿转过来，一会儿转过去（示范给他看），一会儿转过头来，一会儿转过头去——"

"它转得太快了，看起来像是两张脸了！"孩子说。

猫逃进了城，一头钻进了电影院。

它找了个位子坐稳长长地舒了一口气，猫悄悄环顾了一下四周。

"猫看见了什么呢？"我问。

"青花鱼吗？"孩子不确定地回答。下面两页画面实在震撼，画家把猫的惊恐画得淋漓尽致。真是"惊掉下巴"的节奏，看，猫的牙齿都吓掉了！

"环顾"是一个新词，我先解释了环顾的意思，然后让孩子注意两幅画的区别，希望借助画面更好地理解这个词。他很容易地指出第一幅图里猫是向左边看，第二幅图里猫是向右边看，左看看，右看看，"环顾"一圈后，猫吓得再度落荒而逃，逃回了树林。回到树林后，一切恢复了平静，仿佛做了一场噩梦。我把这

《我可是猫啊》内页插图 4

段文字逐字逐句念出，让孩子留意猫的神态，然后结束了这个绘本的共读。

《我可是猫啊》内页插图 5

这是一个可以从很多层面进行解读的绘本，但最贴近的还是启发孩子去感受猫的心理变化，观察伴随着猫的心理变化，画面中景物与猫的神态的细微转变，启发孩子观察细节，并展开想象。画面的大幅留白正给了小读者这样的空间。所以说，精细有精细的好处，简洁有简洁的妙处。但往往后者不大受家长的欢迎，家长会觉得买这样的绘本太亏了，或者吓到孩子了，其实关键还是家长的引导。

讲完全部文本后，应孩子的要求，我又从头把文字念了一遍，与此同时，让他再看一遍画面。读第二遍的时候，我发现了一个细节，于是提出了我的疑问："为什么说青花鱼的歌声是动听的呢？你看画面里的青花鱼牙齿尖尖的，嘴巴张得大大的，看起来要把猫吃掉的样子。怎么说青花鱼用动听的声音唱着歌：'你吃青花鱼了吧？'"

孩子也困惑了，说："是啊，青花鱼好凶啊！"之前阅读的时候，我和孩子明显都站在猫的立场考虑问题。那从鱼的角度想一想会怎样呢？我忽然明白了作者使用"动听"一词的用意。

"之前猫吃了一只青花鱼，现在这么多的青花鱼都来追猫，要是那只被吃掉的青花鱼看见这幅画面，它会怎么想呢？青花鱼的这些好朋友们，要追上猫了，它们唱起了歌，它们会不会觉得自己凶巴巴的呢？"

"不会，它们觉得很开心，它们觉得自己唱的歌很好听！它们要给被吃掉的青花鱼报仇！"孩子说。

"可是猫听到这歌声会不会觉得动听呢？"我接着问。

"不会，猫会觉得害怕！它肯定觉得这个歌唱得特别凶巴巴的！"

故事就这样讲完了，结果孩子又拦住爸爸，让爸爸再给他讲一遍，当爸爸用动听的语调念起那句"你吃青花鱼了吧"时，孩子更正道："爸爸，这里你应该凶巴巴地唱！这样猫才害怕才逃跑呢！"他给爸爸提的两个问题是："猫一屁股坐在树墩上，什么是一屁股？"于是爸爸"一屁股"坐在床上给他示范了一次，对此讲解孩子表示满意。

终于，爸爸也讲完了，然而还没有完，孩子还摩挲着书不放，要求再讲一次。我说咱们给故事换一组主人公吧，这样就不用看书了——于是换成汤姆和杰瑞（猫和老鼠版）。后来孩子又要来一版《我可是狮子啊》,就这样,在没有灯的房间里,孩子说一段我说一段,成了下面的新的故事。

我可是狮子啊

有一只爱吃兔子的狮子
他最喜欢吃白白的小兔子了
我今晚就吃小兔子吧
其实他中午刚吃过兔子

狮子在散步时
满脑子想的都是兔子
突然,有什么东西飞了过来
砸到了狮子的帽子

帽子骨碌碌滚到了地上
砸到帽子上的竟然是
一只扛着胡萝卜的兔子
怎么会有这种事
我可是狮子啊

狮子扭头一看
大群的兔子扛着胡萝卜
正向自己冲过来
你吃兔子了吧!

兔子们一边唱着歌
一边举起胡萝卜扔过来啊!
一个胡萝卜砸到了狮子的眼睛

一个胡萝卜砸到了狮子的鼻子
一个胡萝卜砸到了狮子的额头
这是怎么一回事
我可是狮子啊

狮子不顾一切地逃啊逃
你吃兔子了吧!
兔子们在身后磨牙唱着歌
狮子好不容易逃出了森林
逃进了电影院
想坐下来休息一下
结果他环顾四周

啊
左边全是举着胡萝卜的兔子
右边全是举着胡萝卜的兔子
你吃兔子了吧!

兔子们唱着歌举着胡萝卜
一窝蜂地冲着狮子砸过来
这是怎么一回事
我可是狮子啊
狮子吓得赶紧溜出了电影院
他又逃进了森林
森林里安安静静的
没有一点声音

地上是他刚才被砸落的帽子
还有扔掉的烟斗

兔子们不见了
歌声也不见了
啊！我晚上就吃兔子吧
狮子拿起烟斗边走边说
我可是狮子啊！

第五章　学校场域里的乡村儿童文学教育

乡村儿童的文学教育，并不单指学校里的课堂教学，前文说过，包括家庭的、学校的和社会的文学教育三个部分。由于家庭教育有所匮缺，人们往往将希望投诸学校。作为乡村最重要的文化空间和文化单位，乡村小学理应扮演更重要、更有影响力的角色，钱理群先生早在 2007 年就提出，要学习晏阳初、陶行知提出的使乡村学校成为"乡村改造与建设中心"的设想，并倡议村小担当儿童教育、村民教育和文化中心的多重责任。

学校教育对于乡村儿童的人生际遇及未来发展起到了决定性的作用，因为学校教育介于家庭教育和社会教育之间，它有可能弥补、纠正乡村家庭教育的不足，并为乡村儿童的社会教育提供指导。具体到文学教育，对于乡村儿童而言，乡村学校的文学教育无疑是最重要的。本书所指的乡村学校，包含两个层级：一是传统意义上的"村小"，用现在通行的话说是乡村小规模学校；一是乡镇学校，分布在镇上。其中，乡村小规模学校无疑最具备中国传统乡村学校的典型特征，是我国教育体系最低的一个层级，用学者邬志辉的话说，是我国教育体系的"神经末梢"。乡村小规模学校里的学生大多是父母无力送子女进城上学的乡村儿童，最近十多年来，我国乡村小规模学校的数量有所增长，据统计，"2009 年全国仅有小学教学点 72483 个，在学人数为 331.1

万，点均学生数为 45.7 人；到 2019 年全国小学教学点增长至 96456 个，在学人数增长至 384.2 万，十年间分别增长了 33.1% 和 16.1%，但点均学生数却下降至 39.8 人，教学点小型化趋势进一步加剧"[1]。这些学校规模虽小，对于乡村儿童的意义却大。

乡村学校的文学教育主要体现在语文课堂上。当前，我国乡村学校的文学教育还存在许多问题，诸如教师教学方式陈旧、机械，课堂上往往进行"独白"式教学，缺乏对文学作品的个性化解读和师生之间的对话互动，教师在讲解文学作品时，依然固守着僵化陈旧的教学理念，围绕情节、人物、主题、结构等概念开展套路式教学或是陷入纯粹的语言技巧分析，学生难以领略文学作品背后丰富的思想内涵和生命感悟。

那么，乡村教师该如何对乡村儿童进行文学教育呢？首先，要确立正确的文学教育理念，即认可文学教育是为学生提供精神价值的教育，不只是文学史知识的传授，也不限于语言文字的学习，它的目标是改变人的精神；其次，要做乡村儿童阅读的"点灯人"和指导者，通过开展阅读课程和文学活动打造良好的校园阅读环境；最后，还要掌握先进的教学方法，针对学生的情况量体裁衣，将课内教学和课外阅读指导结合起来，将文学教育从语文课堂向校园活动、日常生活领域延伸，让阅读成为学生的一种生活方式和习惯。

第一节 乡村儿童阅读的"点灯人"

一 乡村学校的阅读课程设计

阅读是一种能力，这种"阅读力"包含两个部分。一是阅读

---

[1] 邬志辉：《乡村小规模学校高质量发展，路在何方》，《光明日报》2020 年 9 月 15 日第 15 版。

兴趣的培养，二是阅读能力的训练。培养学生的"阅读力"是学校文学教育的重要内容。在乡村家长能力不足的情况下，作为乡村儿童长时段学习、活动的场所，乡村学校（幼儿园、小学）理应担当起引导儿童阅读兴趣、提高儿童阅读能力的主体责任。近年来，随着儿童阅读推广理念的广泛传播，不少城市幼儿园、小学都积极探索儿童阅读推广路径，通过改善阅读环境、开展阅读活动、加强师资培训、鼓励家校联合开展亲子阅读等措施，扎实地推进了城市儿童阅读进程。相比而言，乡村学校在这方面还比较落后，还有很大的发展空间。

阅读和语文教学密切相关。当下，全国性的语文教改正在如火如荼地进行，而教改的重点，就是倡议"大语文观"，加大课外阅读量，提升学生的语文综合素养，对学生的阅读能力越发重视。部编版语文教材主编温儒敏认为，当前语文教学最大的弊病就是学生读书少、不读书。教材只提供少量课文，无法拓展阅读量。他指出，中国语文教育的主要问题是学语文不读书、读书少。语文的功能，不光是提高读写能力，最基本的是培养读书的习惯。对此，温儒敏主张"海量阅读"，鼓励学生读一些闲书，读一些"深"一点的书，鼓励学生"似懂非懂地"读书，呼吁"让孩子连滚带爬地读书"，注重激发学生的阅读兴趣和拓展课外阅读范围。[①]

部编版小学语文教材注重把泛读和精读相结合，以课外阅读辅助课堂教学，在校园阅读之外带动家庭阅读。小学一年级新教材设立了"和大人一起读"，便是希望通过提倡亲子阅读来间接促进以家庭为单位的阅读风气的形成。另外，还有"快乐读书吧""我爱阅读"栏目，除此之外，还鼓励"1+X"式拓展阅读（即每讲一个精读课，就附加若干篇相关课外作品让学生阅读）。总之，教改后的新教材采取各种方法来加大阅读量，专门解决"不读

[①] 参见温儒敏《回答小学语文统编教材使用的十个问题》，《温儒敏论语文教育四集》，北京大学出版社2021年版，第8页。

书"的问题。这种注重阅读的大趋势,也势必会在中高考中有所体现。事实上,这个趋势已经很明显了。2017年11月25日,温儒敏在"恢复高考40周年纪念及研讨会"上提出高考语文试卷命题改革的七点建议,其中四点和阅读有关:"增大题量""命题依赖的材料范围要拓展""更加注重检索阅读能力"及"要考察读书的情况,包括课外阅读、经典阅读、阅读面与阅读品味"。[①] 尤其是"增大题量"一项中"正常的试卷有25%的考生做不完,是合理的"这一说法曾引起社会广泛关注,引发热议。几乎可以这么推测,在不久的将来,阅读能力的好坏不仅关系到一个学生审美素养的高低,还可能决定一个学生语文应试水平的高低。

首先得承认,教改的初衷是好的。但考试评价体系的调整,对于严重缺乏阅读资源和阅读训练的乡村学生而言,无疑是一个相当大的挑战。如果没有得力的应对,势必导致城乡教育水平和人才培养力度差距进一步拉大。因而,有必要从幼儿园、小学阶段就重视乡村儿童阅读兴趣和阅读能力的培养,加大他们的阅读量,努力让乡村儿童追上城市儿童阅读的水平。除了进行乡村家庭阅读理念和方法的培养,乡村学校的阅读课程设计无疑担负着更重要的任务。

当前,"校本课程"作为"国家课程"和"地方课程"之外的补充,已经得到了越来越多的重视。乡村学校的阅读课程是语文学科在校本课程中的一种具体呈现。当前,这种形式的课程设置还处于摸索之中,但主要可分为"书目的选择"和"教学方式的设计"两种。儿童自身的状况决定了什么样的指导方式是最适合他们的。针对乡村儿童群体的特殊情况,笔者有以下几点建议。一是,在教材上,可以选取、编选"乡土教材"或"乡土讲义",作为国家教材、地方教材之外的补充。二是,在教学方式上,可

[①] 参见温儒敏《高考语文试卷命题改革的几点建议》,《温儒敏论语文教育四集》,北京大学出版社2021年版,第134—135页。

创新形式,做好课程指导,如可根据儿童的年龄特点,开展特定的课程,幼儿园可开设"讲故事""绘本阅读课""童谣课",小学则可开设"自然课""实践课"等课程。三是,量力而行,积极开展、组织阅读活动,保证学生在校期间有固定的课外阅读时间,鼓励乡村教师参与到阅读课程活动中,师生互动、师生合力,共同营造乡村学校的阅读环境。

阅读是一项渐进的技能,需要不断地实践,需要长期地积累和坚持,最终的目标是培养有自主阅读能力、语文素养优秀的学生。因而,阅读课程不能改变初衷,不能死板地完成某个书单就完事,而是要让学生学会选择图书,并通过不断地阅读,真正激发起心中对阅读的热情。正如哲学家埃里克·霍弗说的,"教育的核心任务是激发学习的意愿和能力,它创造的不是被动而是自主学习的人。真正的人类社会应该是学习型的社会。在这样的社会中,祖父母、父母,以及孩子同为学生"[①]。在不断的阅读中,乡村教师、乡村家长和乡村儿童同为"学生",共同进步,形成一个良好的阅读循环,才是我们要达成的最终目的。

二 打造校园阅读环境

文学阅读是进行文学教育的主要途径,而阅读需要一个舒适的阅读环境。打造乡村学校良好的阅读环境是个需要多方面协调的大工程,不仅需要硬件支持,还需要软件支撑。

著名的阅读推广人阿甲曾提出一个阅读环境"最小因素"原则,认为一个好的阅读环境需要凑齐三要素:书、时间和人。要培养"阅读力",首先需要充足的图书,让儿童可以接触到;其次应该有充足的阅读时间;最后需要有能力的成人的指导。这个"最小因素"原则和艾登·钱伯斯的"阅读循环"理论是一个道理。英国文学家和儿童阅读推广人艾登·钱伯斯曾提出一个著名

---

① 转引自[美]吉姆·崔利斯《朗读手册》,陈冰译,新星出版社2016年版,第1页。

的"儿童阅读循环"理论：

> 每次阅读时，我们总是遵循着一定的循环历程。
> 其间的每一项环节都牵动着另一个结果，而这并不是由A到Z这样的直线关系，而是一个周而复始的循环，所以开始正是其结果，而结果又是另一个开端。以下，就是这个"阅读循环"的示意图①：

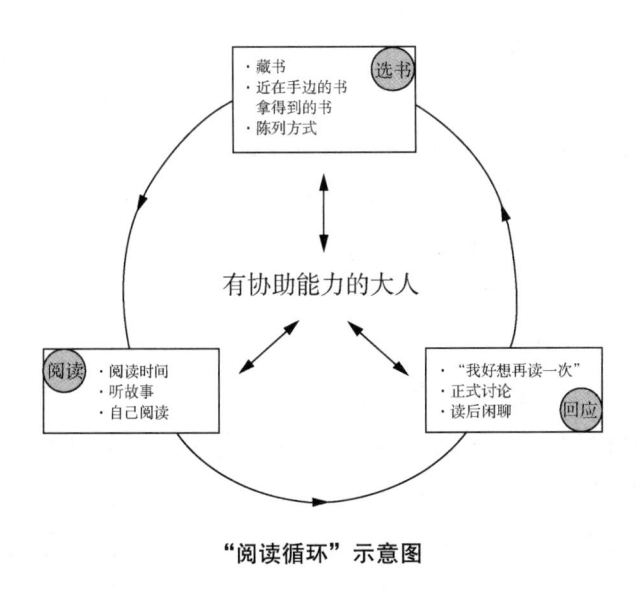

"阅读循环"示意图

阅读的第一步是有藏书，且藏书得是适合儿童的品类。笔者的调研显示，有34.30%的乡镇学校没有开放图书室，而在乡村图书室藏书中，适合儿童阅读的书籍比例也很小，机构或个人捐赠的教辅资料、练习册、与农业相关的技术类图书、成人看的文学名著仍然占据不小的份额，占比42.20%。光有藏书还不够，儿童能否便捷地接触和阅读藏书，还是一个问题。调研发现，

---

① ［英］艾登·钱伯斯：《打造儿童阅读环境》，许慧贞译，北京联合出版公司2016年版，第2页。

29.88%的学校虽然配有图书室,"但很少开放,只提供给老师阅览"。[1] 另外,一些乡村图书室虽然有书,却是"摆设为主",开放时间非常有限。

乡村学校图书室少,且并不能都开放给学生使用。要解决第一个难题,需要借助公共图书馆的力量。馆校合作的模式,或可考虑。正如温岭图书馆在乡村建设家庭分馆一样,我们还可以鼓励、推动一些公立图书馆在其辖区内建设阅读示范学校图书馆,进行图书资源流通,并在管理上给予指导。比如可以邀请公共图书馆的儿童馆员到校,以其专业的眼光,查看馆藏的图书类别、版本是否已齐备,对于学校图书馆馆藏不足的图书,及时和中心馆联系予以补充。还可邀请他们开设童书阅读讲座,开阔学校师生的视野。至于开放不及时的问题,则需要乡村学校加强管理,设置专门的图书管理员,一则将图书室设在学生方便寻找之所,二则保证图书室长期按时开放。

作为阅读环境基本因素的阅读时间,并非仅指学生的课外阅读时间或老师组织的阅读活动,其范围更为广泛,包括:1. 专门的阅读课时间;2. 全校性规定的每日阅读时间(早读课);3. 作为学科课程专门要求的阅读时间(如语文课上指定的阅读时间);4. 专门用于在图书馆或阅览室阅读的时间。在理想的情况下,这些条件都应该得到满足,现实中,学生的在校阅读还主要是第二、第三两种。很多乡村儿童的家长本身没有阅读的习惯,在不少乡村儿童的生活中,课外时间往往被电视机所占据。这部分乡村孩子,更需要教师慢慢地予以引导,让学校阅读弥补家庭教育的不足,才能让他们逐渐步入阅读的轨道。

在艾登·钱伯斯的阅读循环中,核心环节是"有协助能力的大人",大人帮儿童选书,陈列图书,安排阅读时间,组织读后讨论,引导孩子对所读书籍做深入而细致的思考,进一步让孩子明

---

[1] 参见本书第一章第二节的调查问卷表格。

白自己的阅读兴趣所在。艾登·钱伯斯如此形容这个"大人"的重要性:

> 在整个儿童阅读活动中,一个有协助能力的大人,特别是一位老师,他的任务究竟是什么呢?我们可以说他做了提供、刺激、示范和响应等工作。
>
> 他可以给孩子们提供图书和时间去阅读,还有一个吸引人的阅读环境,让孩子们想去阅读。
>
> 他可以刺激孩子们想成为一位深具思考能力的读者。他可以为孩子们示范读故事,并以实际行动让孩子们见识一位优秀的读者该有的样子。他还会在所属的阅读团体中响应与分享他的阅读心得,同时协助并引导孩子也能有所响应。[1]

艾登·钱伯斯的阅读循环理论有着心理学理论的支撑。俄国心理学家维果斯基提出过一个儿童社会认知发展理论——"儿童是学徒"。维果斯基认为:"儿童的认知发展主要是与知识渊博、富有能力的他人交流的结果。在这样的交流过程中,成人把智力发展所需的文化工具传递给儿童,语言在社会发展过程中产生,是帮助儿童成为社会成员的工具和技能。与成人的交流活动可能扩展儿童的知识,儿童生活中与成人的交流无处不在。比较正式的如在学校与教师的交流,非正式的如在家里和父母的交流。在这些交流中,儿童不仅有机会获得某些特殊的解决问题的技能,而且能熟悉他们所在的文化。因此,每个儿童在智力上的发展与文化、人际环境密切相关;同时,人际交流也是文化、交流和个体作用三者的结合点。"[2]

---

[1] [英]艾登·钱伯斯:《打造儿童阅读环境》,许慧贞译,北京联合出版公司2016年版,第183页。

[2] [英]H.鲁道夫·谢弗:《儿童心理学》(精装修订版),王莉译,电子工业出版社2016年版,第190—191页。

由此，他提出了"最近发展区"这一概念。

"最近发展区"指的是儿童自己能够达到的成就和在一个拥有更多知识的人的帮助下所能达到的成就之间的距离。这个距离是教学可以发挥作用的关键领域。在此过程中，儿童的发展经历了三个阶段。第一阶段，儿童得到能力更强的成人的帮助。这个阶段，儿童可能并不理解他们所要面对的任务和目标，需要成人予以解释和引导。第二阶段，儿童得到自己的帮助。不再需要大人的语言指导，但在完成任务的过程中，需要自言自语重复大人的指导内容来进行自身指导。第三阶段，自动化。在重复性练习后，儿童逐渐脱离对自我指导的依赖，自我指导已经内化，从社会的（外在）层面转化到心理的（内在）层面。[①]

在"最近发展区"理论的基础上，戴维·伍德和他的同事们提出了"脚手架"概念，指称在"最近发展区"里成人对儿童提供的帮助和指导，特指促进学习所需要的行为。戴维·伍德指出这一概念有两个原则，"第一，当孩子明显遇到了困难时，成人应该立即提供帮助；第二，当孩子干得很好时，成人应该减少帮助，逐渐降低对这一过程的干涉。成人提供的支持和帮助总是取决于孩子的进步，从而给孩子足够的自由发挥的空间，并在适当的时候加以指点"[②]。"最近发展区"和"脚手架"理论正适合于我们当前讨论的乡村儿童文学教育。笔者认为，儿童的阅读能力发展也有三个阶段，遵循着这样的过程：由需要成人指导（亲子共读）到逐渐自主阅读（家长提供书籍，孩子独立阅读），再到彻底独立（可自主判断书籍好坏并选择读物）。

通常而言，父母的引导对孩子的阅读有重要影响，但并不是任何来自成人的指导都是有益的。不同文化水平的成人对于儿童

---

① 参见［英］H. 鲁道夫·谢弗《儿童心理学》（精装修订版），王莉译，电子工业出版社2016年版，第194页。

② 转引自［英］H. 鲁道夫·谢弗《儿童心理学》（精装修订版），王莉译，电子工业出版社2016年版，第196—197页。

阅读需求的认知不同，能给出的有效指导自然也不同。乡村家长文化水平较低，对于孩子的学习可能控制过严，也可能流于放任不管，不论哪种情况，都无法对孩子的阅读提供帮助。在乡村家长难以担当阅读指导大任时，乡村教师群体更应当承担起榜样的角色，搭建好"脚手架"，帮助乡村儿童攀登到独立阅读的高层次状态。对于乡村儿童的阅读循环而言，乡村教师便是循环圈里的"有协助能力的大人"，担负着引领儿童阅读"点灯人"的重任。

三　乡村儿童阅读的"点灯人"

对于乡村儿童的文学教育而言，乡村语文教师无疑是教育的主体，是影响乡村儿童文学教育效果最为关键的因素。无论阅读书目多么完善，教育主张如何先进，如果没有一支专业且敬业的乡村教师队伍，乡村儿童的文学教育都只能是纸上谈兵，缺乏实现的可能。因此，在谈论乡村儿童文学教育时，我们无论怎么强调乡村语文教师的重要性，都不为过。

历史上，乡村语文教师群体中曾涌现出一批杰出的文化名人，如春晖中学的夏丏尊、钱基博、朱自清、丰子恺等教师，曾为一批乡下学子带去专业的文学教育和对人生的希望。中华人民共和国成立后，中小学教师群体被纳入体制内进行管理，整体上缺乏文学素养。原因主要有两个方面：一是师范学校专业设置上儿童文学专业没有得到足够的重视；二是成为教师后，因为应试化教育的大环境，语文教师往往被考试、教材环绕，没有余暇进行文学素养的提升。由于整个教师群体都如此，乡村教师因为学校环境及生活环境的限制，往往教学方式更为落后，甚至简单粗暴。北京大学中文系教授漆永祥在散文集《五更盘道》里记叙过20世纪六七十年代一位乡村语文教师"太爷"的教育方法。作者写"太爷"教学生学习字义："他教书有声有色，形神兼具，例如有娃问'拖'字是个啥？咋个念？太爷便拽拽着他的手满院子跑，直到说出'拖'来才放手,从此永志不忘。"①

"本社的乡村教育政策是要乡村学校做改造乡村生活的中心;乡村教师做改造乡村生活的灵魂。"② 1926 年陶行知在《中华教育改进社改造全国乡村教育宣言书》中提出的这句宣言在当下仍然振聋发聩。乡村教师是乡村社会的"读书人",同时是乡村儿童的启蒙者和教育者,对于乡村儿童的成长和发展有着十分重要的作用。具体就文学教育而言,乡村教师是乡村儿童阅读的主要指导者,他们对阅读的重视程度、指导力度及打造阅读环境能力的高低,直接影响乡村儿童的阅读水平,乡村教师的阅读素养和文学素养也在很大程度上影响乃至决定着乡村儿童的阅读质量。

然而,由于各方面条件有限,乡村教师本身面临着许多生存和发展的困境。一是乡村教师工作负担重。一方面,有的乡村教师年龄偏大,教学方式陈旧落后,不少人除了教学工作,还要承担农活、家务劳动。另一方面,乡村家长普遍将教育的重任交付给乡村学校的老师们,把孩子往学校一送,很多家长便放任不管,可以说,很大程度上,乡村学校教师被迫承担了"准家庭教育"的功能,这就导致乡村教师的压力越来越大。二是乡村学校教学环境、师资待遇较城市依然较差,往往吸引不到充足的师资,艺术类教师尤其缺乏,导致某科老师兼职多学科教学的现象时有发生。比如笔者做了深度访谈的湖南某乡村中学教师麻小

---

① 漆永祥:《无言丰碑的孔夫子——我的太爷老师》,《五更盘道》,生活·读书·新知三联书店 2019 年版,第 10 页。在当下看来,"太爷"这种教学方式无疑是简单粗暴不可取的,不过,事物往往是一体两面的,其"有声有色、形神兼具"处却值得学习。就如同这位"太爷"一样,相比城市的教师群体,广大乡村教师也有他们的优势——乡土性,乡土性是乡村教师独具的特色。因为长期生活在乡村,对乡村儿童的乡土生活体验和认知特点比较了解,故而"太爷"能借助乡土生活经验开展教学,因势利导,让学生有一个深刻的学习印象。当前,如何进一步提升、优化这种"在生活中学习"的教学理念和教学方式,探索一条现代化的乡村教育之路,是重中之重。

② 陶行知:《中华教育改进社改造全国乡村教育宣言书》,《中国教育改造》,安徽人民出版社 2019 年版,第 64 页。

娟,就既是音乐老师,也是数学老师和语文老师。事实上,在入职之初,学校教务主任就对麻小娟抱有"全才"的期待,问她"除了音乐,还擅长什么学科?"① 三是教师专业素养有待提高,但又缺乏进一步学习和培训的机会。一些乡村教师知识老化,教学方式落后,② 自身也缺乏阅读的习惯,平时的阅读仅限于教材和教学指导用书——我们的调研显示,17.72%的乡村教师只讲教材,不会指导学生进行文学阅读,16.78%的乡村教师因为学校条件有限,有心无力。③

故而,进行情怀激励是一方面,④ 切实地提高乡村教师的待遇、给予这个群体更多的培训和发展空间,显然更为紧迫而重要。在当前乡村振兴的大背景下,让乡村儿童享受到现代教育的光照,首要的便是强化师资,要重视乡村教师的培养和发展,切实提升乡村教师的待遇,激发起他们的教学热情和事业心。乡村振兴,人才为本。基层政府需要进一步落实乡村人才振兴战略,创新基层人才评价机制,着力提高乡村教师待遇。为乡村留住人

---

① 2015年7月,麻小娟从湖南第一师范学院音乐学专业毕业,考进常德市鼎城区周家店中学。她希望在乡村音乐教育领域大显身手,可开学当天才知道,农村学校各科老师都缺,她根本没有专心从事音乐教育的空间,只得当"万金油"。周家店中学安排她这个音乐系学生除了教音乐,还要教数学,当班主任。麻小娟老师的事迹参见唐湘岳、彭三英《一千零一夜——90后乡村教师麻小娟用故事点亮孩子心灵》,《光明日报》2021年12月28日第1版。

② 当然,教师教学方式陈旧在城市学校也经常存在,正如冷玉斌指出的:"虽然民间的儿童阅读运动蓬勃兴起,但我们也看到,许多学校、绝大多数老师还在重复着这样的教学方式:只教教科书,每篇文章教两三课时,字字落实,句句落实,然后花大量时间让孩子们去做看拼音写成语、组词造句、改错别字的练习。"参见冷玉斌主编《儿童的文学教育》,广西师范大学出版社2014年版,第33页。

③ 参见本书第一章第二节的调查问卷表格。

④ 对于这种情怀激励,一些学者的提醒振聋发聩:"在一定程度上而言,'道德刺激'或者'道德绑架'是对乡村教师最大的不公平,乡村教师首先是作为个体的人而存在,然后才是作为培养乡村儿童、建设乡村社会的教师,乡村教师不仅需要崇高的师德,同时也有基本的生活、健康与精神需要。"参见李森、张鸿翼主编《当代中国乡村教育研究》,广东教育出版社2018年版,第13页。

才，就是留住了乡村儿童的美好未来。

就具体措施而言，一方面，各地教育主管部门应鼓励有余力的乡村中小学教师根据乡村儿童的生理和心理特点，开设特色阅读课程，如绘本课、诗歌课、故事课。鼓励乡村教师学习了解"在地化教育"理念和教学方式，打通阅读和生活的联系，从广阔的乡土生活中发掘学习资源，把时间和空间都有限的课堂学习延伸至无限的"从生活中学习"。比如，当阅读关于自然的读物时，教师可以带领学生走出教室，走进田野，在实地考察中感受自然的美，学习、创作关于自然的诗歌或散文。如此一来，学生有了学习的兴趣，老师也能改善原本枯燥的课堂氛围，双方都会获得更多乐趣。对于组织学生开展课外阅读活动并给予指导的乡村教师，学校在绩效考核上要给予适当的体现。此外，还须尽量给乡村教师提供到高校培训和学习的机会，努力提升乡村教师的文学素养、对文学作品的阅读鉴赏能力及教学设计能力，鼓励他们开发出适合乡村儿童特点的乡土读本。

另一方面，要扎实做好乡村定向师范生的培养工作，积极为乡村学校培养优良师资。要鼓励部属师范大学和高水平地方师范院校加强乡村教师储备人才培养，培养既具备语文教师的普遍职业技能，又对乡村文化有足够了解，还热衷乡村教育的新型乡村语文教师。在定向师范生的培养过程中，有必要将乡村文化知识融入课程目标及课程的组织与评价中，还应鼓励师范生在假期走进乡村学校，以开设阅读课、组织读书会等形式对乡村儿童进行阅读指导，加深师范生对乡村儿童心理、情感及阅读需求的了解，锻炼他们的阅读指导能力。

此外，还应整合多方面的资源和力量，对乡村教师组织儿童阅读活动给予支持，比如可以设立专项阅读推广基金，搭建乡村教师"阅读推广人"网络平台圈子，加强乡村教师之间的经验交流和分享，让乡村教师成为乡村儿童最重要的阅读推广人和指导者。加大公益阅读资源服务平台的建设和推广，如国内童书出版界就创办了公益网站"生命树童书网",向城乡儿童免费分享了不少优质抗疫童书。组织开发类似于"空中课堂"的公益阅读课程平台,通过优秀师资"云共享",让乡村学校师生接触优质的教学范例和丰富的阅读资源。

改善乡村儿童的阅读状况是个需要多方面协调的大工程,不仅需要硬件支持,还需要软件支撑。在硬件上,要借助公共图书馆的力量,开展馆校合作,促进图书资源流通,尽可能地为乡村教师开展阅读活动提供充足的图书资源;在软件上,可以邀请公共图书馆的馆员或阅读推广领域的专家学者到校开展阅读推广讲座,培训乡村教师做好图书阅读指导工作。

要而言之,我们要支持、鼓励更多乡村教师成为乡村儿童阅读的"点灯人",指导广大乡村儿童养成良好的阅读习惯,提升他们的阅读能力,以小圈子推动大风气,营造乡村社会爱读书、读好书、善读书的浓厚氛围。

四 关注数字阅读之困

数字阅读、在线教育在大中城市得到了飞速发展,在加强阅读推广、扩充教育资源等方面提供了很多便利,当前,数字阅读在乡村则呈现出一个复杂的状态。

一方面,随着智能手机在乡村的逐渐普及,乡村儿童有机会接触到微信阅读等移动阅读形式。2020年5月,共青团中央维护青少年权益部、中国互联网络信息中心(CNNIC)联合发布了《2019年全国未成年人互联网使用情况研究报告》,报告显示,城镇未成年人互联网普及率达到93.9%,农村未成年人互联网普及率达到90.3%。[①] 具体到智能手机,有研究者也做了调研,调研发现,"在移动终端拥有量方面,持农业户籍儿童拥有手机量占

[①] 参见《2019年全国未成年人互联网使用情况研究报告》,中华人民共和国国家互联网信息办公室官网,http://www.cac.gov.cn/2020-05/13/c_1590919071365700.htm,2020年5月13日。

整个农业户籍儿童量的44.9%",在使用时长方面,"持农业户籍儿童日均'玩手机或电脑'1小时以上者占整个农业户籍儿童数的41.9%"。① 可以说,不论在手机拥有量还是使用时间上,乡村儿童都有机会接触数字阅读。

另一方面,虽然拥有数码设备,但因为没有得力的指导,乡村儿童很容易被数字网络世界的泥沙俱下所裹挟,不仅不能从中进行数字阅读,反而会沉陷于网络游戏之中不可自拔。据调研,乡村儿童使用手机时,"在上网内容方面,主要从事'娱乐类'项目占比达到60.7%,其中'玩网络游戏'较于'网上聊天''看小说和视频'等其他娱乐类项目而言比例最高,达到38.4%"。不少乡村儿童玩游戏成瘾,"调研中班主任教师甚至估算近八成本班学生网络游戏上瘾,三成属严重者,自评网络游戏瘾较小者在教师那经常也被评价为成瘾强烈"。② 留守儿童沉迷游戏现象的背后,是中国城乡社会经济发展不平衡的现实,是留守儿童贫乏焦虑的精神面貌的体现。乡村儿童不少处于留守状态,祖父母缺乏指导和管理的能力,父母辈又长年不在身边。数码设备对于他们而言,是单调的乡村生活里难以拒绝的诱惑。"相较于城市儿童,留守儿童面临更多生活无意义感的境遇,在城乡社会结构、寄宿制教育以及村庄生活环境的压抑和单调之苦中,电子游戏逐渐成为留守儿童逃离生活无意义感的唯一选择。"③

可以说,如果没有家长和老师的积极引导,拥有便利的数码设备对于未成年的乡村儿童而言,是福是祸,还不好说。对此,

---

① 参见李涛《网络游戏为何流行于乡童世界——中国西部底层乡校再生产的日常研究》,《探索与争鸣》2020年第2期。该调研面对中国西部四川一个农业县,调研学校共覆盖全县24所义务教育段学校中的17所,占70.8%,调研年级是五年级和八年级两个年级的学生及家长。

② 李涛:《网络游戏为何流行于乡童世界——中国西部底层乡校再生产的日常研究》,《探索与争鸣》2020年第2期。

③ 叶敬忠、张明皓:《游戏将把留守儿童带往何方——留守儿童游戏之殇(二)》,《中国青年报》2019年1月7日第6版。

我们有必要督促基层政府或图书馆开展讲座或培训，对乡村家庭进行信息素养的培训工作，让乡村家长和儿童学会通过互联网获取资源，比如可以教他们利用一些公益网站上的电子图书资源来对纸质阅读进行适当补充。同时，乡村学校作为乡村儿童教育的主要承担者，理应加强乡村儿童的网络素养教育，将培育乡村儿童良好的网络素养纳入乡村教育体系。由于中国乡村教师总体偏老龄化，知识结构比较陈旧，对网络的熟悉程度和运用能力往往是他们的短板，所以，还需要对乡村教师的网络素养进行培训和指导，让乡村教师成为那个"有能力的大人"，对乡村儿童的数字阅读进行有效管控和指导，如此，才能保障乡村儿童在身心健康发展的前提下接触更广阔的世界。[①]

第二节 乡村学校里的故事实践

在当下中国流行成人本位实用主义教育的大背景下，我们有必要根据乡村教育的实际，倡议审美主义文学教育和实用主义教育相结合的儿童本位的教育理念，有针对性地提出对乡村儿童进行文学教育的思路和策略。其中，在乡村儿童群体中开展"故事实践"，可以说是一个非常好的文学教育的路径，值得进一步推广。这也是创新乡村儿童关爱模式的重要举措，具有积极的实践探索意义。实践证明，讲故事这一创新模式给乡村儿童的教育注入了活力，只要乡村社会、家庭、学校加强协作，因地制宜利用

[①] 据媒体报道，近年来，广东省在推动青少年网络素养教育上开风气之先，"其持续多年开展少年儿童网络素养教育'双进'活动，实施'E成长计划'，举办儿童互联网大会和未成年人网络素养论坛等，推出全国首套进入地方课程的《网络素养》教材（中小学）、首部大型儿童网络安全教育多媒体人偶剧《Hello！多多之网络保卫战》等精品，并率先开展中小学教师的网络素养培训，强化一线教师水平，尤其是针对乡村小学的网络素养教育支教活动，促进了区域内城乡儿童的交流，使15万人次乡村儿童和家长受益"。参见王颖《从心出发，辨析青少年网络沉迷之困》，《光明日报》2021年11月2日第15版。

好当地的乡土文化资源，就可以给乡村儿童提供更多的精神支撑和心灵抚慰。

一　乡村学校里的故事课程

在中国，"故事"作为学校课程由来已久，早在20世纪20年代，陈鹤琴在其创办的南京鼓楼幼稚园，便已经开设故事课程。1932年中华民国教育部发布的《幼稚园课程标准》对"故事的教学目标"做了如下规定：

> （甲）引起对于文学的兴趣。（乙）发展想象。（丙）启发思想。（丁）练习说话，增进发表能力。（戊）发展对于故事的创作能力，培养快乐、高尚、和爱等的情感。①

除了制定课程标准，当时的教育部还组织编订了《幼稚园的故事教材及教学法》。个人编写的专著和故事选本也有不少，如沈百英撰写的《幼稚园的故事》，沈百英对"故事"的价值特别重视，认为故事具有发展想象、涵养感情、增加学习兴味、陶冶性情品行等意义。② 此外，还有陈鹤琴和钟昭华合编的《儿童故事》。作为中国著名的儿童教育家，陈鹤琴对故事的教育意义特别重视，他认为："故事个个小孩子都爱听的。六七岁以前的小孩子喜欢听动物故事。十来岁的小孩子喜欢听冒险故事。十五六岁的小孩子喜欢听英雄故事。"③ 故而特意译编了这本故事集，供儿童学习。

故事是受孩子们欢迎的文学载体，也是非常吸引人的教育方式，不仅可以培育学生的阅读兴趣，还可以提升他们的语言表达能力，将其应用到学前教育和基础教育阶段，能为儿童教育提供

---

① 参见宋恩荣、章咸主编《中华民国教育法规选编（1912—1949）》，江苏教育出版社1990年版，第226—227页。
② 参见沈百英《幼稚园的故事》，张宗麟校，商务印书馆1933年版，第1—4页。
③ 陈鹤琴、钟昭华编：《儿童故事》，华华书店1946年版，"卷头语"第1页。

相当大的助力。

采用故事来进行疗愈工作，在国外已经不是新鲜事。前文提及的"故事医生"苏珊·佩罗、南希·梅隆等不仅有理论上的倡导，还有多年的社区实践。澳大利亚幼儿教师苏珊·佩罗2001—2003年参与了澳大利亚政府资助的"儿童故事治疗"的科研项目，后在世界各地为教师、家长举办故事工作坊和讨论会，并于2011年将她的故事课程经验带到了中国，天津教育出版社出版了她编写的《故事知道怎么办：如何让孩子有令人惊喜的改变》《故事知道怎么办2：给孩子的101个治疗故事》及《故事总是有办法》等疗愈性故事集，给我们的家庭和学校教育都带来了很大启发。而美国的南希·梅隆是一名作家、教师和治疗师，著有《你也可以成为故事高手》，是"讲故事治疗学校"（the School of Therapeutic Storytelling）的创始人，用讲故事的方式给家长提供教育指导。在英国得到大力发展的华德福教育也采用故事来进行儿童教育。在华德福的幼儿园里，通常有专门的"故事时间"，教师让孩子们坐成半圆后开始讲故事，"传统的童话故事和季节紧密联系，为孩子提供丰富的语言体验，滋养他们的内心，培养他们对文学的热爱"[①]。

当前，将讲故事运用到乡村学校的教学课程中，部分地区已有不少成功的尝试。这些尝试有的出于乡村自身的文化传统，有的则是外来的支教教师、志愿者的创造，有的是当地乡村学校的课程创新，有的则出于公益组织的"教育扶贫"。我国乡村在历史上一直有浓厚的民间口头讲故事传统，比如我们前文提及的河北省藁城的故事村耿村，当地学校就充分利用了该村村民讲故事传统悠久的特点，在学校里每周都开设一节故事课，孩子们比赛讲故事，谁讲得棒，谁就会受到青睐。该地区每年都有各类比赛，通过讲故事比

[①] ［英］琳·欧德菲尔德：《自由地学习：华德福的幼儿园教育》，王黛西译，中国青年出版社2015年版，第36页。

赛，孩子们既锻炼了口头表达能力，也锻炼了勇气和社交能力。在课程设置上，则采用把故事和学科整合起来的方式。"故事和语文结合起来，每篇课文都成为一个故事；故事和美术结合起来，孩子就能够看图讲故事；故事和音乐结合起来，孩子就可以给自己的故事配上音乐。这样一来，孩子得到了综合锻炼，也推动了非物质文化遗产的传承和保护，寓教于乐，两全其美。"[1]

知名的德国志愿者卢安克在中国乡村支教，上课时往往也采用讲故事的形式。他创造性地将对乡村儿童的自然教育、生命教育、艺术教育融合在一起，通过讲故事的方式让乡村儿童学会理解和表达自己的感受：

> 一开始，我给学生介绍了自然界当中各种各样的能带来生命的形态，能恢复生命的形态。我让他们模仿自然界形成各种形状的过程、模仿自然界的色彩、模仿人类各种文化的建筑物，自己创作类似的文化、用色彩来表达心里的感受、创作有规律的形状组合体、集体合作给自己的教室做装修艺术、制作有功能的模型、描述不同的人的特色。最终，我们围绕着一个故事，让学生根据故事来画画、制造出故事中的东西，并且编属于故事的歌曲。
>
> 我把去年的电视剧和一些新出现的因素写成了故事，每个星期给学生连续地讲下去，然后让学生用水彩把它画出来……所以，在教他们的第三个学期，我又慢慢地给他们讲了一个英雄的故事，给他们讲这个英雄如何要克服困难、面对和改变命运，抵抗引诱，寻找结果。[2]

也有学校通过打造"故事校园"来深度推广讲故事这一文学教

---

[1] 李晨：《中国故事第一村面临传承难题》，《北京青年报》2006年9月19日第A12版。
[2] ［德］卢安克：《是什么带来力量——乡村儿童的教育》，中国致公出版社2014年版，第177页。

育方式,比如浙江省宁波市海曙区的冯家小学就以"故事校园"打造出了文化特色。冯家小学由于地处城乡接合部,学生来自四川、安徽、江西、河南及至黑龙江等省份,外来务工人员的子女占70%左右。虽然不属于乡村学校,但是收了来自乡村的众多流动儿童,从教育对象上看,也具备乡村学校教育的特点。近年来,"冯家小学从环境建设、内容研究、社团建设、课堂探究、校本特色、平台搭建、评价机制等七个方面入手,开展了研究,形成了故事化校园特色教育体系,构建了一套本校特色的故事化教育模式"[1]。

冯家小学是如何打造故事校园的呢?一是在墙面上、走廊中、楼梯口、广场上、教室里精心设置"故事长廊""故事视窗",里面是各式各样的励志故事。这些励志故事都是学校从寓言童话、民间传说、文学经典、现实生活中精心挖掘和筛选而来,按照励志勤学、自律守信、严己宽人、自强不息等八大主题分布。二是将故事引入课堂,推行"每班每周一节故事课",通过一系列的故事链条让学生真正从故事中获益,这个链条从听故事、读故事到讲故事、找故事,然后是写故事、评故事、演故事。三是每月设计"故事活动周",定时间、定地点让全体学生参与。四是"每学期通过故事比赛、故事广播、故事表演等形式,评选'故事大王'"。五是各教研组深入挖掘具有本学科特色的故事,探索故事化特色课堂教学模式,总结出了"七步故事法":聆听故事、诵读故事、讲解故事、寻觅故事、评议故事、演绎故事、写作故事。在这样充满文学氛围的故事校园里,学生们的进步也是明显的,"学生撰写的小故事在各级刊物上发表62篇,产生校故事大王120名、故事创作能手80余名,各类故事板报、书画比赛获奖者230多名"[2]。

---

[1] 朱尹莹、叶荷雅:《冯家小学:一所流淌故事的校园》,海曙新闻网,http://hsnews.cnnb.com.cn/system/2017/03/14/011534435.shtml,2017年3月15日。

[2] 朱尹莹、叶荷雅:《冯家小学:一所流淌故事的校园》,海署新闻网,http://hsnews.cnnb.com.cn/system/2017/03/14/011534435.shtml,2017年3月15日。

对于校园文化活动不够丰富的乡村学校而言，语言类活动是成本较低、操作性较强、成绩也相对明显的文化活动。冯家小学的故事实践为各地乡村小学及打工子弟学校提供了极好的借鉴，经验值得进一步推广。

除了单个乡村学校的故事实践，近年来，我国还涌现了一些致力于乡村儿童文学教育的公益组织，诗歌领域比较知名的有"是光诗歌"，故事领域则有"故事田"。"故事田"儿童哲学公益项目，是2014年21世纪教育研究院、青童教育学院、伊顿纪德国际校服品牌联合开展、成立的一个致力于提升乡村儿童思考力的组织，主要面向全国偏远地区的乡村小规模学校，项目依托"酷思熊"儿童哲学童话丛书，让乡村儿童听故事、讲故事、编故事、演故事，由此引导他们爱思考、会行动，开启和丰盈乡村儿童的价值世界和精神世界，唤醒乡村儿童独立思考的能力。

与以上乡村单个学校的实体课堂不同，"故事田"在CCTalk平台上开设故事公益课堂。上课则采用直播授课，合作的乡村学校教师在线引导学生参与讨论，"每一堂的网络故事课程都有全国各地的学校进行参加互动，而这一切都清楚地展现在了大屏幕上"[①]。这种直播加多个学校在线聆听讨论的形式，让乡村学校之间增进了交流，也找到了同道。除此之外，"故事田"还通过各类文化互动，比如举办讲故事大赛，激发乡村儿童参与讲故事的兴趣和热情。同时，针对中西部地区的乡村小规模学校教师开展培训。成绩是明显的，据乡村教师反馈，参与故事课程的乡村学生大多喜欢上了听故事和讲故事，语言组织能力有了显著的提高，也更加自信和勇敢了。

2022年，湖南省常德市鼎城区蔡家岗中学女教师麻小娟给学

---

① 杨刚:《改变，从阅读开始》,"故事田阅读"公众号, https://mp.weixin.qq.com/s/VsdU9B8YCuv6PJyrOYFXIQ, 2019年4月15日。

生讲故事的事迹得到社会各界广泛关注,与以上提及的各类乡村学校进行的常规化的课程教学不同,麻小娟作为一名音乐教师,在乡村学校给学生讲故事采取的是另一种形式,她选择每天在寝室里给学生们讲睡前故事,并且坚持了七年。笔者经过访谈得知,麻小娟给孩子们讲故事往往有着现实的由头,她通常是发现了孩子们在生活习惯、道德品质、学习能力等方面的不足之后展开针对性讲述,属于"对症下药",讲的是"疗愈性故事"。通过疗愈性故事对乡村儿童施加有益影响是麻小娟与众不同的一大特色。[1] 与课堂里的故事教学不同,这种睡前疗愈故事营造了家庭式的氛围,它不像课堂那么正规和严肃,以其轻松、生活化的氛围,营造了一种"准家庭式"的教育陪伴和正面的影响,[2] 非常珍贵而难得,并且因其更具情感抚慰意义,值得我们关注和广泛推广。

耿村的故事课素材多来自本村流传的传统故事,卢安克的乡村故事实践则属于教师自己创编,冯家小学从众多经典故事里提炼故事主题,"故事田"依托童话丛书,麻小娟给孩子们讲的故事大部分来源于个人阅读的文学经典。[3] 这些讲故事的形式各有

---

[1] 但也有"故事疗效"不佳的时候。据麻小娟介绍,她的一个男学生就对讲故事这一形式不以为然。这个男孩的父母年龄比较大,比较宠他,对他的学习和行为习惯的培养也不在乎,就觉得只要他健康就好。这个孩子会跟其他的孩子说:"嗯,还听故事?你这么大人了还听故事!"效果不好,除了学生个人和家庭的原因,还有一些其他因素,比如乡村学生文化素养不高,影响了对故事的吸收和理解。老师在讲到一些经典童话,如《安徒生童话》《格林童话》时,会涉及西方国家的文化历史背景,乡村孩子们缺乏这方面的知识,就会影响他们对故事的理解。

[2] 麻小娟的经验是,首先在讲故事之前找个由头,比如去寝室例行检查时,和学生闲聊几句,问一问学生的卫生习惯,问完再开始讲故事。在讲故事的过程中,注意观察学生的反应并及时提出问题,比如问这样一些问题:"接下来这个人是谁呢?""这个故事将怎么样发展呢?"然后会和学生一起交流,表扬学生的思考,深入分析作者的思想,对故事做一个总结。

[3] 此外,麻小娟还会选择一些传统文化读本和红色经典读本来讲给孩子们听。除了讲述既有的故事,麻小娟也会给孩子们创编故事,故事的灵感往往来源于她当天的经历或感受,以及她教过的学生的经历。

其优势，各地乡村学校可以因地制宜，有选择地借鉴学习。

讲故事是一个需要学识、经验和技能的文学教育活动，没有人天生就是出色的故事讲述人。对此，乡村教师需要加强自身的文学素养，同时加强讲述、表演技能训练。在讲述故事的过程中，避免说教，注意教育性与文学性相结合，将自己放入故事情境中，以真诚引导、启发、培育乡村儿童对真善美的追求。[①] 由于成长背景、气质及个性的差异，乡村孩子们对于故事的需求与城市儿童会有不同，单就乡村儿童这一群体而言，不同的孩子也会有趣味的差异，有的喜欢听想象力丰富的故事，有的则喜欢现实中的励志故事，有的喜欢听富有情感意味的故事。不同年龄段的孩子、心智年龄不同的孩子，他们所爱的故事都不太一样。作为教师，需要结合学生的特点和需求，尽可能地兼顾不同孩子的需求，不能只依据自己的喜好随意讲述故事。

除了积累和总结既往乡村学校讲故事的经验，了解最新的故事理论和城市故事课程实践也很有必要。2021年，华东师范大学出版了一套《给孩子的故事课》，分别从"故事演绎""故事灵感""故事创作"三个角度指导儿童进行故事创作。这套丛书的编写者是儿童节目的专业编辑及儿童类出版物的编辑、记者，他们分别从故事素材的收集、创作故事的技巧、演讲故事的技术操练三个角度培养儿童讲故事的能力。这套书主要针对城市儿童，其中共通的技巧部分仍然值得乡村教师及家长、儿童学习。此外，一些优秀的故事选本也可作为故事课程的辅助读物，如我们前文提到的国内出版界编选的《中国故事》《给孩子的故事》等选本。同时，

[①] 笔者了解得知，媒体相继报道麻小娟给孩子们讲故事的事迹，对当地产生了良好的正向激励。她身边的很多老师，很多爱读书的家长，也开始给自己的孩子讲睡前故事。麻小娟的故事实践在当地起到了十分积极的影响，对进一步改善乡村儿童文学教育也有着十分重要的借鉴意义。但是不得不说，因为个人学识的局限，麻小娟的故事实践还存在一些不完善之处，比如麻小娟并没有阅读过相关故事理论，且她的故事在艺术性上有所欠缺。此外，她讲故事大都是依据图书的，不会完全的口述，也没有涉猎从民间故事转化而来的绘本和相关书籍。

哈罗德·布鲁姆选编的《给聪明孩子的故事与诗》[①]也可资参考。

二 疗愈故事对乡村孩子的意义

故事课作为一种重要的文学资源，对于乡村儿童的语言表达、文学启蒙的意义不言而喻。但麻小娟的实践却给了故事另外一层内涵，用她本人的话说，"在一定程度上，可以说讲故事它就是一个具有创新性的生动有趣的思想道德政治课，而语文和数学在每一堂课的教学当中，也会有那么一部分的内容是启发孩子确立正确的人生态度、价值观、养成良好品质。在这点上，讲故事和其他学科教学是相通的"[②]。她更看重故事对学生人生观、价值观和情感的正面影响。

乡村教师面对的孩子，往往是家庭教育不充分甚至是经受了粗暴式家庭教育的孩子，在入学之前，他们没有受过良好的学前启蒙，情感上相对匮乏，这就需要教师给予他们更多的理解和情感支持。"有意识地运用鼓励并有效使用鼓励的知识和技巧，是任何建设性感化的前提条件。这对任何老师来说都是必要的，它不仅可以避免给学生造成伤害，而且可以抵消孩子以前不良经历的影响。"[③]枯燥的口头式鼓励收效甚微，甚至可能惹来学生的厌烦。而故事却是一个生动入心的妙方，可以对学生起到很好的疗愈作用。比如为了鼓舞乡村儿童树立远大志向，麻小娟给孩子们讲了《八班教室》的故事。

[①] 这本书选择的篇目并非全是儿童文学作品，选编者哈罗德·布鲁姆认为优秀的作品儿童都可以读，他甚至不认可"儿童文学"的分类，在书中他选编了诸如惠特曼、左拉、莎士比亚、马克·吐温、屠格涅夫等人的作品。

[②] 参见本书附录中笔者对麻小娟的访谈。又见《在乡村学校讲故事的人，最希望能开设正式的绘本课》，澎湃新闻，https://www.thepaper.cn/newsDetail_forward_16182549，2022年1月7日。

[③] [美]鲁道夫·德雷克斯：《教师：挑战》，甄颖译，生活·读书·新知三联书店2017年版，第120—121页。

八班教室

在我的母校——湖南第一师范学院城南学院里，有一间教室非常有名，它就是"八班教室"。这里曾培养了一批卓越的人才，如新中国的缔造者毛主席就是从八班教室毕业的。

1913年，毛泽东背着父亲早早安排好的粮店伙计的工作，偷偷去参加湖南一师的招考。在父亲眼里，读书在当时是不务正业，但对青年毛泽东来说，内心最大的渴望就是读书。

这次招考是以一篇文章决定是否招录的，毛泽东、蔡和森和萧子升名列前三。开学第一天，杨昌济老师没有上课，而是告诉大家，要想完善自身、学到知识，第一步就是"立志"，给自己定个志愿和目标，并请毛泽东作答。青年毛泽东答不出，便把问题抛回给老师。杨昌济说，我以培育天下英才为志。毛泽东承诺老师，毕业了一定会回答好这个问题。

读书期间，杨昌济见毛泽东的鞋子破旧不堪，便给了几毛钱让他换双鞋子。可一转眼，毛泽东便拿着钱去书店买了一本书。杨昌济知道后既感动又欣慰，承诺毛泽东可以随时去自己家看书。就这样，毛泽东成了老师的第一个入室弟子，师生二人经常讨论、学习到深夜。他还送给毛泽东"坚忍"二字，起初毛泽东不能深刻领会其内涵，直到第二天醒来，推门看到杨昌济已早早起床，先是用冷水沐浴身体，然后大声朗读文章，用知识丰满其身。毛泽东见状，终于明白所谓坚忍，便是如老师一般坚持不懈。从此，他开始给自己制定严格的作息时间表，不浪费一分一秒。

不要以为毛泽东仅仅是一个对自己学习严苛、只知道死读书的人。他生性乐观，和蔡和森等人组织成立读书会，经常去橘子洲头野餐，攀登岳麓山，在爱晚亭吟诗作对、畅谈古今，通过定期交流读书心得和方法，在活动中学习，在学习中又结交了一大批正义之士。他还认为，学生除了学习还要锻炼身体，所以创编了体操和武术结合的六段操并教给大家，经常组织同学去湘江冬泳。他将这些感受写成文章,还在报纸上发表,这在当时十分难得。

求学之路荆棘丛生,但毛泽东从来没有放弃,反而学得快乐、过得精彩。谁说小乡村不能走出大人物?毛泽东就是。谁说贫穷一定限制我们前进的步伐,要我说,知识才是。愿你们都能冲出小镇,坚定地追求自己的梦想。①

心理学家认为,"鼓励,在很大程度上取决于态度而不是具体行动。它是一种很微妙的、无法以具体语言或行动为特征的方法。它不是我们说什么或做什么,而是如何说如何做。它的目标是增加孩子的自信,因此,以对孩子的肯定评价为先决条件。只有对孩子有信心、能够看到孩子身上优点的人,才能真正鼓励孩子"②。乡村儿童在家庭教育方面通常没有优势,若教导得当,他们的成就可能不会比城市里的孩子差。麻小娟选择毛泽东青年时期的故事讲给乡村学生听,就是发自内心地相信她的这些学生若发愤图强,将来不比任何人差。"谁说小乡村不能走出大人物?毛泽东就是。谁说贫穷一定限制我们前进的步伐,要我说,知识才是。愿你们都能冲出小镇,坚定地追求自己的梦想。"③这几句话可谓振聋发聩,极大地鼓舞了孩子们的志气。故事的教育效果是明显的,那天晚上听完麻老师的故事,很多孩子都说出了自己的梦想,还有同学当场表示,希望今后也能当一名老师,为更多农村的孩子带去知识和希望。故事在此所起的作用,不仅是知识的传授,更多的是对学生情感的陶冶、心灵的感化和智慧的启发。

与绘本不同,讲故事不是通过朗读,而是通过讲述的方式进

---

① 麻小娟:《八班教室》,《人才就业社保信息报》2022 年 1 月 7 日第 10 版。

② [美]鲁道夫·德雷克斯:《教师:挑战》,甄颖译,生活·读书·新知三联书店 2017 年版,第 122 页。

③ 麻小娟:《八班教室》,《人才就业社保信息报》2022 年 1 月 7 日第 10 版。

入家庭教育和学校教育的。

"在讲故事的过程中，故事的分享带有更鲜明的讲述者的特色——讲述者通过眼神、手势、声音以及近距离接触，与听众作更直接的交流。由于不受书本文字所限，讲述者可以根据故事的梗概，用自己的语言自由发挥，并配上相应的动作和手势，使得故事在讲述中变得更加亲切。"[1] 与阅读图画书相比，讲故事是一门创造性更强的艺术。"讲故事可以赋予孩子更多的想象空间。与图画书直接用画面描绘故事中的形象不同，讲故事的人需要用自己的语言，激发听者在脑海里形成一幅幅故事的画面。讲述者的表情、声音、身体语言和他们的个性都能起到表达感情和传递信息的作用。"[2]

乡村儿童不少是留守儿童，父母外出打工，养育人多为祖父母。乡村教师和乡村儿童的养育人之间往往存在冲突，乡村儿童的养育人因为文化知识较低，对乡村教师抱有很高的期待，希望老师能用自己的影响力教育好孩子，让他们取得好成绩，养成良好的学习习惯和道德品格。而乡村教师却又每每抱怨乡村儿童顽劣难教，希望养育人给予更多配合。两者之间往往互相推卸责任。现实的无奈是，乡村儿童的养育人缺乏亲子教育的知识和技能，对于家校合作的培养模式不适应，无法配合乡村教师做好家校合作的相关工作。以后，还只能依赖乡村教师给予乡村儿童的养育人更多的亲子教育指导，告诉他们家庭教育的重要性，鼓励他们开展家庭教育。

为了唤起孩子们对亲人的情感共鸣，麻小娟给他们讲述了自己和外婆的故事。

---

[1] ［澳］苏珊·佩罗：《故事知道怎么办：如何让孩子有令人惊喜的改变》，重本、童乐译，天津教育出版社2011年版，第314页。

[2] ［澳］苏珊·佩罗：《故事知道怎么办：如何让孩子有令人惊喜的改变》，重本、童乐译，天津教育出版社2011年版，第314页。

我和外婆

6岁之前，我都是跟外婆一起生活，所以我们之间有着深刻、特别的情感。

小时候性格开朗的我，睡觉前喜欢在床上倒立翻跟斗。外婆怕我把床给弄坏了，于是每晚搂着我，说要给我讲故事，想尽快"催眠"我，让我别那么闹腾。就这样，听外婆讲故事成了我每天的睡前节目。

外婆劳作一天想休息，讲故事起初是为了让我早点睡去，可我通常因为听得太认真，反而变得更加精神，于是缠着她再说一个故事。外婆虽然有些无奈，但也拿我没办法。庆幸的是，第二个故事往往很长，我会在外婆轻柔的话语中渐渐睡去。

时间一长，我发现外婆总是讲重复的故事。于是，我会及时开口打断："外婆，这是昨天讲过的故事。"

外婆说："哪里是讲过的，不一样，新故事。"

我不服气："就是老故事，你后面讲的是……"往往这时，我可以一字不漏地将故事复述出来。

外婆笑着说："哪里有那么多新奇的故事。"

我担心外婆不再给我讲故事，所以有时会装作没听过。外婆也会做一些调整，比如偶尔变化几句开头或主角人物的名字，但大体走向差不多：从前有个小孩子特别讨嫌，住在外婆家里一直不回去……每当听到这里我都要大喊："哎，我知道了知道了，你说的就是我！"外婆总会笑着告诉我："我说的是别人家的孩子。"

童年听故事的夜晚总是充满乐趣。有时候，外婆很久才会更新一个故事，但答应我的事她总会做到。长大后回去看外婆，她总要留我和她睡一晚。躺在床上回忆小时候发生的糗事，我们还会一起开怀大笑。[①]

---

① 麻小娟：《我和外婆》，《人才就业社保信息报》2022年1月7日第10版。

一方面，乡村儿童因为缺乏父母关爱，对情感十分渴求；另一方面，他们往往又不大会表达自己的情感。麻小娟在寝室里给孩子面对面讲故事，营造了一种"准家庭式"氛围，不仅进行了文学教育，还让孩子们感觉到安全而放松，增进了师生之间的感情。

儿童心理学家鲁道夫·德雷克斯认为："由于成为被群体接受的人并能参与到群体中是人类的基本需求，对任何孩子而言，和成年人一样，他们最痛苦的经历就是感觉自己比别人差。只要不意味着社会地位的降低，任何苦难、悲剧、痛苦，相对来说都可以容忍。只有在觉得自己比其他群体成员地位低下的时候，群体归属感才会受到损害。没有归属感对任何人而言都是最大的苦难。自卑感会抑制或限制社会兴趣的培养。"[①] 乡村学生因为家境不富裕或是缺乏父母陪伴，大多体验过生活的不如意和自身的渺小，性格也往往内敛、害羞乃至自卑。对此，麻小娟有着清晰的认识，她发现有的学生在课堂上都不敢举手提问，于是，给孩子们讲了一个自己身边人的故事。

我就是想要最好的

小学时，学校有一次组织话剧表演，剧本是白雪公主的故事，我和其他女生凑在一起商量角色分配。老师问大家："谁想演白雪公主？"

无人应答。但我想，恐怕没有人不想当公主吧。穿上漂亮的裙子，众星拱月地站在中间，对小学生来说是再刺激不过的事情了。沉默良久后，一个女生举起了手，瘦瘦矮矮的，皮肤还有些黑。"她怎么能当白雪公主呢？"我心想，老师一定会把她换掉的。

可直到最后登上舞台，那个女生依旧是白雪公主，而我扮演

---

① ［美］鲁道夫·德雷克斯：《教师：挑战》，甄颖译，生活·读书·新知三联书店2017年版，第52—53页。

的是皇后的狙击手。很多年以后，当我回想起这场表演，明明大家都想做那个最厉害、最风光的人物，但大多数只拿到了没有几句台词的配角，因为他们从未举手说"我想要"，只能看着机会从眼前悄悄溜走。

曾经看过一部电视剧，女主角的经历和我很相似。幼儿园时期，她和小伙伴们扮演美少女战士，大家都喜欢粉红色的水手月亮，而她每次都要装出一副挑挑拣拣的样子，最后选择绿色的水手木星。谈及这段经历时，她说："我觉得能坦率选择红色、粉色的人很不可思议。不敢直接说自己想要最好的，这样的心理很多人都有过。害怕得不到最好的，于是甘心退而求其次，在看到美好的事物时总是不由自主地想，我怎么配得上呢，说出口会被大家取笑吧。与其全力争取后落空，还不如一开始假装自己本来就不感兴趣……就这样，我们和喜欢的事物一次又一次擦肩而过，还安慰自己'没事，我不想要'。你的人生就输在一次次的自卑上，不得不承认，很多事情是需要主动争取的。"

静是我的大学学姐，也是学生会副主席。她做事雷厉风行，仿佛从小到大都一帆风顺，没受过什么挫折。但她跟我说，高中入学时选班干部，初中就是班长的她很想继续做下去，但担心毛遂自荐显得太出风头，于是选择等大家慢慢发现自己的能力。然而，为期一个月的班干部试用期过去后，那些自荐的同学在老师的调教下做得愈加得心应手，大家也纷纷将选票投给了他们。

竞选失败那天，静一个人待了很久。后来，她就像变了一个人一样，不再小心翼翼，而是一往无前。想要的荣誉，即便无人竞争也要去争取；想参加的比赛，即便对手再强大也要填上自己的名字；想实现的目标，即使看似遥远也要说出口……静说，她想明白了，如果非得有一个人要拿到最好的，那为什么不能是自己呢？要知道，自信也是能力的一部分，一味地自我肯定而不表现出来，在他人眼里和没有能力是一样的。

你是什么样的人，很大程度上取决于你想成为什么样的人。

与其幻想有朝一日才华突然被人发现，一跃登上人生巅峰，不如积极为自己引荐，赢取更多机会。想做的事，直接去做，一败涂地总好过从未开始。希望每个人都能坦荡荡说出自己的真实想法：我想要最好的，这并不丢人。①

老师想要影响学生，惯常的说教往往会惹来厌烦，而真诚的分享却会起到意想不到的效果。麻老师向学生坦然承认自己成长路途中的弱点和缺点，用真诚赢得了学生的信任。故事里的女孩不敢竞争的心理和大多数乡村学生的心理很相近，因而也很容易引起大家的共鸣。据说这个故事的效果立竿见影，在第二天的音乐公开课上，一位从不举手的学生勇敢地站起来演唱了一首歌，即便唱破音了也还在坚持。

对于乡村学生而言，讲故事这一形式无疑是新生事物，接受起来并没有那么容易，乡村儿童的语言表达能力一般较弱，在家庭日常生活中，许多乡村儿童在语言上得不到充分的训练，乡村家庭对于语言的使用偏于实用，家长们大多不会培养孩子的语言表达能力，不会就某个话题进行跟踪讨论、深入交流。麻小娟的学生很少自编故事，大部分的时候，他们要从零基础开始大胆地站在讲台上去给他人讲故事，已然非常需要勇气了，基本都是在讲书本里的故事，讲的时候也要借助书本。这些学生讲故事能力的强弱和阅读量的多少直接挂钩，"平常阅读量较多、语言组织能力好的孩子呢，通常他们编故事的能力就要强一些，而相对而言阅读较少、平常语言表达上有一定缺陷的孩子，他就想不出有多精彩的故事，甚至一段很顺畅的表达可能都做不到"②。但正因如此，讲故事对于乡村儿童的意义无疑是深远的。

当然，对于教师本人而言，讲故事这一方式也有着别样的意

---

① 麻小娟：《我就是想要最好的》，《人才就业社保信息报》2022年1月7日第11版。
② 参见本书附录中笔者对麻小娟的访谈。

义，正如南希·梅隆感慨道："我学会了去信任出现在孩子和我之间的图景、词语、思想和情感。我发现，同时起作用的，有很多不同的元素——我对孩子的爱、我希望用故事去滋养他们的渴望，以及我不知该说些什么的困惑。通过观察和询问，我感觉到，故事常常来自于他们更高的自我，或者来自于他们个人或家庭的力量或困境。孩子们需要被理解，需要长大，这种需要能够激发故事的内容和情感基调。我常常感觉到自己被某种更大的爱的力量所指引。"① 大概正是这样的一种情感，让麻小娟坚持了七年。

第三节 乡村学校里的绘本课程

在当下，绘本的重要性已经得到了家长和教育界人士的广泛认可，"绘本不但可以开阔儿童的视野，丰富他们的生活经验，而且还为儿童提供了一个广阔的想象空间，尤其是绘本中的图画有助于激发儿童的想象力和创造力，培养儿童对美的感受能力"②。这是因为，"幼儿要理解图画书，要把一个个断续的画面连成一个完整的故事，必须具备丰富的想象能力和一定的观察力、记忆力及推理能力，只有这样才能顺利进入图画书的世界。而同时，图画书作为一种丰富、有趣的信息符号载体，其生动的视觉表现能够使幼儿不受文字的约束，激发想象，唤起对所视对象的兴趣和情感。这为幼儿提供了一个广阔的思维空间，对幼儿的想象力、观察力、记忆力、创造力及逻辑能力等诸多思维能力都有极大的作用"③。

---

① [美]南希·梅隆：《你也可以成为故事高手》，周悬译，天津教育出版社2013年版，第45—46页。

② 何捷：《绘本的魔力：让儿童爱上写作》，江苏凤凰科学技术出版社2018年版，第31页。

③ 康长运：《幼儿图画故事书阅读过程研究》，教育科学出版社2007年版，第156页。

绘本还可以提高儿童的认知水平，提升儿童的逻辑思维能力。经常阅读绘本，可以提高儿童的语言表达能力，增加词汇量，提高语言交往能力，培养儿童的阅读理解能力。此外，绘本阅读还对儿童的个性形成、情感发展有着影响。"对幼儿而言，阅读即生活。在这个过程中，幼儿已在不知不觉、潜移默化地进行着一个社会化的过程。无形中扩展了经验。"[1]

近年来，随着国内外绘本创作和阅读推广的日渐升温，绘本的多重功用也得到了越来越多的开发和利用，涌现了《幼儿园绘本美术活动创意设计》《当绘本遇见写作》《绘本的魔力：让儿童爱上写作》《当绘本遇见戏剧》《绘本的读写游戏》《大猫老师的绘本作文课》《绘本大师美术课》《绘本课程这样做》《绘本是最好的教科书》《英文绘本创意教学》等多种多样的开发绘本教育资源的书籍。这些书籍，从美术、阅读、写作、戏剧、游戏、手工等多种角度对绘本的功能做了开发，给予我们很多启发，尤其给中小学教师的教学实践提供了比较多的参考建议。我们针对其中最为重要的三类应用做一个分析。

一 绘本阅读课

绘本作为一种综合性艺术书籍，它可以为城乡儿童的文学阅读提供辅助材料。在学校开展绘本阅读课程，国内一些城市机构已有一些实践。有绘本课程团队达成了以下共识："绘本阅读课程不是语文课，不是美术课，也不是思想品德课，它不从属于任何一门课程，它是一门独立的课程。"[2] 在此共识下，绘本被当作一门单独的阅读课程纳入学校的教学实践，并进一步与其他学科进行了整合。如北京市朝阳区实验小学就开设了绘本阅读课，并根据不同的图书难度分为红豆班、绿豆班、黄豆班。"学校每周

---

[1] 康长运：《幼儿图画故事书阅读过程研究》，教育科学出版社2007年版，第155页。
[2] 闫学主编：《绘本课程这样做》，中国人民大学出版社2017年版，第5页。

占用一节语文课给一年级上学期的学生上一节绘本课,到了一年级下学期,绘本变为介于图画书和纯文字书之间的桥梁书。该校语文学科负责人王新宇说,学生们可以根据自身兴趣和老师指导来选择不同难度的阅读班。"①

当前,开展绘本阅读课的乡村学校还很少见,已有的案例多为一些公益项目短期开展的绘本课程。乡村儿童中留守儿童居多,他们亲子教育缺乏、陪伴不足、社交受限,很多时候会出现孤独、自卑、害怕、悲伤等负面情绪,而又缺乏排遣渠道。对此,乡村教师可以借助一些情绪类主题绘本开展阅读课。儿童对情绪的理解是在社会交往中发展的。心理学家研究发现,"与较少参与情绪交谈的孩子相比,更多参与情绪交谈的孩子在理解情绪的各方面有更多的技巧。谈论情绪似乎从很早就开始让儿童注意到人类行为的这个特殊方面,这使孩子对情绪表达的微妙之处更敏感,使他们形成有关情绪行为的原因和结果的稳固知识框架"②。儿童由于大脑和身体未发育完全,生活中遇到烦恼时,难以控制自己的情绪,会出现害怕、恐惧、自卑、悲伤等各种情绪,这种情况在乡村儿童群体中较为常见,一些情绪类主题绘本对此颇有疗愈效果。它们或注意引导读者接纳自我,或化解负面情绪,或激发勇气、塑造品格,或教育孩子面对生命中的离别,这类绘本的数量很多,质量也很高,如《没有耳朵的兔子》《讨厌黑夜的席奶奶》《我变成一只喷火龙了》《野兽国》《一片叶子落下来》《谜语》等。当乡村儿童阅读这类绘本,尝试谈论和理解书中的情境时,自身也会受到潜移默化的熏陶,从而增强对人际关系的理解。

亲情类绘本对于亲情缺失的乡村儿童来说,也非常重要。这类绘本的阅读可以让乡村儿童感受到亲情的温暖,引导孩子理解自己的父母、祖辈,并学会感恩和处理亲人关系的技巧。欧美绘

---

① 转引自陈雪《谁来指导少儿阅读》,《光明日报》2021年8月10日第16版。

② [英] H. 鲁道夫·谢弗:《儿童心理学》(精装修订版),王莉译,电子工业出版社2016年版,第126—127页。

本中亲情类主题绘本十分多,如《猜猜我有多爱你》《有时候,我特别喜欢妈妈》《有时候,我特别喜欢爸爸》《爷爷一定有办法》《先左脚,再右脚》等。亲情主题的原创绘本也有不少,如《回家》《小艾的端午节》《团圆》《牙齿,牙齿,扔屋顶》等,这些优秀作品对中国乡村儿童的日常家庭生活做了生动的描绘和书写,并对乡土文化有精彩的呈现,是适合的教学素材。

二 用绘本教乡村儿童写作

绘本独特的图文结合模式,是天然的教学素材,借助绘本,我们可以对儿童进行语言表达、思维训练等多种写作教学。社会上有识之士已注意到了这一点:"绘本融合了文学、艺术、心理、教育等诸多元素,是综合性很强的特殊'教材'。它与儿童最亲,与真最近,与善最合,与美最搭,非常适合纳入儿童写作教学体系,成为整个写作课程的重要资源。"①

绘本作为一种重要的教育资源,也可纳入乡村学校的写作课程中。当前,作文教学在中小学语文课堂上已经受到了相当程度的重视,但也存在不少问题,比如失真②、文艺腔过浓、套路化严重等问题。有人称其是"要我写"的"生存作文",而不是"我要写"的"生命作文"。"学生之'痛'在于不爱写、不会写、写不好,教师之'痛'在于教无趣、教无序、教无方、教无效。"③除此之外,一些老师的教学理念出现了偏差,往往让孩子多注重好词佳句的积累,而无真情实感的表达,在教学评价上没有做出

---

① 何捷:《绘本的魔力》,江苏凤凰科学技术出版社2018年版,第51页。
② 2016年,《人民日报》曾提出质疑:"为何孩子一写作文就失真?"有学者指出了三点原因。第一,语文课本里有些文字有些"假大空",导致语文老师习惯性地认可了这种"假大空"是"真善美"。第二,作文教学有问题,从大纲到具体的教学,都追求主题要高大上,立意要高要深。事实上,刻意表现主题立意,就迫使孩子们用假材料假故事。第三,应试考试只讲格式形式对,不追求文字真。参见谭旭东《关注孩子的读与写》,《中华读书报》2017年10月11日第18版。
③ 周仕兴:《新派作文究竟新在哪里》,《光明日报》2017年9月20日第7版。

正确的引导。

举个例子，以"妈妈"为题的作文，一个学生这样写道："我妈妈是可怜的中年妇女，冒大雨送我去医院。"另一个学生这样写道："妈妈的味道是每天清晨早餐的香甜，是每晚印在额头晚安吻的甜蜜。"谁写得更好呢？老师肯定了后者，赞其有灵气，有写作天赋，点评道："不一样的描写手法、遣词造句，效果却天差地别，既扩展了句子，又让文字变得生动有感情。"[1] 这位老师的判断力显然有局限性。第一句清新刚健，直指人心，有真情实感；第二句是陈词滥调的文艺腔，难免有矫情虚假之嫌。而老师的判断却有些武断，否定前者、推崇后者。在这种教学理念的指导下，学生的作文写作可能会盲目追求华丽的词句，失去个性。

温儒敏为此告诫道："'文艺腔'是现代中国语文教育的一大弊病，教师应当远离这个东西。"他强调："文笔不是作文教学的第一要义。基础教育和高中语文教育主要让学生学会清楚的表达，文从字顺。语文教学重视人文性，是人文教育，不是'文人教育'。思维训练比文笔训练更根本，更重要。现在作文教学很注重文笔，忽略思想，是不好的趋向。"[2]

中小学生因为学业所限，个人生活经验不足，如果阅读跟不上，就很难拥有开阔的视野和良好的审美眼光。只有当语文的综合素养提升上去了，学生的作文水平才能得到提高。而绘本，则无疑是进行作文教学的丰富资源库。

在课堂上，将绘本引入写作可以有多种路径。

一是利用无字绘本进行"看图写话"练习，或者抽取图文结合绘本中的单幅插画，遮蔽插画原有的配文，进行重写或改写。

二是可借助绘本，学习应用文写作。当前，不少绘本采用了书信、演讲稿、留言条、解说词等多种文体形式，教师可以在阅

---

[1] 两篇作文均来自一个作文辅导老师姜明慧的公号推广文章。
[2] 温儒敏：《处处扣着写作来阅读是很累的》，《温儒敏论语文教育三集》，北京大学出版社 2016 年版，第 178—179 页。

读绘本的同时，讲解应用文写作常识，并引导孩子进行和日常生活密切相关的文体写作练习。

三是在原有绘本故事的基础上，进行"续写"或"改写"，在新的假设前提下，让孩子拓展想象，进行构思训练。比如在读《幸运的一天》这个绘本时，教师可以假设小猪或狼的行为逻辑发生了更改——狼没有听从小猪的建议会怎样呢？小猪如果没有假意屈服，而是强力抵抗，结局又会如何呢？

四是在阅读绘本后可以结合现实和孩子进一步深入讨论与绘本相关的内容，并模仿绘本里的故事逻辑或段落结构，进行仿写练习。

五是指导孩子进行读后感的写作，要注意的是，在教学中，不要教给孩子写作的"套路"，而是要鼓励孩子进行独立思考，真实地表达自己的观点。

接下来分享的这个案例是笔者指导孩子进行读后感写作的过程。

《孙悟空三打白骨精》可以有几种读后感？

孩子年龄：7岁3个月

什么是好的"小学生作文"？我觉得最重要的标准就是真诚，我手写我口，对于小学生而言，足矣。

读绘本《孙悟空三打白骨精》后，我对竹笛说，你来做老师，我来扮演你班上的同学。咱们的作业就是谈谈读后感——什么叫读后感？就是你读完一篇文章后的感受，你心中怎么想的就怎么说——学生交作业，我来打分。

上课开始：

王同学（我）：老师，我觉得唐僧很无能。

老师（竹笛）：你这个判断不对，唐僧念紧箍咒那么厉害，怎么说是无能呢？

王同学（我）：我说的无能指的是唐僧缺乏辨识忠奸的判断力，他冤枉了孙悟空。

老师（竹笛）：嗯，有点道理，满分十分，给你打八分！下一个！

刘同学（我）：老师，我觉得这个故事里最讨厌的是猪八戒。他好吃懒做，每次白骨精来了，都是孙悟空第一时间保护师父。

老师（竹笛）：嗯，有点道理，可是猪八戒本来就是猪啊，本来就懒，给你打七分。下一个！

陈同学（我）：老师，我觉得孙悟空自己也有问题，他应该在打妖精之前想个办法，和唐僧好好沟通一下，就不会被误解了。

老师（竹笛）：你这个判断有问题，孙悟空如果慢慢地和唐僧沟通，白骨精就要把他们吃了呀，他没有时间说那么多。给你打六分！下一个！

林同学（我）：老师，我也觉得孙悟空有不对的地方，他可以给白骨精一个改错的机会啊。这样一棒子打死了，太残忍了！

老师（竹笛）：妖精就是妖精，她不可能变好的！你说错了！

林同学（我）：老师，我不同意你的看法。你会给我零分吗？

老师（竹笛）：不会，我给你不及格，五分！

林同学（我）：我觉得你给我不及格有点低了，你不能因为我和你看法不一致，就说我的观点是错误的。因为你也不能证明你的观点就是对的呀！

老师（竹笛）：我现在是老师！

林同学（我）：老师说的话就一定是对的吗？

老师（竹笛）：呃，好了，给你打七分。下一个！

于同学（我）：老师，我觉得沙和尚也有过错。师父冤枉孙悟空的时候，他和猪八戒一样，没有帮到孙悟空。而且，他也很无能，每次都没有发现妖精的真面目。

老师（竹笛）：嗯，有点道理，给你打八分。下一个！

唐同学（我）：老师，我觉得唐僧应该自己多学一些本事，自己能保护自己，就不用这么多徒弟跟着了，他自己一个人去取经好了。

老师（竹笛）：唐僧学会了念紧箍咒！他也有本事的，给你打六分。下一个！

吴同学（我）：我觉得唐僧别取经好了，孙悟空帮他取回来，这样就不用一路打妖精了。

老师（竹笛）：不打妖精，那太没意思了。五分。

吴同学（我）：老师，你给我打分太低了，我回家爸爸妈妈会惩罚我的。

老师（竹笛）：呃，好吧，我给你打八分吧。

唐同学（我）：这不公平，你不能因为家长惩罚他就给他加分！

老师（竹笛）：呃，这可怎么办？他爸爸妈妈要打他的呀！……好吧，那我给你打七分吧，小说里说了，唐僧必须取经，你的读后感有点问题。你下次好好想想，这次就不给你不及格了！下一个！

武同学（我）：我觉得白骨精太阴险狡猾了，她三次假扮好人，想吃掉唐僧。让她逃跑一次，她还来做坏事，对付这种坏人，就应该像孙悟空一样一棍子把她打死。

老师（竹笛）：很有道理，给你九分！下一个！

蒋同学（我）：老师，我觉得唐僧太愚蠢了，三次都被妖精蒙骗，幸亏孙悟空帮了他。孙悟空对他那么好，他还不信任孙悟空。他应该向孙悟空道歉，还应该受到一点惩罚！不然以后孙悟空不帮他了！

老师（竹笛）：你说得太好了，给你十分！

……

作业一个个都交完了。每一位同学交作业，我们都辩论一番。在这一个个对话里，如何公平评分、如何包容不同观点、不让自己的评分受个人局限限制，一年级小学生都略有感受了。结束后，孩子说："原来有这么多不同的读后感啊！"我说："当然了，不同的生活环境和不同的性格，还有其他一些原因，都会影响一个小朋友对一个故事的看法啊。你看，一个故事它并没有唯一正确的读后感。"

"讲课"结束后，又给孩子着重强调了这几句话："当别人批评我们的时候，如果是友善的态度，人家说对了，我们就要听取，如果我们觉得不对，也不要在意。如果是不友善的、带着恶意的批评，那多半是不客观的，我们就更没必要放在心上了。还有，不论任何时候、任何人，怎么嘲笑你、批评你，你自己都要有自己的判断。爸爸妈妈永远爱你——不论你是小笨蛋，还是聪明娃娃。"

此外，还可以引导孩子注意绘本故事的构思，学习优秀绘本的立意。对绘本原文进行全新的自主创编，或是结合原文进行复述、补充、删改等来练习写作。教师也要注意到孩子在口头表达和书面写作之间的差距，如果一开始孩子书面表达因词汇量的限制不够流畅，可以鼓励他们采用口述的形式把自己的构思"动口说"出来，而后逐渐过渡到"动笔写""动手改"。

三　绘本课与其他学科的整合利用

基于绘本综合性的文化特点，我们还可以将绘本与其他学科进行整合利用，例如，将绘本与语文、美术、数学、科学等学科进行结合，将绘本阅读和学校基础课、校本课进行融合，充分开发绘本的文学教育价值。有学者将这种与其他学科进行整合利用的绘本课称为统整绘本课程。[1]

在当前的绘本中，这种可资利用作为统整绘本课程的资源有很多。如可利用绘本来帮助儿童学习数学、哲学、科学知识，市场上已有的系列绘本有《你好，数学》《你好，科学》《你好，哲学》等，还可用于对语文字词句的学习或美术课的素材。当前，越来越多的科普百科类绘本如《我们的身体》《身边的科学》《揭秘地球》《气候是如何运转的》《世界是如何开始的》《东西是如何制造的》《动物是如何生活的》等的出现，也是在利用绘本的综合教育功能。

绘本是一种综合性的艺术书籍，不同学科的老师可以进行合作，比如，语文课和自然课可以结合在一起，自然课最好是有实

---

[1] 参见闫学主编《绘本课程这样做》，中国人民大学出版社2017年版，第5页。

地的观察经验，但若现实中缺乏机会，就可以借助广大自然主题类绘本，用以弥补日常生活中经历之不足。以绘本《夏天的天空》为例，在草地上看天空的云朵，是乡村儿童日常生活中常有的情境，在绘本中作者对儿童看云及云的变幻做了生动的描摹，对儿童心理、大自然的美都有精彩的呈现，是特别适合做乡村儿童绘本课程的一个作品。这类绘本还有《雨娃老师的自然课》等，这些绘本可以加强或补充学生对大自然的了解和认知。

插画对于绘本的意义举足轻重，具有广阔的教育潜能。可作为美术作品欣赏，也可以作为小学生练习看图写话的丰富素材库。以绘本为核心，插入对美术作品的赏析和讲解，教会学生欣赏，提升审美能力，这是另一条整合路径。如广受小朋友欢迎的法国绘本《不一样的卡梅拉》，每本都会融入一个经典故事、科学家故事或美术作品，将知识的学习和生动的童话故事融为一体，让阅读该套书的小朋友于自然而然中学到历史文化常识。

以绘本和手工课的结合为例，教师和学生一起动手制作绘本，可以通过裁剪插图、照片组合成画册的形式制作，也可鼓励孩子自己模仿已有绘本的文图，动手绘制插画，或师生共同绘制，装订成书，还可以鼓励孩子独立创作图文。与购买的图画书相比，自制图画书不仅能锻炼孩子的动手能力，还能极大地激发儿童对图画书阅读的兴趣。自制图画书当然也适用于家庭，其间的亲子体验也将给他们留下美好的感受。松居直就十分鼓励在家庭环境里自制图画书：

"自制图画书"——妈妈、爸爸为孩子，有时则是爷爷、奶奶为孙辈，亲手制作的图画书，有的远比市场上销售的图画书更优秀。这些书的制作方法非常简单，大多是将孩子们感兴趣的或是孩子们喜欢的车、动植物以及其他东西的照片、画片，从报纸、杂志、广告、宣传册、样本目录上裁剪下来，巧妙地贴在剪贴簿或相册上，仅此而已。虽然工序简单,但这样的手工制作图画书与孩子们的感受最为接近。很多例子表明,孩子们对这类图画书珍惜有加,这类书也是增强亲子关系的最佳秘密武器。

总之,从促进幼儿思考和活动的角度,我希望大家重视动手操作的体验和手工制作的文化传承。①

在此,分享一些笔者和孩子(小学一年级)动手做绘本的案例。
1. 仿制立体绘本:《翻开这本小小的书》

《翻开这本小小的书》孩子四五岁的时候就读过,这本书在我们的阅读史上创造了三个第一次:第一次自主阅读,睡前让我讲了五遍后,又强迫我听他讲了五遍,一个字一个字念出来了。第一次半夜讲关于书的梦话,说:"妈妈明天早上我要看那本小书。"第一次早上不用千呼万唤,而是一骨碌爬起来——看这本书!

手工书《翻开这本小小的书》封面　　手工书《翻开这本小小的书》封底

① [日]松居直:《我的图画书论》,郭雯霞、徐小洁译,新疆青少年出版社2017年版,第32页。

内页　　　　　　　　　　　内页

成功的绘本只有一个标准：能走进孩子的心。最近拿出来重读，看着有趣，便鼓励孩子自己动手制作一个手工版。我从旁协助。封面图是我照着原书画的，制作材料用的是一个旧的硬壳笔记本封面，外包了一层牛皮纸打底绘制。内页用的是彩卡纸和普通打印纸。至于封底，没有照着原书画，用的是孩子自己的涂鸦剪贴而成。

2. 仿制平面绘本：《谷希》

《谷希》是美国画家奥利维尔·邓瑞尔创作的幼儿情感启蒙系列绘本《穿雨靴的小鹅》中的一本。画风清新明丽，十分贴近孩子的心理，插画将小鹅的神情表现得分外细腻生动，充满了童真童趣。孩子特别喜欢书里那只穿红靴子的小鹅。有一天，他特别热情地照着原作画了十几张画，我推开房间门的时候吓了一跳：画铺了一地！后来我帮他装订起来，做成了这本手工绘本。此为内页：

第五章 学校场域里的乡村儿童文学教育 227

仿制手工绘本《谷希》内页

3. 创作原创绘本:《我的第一本甲骨文书》

疫情期间,孩子倍感无聊,整天吵着要出去玩。后来有一天突然间就老实了,一坐就是老半天,原来他自己给自己安排了一项独家任务:照着一套字卡抄了几十页甲骨文。后来我们一起把它们装订到一起,取了名字,叫《我的第一本甲骨文书》。又绘制了封面和封底。

制作材料仍然是旧笔记本的硬纸板。

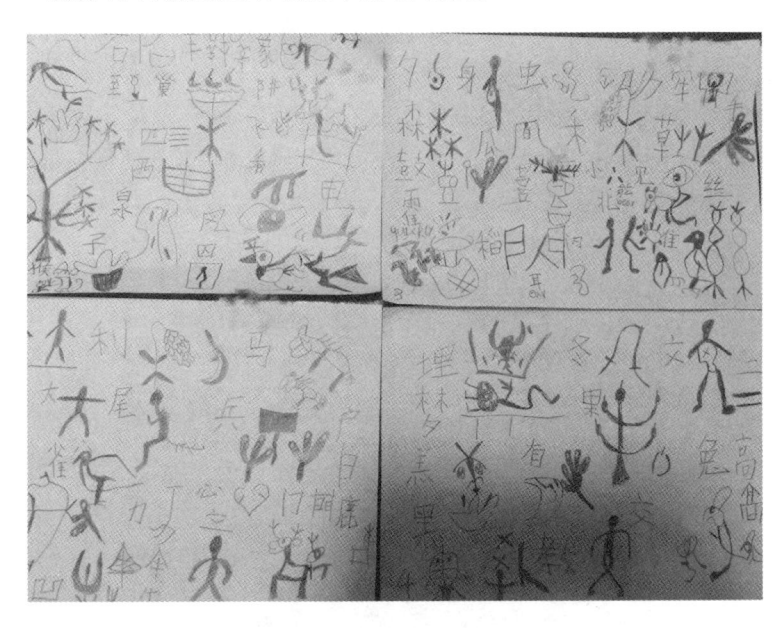

《我的第一本甲骨文书》内页

通过自己动手制作,孩子了解了一本书制作的过程——先有创意,后写文字和绘制插画,然后是印刷、装订,最后是在市场上出售。此外,孩子还了解了封面、封底、扉页、正文之间的关系及其各自的功能,还有文图配置的相关知识。对这几个手工绘本,孩子爱如珍宝,用他自己的话说:"给一百万我也不卖,因为我做得太辛苦了!也太好看了!"

当然，每个孩子都可以有自己的创作方式。通过这个实践，让孩子了解一本书制作的过程。进一步，可以根据孩子的日常生活体验，鼓励孩子动手写作自己的绘本故事——当然，这是比较高的要求。

值得注意的是，当前，我国市场上流行的绘本以国外引进的绘本居多，但面向乡村儿童的文学教育，还是要有针对性，不能脱离乡村儿童的生活实际。一些国外绘本，虽然也很优秀，但因为文化差异，在本土教学中，可能会存在"水土不服"的现象。笔者建议主要选择本土原创绘本中的优秀作品作为教学的素材，而将国外优秀绘本作为辅助材料。

第四节 乡村学校里的诗歌课程

中小学的语文课，承担着相当一部分文学教育的重任。语文核心素养通常包括语言、思维、审美和文化四个方面，其中的审美正是文学教育的重要内容。而这种审美能力包含想象力、形象思维、直觉思维能力。语文课堂里的文学教育，便是审美教育，也是形象思维能力、直觉思维能力的训练。在当前的中小学教育系统里，诗歌教育得到了越来越多的重视，当前通行的"部编版"小学语文教材中收录了不少诗歌，"低年级的课文，大部分都是古诗或现代诗。即使是其他课文，如散文、故事、童话和寓言等，也往往带有'诗味'"。主编温儒敏介绍中小学语文教材加强诗歌比例的原因，"因为孩子的天性'近诗'，喜欢诗，多安排一些诗歌作为课文，可以满足儿童'近诗'的天性，保护、培养和激发儿童的想象力，促进其'直觉思维'和'形象思维'的培养"[①]。

一方面，对儿童进行诗歌教育得到越来越多人的关注；另一

---

① 温儒敏：《小学语文中的"诗教"》，《课程·教材·教法》2019 年第 6 期。

方面，诗歌教育的功利化、教条化、成人化、段子化，也成为亟待解决的问题。当前语文课堂里的诗歌教学，受限于应试教育，往往注重引导学生了解作者原意和作品主题、思想、意义，而对引导和激发学生读诗的想象力和审美缺乏足够的关注。正如温儒敏所言，"如果学完许多诗歌之后，学生只记住了诸如作者、主题、思想、情感、手法之类的'知识'，只会用诸如'通过什么，表现了什么'的模式去谈论学习心得，而未能运用自己的想象与感悟去和诗歌产生共鸣，远离了直觉思维与形象思维，那会是多么遗憾！学生对这种死板、套式化的诗歌教学是不会感兴趣的，当然也就谈不上对诗歌欣赏的热爱"[1]。《中国校园文学》主编徐峙在一次童诗研讨会上也指出，当前新诗教育的不足，"诗歌教育仍然远离诗歌现场，跟诗歌的时代性完全脱节。教材里的诗歌远远落后于时代。未来我们需要思考怎样让孩子们真正从诗歌中感受到美、生命、找到自我，输出自己鲜活的生命体验，这可能是诗歌从业者、教育者应该思考的问题"[2]。为此，我们有必要借鉴传统中国儿童启蒙的"诗教"手法，比如注重诵读与记诵，讲究体悟、启发、感受等，建立富有现代意味的儿童"诗教"。

　　课堂之外，许多与诗歌相关的读物也受到了越来越多的关注。古典诗词是中华文化的瑰宝，是诗歌教育的重要内容，对于儿童审美趣味的养成和语言学习，有着极大的帮助。专业学者的讲读书籍、一些古诗词学习的普通读本，都已然成了畅销书，如叶嘉莹先生主编的《给孩子的古诗词》。近年来，随着绘本的流行，诗配画的古诗词绘本也大受家长和孩子们欢迎。和古体诗相比，现代诗在中小学课本里所占的比重略小，相对古诗词而言，现代诗在诗歌教育中的重要性一定程度上被低估了。当前，适合儿童阅读的现代诗读本也有一些，但数量不多。比较知名的有

---

[1] 温儒敏：《小学语文中的"诗教"》，《课程·教材·教法》2019年第6期。
[2] 转引自刘江伟《孩子需要什么样的诗教——专家聚焦童诗儿歌的创作与传播》，《光明日报》2021年1月3日第1版。

2019—2020年著名学者、北京大学教授洪子诚、钱理群主编的《未名诗歌分级读本》系列丛书，这套书分为小学卷和中学卷，在学习和理解的难度上明显做了区分，在内容上仅收录新诗，其中包括用现代汉语翻译的外国诗歌。值得注意的是，近年来，出版界凭借敏锐的出版嗅觉，编辑出版了好几本儿童创作的诗歌集，如《孩子们的诗》《大山里的小诗人》《诗歌里的童年——孩子写给孩子的诗》等，都收到了良好的反响，在社会上引起了广泛的关注。

古典诗歌是儿童诗歌教育的重点。传统蒙学往往借助韵文读物如《三字经》《百家姓》《千家诗》等，通过诵读、作对、作诗等文学教育手法，让儿童认识汉语之美并学习一些知识，当前，除了要精读语文教材里的古诗词之外，我们还可以借助一些优秀的诗歌选本如《唐诗三百首》《古诗十九首》等来进行泛读、熟读或背诵，此外，也可以根据教学的需要编选新的古诗词选本，如可编选写乡村风光的诗歌选本，供乡村儿童精读和背诵。

学习、诵读古典诗歌可以让儿童感受到汉语之美、文学之美，我们在这个领域有着丰富的教学经验，基本方法是重视诵读、背诵和感悟。相比而言，现代诗的教学则面临着更多的挑战和可能性。当前，注重对儿童进行现代诗教育的学校、专家、机构已有一些，其中，有在公办学校正式开设现代诗歌课程的，如"2010年3月，北京市作协把北京市大峪中学分校建成诗歌特色学校。之后，在多所小学开展诗歌素质教育，每年为中小学生讲授百节以上的诗歌课"[1]。除了学校，还有专家、学者、诗人通过各种渠道开设现代诗课程，如童诗作家闫超华开设了面向全国的童诗网课，诗人树才面向全世界儿童开设了童诗网课，画家熊亮针对自己的艺术课学生开设了诗歌课，等等。除了直接开设现代诗

---

[1] 刘江伟：《孩子需要什么样的诗教——专家聚焦童诗儿歌的创作与传播》，《光明日报》2021年1月3日第1版。

课程，还有的诗人、学者出版了给儿童讲解童诗的专门著作。如树才撰述的《写诗真好玩》《给孩子的 12 堂诗歌课》两本诗歌启蒙读物；诗人蓝蓝主编、撰述的《给孩子的 100 堂诗歌课》，该书精选适合儿童阅读的中外优秀诗歌，配以蓝蓝详细的赏读。

乡村儿童在文学教育资源的丰富度上要远低于城市儿童。在诗歌教育领域亦然。线下的实体课堂和师资的悬殊自不待言，在对网络资源的利用上也是相去甚远。上面提及的这些诗歌课程，从理论上讲，对于不同国籍、不同地区的儿童都是适用的，但因为授课媒介的限制，能接触到的往往是城市儿童群体。至于出版物，可以说，如果没有教师和家长的指导阅读，乡村儿童不论在购买意愿还是在学习成效上都难以达到理想的效果。比如知名学者、诗人树才在线上开设的儿童诗歌课程，虽然全国各地儿童都可以参与学习，但实际上听课的主要还是城市儿童群体，对于经济条件有限的乡村儿童而言，要参与这样的网络诗歌教学活动依然可望而不可即。一则缺乏硬件支持，乡村家庭没有足够的经济实力，无法给孩子购买电脑设备和支付网络课程费用；二则乡村家长文化水平有限，无法给予孩子网络教学活动以引导和支持。

长期以来，我国中小学的诗歌教学强调学习和背诵，对创作向来不甚重视。近些年来，经由一些先行者的努力，儿童学习创作现代诗成为令人瞩目的文化现象。诗歌创作对于乡村儿童有着重要的意义，可以引导他们及时表达自己的情绪，发现乡村日常生活中的美，并从中获得精神营养。虽然乡村儿童和城市儿童在生活条件、文学资源上相差很大，但作为儿童，他们拥有一样的想象的自由和纯洁无瑕的童心。借助诗歌，用"自己的语言"，将自己独特的日常生活经验和情感表达出来，对于乡村儿童的成长、提升想象力和表达力及独立思考能力都会有很大帮助。如蓝蓝认为，"不受限制的想象力的自由、表达的自由，构成了童诗的灵魂和本质"。"学习写诗，能够培养儿童自由的想象力，而想象力是一切创造力的基础，人类所有伟大的创造活动都建立在想象力的基础之上。诗歌也培养儿童的表达能力,尤其是表达最难表达的感受。在这个过程中,儿童能够以有趣的方式逐渐获得语言的逻辑训练和思考习惯,这是一笔不可估量的精神财富。"①

诗歌是进行情感沟通和思想教育的重要方式,相比严厉的批评、枯燥的说教,委婉的诗歌有时候更能打动孩子们敏感的心。当一个乡村男孩不知爱惜动物生命,弄死了一只青蛙时,给孩子开设了诗歌课的乡村教师周思思,在课堂上朗读了自己创作的一首诗《最不该存在的颜色》:

最不该存在的颜色

把它捆住
不,煮熟它
让开,我来!只需一只大脚掌
恶意不分年龄
戴着面具躲在人群里

卑微的灵魂哭了
呱——呱——呱
没人听到它的呼救
夜里,母亲披着月亮送的纱
在田野上为可怜的儿
念悼文　直到天亮　喉咙嘶哑

等到集体忏悔时
五彩的面具变得苍白

---

① 转引自树才《写诗真好玩:树才老师给孩子的诗歌课》,上海社会科学院出版社2021年版,第33—34页。

而苍白

是世上最不该存在的颜色①

听了这首诗的学生，明白了是非，知道了老师委婉的批评，上了一堂诗意的生命教育课，此后也纠正了自己的行为。而更多的乡村儿童用诗歌把内心的苦闷、孤独、对家人的思念表达出来，让自己的负面情绪得到了纾解，也拉近了老师和学生之间的距离。

毫无疑问，乡村教师在这个过程中起到了决定性的引导作用。期待乡村儿童家长对孩子进行诗歌教育无疑是不现实的。我们当前只能依赖乡村教师的力量。当前，因为城镇化的发展，相当比例的乡村儿童家长到城市务工，不少乡村儿童处于留守状态，一位乡村教师介绍说，她的班级里有四十四个孩子，其中十多个孩子的父母都在外打工，由爷爷奶奶照料，三十多个孩子只有一方亲属在家。②"是光诗歌"公众号发布的教师专访里，多位教师提到了乡村儿童薄弱的家庭教育现状，父母外出打工、孩子留守、单亲家庭等现象十分普遍。既要干农活，又要忙家务，在照顾衣食住行之外，乡村儿童的养育人对孩子们的心理发育和精神状况往往无暇关注，更没有能力和精力对孩子进行良好的文学启蒙。家庭的贫困、父母教育的缺失，导致乡村儿童普遍存在精神困境，心中的情绪无人诉说、无处排解，由此导致一些性格缺陷或行为失范，在学习上也没有养成良好的习惯。一个山村小学四年级的老师称她的班里"很多学生不认识字，也不会拼音，成绩特别差，还经常有同学说脏话。最令人难受的，是整个班级的孩子都

---

① 周思思：《最不该存在的颜色》，转引自廖浩天《周思思：要做孩子一样的大人，大人一样的小孩》，"是光诗歌"公众号，https：//mp.weixin.qq.com/s/BLfzcgIF5EbUDfto1TrS0g，2021年12月10日。

② 参见程雪《官勤勤：小屋里的悄悄话》，"是光诗歌"公众号，https：//mp.weixin.qq.com/s/BfeyTKpVnttLSIF5AEty1w，2021年2月5日。

非常压抑，不爱玩，也不爱笑。不论打骂还是夸奖、引导，回应的都是无尽的沉默"①。沉默是乡村儿童表达力缺乏所致，同时也是生活环境、家庭境遇的折射，但经过了诗歌课的引导，这位老师发现了"在沉默之下，汹涌着这样丰沛的情感，这样可爱可怜的想象力，这样小心翼翼的心意"②。

"是光"在上千所乡村小学的诗歌教育实践证明了诗歌对于当下乡村儿童的价值，诗歌课帮助乡村儿童养成了热爱观察的习惯，让他们学会了表达自己的心声、情绪和思想。因为缺乏父母贴心的陪伴、关爱和指导，很多乡村儿童不懂得表达自己的感情，而诗歌课让他们发生了改变。因为诗歌，老师和孩子的距离被拉近了。通常而言，儿童表达情感和展现自我的途径有很多种，经常穿梭于艺术特长班的城市儿童可以用乐器演奏、舞蹈、歌唱等各种形式表达自己的情感，展现自己的才华，乡村儿童却没有经济实力和机会去上各种才艺辅导班，诗歌和写作是他们所能参与的最经济也最便捷的艺术方式。这个看似狭窄的通道，开拓了乡村儿童成长的路径。谭巧月老师对此深有体会："诗歌像是孩子们的成长道路上的一条小河，潺潺的流水无止息地从他们身边经过，又涓涓地流向远方。会写诗的孩子们，学会了坐下来与小河拉拉手，沿途的许多苦恼，便在这富有生命力的河水中消融了。"③

当前，国内已经有部分公益组织采用在乡村地区开设诗歌课的形式对乡村儿童进行诗歌启蒙教育。目前，做得比较成功、影响力最大的是"是光诗歌"乡村诗歌教育公益组织。"是光"项目怀抱"让每一个孩子都能拥有被关爱的童年"的使命，主张"用

---

① 沐春：《李金花：长歌怀采薇》，"是光诗歌"公众号，https：//mp.weixin.qq.com/s/QSYsSINKDOSb_8YldKvfTA，2021年11月26日。

② 沐春：《李金花：长歌怀采薇》，"是光诗歌"公众号，https：//mp.weixin.qq.com/s/QSYsSINKDOSb_8YldKvfTA，2021年11月26日。

③ 丢丢：《谭巧月：陪伴，在诗歌的河岸》，"是光诗歌"公众号，https：//mp.weixin.qq.com/s/_VQ7F1C4H3Rhd3HsnnFzAw，2021年5月14日。

诗歌实现乡村孩子自由的情感表达"。截至 2020 年 3 月,已经通过诗歌课的形式为云南、贵州、广西、河南等 823 所偏远地区中小学提供了诗歌课程服务。据创办人康瑜介绍,这个课程以一年为一个周期,按照季节分为"春光课""夏影课""秋日课""冬阳课",将诗歌、戏剧、绘画及音乐进行结合,为乡村教师提供"看得懂、用得上"的诗歌课程包。这个课程的口号是:"会写诗的孩子不砸玻璃。"意在借助诗歌,对乡村儿童进行文化启蒙和性格、道德培养。据课程结集的诗集《大山里的小诗人》收录了多首乡村儿童的诗作,这是到目前为止,我国第一本完全由乡村儿童创作汇编而成的诗集。在这本诗集及"是光诗歌"公众号发布的其他乡村儿童诗歌作品中,我们可以看到乡村儿童诗歌的特色。

这些诗呈现了乡村儿童日常生活的困境:苦痛、孤独、思念。对爸爸妈妈的思念是孩子们最常写的话题,如一个孩子写的《和太阳的对话》——"你可算是来了/你知道吗?/你不在的这些日子/我就跟没有了母亲一样/心是空的"[1],另一个孩子写的《树叶信》——"给妈妈写信/思念不能太多/要不然/树叶带不动/飞不到/妈妈身边"[2]。乡村儿童对父母的辛劳有普遍的认知,诗中这类主题也不少。在乡村儿童的眼睛里,"爱是黑色的,因为父母把爱留给了我们,他们却没有好好爱过自己",他们心疼父母的不易,感慨"我们就像你多余的行李/加重了你的负担/一个麻烦/横过来就是你的一条皱纹","灯光没收了黑暗/学习没收了无知/时光没收了我的童年/工作没收了爸爸的陪伴/我和姐姐,没收了妈妈的时间"[3]。懂事的孩子对父母的处境也有共情——"我

---

[1] 李海航:《和太阳的对话》,转引自沐春《张雪鹏:报世界以歌》,"是光诗歌"公众号,https://mp.weixin.qq.com/s/0glX4BSmUlHqDhlQdKoUTw,2021 年 12 月 31 日。

[2] 刘会平:《树叶信》,转引自沐春《张雪鹏:报世界以歌》,"是光诗歌"公众号,https://mp.weixin.qq.com/s/0glX4BSmUlHqDhlQdKoUTw,2021 年 12 月 31 日。

[3] 马诗惠:《没收》,转引自牟姑娘《高晓燕:长大后,我就成了你》,"是光诗歌"公众号,https://mp.weixin.qq.com/s/51Jv-ZCKKgdmYoOsQ7PRaw,2021 年 6 月 25 日。

觉得妈妈是田里孤独的鸟/我在学校听课的时候/她就在田里干活/没人理她/她孤独得像只小鸟"①,"我的妈妈很可怜/她没有车,也没有房/好像什么都没有/不过/她还有我"②。

他们对亲情特别渴望,看见星星,会想念妈妈,"天上的星/就像妈妈的眼睛/我在家乡/妈妈却在远方……"③ 希望月光给远方的亲人带去自己的思念,"思念是一封信/我在上面写满了字——/喜怒哀乐/小心翼翼地投进月亮的信箱里/希望月光能把信带给妈妈/让在外打工的妈妈看见"④,连睡着了都会担心,"当我睡着后/爸爸妈妈又去广州了/当我睡着后/爷爷的白发又变多了"⑤。身边的风景,如夜晚、乡村小路、教室、大山、星星、农作物都是他们笔下常见的主题,至于情绪,则多是悲伤、想念、孤独、苦闷的。

他们在诗歌里写下痛苦——"我每天都不想回家/因为/家里有个不爱我的后妈"(《难过的事》);写下自己的孤独——"放学回家的路长长的/只有我一个/家里的牛圈大大的/只有小牛一头/当我抱住它的时候/我们都有了朋友"⑥,"树/有许多小鸟陪伴/大海/有许多鱼儿陪伴/山/有许多动物陪伴/而我/却只

---

① 张鑫蕊:《妈妈》,转引自浩天《崔作川:我看见无数颗碎小的太阳》,"是光诗歌"公众号,https://mp.weixin.qq.com/s/d_QOxCK5p0q8srFk70p2jA,2020年12月5日。

② 佚名:《我的妈妈》,转引自牟姑娘《李柏霖:用诗歌和爱陪伴更多的孩子》,"是光诗歌"公众号,https://mp.weixin.qq.com/s/2anCLfuAk2RRnT3dVjvkbw,2020年12月21日。

③ 伍诗怡:《天上的星》,"是光"的孩子们著,果麦编《大山里的小诗人》,江苏凤凰文艺出版社2020年版,第87页。

④ 周子会:《思念》,转引自丢丢《杨德丽:做不了诗人,就做诗人的老师吧!》,"是光诗歌"公众号,https://mp.weixin.qq.com/s/a9xxXOytRTUHHXLXOWRz2Q,2021年3月12日。

⑤ 邓子轩:《当我睡着后》,转引自丢丢《黄芸:拥有一座自己的花园》,"是光诗歌"公众号,https://mp.weixin.qq.com/s/x3skPPgG2fGxmJ7p1-K9PQ,2021年12月17日。

⑥ 施应锁:《朋友》,"是光"的孩子们著,果麦编《大山里的小诗人》,江苏凤凰文艺出版社2020年版,第4页。

有/沉默"[1];写下等待的煎熬——"等到初一/等到元宵节/等忙完了这一周/等到青蛙挤满整块田地/等到小草长得跟手指一样长/'我会回来的'/'妈妈,你听过《狼来了》的故事吗?'"[2]这些作品贴近乡土生活,是孩子们真实的乡土生活经验和自身情感的反映,拓展了中国当代童诗的题材范围,其真挚的情感表达感人至深。因为生活空间的有限,乡村儿童的想象力比较多地局限于日常生活,打工、领工资、月饼、电风扇、面团、面皮这些日常生活的痕迹频繁出现在乡村儿童的作品中。

插画家熊亮曾用音频的形式给艺术课班里的孩子们同时讲授现代诗歌课,而后结集为《孩子们的诗》,该诗集共收录了六十多首城市儿童的诗歌作品。在这本诗集里,我们可以发现,这些城市儿童的诗歌作品在结构上普遍偏向成熟、完整,诗句之间的逻辑性较强,引导读者层层深入;而意象则多和现代都市生活方式相关,诗歌里频频出现大楼、望远镜、投影仪、路灯、汽车、飞机、车窗、游乐场等意象;至于乡村儿童诗歌里常见的对父母的思念、自身的孤单等主题则很少见。熊亮的艺术课收费不低,诗歌课同样不是免费课程,能参与这个诗歌课的城市儿童家境往往都很不错,他们的诗歌作品中呈现的日常生活经验也与乡村儿童的形成了鲜明的对比。

城市儿童诗歌里的自我意识明显更强,活动空间、视野和想象力更为开阔丰富,相比乡村儿童诗歌里经常出现的忧郁情绪,城市儿童诗歌色彩更为明亮。他们观赏车窗外的雨滴:"雨滴落在车窗上/车窗变成了大海的波涛/雨滴落在车窗上/车窗变成了被风吹过的河流/雨滴落在车窗上/车窗上游过好多小蝌蚪/大大

---

[1] 慕思畅:《树、大海、山》,"是光"的孩子们著,果麦编《大山里的小诗人》,江苏凤凰文艺出版社2020年版,第72页。

[2] 小成:《狼来了》,转引自贺逸丹《邓玲:唤醒每一个孩子的"诗歌魔法"》,"是光诗歌"公众号,https://mp.weixin.qq.com/s/2mEf_vXmGbiV0-D1_d9OQg,2021年1月22日。

小小/游到了树上游进房子里游入水田中/变成种子消失在泥土里"①。他们会将饮食写入诗中：

我最爱的焦糖饼干

饼干在嘴里嘎吱嘎吱响，
就像走在干草堆上。
甜甜的，
嘎嘣脆。
马上就要沉睡，
闭上双眼。
棕色的饼干，
香味如糖果乐园里的花朵，
在嘴里长出来甜甜的嫩草，
有一束花一丛草，
它们生活在一起，
在我舌头的中心，
结婚了。②

城市儿童的烦恼不是父母不在身边，不是贫寒，而是辅导班太多，他们在诗里抱怨"星期六是痛苦的一天/早上起来不高兴的情绪/可以让天空上所有的星星掉下来"③。他们的想象力也是现代化的，看到天上的云彩，想象"每一朵漂浮的云/都是一个

---

① 王知微：《车窗外的雨滴》，熊亮主编《孩子们的诗》，北京联合出版公司 2020 年版，第 111 页。

② 艾艾：《我最爱的焦糖饼干》，熊亮主编《孩子们的诗》，北京联合出版公司 2020 年版，第 132—133 页。

③ 李子轩：《讨厌的星期六》，熊亮主编《孩子们的诗》，北京联合出版公司 2020 年版，第 67 页。

可以升降的停车位"①。在看到自然风景时,会联想起艺术史知识:"玻璃窗上模糊一片/像是梵高为我们作画"②……与乡村儿童诗歌里的意象形成了鲜明的对比。

乡村儿童家庭教育资源不足,学校的硬件也相对落后。在社会层面,图书馆、书店、绘本馆、咖啡馆这些在城市普遍存在的公共文化空间,对于乡村儿童而言,也是奢侈品。可以说,即便已经开设诗歌课程的一些乡村学校,教师在文学素养上也存在很多不足——诗歌课对于乡村教师而言,无疑是一个新生事物,怎么适应新的课程需要,提升文学素养,把诗歌课上好,还任重道远。这些都是乡村儿童开展诗歌课的不利因素。但乡村儿童学写诗歌也有天然的优势,那就是离自然更近。用一位乡村教师的话说,"闻得到花香,听得到虫鸣,看得见星空,感受得到大自然的生机与美好"③——因而,自然主题的诗歌也十分普遍,有的作品写得十分动人。

教诗歌课的老师发现了诗歌带给乡村儿童的改变:"诗歌为孩子们的世界打开了一扇窗,透过这扇窗,孩子们学着用不同角度观察世界,发现更多细小的美好;透过这扇窗,孩子们试着展开想象,用简单却有诗意的语言,表达自己的内心。在某一个静谧的时刻,孩子们内心闪过的一点光芒,不再转瞬即逝——透过这扇窗,光芒被记录、被看见、被爱惜。在这个乡村的上空,汇聚成一条诗的星河。"④诗歌让孩子们打开了心灵之窗,勇敢地面对真实的自我,向世界展现自己的伤痛,与此同时,也获得了疗愈,经常写诗的孩子说,"诗歌总像一个食物小怪物,把我

---

① 黄豆逗:《天空停车场》,北京出版社2023年版,第198页。
② 然哥:《窗上的印象派》,熊亮主编《孩子们的诗》,北京联合出版公司2020年版,第65页。
③ 丢丢:《杨德丽:做不了诗人,就做诗人的老师吧!》,"是光诗歌"公众号,https://mp.weixin.qq.com/s/a9xxXOytRTUHHXLXOWRz2Q,2021年3月12日。
④ 丢丢:《鲁皎:大山里有一位教诗歌的"鲁妈妈"》,"是光诗歌"公众号,https://mp.weixin.qq.com/s/eN5N-ue1c4zpAI6N7NUuiQ,2021年1月29日。

的难过和委屈都吃掉,然后快乐就回来到我心中","每当我心里有小情绪的时候,我总会告诉它,它好像有什么神药一样,把我医治好"。①

诗歌课给乡村儿童埋下了一颗种子,可能短期内并不能改善他们的处境,但这份对自身、他人、故乡和世界万物的敏感体察和思考,将会在他们未来的生命里播下希望的火种。

那么,怎样教乡村孩子写诗呢,有经验的诗人蓝蓝提醒道:"教孩子写诗最重要的是不要指手画脚横加干预,尤其是态度不能简单粗暴、自以为是,而是要非常非常小心地观察,极其谨慎和善地进行引导,给孩子留有最大的自由创作空间。"② 诗人树才对教写诗的态度则更加率性自然,他认为诗就是活泼泼的生命,"童心即诗",写诗的门槛很低,每个孩子都可以尝试。"如果那个事情能够触动你,让你产生不一样的感觉,你就诚实地把它记下来——是什么样的事情就是什么样的事情,是什么样的感觉就是什么样的感觉,这样就可以了。"③

树才详细介绍过他教孩子们学写诗的经验,他认为首先得让孩子有信心,勇于尝试,"写诗的时候,一开始什么都不要顾忌,就凭着感觉,把心里面积累的感受,眼睛里面积累的景象,脑子里面积累的想象,都写出来,由着自己写出来。不要管写得怎么样,就单纯地写出来"④。抓住感觉之后,再放松地去想象:

> 只要让孩子放松,让孩子练习怎么说出看见的东西,让他对看见的东西展开想象,这样就可以达到一首诗的第一节

---

① 转引自丢丢《鲁皎:大山里有一位教诗歌的"鲁妈妈"》,"是光诗歌"公众号,https://mp.weixin.qq.com/s/eN5N-ue1c4zpAI6N7NUuiQ,2021年1月29日。
② 蓝蓝:《童诗的灵魂和本质是什么?》,《新京报书评周刊》2021年5月28日第B05版。
③ 树才:《写诗真好玩:树才老师给孩子的诗歌课》,上海社会科学院出版社2021年版,第16页。
④ 树才:《给孩子的12堂诗歌课》,上海社会科学院出版社2017年版,第207页。

和第二节，诗的第一节是看见的实的，第二节是想象的虚的，诗歌之道就是虚实之道，最终是落在虚上，因为虚的东西是抒情真正要去的空间，是飞翔的东西、有透明质的东西，但是没有看见、没有直接的感觉又不行。我们要教他们的是，怎样为自己的感觉找到合适的词语，甚至不用告诉他们诗是什么。诗没有定义，一定要从感觉出发，看你的想象可以飞多高。①

树才讲诗更重启悟，鼓励孩子自由发挥。在他看来，儿童学写诗并无一定的技法可循，他主张让孩子任意抒发："你想怎么写就怎么写，由着自己，放开手脚，大胆去写。写诗，就是用你自己的句子，去写你自己的事情、自己心里的感觉。"②

孩子们虽然人生阅历和知识有限，但有着敏锐的感受和丰富的想象，往往比成年人更能捕捉到世界和自然的美，老师需要做的就是引导。对此，树才特别强调不要强求，要创造机会，让孩子们充分体察自己的心境和情绪，在充分地了解自己后自由地表达自己的情感，不用框架限制他们的思想，用他的话说，"我们写诗，就是写我们看到的、听见的和想到的，就是写我们的心境，各种各样不同的心境"③。他强调，诗意的饱满在于表达的自由和情感的真挚，要让孩子们真正感觉到，自己的感觉比老师讲的任何话都更是诗歌。

自由的表达、真实的感觉，这是儿童写诗的理论基础，但具体到每一首诗的写作，还是需要技巧上的指导。在《写诗真好

---

① 树才：《给孩子的12堂诗歌课》，上海社会科学院出版社2017年版，第222—223页。
② 树才：《写诗真好玩：树才老师给孩子的诗歌课》，上海社会科学院出版社2021年版，第16页。
③ 树才：《写诗真好玩：树才老师给孩子的诗歌课》，上海社会科学院出版社2021年版，第215页。

玩》里树才提到了"重复"这一技巧——"写诗，就是对一个词的反复想象，通过重复的句子不断加强它，让它像一条河流一样不停地流下去"[①]，重复中也要有变化，初学时，还可以化用经典名诗的句式，充实、拓展、蔓延。同时要注意语言的精练简洁，要尽量用少的语言表达出丰富的感情。此外，树才强调要走出室内，走向自然："中国诗歌的传统首先不是跟内心建立关系，而是跟自然建立关系，通过自然的'有'来抒发内心的'无'，在自然里生发灵感，所谓自然和心灵的契合。"[②] 在这一过程中，认真的观察无疑是十分重要的。

画家熊亮在给城市儿童讲诗的过程中，则十分注重引导孩子"用画家的眼睛去写诗"，他认为要重视、调动"五感"来写作，让孩子们像学调色和学画画一样，去观察、触摸、体会，把写诗的笔训练得像画画一样，在调动感官的基础上，打开诗歌语言之门。树才和熊亮虽然主要针对城市儿童来讲授写诗的经验，但这些理论和技巧也完全适用于乡村儿童。写诗可以写什么？写自己身边的事情，写自己真实的感觉：与父母的离别，与祖父母的相守，小伙伴之间的感情，周围的自然风物，都可以付诸笔尖，真实的情感才最触动人心，也才最有力量。学写诗，其实就是要引导乡村儿童学会感受生活，在每一天的日常里感受到力量和美。在这个领域，"是光"公益组织进行的乡村诗歌教育已经积累了一些经验，值得学习和参考。

"是光"的诗歌课采用"游戏"和"头脑风暴"来对孩子们加以引导，先由教师给出核心词语，让学生拓展出相关词语或事物，打开孩子的思维，比如给出一个词"弯弯的"，有的孩子拓展出"弯弯的脊背"，继而由"弯弯的脊背"拓展出一首小诗：

[①] 树才：《写诗真好玩：树才老师给孩子的诗歌课》，上海社会科学院出版社2021年版，第70页。

[②] 树才：《给孩子的12堂诗歌课》，上海社会科学院出版社2017年版，第222页。

父亲弯曲的背，却支撑

起了整个圆满的家。①

而为了让乡村儿童更好地捕捉诗意，"是光"合作的乡村教师们往往会开展户外诗歌课，让孩子们在大自然里感受、观察，在自由自在玩耍的氛围里寻找写诗的灵感。就如一位乡村教师张雪鹏所实践的那样，在四季里、雪地里、山林里给孩子们上诗歌课，让孩子们把诗歌写在树叶上、松针上、辽阔无垠的大地上，利用好乡村的自然环境，在大自然里可以更好地开展诗歌教育，让孩子们更接近诗心。

在教学方式上，诗歌课可以单独设置，但也有不止一位老师将诗歌课和美术课、绘本课、语文课、阅读课、科学课融合在一起，进一步完善传统的教学体系。以诗歌课和语文课的融合为例，在上《火烧云》一课时，谭巧月老师就带着学生一起到室外观赏云彩，并引导孩子们说出自己的想法，用诗歌来表达读后感。② 而另一位龙正富老师则将现代诗和古典诗词的学习融合在一起，让孩子们用诗意的句子来翻译古典诗词，收到了非常好的效果。这位老师在讲解语文课本里的古典诗词时，"让孩子们在熟读成诵的基础上改写古诗，借助插图和自己对诗句的理解，自由地想象，或是与同伴交流，或是独自走到诗人描绘的场景中去，再将自己的体会记录下来"③。学生们在学习了《江畔独步寻花》《枫桥夜泊》等诗后，用诗一样的句子写出了自己的理解，一个学生写道："春天给油菜花印上颜色，桃花已经开启它的舞

---

① 王嘉悦：《感恩·父亲》，转引自逸丹《龚占巧：六岁，宜梦想》，"是光诗歌"公众号，https：//mp.weixin.qq.com/s/SoZ-vXZ5fSRBbv0r2gqzCw，2022年1月7日。

② 参见丢丢《谭巧月：陪伴，在诗歌的河岸》，"是光诗歌"公众号，https：//mp.weixin.qq.com/s/_VQ7F1C4H3Rhd3HsnnFzAw，2021年5月14日。

③ 丢丢：《龙正富：在孩子们的诗里读我自己》，"是光诗歌"公众号，https：//mp.weixin.qq.com/s/DUFYrDCdcTnKVu7AME_TVg，2021年11月12日。

台，让我盖上透明的被子，躺在柔和的春风里……"另一个学生写道："月落，小鸟的叫声，像是一团雾，遍布了整个森林。月落了，鸟叫了，起雾了，我看着外面的灯火，睡着了，钟声响了，客船到了……"①

此外，注重提问也是"是光"诗歌课老师们经常用的教学方式。孩子的思考有时候需要老师的引导，这时候提问就很重要，用提问启发孩子观察生活、观察自然，展开想象。② 通常情况下，孩子会说出自己的想象。值得注意的是，初学诗歌的孩子有时并不能很好地区分诗歌和散文的区别，说出的句子有的比较有诗意，有的则可能是口语化、散文化的，像是讲一个故事。这时候，诗歌课的教师往往要抓住其中有诗意的句子给予肯定，并对诗歌的基本常识进行讲解，而后建议孩子进行适当的修改。

---

① 两首诗作转引自丢丢《龙正富：在孩子们的诗里读我自己》，"是光诗歌"公众号，https：//mp.weixin.qq.com/s/DUFYrDCdcTnKVu7AME_TVg，2021年11月12日。
② 当然，这种提问也适合家庭里的诗歌启蒙，比如在夜晚散步时，家长可以问孩子："假如月亮不见了，会怎么样呢？假如星星不见了，会怎么样呢？"笔者就通过这种自然而随意的问话引导孩子口述了一首诗：

假如月亮不见了
假如月亮偷懒，不见了
星星们就不会有一个平安的夜晚
他们会吵架
一个星星说：是你把月亮赶走的
另一个星星说：不是我，是你
他们会一直吵到天亮
假如月亮不见了
地上的小男孩就捏好多奶酪
做成一个奶酪月亮
放到天上去
所有的老鼠都会在夜晚抬头看天
假如月亮不见了
森林里的猫头鹰、小松鼠还有狐狸
他们就会戴上耳机
听着音乐美美地睡着了

正如树才所说的那样:"写诗,特别有助于孩子从他(她)的感觉出发去建立与世界万物的关系——'我'是通过'表达'建立起来的!从此,孩子就会更加自信,慢慢发展自己的个性。"[①]在写诗的过程中,乡村儿童发现了真正的自我,树立了自信,生活中的负面情绪通过写诗得以化解,而希望和梦想得以重塑。可以说,诗歌给了乡村儿童一双隐形的翅膀,我们希望这样的隐形翅膀能够让更多乡村学校的孩子飞翔起来。

[①] 树才:《写诗真好玩:树才老师给孩子的诗歌课》,上海社会科学院出版社2021年版,第170页。

第六章　社会场域里的乡村儿童文学教育

除了家庭和学校，乡村儿童的文学教育还需要全社会文学教育的支持。儿童心理学家鲁道夫·德雷克斯曾提出一个"隐秘搭档"理论，指的是在儿童成长的过程中，很多人都会对他们的行为产生一定的影响，其中既包括儿童的家人和朋友，也包括偶尔的访客、家附近的杂货商、快递员、邻居和玩伴，以及通过书籍、剧院、收音机和电影等媒介带给儿童持续影响的作家和演员，他将这种环境的影响称为教育中的"隐秘搭档"。[①] 在家庭和学校之外，"隐秘搭档"主要指向儿童日常生活空间里的"教育者"。我们在此也可以将这个概念拓展一下，将环境里对儿童教育起到影响作用的"机构"或"组织"也纳入"教育搭档"范畴。具体就乡村儿童的文学教育这一领域而言，这些生活空间里的"隐秘搭档"，即社会场域里的文学教育力量。

和城市儿童的文学教育相比，乡村儿童文学教育的难度和障碍要大得多。除了两者在家庭和学校教育资源上的差距，社会文学教育资源的悬殊是其中的重要原因。城市里公共文化空间如图书馆、美术馆、博物馆、电影院、书店、绘本馆等广泛存在，各个文艺机构和组织通过举办与儿童相关的文学教育活动，如开展

[①] 参见［美］鲁道夫·德雷克斯《父母：挑战》，花莹莹译，生活·读书·新知三联书店2017年版，第252页。

诗歌课、戏剧课、绘本课等，给城市儿童营造了良好的文学教育氛围。而乡村公共文化空间的缺乏，则对乡村儿童的文学教育没有起到足够的助力。这种差距和不平衡已经引起了重视，如2021年新出台的《中国儿童发展纲要（2021—2030）》规定，要坚持学校教育与家庭教育、社会教育相结合，统筹社会教育各类场地、设施和队伍等资源，丰富校外教育内容和形式，鼓励儿童积极参与科技、文化、体育、艺术、劳动等实践活动。① 2022年1月正式施行的《中华人民共和国家庭教育促进法》也充分意识到了乡村儿童家庭教育的不足，对城乡社区公共服务设施寄托了更多期待。

乡村公共文化空间是对乡村儿童进行社会文学教育的重要阵地，我们需要进一步统筹乡村各类社会教育的资源，让社会教育和乡村儿童的家庭教育和学校教育形成合力，共同塑造乡村儿童文学教育的新面貌。

第一节　进一步促进公立图书馆城乡资源共享

一　图书馆的文化功用

图书馆是我国最常见也是最重要的公共文化机构。公共图书馆是滋养民族心灵、培育文化自信的重要机构，其建设和运营关系到整个社会的文化素养。图书馆作为现代公共文化服务机构，在中国刚有百余年的发展历史。晚清时期，随着西方图书馆观念的传入，梁启超等人开始意识到图书馆的功用。1895年8月，康有为、梁启超等人在北京创立强学会，"最初着手之事业即图书馆与报馆"，梁启超主编的报纸《清议报》上有一篇名为《论图书

---

① 参见《中国儿童发展纲要（2021—2030）》，中国政府网，https://www.gov.cn/gongbao/content/2021/content_5643262.htm，2022年3月2日。

馆为开进文化一大机关（译太阳报第九号）》的文章，是近代以来影响国内图书馆发展的重要翻译文献。在文中，作者呼吁"广设图书馆"，并提出图书馆的八大功用和价值，其中第二条指出："图书馆使凡青年志士，有不受学校教育者，得知识之利也。又学校既卒业生，及在校中途罢业之学生，苟欲增其智识，则以出入图书馆为便。"第六条指出："图书馆凡使人皆得用贵重图书之利也。至图书馆收还阅览费与否，随各馆创立章程如何，然虽征收小费，而阅者出些少之资，得阅贵重图书……寻常读书社会，常恨乏力，难以购备图书，渴望之，如大旱望云霓。若有图书馆，则穷措大、贫书生，无此觖望。"① 图书馆对社会弱势群体的教育之功可谓道尽。

当前，我国的图书馆数量日渐增多，公共阅读设施日益完善，服务水平也在逐年提升。据《中华人民共和国文化和旅游部2022年文化和旅游发展统计公报》统计，2022年末，全国共有公共图书馆3303个，比上年末增加88个；全国公共图书馆实际使用房屋建筑面积2098万平方米，比上年末增长9.6%；全国公共图书馆总藏量135959万册，比上年末增长7.8%；阅览室坐席数155万个，增长15.4%。全国平均每万人公共图书馆建筑面积148.61平方米，比上年末增加13.1平方米，全国人均图书藏量0.96册，增加0.07册；全年全国人均购书费1.67元，增加0.1元。②

然而在日常生活中，民众对基层图书馆和公共阅读空间的需求还得不到充分满足。2020年，有两则关于图书馆的新闻广受关注：一是农民工吴桂春因新冠疫情失业，返乡前在东莞图书馆写下告别留言；二是浙江丽水图书馆在闭馆日为84岁农民朱贞元破例开放。农民工吴桂春和农民朱贞元，以世俗眼光看，可谓"社

---

① 佚名：《论图书馆为开进文化一大机关（译太阳报第九号）》，《清议报》1899年第17期。
② 参见《中华人民共和国文化和旅游部2022年文化和旅游发展统计公报》，中华人民共和国文化和旅游部官网，https://zwgk.mct.gov.cn/zfxxgkml/tjxx/202307/t20230713_945922.html，2023年7月13日。

会弱势群体",而他们遇到的阅读困境,却有相当程度的典型性。作为公共文化服务机构,图书馆最主要的功能还是以高质量的图书收藏、规范的管理、优质的服务来提升公众的科学文化素质。而在这个意义上,社会上真正能满足广大百姓需求的基层图书馆,仍然十分匮乏。

为了解决读者去图书馆路途遥远的难题,一些公共图书馆开发出了新的服务方式。2018年,广东佛山市图书馆发起了一个家庭阅读推广项目,将有限的图书馆阵地资源与广大的社会家庭阅读需求进行对接。据媒体报道,"截至今年8月,佛山'建在居民家里的图书馆'已有1000个。自从有了这些图书馆,很多居民不出小区甚至不用出楼,就能从邻居家的图书馆借到书。这些图书馆主要服务于左邻右舍、亲朋好友,它们有个共同的名字:邻里图书馆"[1]。邻里图书馆以家庭为基点向邻里、亲戚、朋友提供阅读服务,鼓励家庭阅读资源参与社会共享,盘活了市民家庭藏书资源,营造出良好的阅读氛围。

加入邻里图书馆后,各个家庭图书馆"不仅每年可以从佛山市图书馆最多借阅200本图书,还可以自主命名自家的图书馆,享受佛山市图书馆提供的微信点单式图书配送、专业培训等服务。此外,如果愿意跟人分享自家的藏书,佛山市图书馆还会帮助个人对其藏书进行编目。义务方面,每个邻里图书馆,每年服务的家庭不少于10个,组织不少于3场阅读分享活动,每年转借图书不少于30册次"[2]。这些创新举措收到了良好的效果,据媒体报道,截至2020年8月20日,邻里图书馆累计从佛山市图书馆借书18.5万册次,转借图书6.8万册次,开展阅读推广活动840余场,服务读者超过2.3万人次。有学者对其高度评价道:

---

[1] 韩业庭:《邻里图书馆:让书香溢满左邻右舍》,《光明日报》2020年9月2日第13版。

[2] 韩业庭:《邻里图书馆:让书香溢满左邻右舍》,《光明日报》2020年9月2日第13版。

"邻里图书馆打通了公共文化服务的'最后一百米',公共图书馆的服务效能有了全新的增长点。"①

邻里图书馆、自助借还书机满足了城市普通居民的阅读和文化需求,但是我们还需注意到,部分城市流动人口及其子女的家庭阅读数量及质量依然不容乐观,受购买力不足、居住空间狭隘、缺乏固定社区有效引导等多种因素的影响,这部分居民的阅读仍然需要城市公共文化服务给予鼎力支持。② 正如农民吴桂春所感慨的:"想起这些年的生活,最好的地方就是图书馆了。"也正如东莞图书馆馆长李东来所感慨的:"作为社会民众普通的一员,他们用最朴实真挚的语言真情呼唤:我们真的需要图书馆!"③ 因而,我们仍然需要进一步加大政策支持和宣传引导,让更多的普通百姓在各类图书馆中如愿找到一张安静的书桌,得以静心读书、学习。

二 图书馆对于儿童教育的价值

图书馆对于儿童的教育有着重要价值。1994 年,联合国教科文组织发布了《公共图书馆宣言》,宣言指出,"从小培养和加强儿童的阅读习惯,激发儿童的想象力和创造力是公共图书馆的使命"④。公共图书馆担负着助力儿童阅读、为他们推荐书目和其他形式阅读资源的义务。作为社会教育机构,图书馆要保障儿童阅

---

① 转引自韩业庭《邻里图书馆:让书香溢满左邻右舍》,《光明日报》2020 年 9 月 2 日第 13 版。

② 2006 年,合肥市少儿图书馆与当地三里街街道联合建立了一所民工子弟图书馆,专门为民工子女服务,该图书馆位于进城务工人员相对集中的小区,免费办理借阅证。这种合作模式值得更多城市借鉴推广。合肥市少年儿童图书馆官网,http://www.hfslib.com/content/detail/5af96d87f0fcabff4b406b6a.html,2006 年 6 月 23 日。

③ 杜洁芳、王学思:《吴桂春:"我又办了东莞图书馆读者证"》,澎湃新闻,https://www.thepaper.cn/newsDetail_forward_8027751,2020 年 6 月 28 日。

④ 转引自孙蕊《馆校协同儿童阅读推广模式研究》,北京联合出版公司 2020 年版,第 56 页。

读的权利、承担教育儿童的使命,这已经成为共识。

近年来,我国公共图书馆越来越重视少年儿童的服务和社会教育工作。在多个文件中,都予以重视和强调,比如2010年《关于进一步加强少年儿童图书馆建设工作的意见》倡议要在政策、经费投入、人才培养等方面给予少年儿童图书馆重点支持,由国家图书馆编制《全国少年儿童图书馆基本藏书目录》,作为全国各级少年儿童图书馆文献入藏的参考。2011年《中国儿童发展纲要(2011—2020)》则确立了"儿童优先"的服务原则,指出要不断完善公共图书馆未成年人服务体系,增加社区图书馆和农村流动图书馆的数量,公共图书馆设儿童阅览室或读书角,有条件的县(市、区)建儿童图书馆。

2016年国家新闻出版广电总局发布的《全民阅读"十三五"时期发展规划》强调:"少儿阅读是全民阅读的基础。必须将保障和促进少年儿童阅读作为全民阅读工作的重点,从小培育阅读兴趣、阅读习惯、阅读能力。要着力保障农村留守儿童、城市流动儿童和贫困家庭儿童的基本阅读需求。"[1] 2018年《中华人民共和国公共图书馆法》第三十四条指出:"政府设立的公共图书馆应当设置少年儿童阅览区域,根据少年儿童的特点配备相应的专业人员,开展面向少年儿童的阅读指导和社会教育活动,并为学校开展有关课外活动提供支持。"[2] 在政府的重视和支持下,我国少儿图书馆得到快速发展。据国家统计局数据,2020年,中国少儿图书馆机构数量为147个,2020年中国少儿图书馆机构总藏书量为9856万册。[3]

然而,当前我国公共图书馆的儿童阅读推广还存在许多问

---

[1] 国家新闻出版广电总局:《全民阅读"十三五"时期发展规划》,http://www.nppa.gov.cn/xxfb/tzgs/201612/t20161227666067.html,2016年12月27日。

[2] 《中华人民共和国公共图书馆法》,中国人大网,http://www.npc.gov.cn/zgrdw/npc/xinwen/2018-11/05/content2065662.htm,2020年10月2日。

[3] 资料来源:据国家统计局、智研咨询相关数据整理。https://baijiahao.baidu.com/s?id=1751987658544007398&wfr=spider&for=pc,2022年12月12日。

题,在规章制度、图书馆服务理念、馆建设备、馆员专业素养等方面仍然有不少欠缺。比如对乡村儿童的阅读重视不够,也缺乏专业的阅读活动策划,一些县乡图书馆童书资源缺乏且书籍陈旧,馆员的专业水平也有待提高。在发展乡村儿童阅读推广时,公共图书馆尤其是作为公共图书馆系统一部分的少儿图书馆还需要针对乡村儿童的实际情况做出系统性的规划。

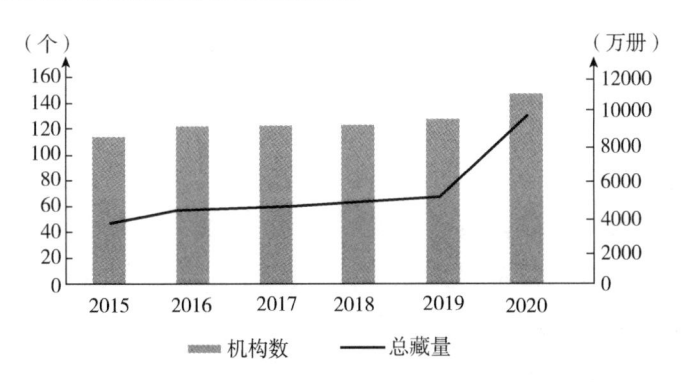

2015—2020 年中国少儿图书馆机构数及总藏量[①]

近年来,在"全民阅读"的大背景下,全国各地采取了各种推广措施鼓励读书。单就儿童而言,城市家庭的亲子阅读已成为一种风尚。2016 年发布的《中国城市儿童阅读调查报告》显示:除教科书外,孩子平均的年读书量在 11—30 本之间,日均阅读时长主要集中在半小时至两小时之间。在阅读资源上,73.5% 的城市家庭中,适合孩子阅读的书籍数量超过 10 本;53.2% 的家庭中拥有超过 20 本适合儿童阅读的藏书。62.9% 的家庭中,每年为孩子购买的书籍数量在 10 本左右。[②] 相比而言,乡村家庭的阅读情况则不容乐观(参见笔者前文调研)。其实不论城乡,因为家庭经济条件有限,孩子未必能读到心仪的图书,这就需要借助图书

[①] 资料来源:据国家统计局、智研咨询相关数据整理。https://baijiahao.baidu.com/s?id=1751987658544007398&wfr=spider&for=pc,2022 年 12 月 12 日。

[②] 参见李丽萍《首发〈中国城市儿童阅读调查报告〉》,《中国出版传媒商报》2016 年 7 月 12 日第 9 版。

馆免费的藏书资源。①

  一方面,适合城市居民的公共阅读空间依然缺乏;另一方面,乡村民众在公共阅读及家庭阅读上,则面临着更严峻的双重匮乏。都市公共空间的话题学界已经多有讨论,现实中也所在多有,像书店、沙龙、咖啡馆之类,成为具有一定公共性的空间。然而,很少有人关注农村公共文化空间的发展问题。公共文化空间的营造对于乡村文化的传承、乡村儿童的文学教育至关重要。大城市公共文化服务机构众多,然而在中小城市和乡镇,图书馆依然少见。相对于城市居民,乡村民众可谓严重缺乏公共的读书和文化活动场所。我们的调研显示,依然有34.99%的家庭反映家周围"没有书店,买书很难",35.77%的家庭周围"有书店,但店内图书以教辅资料为主,文学读物很少"。因为路途遥远,乡村儿童家长带孩子去过图书馆或是书店等公共阅览空间亲身感受过公共文化氛围的只占比34.22%。②

  近些年来,我国多次提倡在乡村建立图书室、农家书屋。2015年1月,中共中央办公厅印发了《关于加快构建现代公共文化服务体系的意见》,意见中专门就在乡村建立农家书屋做出规定:"建立公共文化服务城乡联动机制。以县级文化馆、图书馆为中心推进总分馆制建设,加强对农家书屋的统筹管理,实现农村、城市社区公共文化服务资源整合和互联互通。"③ 2016年,我

---

  ① 最近几年,一些设计新颖、环境优雅时尚的图书馆在社会上引起广泛关注,成为网红文化空间。如天津滨海新区图书馆采用现代化的建筑设计,设有"滨海之眼"和"书山";上海嘉定图书馆采取江南庭院式风格设计,既现代又有古朴的韵味。这些网红图书馆优雅的阅读氛围、舒适文艺的阅读空间吸引了众多城市居民的关注。但这些网红图书馆在调动城市居民阅读热情的同时,却并不能成为城市居民文化生活的"日常",大多数城市居民去这样的图书馆阅读需要花费不少的交通时间,除了家长偶尔带孩子前去观光"打卡"之外,在日常生活中使用并不频繁。

  ② 参见本书第一章第二节的调查问卷表格。

  ③ 新华社:《中共中央办公厅、国务院办公厅印发〈关于加快构建现代公共文化服务体系的意见〉》,新华网,http://www.xinhuanet.com//politics/2015-01/14/c_1113996899.htm,2015年1月14日。

国又出台了《中华人民共和国公共文化服务保障法》，该法于2017年3月1日施行。该法提出"促进城乡公共文化服务均等化"的要求。在此推动下，至2012年8月底，我国共建成农家书屋60余万家。①虽然在数量上有了很大进步，但一些已建立的乡村图书室，还存在诸多问题。不少乡镇、村图书室因当地政府经费支持有限，在文献、服务、管理、人才等领域都很滞后，管理员缺乏专业能力，且人员数量较少，在管理、选购上跟不上先进的理念，在开放时间、读者的服务上，也都不尽如人意，无力承担乡村儿童阅读推广的重任。我们的调研显示，34.30%的乡镇学校没有开放的图书室，29.88%的学校虽然配有图书室，"但很少开放，只提供给老师阅览"。另外，一些乡村图书室虽然有书，但却是"摆设为主"，在开放时间、借阅指导、阅读指导上还缺乏专业人员的服务。调研还发现，在乡村图书室藏书中，机构或个人捐赠的教辅资料、练习册、与农业相关的技术类图书、成人看的文学名著仍然占据不小的份额，占比42.20%。

三　拓展城市图书馆的服务方式和范围

当前，我们亟须改进和优化公共图书馆的各项服务方式，促进城乡资源互动，让更多的乡村儿童有地方读书，有书可读，让更多的乡村儿童享受到便捷的公共文化服务，如此，乡村儿童的文学教育才会有一个好的土壤，而我们整个社会的文化建设才能有更好的发展，国民的整体素质才能得到提升。②

---

① 参见周润健《我国已建成达到统一规定标准的农家书屋60余万家》，中国政府网，https://www.gov.cn/jrzg/2012-09/27/content_2234426.htm，2012年9月27日。

② 新冠疫情发生以来，图书馆、博物馆等公共文化服务机构受到很大冲击。因防控需要，疫情期间，全国多地图书馆采取了闭馆或预约到馆的措施，而出于谨慎，民众对图书馆的需求也有所下降。为了进一步发挥好图书馆的公共文化服务功能，让想读书的每一个读者都有书可读，各地图书馆采取了不少创新措施，如上海图书馆的《全国报刊索引》定期开放了个人用户平台资源，方便读者居家阅览和研究之用，而以苏州图书馆为代表的"网上预约，社区投递"等无接触借还书服务也广受读者欢迎。这些措施为改善（转下页）

具体而言，我们需要从政府层面和社会层面全方位拓展乡村的公共文化空间，为乡村儿童的文学教育营造良好的文化氛围。文化氛围的营建是个长期的工程，需要投入大量人力、物力和财力，需要当地政府给予经费支持。一方面，推动各地政府部门设立专项基金，进一步推动乡镇图书馆、乡村图书室、乡村书店的配备和经营，构建"县—乡—村"一体化的基层公共文化服务体系。与此同时，也充分调动民间公益力量，督促各地政府鼓励和支持各类公益组织、基金会、广大热心人士筹建民间图书馆，并对在乡村开办书店给予政策支持和适当的经济补贴。

另一方面，要充分拓展城市图书馆的服务方式和范围，努力打造城乡文化教育资源共享渠道，让乡镇居民和儿童能有渠道接触到城市图书馆丰富的文化资源和服务。中央两办对全民阅读提出"六进"要求：进家庭、进社区、进学校、进农村、进企业、进机关。《公共文化服务保障法》则提出要实现城乡公共文化服务"均等化"。在这两个政策的引领下，我们要积极创新服务方式，进行乡村阅读推广。已有一些图书馆走在了探索前列，如广东清远市图书馆为了让乡村儿童接触优质绘本阅读资源，于2020年启动了"绘本阅读进乡村"项目，举办阅读推广人培训班。[①] 此举值得进一步推广。此外，有条件的乡镇地区可借鉴城市街区24小时自助图书馆的管理模式，在乡村中小学或其他文化场所设置自助借还书机，为乡村儿童提供全天候、全自助的借阅和还书服务。

1. 设置家庭图书分馆

如浙江温岭图书馆把阅读推广的重心放在农村，让公立图书馆的资源"进家庭""进农村"。早在2016年，温岭图书馆就建立

（接上页）公共文化服务提供了一定的经验。"如果有天堂，那它应该是图书馆的模样。"希望博尔赫斯的经典名言能尽可能多地回荡在每一位读书人的心中。

① 参见《广东清远：推进绘本阅读进乡村 创新推广儿童阅读理念》，腾讯网，https://new.qq.com/rain/a/20230703A09CQL00，2023年7月3日。

总分馆制，大力开展"家庭图书分馆"建设。"经过近两年的努力，到 2017 年底，已建成 200 家家庭图书分馆，其中七成在农村。"①温岭图书馆开创的这种家庭图书分馆制度，形式是志愿者在自己的家里或机构设立图书分馆，以"公共资源+社会力量"义务为邻里和社会开展阅读服务的一种总分馆制模式（家庭图书分馆具体有两种类型：一种是纯家庭型，占 70%；一种是机构型，占 30%）。

据介绍，家庭图书分馆被纳入市图书馆借阅服务网络平台，与市图书馆联通，实现图书"通借通还"。分馆制对阅读服务体系进行了创新，将我国从国家到省、市、县、乡镇、村（社区）的六个层级服务体系扩展到七层。在具体操作上，"市总馆与家庭图书分馆有着明确的分工，市总馆负责'八个统一'：标识、资金、采编、配送、一卡通、数字资源、规章制度、管理培训；家庭图书分馆承担'五项职责'：馆舍、设备、资金、人员和服务。彼此做到统分结合，既发挥'公共资源''统'的优势，又激发'社会资源''分'的活力，两者互为补充，相辅相成"②。温岭图书馆的这些创举收获了良好的反馈，"不仅打通了该市阅读服务的'最后一公里'，也打破了公共文化服务的藩篱，使原来单一的公共服务模式，变成了'公共服务+社会服务'的新模式"，社会资源得到充分的利用，一定程度上实现了城乡公共文化服务的均等化。③值得注意的是，在发展家庭图书馆时，要注意可持续

---

① 《温岭市"家庭图书分馆"建设：打通农村阅读"最后一公里"》，《图书馆报》2018 年 5 月 25 日第 17 版。

② 《温岭市"家庭图书分馆"建设：打通农村阅读"最后一公里"》，《图书馆报》2018 年 5 月 25 日第 17 版。

③ 参见江文辉《温岭：家庭图书馆成村娃阅读乐园》，《台州日报》2017 年 7 月 24 日第 5 版。2018 年，温岭家庭图书分馆建设获全国公共图书馆界最高奖。东莞图书馆在优化公共文化服务方面也做出了值得仿效的实践，如推行分馆制，在镇街建立分馆，将服务的触角伸入街道乡镇，在管理上，实行一卡通制、通借通还、开设人性化借书渠道、快递借还书等，让更多的读者享受到了公共文化服务。

发展，一开始不必规模过大，对准入条件也要严格把关，① 避免半途而废等资源浪费现象，在此前提下，充分给予乡村家庭自主权，发挥各自特色；最后，要坚持家庭图书馆的开放性、公益性和平等性，真正做到为乡村家长和儿童服务。

全民阅读的难点在乡村地区，正如有媒体感叹的那样："'农村一公里'就是'最后一公里'，'农村一公里'打通了就是'最后一公里'打通了。家庭图书分馆是阅读服务的最后一站，最接地气，只有把家庭图书分馆建到广大农村，建到千家万户，让星罗棋布的阅读服务遍地开花，才真正、彻底地打通了阅读服务'最后一公里'。"② 在此，图书馆界提倡的"5 分钟文化圈"等理念值得深入探讨，城市有 24 小时图书馆、自主借还书机等打造城市社区公共文化空间，给城市儿童提供了良好的文化氛围和阅读便利，将来，如果乡村儿童也能在其生活的区域里和各种类型的图书馆相遇，那么乡村儿童的阅读热情和阅读能力都会有很大的提升。

2. 举办故事会

除了促进城乡公共文化服务的均等化，在具体的文化活动上，公立图书馆还可以面向乡村教师、学生和家长群体开展丰富的文学教育活动。当前，我国城市里的部分公立图书馆积极开展儿童阅读推广，如推行"故事会"，以给孩子们讲故事的形式提升儿童的阅读兴趣和阅读素养，这一活动形式对于儿童的文学教育十分有益，我们要努力向乡村家长和儿童推广。

我国在图书馆开展故事会的活动最先起源于台湾省。1987 年，

---

① 譬如温岭家庭图书馆设置的准入门槛：15 平方米以上；自备图书 60 册以上；服务人员 1 名；每周开放时间 10 小时以上；年借阅量 300 册次以上；配备手机或电脑借阅。参见《温岭市"家庭图书分馆"建设：打通农村阅读"最后一公里"》，《图书馆报》2018 年 5 月 25 日第 17 版。

② 《温岭市"家庭图书分馆"建设：打通农村阅读"最后一公里"》，《图书馆报》2018 年 5 月 25 日第 17 版。

台北市市立图书馆正式开始"说故事",组建了一个"林老师说故事"团体,于每周六在各图书馆给儿童讲故事。① 随后,讲故事活动逐渐进入校园和家庭,由此在台湾省形成一股潮流,出现了"故事妈妈""故事剧团"等组织或团体,有的图书馆还专门开设了故事妈妈培训课程,给公众讲授绘本阅读、讲故事技巧等内容。

2009 年高雄市立图书馆故事妈妈认证培训课程②

	课程名称	课程内容
初级课程	探索绘本的世界	提供多元的故事素材,带领学员感受绘本故事的魅力
	绘本里的图文	进一步了解绘本中图像、文字与阅读的关系
	故事人的素养	如何打动孩子,营造美好的阅读氛围
	乐在说故事	故事志工与阅读扎根
	肢体 fun 轻松 I	肢体、声音、表情、道具的运用
	肢体 fun 轻松 II	将平面故事生动化,让肢体与表情说个好听的故事
	说故事实作	分组讨论(成果验收),由资深"故事妈妈"做示范及分享经验,带领学员实习
进阶课程	绘本阅读 & 赏析 I	以主题绘本进行深度赏析
	绘本阅读 & 赏析 II	从不同阅读角度领略儿童文学的运用概念
	阅读桥梁书	透过选择适当读物,以培养儿童建立良好阅读习惯,进而深度阅读
	桥梁书的认识与运用	
	故事剧场 vs 肢体雕塑	如何透过声音语调技巧转换将故事讲说演化为戏剧方式呈现
	故事擂台会	分组讨论(成果验收),由资深"故事妈妈"做示范及分享经验,带领学员实习

大陆的讲故事活动开始得较晚,"2007 年,首都图书馆与红泥巴读书俱乐部共同发起'播撒幸福的种子'儿童阅读推广计划,开办'种子故事人研习班',培养讲故事人,到各地图书馆、阅览室、社区和学校去为孩子们讲故事"③。如今,讲故事活动在

---

① 参见方素珍《绘本阅读时代》,浙江少年儿童出版社 2013 年版,第 63 页。
② 转引自曹桂平《台湾地区讲故事活动探析》,《图书馆建设》2012 年第 12 期。
③ 李俊国、汪茜主编:《图书馆儿童阅读推广》,朝华出版社 2015 年版,第 133 页。

全国各地图书馆已经不是新鲜事，如沈阳市少儿图书馆有"贝贝故事乐园"，连云港市少儿图书馆有"故事王国里的故事妈妈"，首都图书馆有"红红姐姐讲故事"，江西省图书馆有"兰兰姐姐故事会"，厦门少儿图书馆有"故事妈妈"俱乐部，等等。这些公立图书馆的讲故事活动，用大量的故事丰富了城市儿童的童年。我们期待这样广泛而生动的故事会也能走进乡村儿童群体。我们呼吁更多的公立图书馆开设面向乡村家长群体的故事培训课程，让乡村家长群体中也涌现出越来越多的故事妈妈。

3. 开展馆校合作

鼓励公共少年儿童图书馆与乡村学校开展合作，共同致力于乡村儿童的文学教育是另一条很好的路径。一方面，少年儿童图书馆和学校都有进行阅读推广的责任，公共图书馆图书资源丰富，且有专业的图书馆员——与成人阅读相比，儿童阅读对阅读环境、阅读内容及阅读辅助都有更高的要求，也更需要懂儿童心理、儿童教育和儿童文学的图书馆员的协助。乡村学校往往藏书不足，且管理服务能力较弱，如能借助公共图书馆的力量，弥补乡村学校在阅读推广上的不足，将会对乡村儿童的阅读推广起到事半功倍的效果。另一方面，"学校以其独特的优势对学生有其强大的号召力，跟学校合作进行阅读项目的推广更容易实施，所以各级学校是图书馆的重要合作伙伴，馆校之间建立长效的合作机制是儿童图书馆事业和教育事业发展的必然趋势"[①]。

乡村幼儿园和乡村小学是乡村教育体系的基础，也是乡村儿童接受教育的主要场所，图书馆通过和乡村学校合作，可以集中接触到大量乡村儿童、教师和家长群体，通过以学校辐射村镇，可以更好地推动乡村儿童的文学教育。具体而言，可以督促各地少年儿童图书馆和乡镇开展合作开设分馆，或采取流动书车"图书下

[①] 孙蕊：《馆校协同儿童阅读推广模式研究》，北京联合出版公司2020年版，第123页。

乡"为乡镇儿童办理借还书服务等活动。在此，北京市石景山区图书馆、合肥市少儿图书馆率先做出了尝试，值得进一步推广。

一些机构的实践也值得关注，如商务印书馆的"乡村阅读中心"。商务印书馆在全国设立了5家"乡村阅读中心"，着力探索以学校辐射村镇的乡村阅读推广模式。[①] 商务印书馆会向各个乡村阅读中心捐赠工具书、经典阅读著作、普及读物，以及"三农"类图书等。这些阅读中心不是单纯的图书汇集点，商务印书馆以其雄厚的专家资源作支撑，加强对教师的阅读培训和指导，让乡村的中小学生掌握科学的阅读方法，养成良好的阅读习惯。同时，依托学校资源和场地，影响村民，把农村、城市社区公共阅读服务资源整合和互联互通，探索一种以学校辐射村镇的乡村阅读推广新模式，为推动全民阅读做出自己的贡献。此外，商务印书馆也派出编辑到乡村阅读中心支教，用教育、阅读和文化带动乡村的发展。[②]

商务印书馆的馆校合作实践值得推广。在面对乡村进行儿童阅读推广时，需要借助乡村小学的力量，通过培训乡村教师，借助场地组织讲座、读书会、电影放映等文化活动，调动乡村儿童及其家长的阅读兴趣。

第二节　发挥乡村民间图书馆的力量

著名的《欧洲阅读宣言》给我们描绘了一个理想的阅读环境："阅读的先决条件是高质量的阅读环境：图书本身应该具有吸引力；一个广泛的公共图书馆网络是至关重要的；每所学校应

[①] 据媒体报道，商务印书馆针对乡村阅读，进行了以乡村阅读中心推动乡村阅读的模式探索，在河北、山西、安徽、天津建立了5家乡村阅读中心。参见王坤宁、李婧璇《出版社交阅读推广新答卷》，《中国新闻出版广电报》2018年4月20日第5版。

[②] 参见《全国首家"商务印书馆乡村阅读中心"在河北揭牌》，中国新闻网，https://www.chinanews.com/cul/2016/03-23/7809212.shtml，2016年3月23日。

该有自己装备精良的图书馆，并同当地的书店和公共图书馆密切合作。"[1] 然而，当前我国乡村大部分地区仍处于公共文化服务网络的边缘，并没有实现或享受到公共图书馆的均等化服务，和城市相比，仍然存在较大差距。一方面是数量稀缺，另一方面是意义重大。乡村图书馆对于乡村儿童的意义再怎么强调都不过分，借用民国时期著名图书馆学家李钟履的话说，"城市中之图，犹如锦上之花；而乡村间之图，实似雪中之炭。锦上无花，仍不失其绮丽；而雪中无炭，则冻馁随之矣"[2]。乡村若无图书馆，则犹如大雪天没有取暖的炭火，乡村的孩子们就会遭受冻馁之痛。

"民间图书馆是和公共图书馆相对的一个概念。这一概念随着历史文化的发展处在不断地发展中，民国时期称其为私立图书馆。改革开放后，先后出现过自办图书室、自办书屋、读书社、民办图书馆、自营图书室、民营图书馆、民间图书馆等。"[3] 目前，学术界通常以"民间图书馆"来统称以上各个类型的机构。民间公益图书馆最先在我国乡村地区出现，"上世纪 80 年代以来，在国家推行扶贫政策、社会呼吁文化发展、公益组织下乡捐书、乡村精英着手文化自救等几股力量的交互作用下，民间创办的公益图书馆率先在我国农村出现，之后城市里也逐渐产生了此类公益性质的民间图书馆。乡村民间图书馆的兴起，为农村社区提供了免费的教育、文化、科技乃至娱乐方面的服务，尤其为贫困县乡村留守儿童提供了启蒙、求知与成才的帮助"[4]。

鉴于我国乡村地区公共文化空间和服务均不足的现状，一些

---

[1] 转引自徐益波主编《社区与乡村阅读推广》，朝华出版社 2020 年版，第 1 页。

[2] 李钟履：《乡村图书馆经营法之研究》，《武昌文华图书科季刊》1931 年第 3 卷第 2 期。

[3] 吴晞主编：《图书馆阅读推广基础理论》，朝华出版社 2015 年版，第 119—120 页。

[4] 王子舟：《〈乡村民间图书馆田野调查笔记〉后记》，《山东图书馆学刊》2019 年第 3 期。

公益组织或有识之士在乡村地区创办民间图书馆，试图为乡村儿童打造一方阅读空间，保留一些读书种子。这些图书馆在提升乡村家长和儿童阅读意愿、宣传阅读理念、提供阅读场所、助力儿童阅读等方面都做出了不可忽视的贡献。当前，我国民间图书馆往往是通过自筹资金或公益捐助的形式建立的，分为个人筹办和公司、机构、基金会筹办两种——又有人根据经营特点，将其分为个人独资、股份制合资和基金会资助三种。公司形式的民间图书馆一般经费充足、藏书及空间布局都较好，如悠贝亲子图书馆在全国已经形成了品牌，在多个大中城市都设有馆所，为城市家庭提供专业的亲子阅读指导。此外，蒲公英乡村图书馆自2008年起致力于为中国贫困地区创建优质的乡村图书馆，让乡村儿童受到公平和人性化的教育，他们的理念是"Don't pay it back to me, pay it forward"（不要回报，请去传递）。

相比机构办馆，个人筹办的民间图书馆在经济实力、图书配备上要逊色许多，却以其民间互助的精神给乡村儿童带来希望之光。北京大学王子舟教授曾专门对私人公益图书馆开展过调研，并对创办者的身份进行统计，调研显示，创办人大多是从事文教事业、文化素质高、社会见识丰富的乡村精英，包括退休职工（有退休金）、有职业者及新乡贤。这些"创办者们靠着他们的公益情怀、奉献精神，爱书知书，立足地方，像疾风下的劲草一样顽强地生存着"[①]。

个人筹办的民间图书馆多通过众筹的形式筹集资金，通过接受民间捐助的形式筹集书籍，组织者往往有较高的热情，致力于提升乡村儿童的阅读兴趣和文化素质。如湖南的棉花沙图书屋就是一家典型的民办乡村公益图书馆，主要致力于给乡村孩子搭建一个免费阅读的平台。棉花沙图书屋的理念是：公益自助，快乐

[①] 参见王子舟《〈乡村民间图书馆田野调查笔记〉后记》，《山东图书馆学刊》2019年第3期。

阅读。经费主要是捐赠而来，主办者发动身边的朋友，通过新媒体把筹建图书屋的需求发布出去。图书屋的运营费用主要包括房租和图书管理员工资，这些经费来自民间。图书屋的负责人会在朋友圈公布财务情况，还会备注支出经费的原因和明细，力求做到公开透明。图书屋的藏书主要来自捐赠，收到图书的时候，图书管理员会对书籍进行分类，舍弃没太多营养价值的书，而对优质图书定期更新。

民间图书馆的选址往往离学校很近，靠近当地中小学的图书馆往往阅读量大。还以棉花沙图书屋为例，自2016年7月5日第一家图书屋成立起，棉花沙图书屋已经成立了四家，两家在镇上，两家在村上。镇上的图书屋靠近当地中小学，其中第一家和第三家图书屋在村庄，借阅量不高，所以没有制定办理借书证的制度。在镇上的图书屋坚持一元办证，不需押金，不给想借阅的乡村孩子设置门槛。图书屋设立五天八小时开放制，周六日也开放，周二、周四闭馆。

民间图书馆给乡村儿童提供了急需的文化活动场所，为各类文化活动提供平台。如棉花沙图书屋开展了以下活动。

第一，提供借还书服务，组织读书会。活动中邀请一些当地的退休老师参加，会适当给予参加者一些补助。

第二，举办电影放映会、书法公益课之类的公共文化活动。负责人会对图书管理员进行一些培训，也会培养当地志愿服务者，或发动当地孩子家长帮忙整理图书和打扫卫生，注意培养当地村民志愿服务的意识。这样做的好处是让家长和孩子们感受到这是他们自己的图书馆，让他们学会爱惜。负责人还会设置一些规章制度，比如一次只能借两本，半个月内要还书，丢书会受到惩罚，等等。同时还注意培养乡村儿童良好的阅读习惯，比如在图书馆读书要保持安静等。

第三，到学校做推广，分享读书的乐趣。通常，民间图书馆会扮演乡村阅读推广人的角色。棉花沙图书屋和当地的学校，特别是老师，一直保持联络，让这些老师了解图书屋，并邀请老师来图书屋上阅读课，有时候图书屋负责人也会去学校做推广，分享读书的乐趣，同时讲解图书屋的借阅制度。① 创始人的希望是，"将图书馆建成当地的平台，不光是服务当地的孩子，也可以服务当地的老人。希望有更多活动能让更多当地人参与，也希望孩子们长大后能把它当成一个美好的回忆"②。

虽然棉花沙图书屋的运营经费并不宽裕，规模也很小，影响也不够大，但这样的一个基层图书室正是最接地气的尝试。他们的这些举措值得更多的基层图书室借鉴学习。

当前，我国民间图书馆的发展面临着不少问题，如资金可持续性发展不足、专业管理人员欠缺、规模较小、服务范围不大、图书老旧等。要想壮大民间图书馆的力量，为更多的乡村儿童提供阅读场所和文学教育的空间，未来还需要拓宽发展路径，如可以寻求当地政府支持，拓展"民办公助"经营模式，努力解决经费不足的困难；和公共图书馆加强合作，借力于公立图书馆的馆藏资源和丰富的管理经验，邀请公立图书馆馆员对民间图书馆管理人员进行职业培训；凝聚好、发挥好乡村出身的人才的作用，如各地市县图书馆可以开展服务乡村儿童阅读和文学教育的志愿者业务，搭建志愿者服务平台，吸引各村镇已毕业和在读大学生加入，利用寒暑假和节假日，在当地乡镇图书馆、校图书室或村图书室为乡村儿童开展阅读指导服务。

此外，还需要寻求社会资源的支持，加强和媒体、城市公益阅读组织和阅读推广组织、热衷公益的公司等机构的联系，为民间图书馆的发展寻求更多的支持，开拓一条更宽阔的道路。如2019年中国社会福利基金会、东风日产、南方周末联合发起"阳

---

① 参见蒋能杰《从记录别人到自己干：棉花沙乡村公益图书馆的2年》，搜狐网，https: //www.sohu.com/a/192061832_775541，2021年8月6日。

② 蒋能杰：《从记录别人到自己干：棉花沙乡村公益图书馆的2年》，搜狐网，https: //www.sohu.com/a/192061832_775541，2021年8月6日。

光关爱·i读计划",推动设置了多家"东风日产阳光关爱阅读室"并配备全新图书。其他热衷向乡村儿童推广阅读的还有爱阅公益、幕天公益等组织,民间图书馆可以和这些公益组织加强联系,寻求资助。专门分享民间图书馆信息的"文化火种寻找之旅"网站也设立了多个公益资助项目,可以供需要资助的民间图书馆申请。如"乡村图书馆、校园图书角、家庭书架项目"——"旨在助力乡村图书馆的本土力量,推动当地小学校图书角的建设、管理,改善乡村图书馆所在地的学生、教师、家长,特别是留守儿童的阅读条件。""民间图书馆公益阅读项目（合万邦小微公益基金资助）"——"旨在助力民间图书馆小型创新项目,推动民间图书馆开展公益阅读活动,改善乡村文化环境,提高民众文化素养。同时也培养民间图书馆主动寻求发展、申请项目支持的意识和方法。""民间图书馆乡村家庭阅读点项目"——"旨在助力民间图书馆的本土力量,建立乡村家庭阅读点。以图书馆卫星站的形式,改善乡村家庭阅读点及所在地村民、学生、家长的阅读条件。"[①]

总之,让图书下乡,让文化下乡,让阅读成为乡村家庭的习惯,还任重道远,需要政府、机构和个人持续不断地努力。

第三节　打造有特色的乡村文化社区

当前,中国城乡关系发生了巨大变革,社会形态也由"乡土中国"向"城乡中国"转变,有学者指出:

> 自近代以来,中国开始由传统的农业国向现代意义上的

[①] 参见民间图书馆公益网站"文化火种寻找之旅", http://www.mjtsg.org/listall_Project.asp, 2023年5月20日。

工业化国家转型。百余年间，中国先后历经了近代工业化、国家工业化、乡村工业化以及参与全球化的沿海为主的工业化阶段。由于工业化与城镇化在各个阶段的推进方式不同，长期被缚于土的乡土中国农民也历经了计划国家工业化时期的"绑缚"于土、乡村工业化时期的"黏连"于土、沿海工业化初期进城又返乡的"农一代"的"依恋"于土，进而到"农二代"时期的离土、进城、不回村、"乡土"成"故土"的新阶段。由"农一代"到"农二代"的这场代际革命，标志着中国开始由延续数千年的"乡土中国"形态向现代意义的"城乡中国"形态的历史性转变。[①]

在这个历史性的巨变之下，"乡村制度、传统乡土社会的人际关系，以及以'礼治秩序'为代表的传统文化价值规范都在这一场村庄转型中面临严重的冲击与挑战"[②]。随着经济的发展，乡村文化出现了荒漠化现象。关于乡土文化的凋敝，不少学者将其归因于1949年后的几次政治运动。这固然有关，但这种现象其实早在1949年前就已存在，并很普遍。1947—1948年，费孝通先生曾在报纸上发表了一系列关于农村问题的文章，后来结集为《中国士绅》出版。在这本书中，费孝通先生将"农村输出子弟，损失金钱又损失人才"的现象称为"社会损蚀"。对不回家的乡村子弟，他称之为"逃亡者"。这个理论对我们分析今天的乡村问题依然有效。

当下农村的"社会损蚀"，主要体现为"文化反哺"的缺失。乡村输出一批又一批人才，但少有人回来。乡村也很难吸引到城市人才，留守的乡村子弟和乡土文化越来越疏离。这就让农村文化呈现出某种虚空状态。一面是经济的不断发展，另一面是文化

---

① 刘守英、王一鸽：《从乡土中国到城乡中国——中国转型的乡村变迁视角》，《管理世界》2018年第10期。

② 刘守英、王一鸽：《从乡土中国到城乡中国——中国转型的乡村变迁视角》，《管理世界》2018年第10期。

的落后。而缺乏了文化根基的乡村，将沦为一个地理意义上的标识。有学者指出："构成乡村文化整体的，一是乡村独特的自然生态景观；一是建立在这种生态之上的村民们自然的劳作与生存方式；一是相对稳定的乡村生活之间的不断孕育、传递的民间故事、文化与情感的交流融合。正是在这种有着某种天人合一旨趣的文化生态之中，乡村表现出自然、淳朴而独到的文化品格。"①乡村教育理应从以上三个层面，培育孩子对家乡的认知。让乡村子弟了解乡村的自然地理，尊重它的生活方式，并保存其独特文化。简单来说，就是要在拓展城市视野的同时，回归乡土。既可以有"孩儿立志出乡关，学不成名誓不还"的"离乡之志"，也可以有如《平凡的世界》里孙少安一般扎根农村让其旧貌变新颜的"骨气"。走得出去，也能自如归来。

2021年4月29日，第十三届全国人民代表大会常务委员会第二十八次会议通过了《中华人民共和国乡村振兴促进法》。法规强调，要"加强农村精神文明建设，不断提高乡村社会文明程度"，"提高农村基础教育质量"，"提高乡村教育现代化水平"②。乡村要振兴，教育要先行。乡村儿童的教育和健康成长关系到乡村的未来，关系到乡村振兴能否成功实现和持续发展；乡村儿童的文化生活，是乡村精神文明建设的重要内容，也是乡村儿童文学教育的重要土壤。乡村社会长期以来形成的道德教化和民间文化传统，在儿童文学教育上依然有着重要影响。丰富儿童文化生活，塑造乡村儿童精神风尚，应在继承乡村已有优秀传统文化的前提下进行。

首先，要去芜存菁，深入挖掘乡村口述文学、民间故事、地方习俗、节气仪式、民间手工艺等优秀文化资源，对其以编著绘本、文化培训或课程、讲座的形式加以转化、传播、学习；其次，

---

① 刘铁芳：《乡村的终结与乡村教育的文化缺失》，《书屋》2006年第10期。
② 参见《中华人民共和国乡村振兴促进法》，中国人大网，http://www.npc.gov.cn/npc/02c30834/202104/t20210429_311287.html，2021年5月21日。

学校和相关文化部门可采取"文化会演""征文""比赛"等多种形式，鼓励乡村儿童积极书写乡村生活中的故事和自身的情感。"学问是生活，生活是学问。"乡村生活环境融合了鲜活的各个学科的知识，有必要引导乡村儿童扬长避短予以吸收学习，鼓励乡村儿童对自己的"家族史"、生长的村庄历史和当下乡村的发展现状有更多了解，这对于培养乡村儿童丰沛的人格和对乡土的热爱至关重要。

"乡村是一个地缘性的社会生态空间，是一方人的生命赖以栖息的一方水土。"[1] 乡村学生于乡村社会生态空间中，最有利于实施在地化教育（Place-based Education）。何谓"在地化教育"？"秉持在地化教育理念即尊重儿童原有的生活经验和学习认知基础，将教育与生活、与地方、与当地生态联系起来，将地方与环境贯穿于教育教学的过程语境中，使之形成主动式、参与式、倡导生态关怀并可持续发展的乡村教育。使乡村教育参与到社区的生态发展与生活改造之中，更有效地发挥学习的作用与知识的力量，最终实现重建我们的乡村学校—乡村社区—乡村环境三者间有机生态关系的教育系统。"[2] 按照这个理念，乡村教师可以带领、引导乡村儿童充分利用好本土资源，将当地的教育资源和学校的课程融合起来，探索一种既现代又田园的乡村教育，让乡村儿童学习当地特有的历史、文化、地理、文学、民俗等知识。要像潘光旦先生几十年前呼吁的那样，让乡村的孩子们了解"本乡的地形地质如何，山川的脉络如何，有何名胜古迹，有何特别的自然或人工的产物"[3]，在认识、了解的基础上，加深对乡

---

[1] 邬志辉：《乡村小规模学校高质量发展，路在何方》，《光明日报》2020年9月15日第15版。

[2] 丁学森、邬志辉、薛春燕：《论我国乡村教育的潜藏性危机及其消解——基于在地化教育视角》，《教育研究与实验》2019年第6期。

[3] 潘光旦：《说乡土教育》，潘乃谷、潘乃和编《潘光旦教育文存》，人民教育出版社2002年版，第340页。

土的热爱。

在地化教育,需要将本土资源利用起来,作为乡村学生学习的资料和素材。雅安的"问渠社·未学校"就是一家在乡村实践在地化教育的教育机构,他们秉持"学习在窗外、他人即老师、世界是教材"的教育理念,开展了各式各样的在地化学习项目,取得了良好的效果。比如他们开展了一个"年猪项目",通过这个项目,教师引导乡村孩子进行跨学科学习,了解猪的特性和驯化史,学习和动手解剖猪的生理结构和内脏器官,了解腊肉的制作和文化传承,计算年猪的利润,让孩子学习加减乘除等数学知识,等等。"杀年猪的活动,一共持续了差不多一周的时间。未学校所有的家庭都参与进来,各自贡献出自己的生活本领——烧火、做饭、唱歌、讲故事、跳舞……问渠社这个小小的院子,俨然就是一个大家庭、一个生活社区的样子,容纳所有人的欢乐、幸福、回忆及对未来的畅想。"[1] 又比如"蝴蝶项目""木雕项目""关爱老人项目",都各自与当地的自然资源、人文资源相结合,在生活中达到多学科教育的目的。

乡村的文化氛围对于乡村儿童的文学教育无疑至关重要,有一个良好的文化土壤,才能更好地培育文学教育的果实。若能将文学教育和乡村文化社区相结合,因地制宜,自然能更好地促进乡村儿童的文学教育。让人欣慰的是,一些地区对此已经进行了有益的尝试,比如被评为"中国民间故事之乡"的福建省光泽县近年来就开展了许多积极而有创意的讲故事活动,为打造充满地方文化气息的新农村文化社区做出了有价值的尝试。

光泽县有着历史悠久的"讲古"文化,"讲古",就是通常说的讲故事。"光泽县蕴藏的民间故事多达 3000 多个。这些有着不同情愫、不同内容的故事或滋养美好的心灵,或鞭挞顽劣世态,

---

[1] 未学校:《一所乡村里的创新学校,如何进行在地化学习?》,"问渠社共学社区"公众号,https://mp.weixin.qq.com/s/PB96sM9ZcbVQBrDr4nZyPA,2022 年 1 月 6 日。

给人以启迪和警醒。"① 为了传承好"讲古"传统，2013年，光泽县专门成立了"故事会"领导小组，在全县选择5个故事村作为"故事会"试点，积极推广讲故事活动。这些活动形式丰富，生动活泼，值得更多的乡村社区借鉴。

> 一是挖故事，收集整理流传于民间的历史神话、传说掌故、红色革命故事等。二是写故事，进行民间故事的整理工作，撰写传统故事，同时撰写新故事。三是编故事，编辑出版《光泽故事会》杂志，目前已经出版了13期。四是画故事，在全县8个乡镇的85个行政村和5个社区，开展文化墙（长廊）活动，以图文并茂的形式传播社会主义核心价值观。五是讲故事，全县陆续开展上百次故事比赛，同时还推出"光泽故事会"广播电视节目，邀请"讲古"人在节目中定期开讲。②

伴随着一位位乡亲走上讲台，一个个带着泥土味的"故事会"走进了社区、农村，也让身边的真人真事、好人好事得以"广而告之"，促进了乡风文明。"故事村"的讲故事活动其实就是一种参与式的文学教育实践。一方面，让乡村学生在社区文化中学习和掌握相关学科知识技能；另一方面，以他们学到的技能和知识服务于乡村社区，继承民俗文化，由此形成良性循环，乡村儿童的学习变得不再脱离日常生活，而是在生活中受到教育。

乡村地区有着得天独厚的自然优势，除了打造语言类文化社区，进行多项目的在地化教育，还可以打造特色课程，因地制宜，打造出各具特色的文学课程，以课程推动社区文化，以社区文化促进课程发展。例如，节日、节气文化对于儿童的文学教育

---

① 高建进：《村村都有"讲古"人——"中国民间故事之乡"光泽县传承民间文化》，《光明日报》2017年4月8日第5版。

② 高建进：《村村都有"讲古"人——"中国民间故事之乡"光泽县传承民间文化》，《光明日报》2017年4月8日第5版。

就十分重要，2017 年，教育部印发的《中小学德育工作指南》中明确要求，"开展节日纪念日活动。利用春节、元宵、清明、端午、中秋、重阳等中华传统节日以及二十四节气，开展介绍节日历史渊源、精神内涵、文化习俗等校园文化活动，增强传统节日的体验感和文化感"①。2016 年，我国申报的"二十四节气——中国人通过观察太阳周年运动而形成的时间知识体系及其实践"申遗成功，被正式列入联合国教科文组织《人类非物质文化遗产代表作名录》。2022 年北京冬奥会开幕式采用二十四节气元素，让二十四节气文化得到了全世界的关注。

"二十四节气"对于城乡儿童都有着重要的教育意义，有专家指出："不管是城市的孩子还是农村的孩子，不管江南还是江北，学习了二十四节气后，大家都可以从不同的细节，初步体会中国人天人合一的生活方式。不同的地方不同的物候可能不一样，在北国还是冰雪的时候，江南已经花开，但是春夏秋冬的转换是一样的，随着不同的节气有不同的身体、心理、饮食调整是一样的。南北东西的不同，正是二十四节气文化多样性丰富性所在。"②"二十四节气"有着丰富的教育价值，作为中国优秀传统文化的代表，二十四节气有着独特的教育价值。"它不只是抽象的思想理念，也不只是具体的技术或活动，它是一个文化体系，包含了中国文化中天、地、人、物的生命关联，涵盖了天文、地理、气候、农事、文学、艺术、仪式典礼、生活习俗、饮食养生等诸多方面，是我们了解中国人的文化、生命和生活最好的窗口。"③

二十四节气是对自然规律的总结，同时也蕴含着丰富的文学

---

① 参见《中小学德育工作指南》，中华人民共和国教育部官网，http://www.moe.gov.cn/srcsite/A06/s3325/201709/t20170904_313128.html，2019 年 8 月 17 日。

② 转引自杨飒《节气教育：在土地上，在生活里》，《光明日报》2022 年 3 月 8 日第 13 版。

③ 转引自杨飒《节气教育：在土地上，在生活里》，《光明日报》2022 年 3 月 8 日第 13 版。

知识，几乎每一个节气都有对应的古诗词或谚语，是我们进行文学教育的好素材。比如二十四节气歌就是一首动人的古诗——"春雨惊春清谷天，夏满芒夏暑相连。秋处露秋寒霜降，冬雪雪冬小大寒。"而具体的节气，涉及的文学知识则更丰富。

"立春"对应的谚语有："立春阳气转，雨水沿河边；惊蛰乌鸦叫，春分地皮干。"对应的古诗有："泥牛鞭散六街尘，生菜挑来叶叶春。从此雪消风自软，梅花合让柳条新。"（宋·王镃《立春》）

"雨水"对应的谚语有："雨水落雨三大碗，小河大河都要满。种田老汉不能歇，雨水阴，夏至晴。"对应的古诗有："好雨知时节，当春乃发生。随风潜入夜，润物细无声。野径云俱黑，江船火独明。晓看红湿处，花重锦官城。"（唐·杜甫《春夜喜雨》）

"小满"对应的谚语有："小满大麦黄，忙蚕又栽秧"，对应的古诗有："夜莺啼绿柳，皓月醒长空。最爱垄头麦，迎风笑落红。"（宋·欧阳修《小满》）

"立秋"对应的谚语有："立秋胡桃白露梨，寒露柿子红了皮。"对应的古诗有："乳鸦啼散玉屏空，一枕新凉一扇风。睡起秋色无觅处，满阶梧桐月明中。"（宋·刘翰《立秋》）

"大寒"对应的谚语有："小寒大寒，杀猪过年；过了大寒，又是一年。"对应的古诗有："旧雪未及消，新雪又拥户。阶前冻银床，檐头冰钟乳。清日无光辉，烈风正号怒。人口各有舌，言语不能吐。"（宋·邵雍《大寒吟》）

……

对于乡村儿童而言，学习二十四节气有着更为便利的环境优势，学会了也可以更好地指导日常生活，是进行在地化教育的理想素材。二十四节气贯穿在乡村儿童的日常生活中，乡村学校可以和当地社区开展合作，建立专门的教学基地，打造自然学习社区。[①] 具体而言，在乡村学校的教学活动中，可以开设"二十四节气"

[①] 当然，城市有各种植物园、生态园、公园，也可以开展各类节气课程。

的专题课程，或和"诗歌课""科学课""绘画课""实践课"相结合，让孩子们都学会背诵二十四节气歌，记住有哪二十四个节气，让乡村儿童在乡村社区里观察、体验"二十四节气"。大自然是知识最丰富的学校，让乡村儿童深入本乡本土中去，亲身了解和感受自己身边的土地和物候，意义深远。一方面，可以进行课内文化知识的教学；另一方面，教师还可以组织孩子们在郊外田野观察真实的物候，体验农耕文化，有条件的学校，甚至可以组织学生参与耕种作物。让孩子们观察记录不同类型的植物，留意乡土自然里的植物、花草、庄稼、果林生长的自然规律，让乡村学生在一年四季中感受、体验二十四节气的传统文化，在此基础上，还可进行关于节气主题的诗歌创作等文学教育活动。

总而言之，我们要鼓励不同地区的乡村因地制宜，依托各地的地理、文化特色，打造更多的各具特色的文化社区，推动乡村儿童文学教育的发展。

结语　推进乡村儿童文学教育的具体方案

少年儿童是祖国的未来、中华民族的希望,乡村儿童的培育和发展关系到乡村的未来,关系到乡村振兴能否成功实现和持续发展。总结而言,要大力推行乡村儿童文学教育,有以下几个具体方案。

第一,要想做好乡村儿童的文学教育工作,就得重视乡村儿童家庭文学教育不足的现状,并努力改进。家庭是儿童教育的第一站,当前,甚至在相当长的一段时期内,乡村儿童的家庭教育都是整体不足,文学教育更是薄弱,这是我们必须直面的现实,所有的方案都要在此前提下展开。我们要做的,就是努力让乡村家庭拥有更多的藏书量,要让乡村的孩子们在家里有书可读。

乡村家庭不具有和城市家庭类似的足够的购买力,我们在调研中发现,乡村儿童家长购买图书时,最看重的是价格高低,而非城市儿童家长十分看重的图书主题、装帧质量和艺术设计等因素,这并非乡村家长不重视审美教育和书籍质量,而是对于大多数经济并不宽裕的乡村家长而言,价格无疑是第一要考虑的。笔者调研发现,42.13%的乡村儿童家长能接受的图书价格在"10—20元",还有16.51%的家长只能接受"10元以内"的图书。"50元以上"价格比较高的精装书或立体书,只有4.03%的家长会考虑购买。要想让乡村儿童有更多的藏书和阅读量,需要出版界尽量多出版乡村家庭买得起的平装图书，即多出版、推广物美价廉的童书和绘本，让乡村家庭有能力购买。

此外，我们要指导乡村家长营造良好的家庭氛围，鼓励他们以多样的力所能及的方式去教育孩子。笔者调研发现，乡村家长会给孩子选书并和孩子一起阅读、讨论的只占 20.10%，更多的家长只是给孩子买书，却不会辅导孩子读书，即便有的家长想辅导，也不会辅导。鉴于乡村家长文化水平不高——乡村儿童的养育人文化程度"初中及以下"者占据 60.04%，高中文化程度者占 21.17%，有必要加强乡村家长的文化培训工作，通过开设社区家长学校或在学校开设乡村家长课堂的形式，加强家校合作，指导乡村家长理解文学教育的重要性，指导他们学会指导孩子。

第二，要想做好乡村儿童的文学教育工作，需要整个社会文学教育的系统支持。出版界需要加大精准供给力度，文化界应该鼓励面向乡村的儿童文学作品创作、出版和阅读推广。

充足而适合的儿童读物是进行文学教育的基础和依靠。在当前的童书出版领域，大量原创图画书和引进的国外绘本都以城市为背景，针对中国乡村儿童成长背景和阅读特点的图书，在数量上和质量上都显得不足。我们需要鼓励童书作者、插画家及出版界积极关注乡村儿童的阅读需求，针对乡村儿童的实际情况创作出高质量、丰富多元的儿童读物。除了鼓励新的创作，还需要利用好优质的传统儿童阅读资源，鼓励出版界加强面向乡村的儿童文学读物的编写工作，如乡村儿童主题的童书、歌谣绘本、民间故事绘本、文学选本等。在此基础上，创作出一批真正适合乡村儿童阅读的书籍，并将其推广开来。因此，建议国家文化部门设立专项创作和出版经费，鼓励面向乡村的儿童文学作品的创作、出版和阅读推广。

第三，要想做好乡村儿童的文学教育工作，就得充分打造好乡村学校这个主阵地。

学校是对乡村儿童进行文学教育的主阵地，在乡村儿童文学教育中处于核心地位。乡村学校既提供了教育的文化空间，又有指导者乡村教师，还有互相交流学习的小伙伴，要做好乡村儿童的文学教育工作，就必须打造好乡村学校这一文化阵地。各地基层政府要进一步改善乡村教育体系，在乡村地区的中小学统一设置专门的"阅读实践课"，通过各地教育主管部门的推动，将其纳入中小学语文课程教育体系，并将学生的阅读水平和语文教师的业绩、学生的学业评估挂钩。逐步建立健全一套完善的文学阅读体系，将其纳入升学和学业评估课程体系，解决现实中可能存在的"教师鼓励阅读"和"面临学生升学压力"之间的矛盾。在统一设置阅读实践课程之外，建议各地教育主管部门鼓励有余力的乡村中小学设置有特色的文学课程，如"故事课""绘本课""诗歌课""自然文学课"等，建立机制开展各类生动丰富的文学教育课程，并在乡村教师的绩效考核上给予适当体现。

目前，全国通用的语文教材在课文的选择、教学情境的设置上，多接近城市儿童的日常生活环境，应用到乡村教学时，乡村儿童可能会觉得比较隔膜。这就需要因地制宜，采取更丰富多元的课程策略，以弥补面对城市指向教材时的不足。比如，可以鼓励乡村学校和相关教育机构自编适合本乡本土特色的讲义，作为正常阅读课程之外的辅导课程。通过"小范围"的乡土讲义、校本教材等的编写和阅读，将乡村儿童身边的日常生活、所在村庄的历史、现状、生态地理等知识纳入课堂，并在教学的过程中鼓励师生互动，将书本的学习和日常乡村生活实践相结合，共同促进乡村儿童对民间文学、民间文化和家乡风土人情的学习和了解，培养乡村儿童对乡土的认同与情感。

面对乡村儿童大量留守的现实状况及乡村家庭教育环境不足的客观情况，乡村教师比乡村家长要起到更重要的作用。当下，全国性的语文教改正在如火如荼地进行，而教改的重点，就是倡议"大语文观"，加大课外阅读量，提升学生的语文综合素养。考试评价体系的调整，对于严重缺乏阅读资源和阅读训练的乡村儿童而言，无疑是一个相当大的挑战，如果没有得力的应对，势必将导致城乡教育水平和人才培养力度差距进一步拉大。鉴于此，要继续充分发挥好乡村教师这一群体的能量。

一方面，要进一步加强师资建设，提升乡村教师的儿童文学素养和阅读推广能力，提升乡村教师对儿童文学作品的阅读鉴赏能力和文学作品教学设计能力，鼓励他们开发出适合乡村儿童特点的各类文学教育课程，如诗歌课、故事课、阅读课、绘本课，或单一设置，或综合设置，还可创办文学社团，或举办文学讲座，总之，要通过各种生动活泼的形式，改善乡村儿童的学校文学教育面貌。另一方面，各地政府可以设立专项阅读推广基金，搭建乡村教师"阅读推广人"网络平台圈子，加强经验交流和分享，让乡村教师成为乡村儿童最重要的"阅读推广人"和"指导者"。此外，还要加强乡村教师的培训工作，完善、促进乡村教育系统和城市教育系统的互助合作，组织乡村教师到高校进修或邀请专家到乡镇授课，对乡村教师提供有针对性的帮助，实现城乡文学教育资源的良好流动。

第四，要想做好乡村儿童的文学教育工作，就需要把文艺融入乡村社会，尽力改善乡村儿童文学教育的土壤。

要做好乡村儿童的文学教育工作，需要有一个"大文学教育"的视野，将乡村儿童的文学教育提升到乡村社区文化建设的高度，要加强乡村公共文化空间建设，打造良好的文化环境。乡村图书室、乡村图书馆、书店等乡村公共文化空间的营造对于乡村文化的传承、乡村儿童的发展至关重要，家庭教育主要培养孩子的性情和品格，学校的教育主要是传授知识和技能，而家庭和课堂以外的社会公共文化生活和接受的"非正式教导"，对于儿童的成长也非常重要。因此，进一步完善乡镇公共文化空间的建设，便是改善乡村儿童文学教育面貌的当务之急。

一方面，可推动各地政府部门设立专项基金，推动乡镇图书馆、乡村图书室、乡村书店的配备和经营，构建"县—乡—村"

一体化的基层公共文化服务体系，努力解决公共文化服务"最后一公里"的问题；进一步加强管理和服务工作，提升图书馆员的业务能力，督促其掌握儿童心理学、儿童文学、童书出版等领域的基础专业知识，以更好地为乡村儿童提供阅览服务。

另一方面，在硬件建设的基础上，加强"软件"建设。疏通、优化各乡镇已有图书馆、图书室儿童书籍的购买、捐赠和借阅渠道，减少、清理非儿童读物馆藏和单一陈旧的教辅资料，优化馆藏图书和捐赠图书质量——比如可以适当购买一些制作精良的精装书、科普百科书和立体书等，并适当配置一定数量的电子阅读设备。也需充分调动民间公益力量，督促各地政府鼓励和支持各类公益组织、基金会、广大热心人士筹建民间图书馆，并对在乡村开办书店给予政策支持和适当的经济补贴。

此外，还要通过基层政府的推动，努力做好乡村社区文艺氛围的营造工作，从村镇入手，把文艺融入乡村社会，切实改善乡村儿童文学教育的土壤。当前，在一些地方涌现的"故事村"就非常值得借鉴——为了传承好"讲古"传统，2013年，光泽县专门成立了"故事会"领导小组，在全县选择5个故事村作为"故事会"试点，积极推广讲故事活动，由此带动了整个村镇文学氛围的活跃，也给当地乡村儿童的文学教育营造了浓郁的文化氛围。

第五，要想做好乡村儿童的文学教育工作，还需要推动文学教育资源的城乡共享。促进城乡儿童线上文学教育资源的交流共享，缩小城乡儿童文学教育的"数字鸿沟"。

当前，我国建设数字社会的步伐正在逐步加快，乡村儿童也不可避免地被卷入互联网的世界里。但现实中的城乡差距往往也延续到了线上。很多乡村儿童更多地看重智能手机和网络的娱乐及消遣功能，而对它们所能提供的教育、健康、文学、艺术等资源缺乏关注、吸收和学习。如何利用丰富的多媒体数字教育资源，让乡村儿童在数字化时代缩小现实生活中的机会鸿沟，是一个值得重视的议题。

在硬件建设方面，建议给各地乡村中小学寄宿宿舍配置可供"听读"的广播装置（以后，可进一步配置可供远程直播的设备）。相比于昂贵的实体童书，"听书"可谓当下城市儿童阅读的一个趋势，这一便捷、成本低的阅读方式也可应用于乡村儿童的文学教育和阅读推广中。通过给乡村中小学配置可以长久使用的广播（直播）装置，可引入城市儿童丰富、完善的"听读"资源，如可在乡村寄宿制学校配置广播，让学生们聆听睡前故事。此举可部分弥补乡村儿童家庭文学教育的不足，也可促进城乡儿童阅读资源的互动和共享。

在"软件"建设上，可以因地制宜，创新推广方式，充分发挥好乡村社区普遍配备的广播体系的作用，让当地村委精选一些优秀的乡村题材、革命历史题材和少儿题材的文艺作品及通俗易懂的儿童科普读物，在符合儿童作息的时段播放。除此之外，还可开发公益助读网站和相关阅读 App，促进优质文学教育资源共享。

还有必要强调的是，在经济条件允许的情况下，乡村地区可以适当增加专门的培训课，逐步培养乡村家长和儿童的网络信息素养，养成他们在数字化时代的检索意识和搜索技能，让他们在现实条件有限的情况下，学会搜索利用互联网上官方机构或优质机构提供的免费教育资源（如"生命树童书网"、"喜马拉雅"App、"小花生"App 等），了解并逐步适应数字阅读。

从广义来讲，家庭、学校、社区、社会媒介、出版社等都会对乡村儿童的文学教育产生影响，当前，这些教育主体之间的整合力度往往不够，影响了教育的成效。我们要做的是开展协同合作，让家庭、政府、学校、文艺界、图书出版界发挥合力，让乡村的孩子们也能和城市儿童一起，享有较好的文学教育。当下中国教育的短板在乡村，城乡儿童在教育资源上面临着严重的不平衡，教育的失衡则会导致教育上的不公。在新时代加强乡村儿童的文学教育，给当下中国教育资源、相对有限的乡村儿童一个平等的、先进的指导，让乡村的孩子感受到现代教育的光照，这不仅是我们当下践行乡村振兴战略的题中应有之义，也是推动书香社会建设、营造良好文化氛围、扎实推进社会主义文化强国建设和促进整个社会共同发展进步的重要举措。

今天我们怎样教育乡村儿童，将来就会拥有怎样的乡村居民和社会公民，如果有对乡村儿童有真切了解并充满真诚且有方法的教育者，以耐心、善心、温暖的关怀心来细细加以指导，这一代的乡村儿童将来就会成为生机勃勃的青年，他们也会成为下一代乡村儿童的种子，进而形成良性循环，从而改变乡村的整体面貌！

附　　录

一　乡村儿童阅读推荐书目（210本）

推荐说明

关于儿童中文分级阅读，当前已有不少机构发布了一些书单，如深圳爱阅公益基金会策划并资助研发的《小学生儿童文学阅读书目（300种）》，以及"亲近母语"近年来先后发布的《中国儿童分级阅读书目·幼儿版（2020）》和《亲近母语分级阅读书目·小学版（2021）》。"亲近母语"发布书目已有二十多年，每年都会对书目进行修订和完善。专业的书目对学校的师生共读、家庭中的亲子共读乃至儿童的自主阅读都会提供有益的帮助。

各个机构提供的书单各有特色，对推动儿童阅读起到了一定的作用。但当前国内专门针对乡村儿童的书目还属空白，鉴于当前城乡儿童在阅读境遇上存在的巨大差异，为了更好地指导乡村儿童的阅读，本书制定了此书目，供广大乡村小学、乡村图书馆、乡村家庭、乡村儿童收藏、阅读和购书参考。

本书目包括两部分，一为绘本，二为童书。海内外优质绘本和童书均数量众多，本书目只是精选，精选书目共收210种，其中绘本100种、童书100种，另附有阅读指导书目10种。

书目筛选和选择标准与依据

1. 推荐书籍均为在国内公开出版发行的汉文版或汉译版图书。

2. 本书目的制定基于乡村儿童的生长环境、身心发育和情感现实，立足乡村儿童的阅读需求和阅读实际（详细论述参见前文）。在选择的过程中坚持以下标准。

（1）儿童本位。本书目的选择坚持儿童本位，所选书籍都是尊重儿童、理解儿童、遵从儿童认知规律和发展规律的作品，针对乡村儿童的具体情况，在主题上偏向于乡村、自然、亲情类，在体裁上则以诗歌、散文、小说为主。

（2）分级阅读。书目分为"童书"和"绘本"两类。"绘本"主要适用于乡村学前儿童，"童书"则要适合乡村小学生群体。当然，两类书目可根据实际需要灵活调整，例如小学课程中也可以采用绘本来进行作文教学或阅读拓展。

（3）经典读物。本书目选入了部分中外经典儿童文学作品，没有选入近年来流行的畅销读物，如很受小学生欢迎的《米小圈上学记》《淘气包马小跳》等，这类读物虽然满足了孩子们的娱乐需求，但尚未经过时光的淘洗，其艺术价值和教育价值都有待时间的验证。

（4）乡村主题。经典读物对于城乡儿童皆宜，但一些乡村主题的儿童读物，却更适合乡村儿童。本书目选入了一些反映乡村人情风物美和善及主人公自立自强的作品，以鼓舞乡村儿童去了解家乡、热爱家乡，并增强自信，养成穷且益坚的坚韧品质。

（5）教育价值。所选书籍对乡村儿童语言发展、知识拓展、思维激发、乡土认同等有着一定的教育意义，可以让乡村儿童在阅读中获得情感的共鸣和精神的提升。

3. 在版本选择上，坚持选择通行版本，易购易得。鉴于乡村儿童购买力不足，在一本书的多个版本中，优先选择物美价廉的平装本，而尽量少收精装本和典藏版。

4. 本书目面向 3—12 岁乡村儿童。

5. 本书目主要是儿童文学读物，教辅及辅导用书不属于本书目范围。

评选过程

1. 数据收集,主要来源为新媒体童书推荐、各大童书奖项评选出的优秀图书、年度童书排行榜及个人涉猎书籍。

2. 筛选,去芜存菁。

3. 统一体例。

4. 征集乡村教师、乡村家长和乡村儿童的意见。

使用建议

1. 建议乡镇小学和幼儿园根据本书目开展形式多样的阅读活动。

2. 本书目主要供各地乡镇图书馆、图书室进行馆藏资源建设,供乡村教师、儿童和家长购书参考,也供学校、书店及相关公益阅读推广组织、教育机构参考。

3. 本书目供出版界、教育界、阅读推广界开展阅读指导使用,以进一步加强乡村儿童阅读推广,推进书香社会建设。

4. 建议分年龄段阅读。

乡村儿童阅读推荐书目

童书(100本)

序号	书名	作者、编者、绘者、译者	出版社
1	《稻草人》	叶圣陶/著;丰子恺/插图	北京师范大学出版社
2	《小巴掌童话》	张秋生/著	天津人民出版社
3	《黑猫警长》	诸志祥/著	长江少年儿童出版社
4	《春雨的悄悄话》	樊发稼/著	长江少年儿童出版社
5	《推开窗子看见你》	金波/著	长江少年儿童出版社
6	《小公鸡历险记》	贺宜/著	长江少年儿童出版社
7	《帽子的秘密》	柯岩/著	长江少年儿童出版社
8	《寄小读者》	冰心/著	长江少年儿童出版社
9	《竹林村的孩子们》	竹林/著	长江少年儿童出版社
10	《宗璞童话》	宗璞/著	长江少年儿童出版社
11	《朱自清散文选集》	朱自清/著	人民教育出版社
12	《中国老故事:给孩子的中国记忆》	亲近母语研究院/编著	广西师范大学出版社

续表

序号	书名	作者、编者、绘者、译者	出版社
13	《神笔马良》	洪汛涛/著；梁灵惠/绘	中国少年儿童出版社
14	《孩子们的诗》	果麦/编	浙江文艺出版社
15	《时代广场的蟋蟀》	[美]乔治·塞尔登/著；[美]盖斯·威廉姆斯/绘；傅湘雯/译	二十一世纪出版社
16	《闪闪的红星》	李心田/著	人民文学出版社
17	《草房子》	曹文轩/著	人民文学出版社、天天出版社
18	《大山里的小诗人》	"是光"的孩子们/著；果麦/编	江苏凤凰文艺出版社
19	《给孩子读故事》	锺叔河/编著	中国出版集团、现代出版社
20	《老鼠看下棋》	吴梦起/著	长江少年儿童出版社
21	《没头脑和不高兴》	任溶溶/著	浙江少年儿童出版社
22	《将军与跳蚤》	樊发稼/著	北京少年儿童出版社
23	《小布头奇遇记》	孙幼军/著	长江少年儿童出版社
24	《宝葫芦的秘密》	张天翼/著	安徽教育出版社
25	《流浪的地球》	刘慈欣/著	浙江教育出版社
26	《我们的土壤妈妈》	高士其/著	中国少年儿童出版社
27	《大林和小林》	张天翼/著	安徽教育出版社
28	《小兵张嘎》	徐光耀/著	长江少年儿童出版社
29	《黑骏马》	[英]安娜·西韦尔/著；马爱农/译	人民文学出版社
30	《飞向人马座》	郑文光/著	长江少年儿童出版社
31	《一片小树林》	王一梅/著	江苏少年儿童出版社
32	《长袜子皮皮》	[瑞典]阿斯特丽德·林格伦/著；[瑞典]英格丽德·万·尼曼/绘；李之义/译	中国少年儿童出版社
33	《伊索寓言》	[古希腊]伊索/著；王焕生/译	人民文学出版社
34	《手斧男孩》	[美]盖瑞·伯森/著；陈芳芳/译	接力出版社
35	《安徒生童话故事集》	[丹麦]安徒生/著；叶君健/译	人民文学出版社

续表

序号	书名	作者、编者、绘者、译者	出版社
36	《格林童话全集》	[德] 格林兄弟/著；魏以新/译	人民文学出版社
37	《世间万物：与植物、星辰、动物的相遇》	[美] 艾米·里奇（Amy Leach）/著；徐楠/译	南京大学出版社
38	《柳林风声》	[英] 肯尼斯·格雷厄姆/著；[英] 大卫·罗伯茨/绘；杨静远/译	贵州人民出版社
39	"纳尼亚传奇"系列	[英] C.S. 刘易斯/著；吴培/译	浙江少年儿童出版社
40	《青鸟》	[比] 莫里斯·梅特林克/著；郑克鲁/译	中央编译出版社
41	《声律启蒙》	（清）车万育等/著；吴冠中/绘	中信出版社
42	《千家诗选》	（宋）谢枋得、（明）王相/编；吴冠中/绘	中信出版社
43	《唐诗三百首》	（清）蘅塘退士/编；张忠纲/注	中华书局
44	《山水田园诗选：齐白石插图珍藏版》	（东晋）陶渊明等/著；齐白石/绘	中信出版社
45	《丰子恺儿童漫画集》	丰子恺/绘；崔文川/选编	未来出版社
46	《杜利特医生故事全集》	[美] 休·洛夫廷/著；任溶溶/译	浙江少年儿童出版社
47	《精灵鼠小弟》	[美] E.B. 怀特/著；任溶溶/译	上海译文出版社
48	《吹小号的天鹅》	[美] E.B. 怀特/著；任溶溶/译	上海译文出版社
49	《去年的树》	[日] 新美南吉/著；周龙梅、彭懿/译	人民教育出版社
50	《昆虫记》	[法] 法布尔/著；陈筱卿等/译	商务印书馆
51	《小王子》	[法] 圣埃克苏佩里/著；李玉民/译	人民文学出版社
52	《克雷洛夫寓言》	[俄] 克雷洛夫/著；冯加/译	商务印书馆
53	《向着明亮那方》	[日] 金子美玲/著；徐蕾/译	万卷出版公司

续表

序号	书名	作者、编者、绘者、译者	出版社
54	《孩子们的诗》	熊亮/编；刘霓/绘	北京联合出版公司
55	《细菌世界历险记》	高士其/著	浙江工商大学出版社
56	《骑鹅旅行记》	[瑞典] 塞尔玛·拉格洛芙/著；高子英等/译	人民文学出版社
57	《了不起的狐狸爸爸》	[英] 罗尔德·达尔/著；[英] 昆廷·布莱克/绘；代维/译	明天出版社
58	《小英雄雨来》	管桦/著	人民文学出版社
59	《泰戈尔诗选》	[印] 泰戈尔/著；冰心、郑振铎等/译	人民文学出版社
60	《瓦尔登湖》	[美] 亨利·戴维·梭罗/著；潘庆舲/译	作家出版社
61	《草原上的小木屋》	[美] 劳拉·英格尔斯·怀尔德/著；张树娟/译	天天出版社
62	《秘密花园》	[美] 弗朗西丝·霍奇森·伯内特/著；李文俊/译	北京联合出版公司
63	《驴子的回忆》	[法] 塞居尔夫人/著；马爱农/译；子炎/绘	广西师范大学出版社
64	《木偶奇遇记》	[意] 卡洛·科洛迪/著；任溶溶/译	人民文学出版社
65	《假如给我三天光明》	[美] 海伦·凯勒/著；林海岑/译	译林出版社
66	《列那狐的故事》	[法] 玛特·艾·季罗夫人/著；刘朋月/译	南方出版社
67	《山居岁月》	[美] 珍·克雷赫德·乔治/著绘；傅蓓蒂/译	新蕾出版社
68	《小灵通漫游未来》	叶永烈/著	长江少年儿童出版社
69	《青铜葵花》	曹文轩/著	天天出版社
70	《孙悟空在我们村里》	郭风/著	长江少年儿童出版社
71	《三毛流浪记》	张乐平/著	少年儿童出版社
72	《海蒂》	[瑞士] 约翰娜·施皮里/著；沈苑苑/绘；孙晓峰/译	中国少年儿童出版社

续表

序号	书名	作者、编者、绘者、译者	出版社
73	《城南旧事》	林海音/著	人民文学出版社
74	《五更盘道》	漆永祥/著	生活·读书·新知三联书店
75	《醒来的森林》	[美]约翰·巴勒斯/著；王军舰、杨镛/译	长江文艺出版社
76	"尖尖鼠大冒险"系列	[日]岩村和朗/著；林少华/译	接力出版社
77	《鲁滨逊漂流记》	[英]丹尼尔·笛福/著；张蕾芳/译	人民文学出版社
78	"共和国70年儿童文学短篇精选集"系列	方卫平/选评	中国少年儿童出版社
79	《唬：小黑猫成长记》	[法]莫里斯·热纳瓦/著；袁俊生/译	重庆大学出版社
80	《假话国历险记》	[意]贾尼·罗大里/著；李婧敬等/译	中国少年儿童出版社
81	《快乐王子：王尔德童话全集》	[英]奥斯卡·王尔德/著；李家真/译注	外语教学与研究出版社
82	《窗边的小豆豆》	[日]黑柳彻子/著；[日]岩崎千弘/绘；赵玉皎/译	南海出版公司
83	《呼兰河传》	萧红/著	人民文学出版社
84	《小哥儿俩》	凌叔华/著	海豚出版社
85	《朝花夕拾》	鲁迅/著	人民文学出版社
86	《给孩子读经典》	锺叔河/著	现代出版社
87	《给孩子的故事》	王安忆/选编	中信出版社
88	《给孩子的动物寓言》	黄永玉/著	中信出版社
89	《给孩子的诗》	北岛/选编	中信出版社
90	《日有所诵》	亲近母语/编著	广西师范大学出版社
91	《未名诗歌分级读本》	钱理群、洪子诚/主编	江苏凤凰少年儿童出版社
92	《爱丽丝梦游仙境》	[英]刘易斯·卡洛尔/著；张晓路/译	人民文学出版社
93	《汤姆的午夜花园》	[英]菲莉帕·皮尔斯/著；马爱农/译	人民文学出版社

续表

序号	书名	作者、编者、绘者、译者	出版社
94	《爱的教育》	[意] 德·亚米契斯/著；夏丏尊/译	安徽教育出版社
95	《森林报》	[苏] 维·比安基/著；沈念驹、姚锦镕/译	安徽教育出版社
96	《小鹿斑比》	[奥] 费利克斯·萨尔腾/著；梅静/译	天津人民出版社
97	《夏洛的网》	[美] E. B. 怀特/著；任溶溶/译	上海译文出版社
98	《佐贺的超级阿嬷》	[日] 岛田洋七/著；陈宝莲/译	南海出版公司
99	《洋葱头历险记》	[意] 贾尼·罗大里/著；任溶溶/译	中国少年儿童出版社
100	《当世界年纪还小的时候》	[德] 于尔克·舒比格/著；[德] 罗特劳特·苏珊娜·贝尔纳/绘；王泰智、沈惠珠/译	四川少年儿童出版社

绘本类（100本）

序号	书名	作者、绘者、译者	出版社
1	《逃家小兔》	[美] 玛格丽特·怀兹·布朗/文；[美] 克雷门·赫德/图；黄迺毓/译	明天出版社
2	《彼得兔和他的朋友们》	[英] 毕翠克丝·波特/著；任溶溶/译	湖南少年儿童出版社
3	《魔法亲亲》	[美] 奥黛莉·潘恩/文，[英] 茹丝·哈波、[美] 南西·理克/图；刘清彦/译	明天出版社
4	《再来一次！》	[英] 埃米莉·格雷维特/作；彭懿、杨玲玲/译	二十一世纪出版社
5	《你睡不着吗?》	[英] 马丁·韦德尔/文；[英] 芭芭拉·弗斯/图；潘人木/译	明天出版社
6	《我爸爸》	[英] 安东尼·布朗/文、图；余治莹/译	河北教育出版社
7	《我妈妈》	[英] 安东尼·布朗/文、图；余治莹/译	河北教育出版社

续表

序号	书名	作者、绘者、译者	出版社
8	《猜猜我有多爱你》	[英]山姆·麦克布雷尼/文；[英]安妮塔·婕朗/图；梅子涵/译	明天出版社
9	《小熊和最好的爸爸》	[荷]阿兰德·丹姆/文，[荷]亚历克斯·沃尔夫/绘；漆仰平、爱桐/译	贵州人民出版社
10	《下雪天》	[美]南茜·威拉德/著；[美]杰里·平克尼/绘；陈磊/译	北京联合出版公司
11	《朱家故事》	[英]安东尼·布朗/文、图；柯倩华/译	河北教育出版社
12	《古仑巴幼儿园》	[日]西内南/著；[日]堀内诚一/绘；唐亚明/译	中信出版社
13	《不要随便欺负我》（"学会爱自己"系列绘本）	[美]史蒂芬·柯洛/文；[美]文生·阮/图；余治莹/译	青岛出版社
14	《小狐狸买手套》	[日]新美南吉/文；[日]黑井健/图；彭懿、周龙梅/译	南海出版公司
15	《七只瞎老鼠》	[美]杨志成/文、图；王林/译	河北教育出版社
16	《狼婆婆》	[美]杨志成/文、图；林良/译	河北教育出版社
17	《五月》	张月/文；刘洵/图	中国中福会出版社
18	《母鸡萝丝找宝宝》	[美]佩特·哈群斯/著、绘；阿甲/译	北京师范大学出版社
19	《小艾的端午节》	王轶美/文；张小瑜工作室/图	中国中福会出版社
20	《翼娃子》	刘洵/文、图	明天出版社
21	《牙齿，牙齿，扔屋顶》	刘洵/文、图	中国中福会出版社
22	《30000个西瓜逃跑了》	[日]安芸备后/文、图；余治莹/译	安徽少年儿童出版社
23	《爷爷一定有办法》	[加]菲比·吉尔曼/文、图；宋珮/译	明天出版社

续表

序号	书名	作者、绘者、译者	出版社
24	《蚯蚓的日记》	[美] 朵琳·克罗宁/文；[美] 哈利·布里斯/图；陈宏淑/译	明天出版社
25	《这就是二十四节气》	高春香、邵敏/著；许明振、李婧/绘	海豚出版社
26	《不一样的卡梅拉》	[法] 克利斯提昂·约里波瓦/文；[法] 克利斯提昂·艾利施/图；郑迪蔚/译	二十一世纪出版社
27	小鸡球球成长绘本系列	[日] 入山智/著绘；崔维燕/译	长江少年儿童出版社
28	"14只老鼠"绘本系列	[日] 岩村和朗/文、图；彭懿/译	接力出版社
29	《夏天的天空》	[美] 彼得·史比尔/著	光明日报出版社
30	《诺亚方舟》	[美] 彼得·史比尔/著	光明日报出版社
31	《桃花源的故事》	[日] 松居直/编；蔡皋/绘；唐亚明/译	湖南少年儿童出版社
32	《三只山羊嘎啦嘎啦》	[美] 玛夏·布朗/图；熊春、蒲蒲兰/译；[挪] P.C.阿斯别约恩森、[挪] J.E.姆厄/整理	二十一世纪出版社
33	《驴小弟变石头》	[美] 威廉·史塔克/文、图；张剑鸣/译	明天出版社
34	《牙齿大街的新鲜事》	[德] 安娜·鲁斯曼/著；王从兵/译	北京科学技术出版社
35	《鸭子骑车记》	[美] 大卫·香农/著；彭懿/译	新星出版社
36	《萝卜回来了》	方轶群/著；[日] 村山知义/图	江苏凤凰少年儿童出版社
37	《田野里的自然历史课》	米莱童书/编绘	中国农业出版社
38	《狐狸夜游记》	[美] 彼得·史比尔/著；生安锋/译	中国城市出版社
39	《手套》	[俄] 叶夫格尼·M·拉乔夫/编绘；任溶溶/译	二十一世纪出版社

续表

序号	书名	作者、绘者、译者	出版社
40	《彩虹色的花》	［美］麦克·格雷涅茨/著；彭君/译	二十一世纪出版社
41	《妈妈，买绿豆!》	曾阳晴/文；万华国/图	明天出版社
42	《团圆》	余丽琼/文；朱成梁/图	明天出版社
43	"青蛙弗洛格的成长故事"系列	［荷］马克斯·维尔修思/著；曾齐/译	湖南少年儿童出版社
44	《梁山伯与祝英台》	杨永青/绘	清华大学出版社
45	《三个和尚》	蔡皋/编、绘	教育科学出版社
46	《花木兰》	北朝民歌；蔡皋/图	明天出版社
47	《一粒种子的旅行》	［德］安妮·默勒/文、图；王乾坤/译	南海出版公司
48	《田螺姑娘》	（东晋）陶潜/著；蔡皋/绘	湖南少年儿童出版社
49	《一园青菜成了精》	编自北方童谣；周翔/图	明天出版社
50	《要是陀螺转起来》	［日］宫川比吕/著；［日］林明子/绘；彭懿、周龙梅/译	新星出版社
51	《他们都看见了一只猫》	［美］布兰登·文策尔/著；辛湄/译	南京大学出版社
52	《荷花镇的早市》	周翔/文、图	二十一世纪出版社
53	《九色鹿》	保冬妮/文；刘巨德/图	北京师范大学出版社
54	《妈妈，我真的很生气》	［美］吉娜·迪塔-多纳休/著；［美］安妮·凯瑟琳-布莱克/绘；赵丹/译	化学工业出版社
55	《老鼠娶新娘》	张玲玲/文；刘宗慧/图	二十一世纪出版社
56	《来信了》	［日］间濑直方/文、图；彭懿、周龙梅译	二十一世纪出版社
57	《从百草园到三味书屋》	鲁迅/文；张大军/图	新世界出版社
58	《风筝》	鲁迅/文；张大军/图	新世界出版社
59	《下雨也美妙》	［法］阿斯特丽德·戴斯博尔德/文；［法］马克·布塔旺/图；于晓悠/译	未来出版社
60	《独一无二的你》	［美］琳达·克兰兹/著；薛亚男/译	北京科学技术出版社

续表

序号	书名	作者、绘者、译者	出版社
61	《马兰花》	杨永青/绘	清华大学出版社
62	《女娲补天》	杨永清/绘	清华大学出版社
63	《鲁班和伞》	杨永青/绘	清华大学出版社
64	《曹冲称象》	杨永青/绘	清华大学出版社
65	《愚公移山》	杨永青/绘	清华大学出版社
66	《东郭先生》	马得/绘	清华大学出版社
67	《牛郎织女》	马得/绘	清华大学出版社
68	《谜语》	刘洵/文、图	中国中福会出版社
69	《八仙过海》	马得/绘编	清华大学出版社
70	《老鼠嫁女》	杨永青/绘	清华大学出版社
71	《嫦娥奔月》	毛水仙/绘	清华大学出版社
72	《风喜欢和我玩》	[美] 玛丽·荷·艾斯/文、图；赵静/译	二十一世纪出版社
73	《外婆住在香水村》	方素珍/著；[德] 索尼娅·达诺夫斯基/绘	中国少年儿童出版社
74	"小黑鱼和他的朋友们"绘本系列	[美] 李欧·李奥尼/文、图；彭懿、阿甲/译	南海出版公司
75	《城市老鼠和乡下老鼠》	[英] 贝妮黛·华兹/文、图；刘海颖/译	长江少年儿童出版社
76	《雪地里的脚印》	[日] 松岗芽衣/文、图；菌筱茵/译	湖北美术出版社
77	《我变成一只喷火龙了》	赖马/文、图	河北教育出版社
78	《漫画万物由来》	郭翔/著	辽宁少年儿童出版社
79	《母鸡的旅行》	[澳] 安娜·沃克/文、图；了了/译	长江少年儿童出版社
80	《一棵知道很多故事的树》	[日] 伊势英子/文、图；[日] 猿渡静子/译	连环画出版社
81	《鸭子农夫》	[爱尔兰] 马丁·韦德尔/文；[英] 海伦·奥克森伯里/图；漆仰平/译	贵州人民出版社

续表

序号	书名	作者、绘者、译者	出版社
82	《小老鼠的漫长一夜》	[英]戴安娜·亨德利/文；[英]简·查普曼/图；蒲蒲兰/译	二十一世纪出版社
83	《月亮走我也走》	蔡皋/绘	湖南少年儿童出版社
84	《痴鸡》	曹文轩/文；杨春波/图	明天出版社
85	《给儿童的诸子百家寓言》	向华/编	中信出版社
86	《和风一起散步》	熊亮/著绘	天津人民出版社
87	《跑跑镇》	亚东/文；麦克小奎/图	明天出版社
88	《我的幸运一天》	[日]庆子·凯萨兹/文、图；吴小红/译	江苏凤凰少年儿童出版社
89	《加斯东，问个不停的小孩：关于人生的哲学课》	[法]苏菲·弗洛、卡特琳娜·普罗多-祖贝尔/著；黄凌霞/译	天天出版社
90	《耗子大爷在家吗》	编自北方童谣；周翔/图	明天出版社
91	《母鸡萝丝去散步》	[美]佩特·哈群斯/文、图；信谊编辑部/译	明天出版社
92	《我的情绪我控制》	[法]穆里尔·苏尔世/著；[法]斯提芬·尼古勒/绘；文睿/译	山东科学技术出版社
93	《蚂蚁和西瓜》	[日]田村茂/文、图；蒲蒲兰/译	二十一世纪出版社
94	《我的身体我知道》	[法]戴尔芬·果达尔、[法]娜塔莉·威尔/著；[法]斯提芬·尼古勒/绘；文睿/译	山东科学技术出版社
95	《月亮粑粑》	蔡皋/绘	湖南少年儿童出版社
96	《阿文的小毯子》	[美]凯文·亨克斯/文、图；方素珍/译	河北教育出版社
97	《一条聪明的鱼》	[英]克里斯·沃梅尔/文、图；常立/译	连环画出版社
98	《有时候我特别喜欢妈妈》	[法]阿诺·阿梅哈/文；侯邦/图；谢逢蓓/译	明天出版社
99	《有时候我特别喜欢爸爸》	[法]阿诺·阿梅哈/文；[法]侯邦/图；尉迟秀/译	明天出版社

续表

序号	书名	作者、绘者、译者	出版社
100	《妈妈,给我讲个故事吧》	[法]米夏埃尔·埃斯科菲耶/著;[法]克里斯·迪·贾科莫/绘;李旻谕/译	广西师范大学出版社

阅读指导类(10本)

序号	书名	作者、译者	出版社
1	《图画书宝典》	[美]丹尼丝·I.马图卡/著;王志庚/译	北京联合出版公司
2	《打造儿童阅读环境》	[英]艾登·钱伯斯/著;许慧贞/译	北京联合出版公司
3	《说来听听:儿童、阅读与讨论》	[英]艾登·钱伯斯/著;蔡宜容/译	北京联合出版公司
4	《写诗真好玩:树才老师给孩子的诗歌课》	树才/著	上海社会科学院出版社
5	《给孩子的12堂诗歌课》	树才/著	上海社会科学院出版社
6	《你也可以成为故事高手》	[美]南希·梅隆/著;周悬/译	天津教育出版社
7	《故事知道怎么办:如何让孩子有令人惊喜的改变》	[澳]苏珊·佩罗/著;重本、童乐/译	天津教育出版社
8	《朗读手册》(最终修订版)	[美]吉姆·崔利斯/著;陈冰/译	新星出版社
9	《好绘本如何好》	郝广才/著	新星出版社
10	《我的图画书论》	[日]松居直/著;郭雯霞、徐小洁译	新疆青少年出版社

二 乡村儿童课外阅读情况调查问卷

访谈对象:乡村儿童的养育人

访谈范围:全国

访谈形式：网络调研

有效样本数量：2210 份

亲爱的家长：为了能够充分了解乡村儿童文学阅读的基本情况，以便我们更有针对性地提供指导和服务，请您抽出几分钟的时间填写以下问卷。问卷题目中的选项没有对错之分，请您根据实际情况或想法进行填写。您的信息将被严格保密，请放心填写！

Q1. 您是孩子的：

A. 父亲、母亲

B. 爷爷、奶奶

C. 姥爷、姥姥

D. 其他

Q2. 您的受教育程度是：

A. 初中及以下

B. 高中

C. 专科

D. 本科

E. 硕士及以上

Q3. 您目前的工作性质是：

A. 在外务工

B. 在家务农

C. 乡村教师或乡镇公务员

D. 个体工商户

E. 其他

Q4. 您家中有几个孩子：

A. 1 个

B. 2 个

C. 3 个及以上

Q5. 您的孩子读几年级？（多个孩子的家长，以最大的孩子为填答依据）

A. 幼儿园

B. 小学 1—3 年级

C. 小学 4—6 年级

D. 还未入园

Q6. 您家中谁照管孩子时间较多？

A. 爸爸、妈妈

B. 爷爷、奶奶

C. 姥姥、姥爷

D. 其他亲友

Q7. 您家中的藏书（教材之外）数量是：

A. 5 本以下

B. 5—10 本

C. 11—50 本

D. 51—100 本

E. 100 本以上

Q8. 您平常会陪伴孩子一起阅读吗？

A. 几乎没有

B. 有，但并不频繁

C. 经常一起阅读

D. 寒暑假会陪伴孩子阅读

Q9. 您每年给孩子购买图书的数量是：

A. 5 本以下

B. 5—10 本

C. 11—50 本

D. 50 本以上

Q10. 您通常在哪里购买图书？

A. 当当、京东等购书网站

B. 当地的新华书店

C. 购买他人旧书

D. 集市上的地摊

Q11. 您平常在家的休闲方式是：

A. 看电视剧、打牌

B. 家务太多，很少闲下来

C. 有读书的习惯

D. 看抖音等视频网站

Q12. 您孩子的学校有开放的图书室吗？

A. 有，经常开放给老师和学生

B. 有，但很少开放，只提供给老师阅览

C. 没有图书室

Q13. 您平常会辅导孩子阅读吗？

A. 很少辅导，孩子自己挑书看

B. 会给孩子选书，让孩子自己看

C. 会给孩子选书，并和孩子一起阅读、讨论

D. 想辅导，但是不会辅导

Q14. 您能接受的一本童书的价格是多少？

A. 10 元以内

B. 10—20 元

C. 21—30 元

D. 31—50 元

E. 50 元以上

Q15. 您家周围有书店吗？

A. 有，店内图书丰富，有适合儿童阅读的绘本、童书等

B. 有，店内图书以教辅资料为主，文学读物很少

C. 没有书店，买书很难

Q16. 您孩子学校的老师会有针对性地辅导孩子进行文学阅读吗？

A. 会，老师会积极推荐阅读书单

B. 不会，老师只讲教材

C. 会，但并不热心，因为条件有限

Q17. 您孩子所在幼儿园、小学或村委会的图书室藏书主要是哪一类的？

A. 与农业相关的技术类图书

B. 成人看的文学名著

C. 机构或个人捐赠的教辅资料、练习册

D. 绘本和童书

Q18. 您对您家乡的民间故事或童谣熟悉吗？是否会给孩子讲述？

A. 不熟悉，不了解

B. 熟悉，但很少给孩子讲

C. 熟悉，会讲给孩子听

Q19. 您孩子所在学校的语文老师的学历是：

A. 大专

B. 中专

C. 本科

D. 硕士及以上

Q20. 您孩子学校的语文老师的年龄是：

A. 30 岁以下

B. 30—40 岁

C. 41—50 岁

D. 50 岁以上

Q21. 您的孩子放学后通常做什么？

A. 帮助家人做家务

B. 主动读书学习

C. 玩手机、打游戏

D. 其他玩耍方式

Q22. 您买书的时候，会选择什么主题的图书？

A. 乡村生活背景的，如反映留守家庭亲子关系的绘本《团圆》

B. 城市生活背景的，希望孩子了解日常经验之外的世界

C. 中外经典儿童文学作品

D. 游戏类的绘本、立体书等

Q23. 您购买图书时，通常会选择哪类？

A. 精装本图书

B. 平装本图书

C. 昂贵的立体书

D. 价格便宜但质量低劣的书

Q24. 您带孩子去过图书馆或书店等公共阅览空间吗？

A. 去过，会有意识地带孩子去感受阅读氛围

B. 想去，但离家太远，很少去

C. 孩子从未去过

D. 自己曾去过，但没带孩子同去

Q25. 您觉得学校是否应该开展阅读课程？

A. 很有必要，会对孩子的文学阅读和作文写作有很大帮助

B. 不必要，学校只教教材就行了

C. 可有可无

D. 其他

Q26. 您是否给孩子购买过故事机等电子"听读"设备？

A. 价格较贵，没有购买

B. 购买了，孩子很喜欢"听读"

C. 购买了，但孩子不习惯"听读"

D. 其他

Q27. 您觉得课堂之外的文学阅读有哪些好处？

A. 开阔视野，学到学校书本里没有的知识

B. 增强阅读理解能力，有助于提高语文成绩

C. 没有什么好处，用处不大

D. 对孩子的性格和为人处世有帮助

Q28. 您的孩子通常在什么场所阅读？

A. 孩子有独立的学习空间，也通常在书桌前阅读

B. 在房间外，或院子里

C. 家中没有专门的书桌，通常在饭桌上阅读

D. 睡前阅读

Q29. 您觉得影响孩子进行文学阅读的障碍是什么？

A. 儿童文学读物太贵，没钱买

B. 没有购买渠道，书店太少

C. 家长不会引导，有了书孩子也不爱读

D. 孩子太忙，没空阅读课外读物

Q30. 您的孩子平均每年读几本文学读物？

A. 5 本以下

B. 6—10 本

C. 11—50 本

D. 50 本以上

三 一个乡村公益图书馆的创建——王寅老师访谈[①]

被访谈人：王寅（中国社会科学院职工）

前言：2021 年，中宣部办公厅印发《关于做好 2021 年全民阅读工作的通知》，指出要"加大服务力度，倡导家庭阅读、亲子阅读，重视保障农村留守儿童、城市务工人员随迁子女等群体的基本阅读需求，加强面向残障人士、务工人员等群体的阅读服务，有针对性地做好重点和特殊人群的阅读工作"。王寅老师是中国社会科学院的扶贫干部，2018 年由中国社会科学院派驻丹凤县竹林关镇东炉村扶贫，有着近 3 年的扎实的乡村教育实践，笔

---

① 本次访谈曾以《打造乡村儿童阅读环境，是要给孩子未来留下尽可能多的可能性》为题，发表于"澎湃新闻·市政厅"，2021 年 12 月 21 日。

者对他进行了一次访谈。

访谈人：王老师好，很高兴你能接受我的访谈。在去东炉村之前，你对乡村儿童的教育现状有多少了解？

王寅：我一直在城市长大，对农村生活了解得不多。但是我的专业是社会学，之前对农村儿童的教育多少还是有点关注的，这也是我个人的研究兴趣所在。

访谈人：你是怎么想到重点做教育扶贫的呢？

王寅：在当地扶贫嘛，走访群众是我的一项重要工作。在一次走访中，我认识了当地的一个小女孩，她成绩优异，父母却相继去世。我们的扶贫政策很好，她的生活不会有什么问题。但是一个孩子的成长，并不仅仅只是物质条件的满足问题。我想为这个孩子做点什么，但是我不能太过深入接触她。因为她是一个小女孩，而我是一个男同志，不是很方便。可是这个问题仍然要解决，后来我找了一位来自南京的女性扶贫干部，她的儿子已经大学毕业了，她一直希望自己能有一个女儿，在我的牵线下，这位女干部和这个女孩结成了帮扶关系，将资助她一直到大学毕业。

除了这个小女孩以外，村里还有很多孩子家庭经济情况也不太好。于是我开始筹集资金为家庭特殊的孩子提供奖学金。有一天晚上，我加班整理这些孩子的信息——为了筹集足够的资金，我需要提前统计。我主要挑选了孤儿、残疾、大病和单亲并且勤奋上进的孩子。忙完这些，从办公室回宿舍，那天晚上的月亮很好看，我抬头看月亮，月光明亮而高洁，我没有忍住，站在街道上哭了。那天之前，我已经很久没有哭过了，一天之内看到那么多孩子的故事，让我很受冲击。后来我持续举办了很多活动，比如给学生捐书啊，捐羽绒服啊，在儿童节满足孩子们的心愿啊什么的。但是我后来想了想，给钱给物，只是解一时之困，只有提升教育质量，才是长久之计。

这就是我在工作的后半段，下决心要着力于建设乡镇基础教育设施的起点。要斩断穷根，最后依靠的还是教育。2035年，我们国家的乡村振兴要取得决定性的成果，今年10岁的孩子到那时候也25岁了，他们今天受到良好教育，就是我们未来实现乡村振兴的底气。我们把教育搞好，就是给老百姓脱最大的贫，致最大的富。

访谈人： 经济扶贫不易，教育扶贫尤难，你在当地为教育扶贫具体做过哪些尝试？

王寅： 我所扶贫的村子东炉村是位于秦岭南边山沟里的一个小村子，通过国家多年的努力，很多群众都通过易地搬迁到了镇上居住，住上了新盖的房子，过上了好日子。在三年扶贫工作中，我几乎每天都和当地的老乡们在一起，在大量的走访中，我去深挖每一个有孩子的老乡的内心，他们都希望自己的孩子能读好书，过上好日子。希望孩子能通过读书改变命运，这是村民们内心真正的渴望。

每年过节的时候，我和村上老百姓们也会聊天说起这些事情，基本上那些外出打工的人，回来之后都会和我说，希望孩子以后能过得好一点，活得轻松一些。他们也知道孩子学习很苦，但是也没有办法。站在我个人的角度上看，和城市孩子相比，农村学校和家庭在乡村孩子的信息摄入和素质教育上的培养还是弱一些。

我在当地乡镇通过消费扶贫反哺学校教育，主要做了三件事：第一，想办法筹集了助学金；第二，通过支持学校改善教学硬件条件；第三，想办法引入真爱梦想基金会提供了整套的素质教育课程。

访谈人： 阅读环境对于儿童非常重要，在城市里，家庭和课堂之外，图书馆、书店、绘本馆、大型书展等公共阅读空间是营造儿童阅读环境的重要场所。在乡村，虽然此类公共阅读空间已有很大拓展，但总体而言尚显不足。我看到你在朋友圈分享过筹办的公益图书馆的图片，开阔、敞亮，非常美好温馨。起初筹建图书馆是出于什么考虑？图书储藏情况如何？运营经费是如何保证的？

王寅：乡镇的阅读条件还是差了一些，为了改善这种局面，我在当地筹办过两个图书馆。一个是通过村民自发组织，找到了距离中学和小学各 200 米左右的一处地方，这是一个简易的图书室，图书主要通过社会捐赠；另一个是我在当地中学通过专业基金会筹建的一个图书中心，可以对接网络资源，整个空间设计得很漂亮，不仅可以给孩子们提供一个良好的阅读环境，还可以提供给当地学校使用，开设质量较好的阅读课程。

我先说说第一个图书馆。之前我在村上扶贫，受当地校长邀请，每周抽两天时间在学校里给学生们上一些活动类课程。很多孩子在课下和我说，希望在镇上能有一个写作业、看书、学习的空间。于是从那时候起，我下定决心要建设一个完全开放的图书室，供当地居民使用，像一些新手妈妈啊、老人啊、孩子啊，他们都可以去阅读。我于是向周边撤点并校的小学借了课桌，自己买了投影仪，拉了横幅，让本村合作社支援解决了图书书架问题，最终和当地小学和中学校长反复沟通，得到了他们的认可，在小学和中学边上租了间屋子，付了一年的房租，把图书馆的雏形打造出来了。这个图书室是当地居民自己管理的，依靠图书捐赠和村上合作社通过消费扶贫获得的资金持续运行。中国社会科学院全院职工捐赠了自家孩子不用的近 8000 册图书，自此启动。

图书室里，东炉村的孩子们在阅读（王寅供图）

访谈人：全院职工捐赠了一个图书馆，这么多的捐赠书籍！

这种捐赠是中国社会科学院一直就有的传统，还是你这次努力的结果？

王寅： 我们中国社会科学院一直很重视教育扶贫，长期以来发挥我们的优势，持续向贫困地区捐赠书籍等文化用品。但这一次又很特殊，我们这次的捐赠很有针对性，专门针对我们定点扶贫的村镇进行捐赠，而且是全院职工参与，平均每人捐赠了2本。全院职工把家里孩子不用的书籍捐赠了，比如初中的就捐出了小学的书。这其实是一种资源的再利用。很多孩子还在书的封面页写了寄语，和当地孩子有一个很好的互动。我个人的努力有限，是我们中国社会科学院全院职工的力量促成了这件事。

访谈人： 你筹办的图书中心设计得很漂亮，当地的孩子很少见过或使用过图书馆，请谈谈图书馆的具体设计情况。

东炉村图书中心

王寅： 在第一个图书馆成立后的第二年，我决定在学校内部也建设一个图书中心，弥补外面图书室的不足。我考虑的是，公开的图书室能解决书籍输入的问题，但是当地学生胆子小，羞于表达，需要通过阅读学会讨论和分享自己的阅读感受。而我们这个图书中心不仅有书籍，还可以对接相应的系统课程。这个图书

图书中心的讨论区

中心是专业基金会和我一起设计的,我提了四个需求:自习;阅读;上课;演讲讨论。我们专门设置了一个讨论的区域,就是供学生交流读书感受时使用的。现在整个学校每个班级每周都会轮流去这个图书中心看书啊,或是上活动课程、讨论搞各种活动。这实现了我的第二个目标。正好差不多建成的时候,我的扶贫工作也到期了,这是我在当地做的最后一件事。

原来的废弃教室

图书中心阅览区①

访谈人：这个图书中心的环境也是你自己设计的吗？

王寅：这个新的图书中心是我让学生自己建设的，秉承"自己的教室自己建设"的原则，里面的桌椅都是学生自己拼接的。当然需求是我提的，方向是我定的，至于装饰等是请设计师帮忙的。

访谈人：乡村图书馆的设计有什么特别需要注意的？和城市图书馆差不多吗？

王寅：设计没什么，就是我觉得要做就要做得漂漂亮亮的，给孩子们不一样的感觉，激发他们好奇的一面就行了。

访谈人：当前全民阅读活动正在如火如荼地进行，但只有把图书服务扩展到广大农村，才算真正、彻底地打通阅读服务的"最后一公里"。除了筹办公益图书室，怎么样利用城市公共图书馆来实现城乡资源共享，可能也是一个需要考虑的重要议题。

王寅：我觉得这个思路成本太大了，做事是要讲究成本的。城市的公共图书馆它的主要职能不是服务农村，要把这个服务扩

---

① 以上图书室照片均为王寅老师提供。

展到农村,这样简单的一句话背后需要的资源和成本实在是太大了。我们办好乡镇的图书馆,因地制宜地办好乡镇层面管理的、乡镇学校管理的图书馆,是更合适的选择。

访谈人: 当前,我国建设数字社会的步伐正逐步加快,乡村儿童也不可避免地被卷入互联网的世界里。但现实中的城乡差距往往也延续到线上。很多乡村儿童更多地看重智能手机和网络的娱乐及消遣功能,而对它们所能提供的教育、健康、文学、艺术等资源缺乏关注、吸收和学习。没有得力的指导,乡村儿童不仅不能有效进行数字阅读,反而会沉溺于网络游戏之中难以自拔。你所在村的孩子们有没有沉迷手机游戏的情况?

王寅: 中学生他们玩手机游戏玩得很溜,如何面对网络世界的诱惑确实是一个问题。我曾经在当地学校作过一个讲座,告诉学生们要获得真正的快乐需要持续的努力,而不是短暂的愉悦感,但是我觉得效果不是很好。农村家庭的父母为了让孩子不闹,给孩子玩手机是很常见的。事情都有一个过程,我觉得不可能一步到位,很多事都是一点点做出来的。

访谈人: 乡村儿童需要硬件支持,在软件上,也亟须改善。针对乡村儿童的特殊境遇,乡村学校应该开设一些有特色的课程。听说你在当地学校给孩子们开设了一门思维课,这是一门什么样的课程?是否有意在"软件"上给予他们支持?

王寅: 最初我是意识到要提升当地乡镇的教育质量,仅靠在圈子外围干一些发奖学金的事情是难以实现的。要干好这件事,我必须躬身入局,掌握、了解实际情况。正好当时当地的校长请我去给农村学生上课,我就每周挤出时间去学校里上 2—3 节课。

贫困地区乡村的孩子们和发达地区的孩子有很大差距,这个差距在于日常逻辑,在于信息摄入,在于心理认知。从我的观察看,学科教育现在不论城乡都竞争得很激烈,老师抓得很严,这没有什么可说的。但要让学生在后续的阶段有充足强劲的动力去持续学习，就必须培养他们阅读和自主学习的好习惯，这样才能让他们最终轻松上路。

于是我把我自己掌握的关于认知科学和心理学的知识总结成一套认知思维课程，去教学生们如何学习，如何高效记忆，如何掌握积极地思考，如何去收集记录有用的信息，如何记笔记，如何与他人合作，常见的逻辑思维误区是什么，如何反思，等等。我最后留下了完整的课程内容，写了一本《青少年学习手册》，迭代了两个版本。还把当地一些杰出学生的学习故事和学习方法放在书里面，意在让我的学生同时感受到人文精神和科学的思维方式。这本册子的使用覆盖了当地三个乡镇的学校，他们的学习成绩也有明显的提升。

访谈人：这个工作量是很大的，一个人授课的难度应该不小吧？

王寅：我也反思了，我的做法还是存在很大的问题。比如，我走了怎么办？我的课程有很多专业的知识点，当地教师上课上不到位，我不可能手把手解释到细节。我走了如何确保这个课维持日常化、课程化？我自己开发的课程有漏洞，谁来评估？没有覆盖到的地方，谁来改进？这些都是问题。授课一学期之后，我又开始重新寻找方向。最后我想明白了，也终于下决心要给当地留下一份长久的、全面的素质教育体系，能最终课程化的体系，希望找到一个专业的团队来支撑当地的基础教育事业。

访谈人：这个的确需要系统的研发工作，你后来找了基金会？

王寅：我当时对各个教育基金会的实际情况其实一无所知，因为我本来不是做公益的，只是国家事业机关单位一名普通的职工，我需要借助更专业的力量。于是我开始寻找一个合适的机构，希望它能有完整的课程体系，有持续的服务能力，有经得起考验的财务信誉。大概找了有十多个机构吧，后来发现，"上海真爱梦想公益基金会"基本能符合我的这些要求。

我在教育扶贫工作中筹集了一些资金，我用这些经费发放了一部分奖学金，建设了两个图书馆，建设了两间梦想教室，其中两间梦想教室和一个图书中心的建设是与"上海真爱梦想公益基金会"合作的,得到了基金会的大力帮助。引入了专业机构,哪怕我离开这里,这个事情还是可以持续下去的。

访谈人:现在不少乡村学生对乡村生活也是疏离的,你觉得应如何培养乡村儿童对家乡的热爱和认同感?可以从学校的课程设置着手吗?

王寅:其实很多乡镇学校校长也有这方面的考虑,我和当地学校的校长就一直在沟通,开设有当地特色的课程。例如,乡镇小学这边我们开设了一些农场养殖课程,这些是有农村学校特色的课程。一方面让学生自己动手;另一方面通过农田养殖,还可以教小学学生通过统计农田种植的成果,学会加减乘除等运算,比如教小学生快速统计几块农田的农作物等。

访谈人:"乡村学校做改造乡村生活的中心,乡村教师做改造乡村的灵魂",乡村教师是乡村社会的"读书人",同时是乡村儿童的启蒙者和教育者,对于乡村儿童的成长和发展有着十分重要的作用。当地乡村教师的状况如何?在做好乡村儿童的阅读指导方面有无困难?乡村教师有无进一步学习深造的路径?

王寅:乡村教师的生活条件确实不好,我觉得对教学质量多少是有影响的。扶贫期间,我有一次去一个山沟里的学校学习了解情况,看到学校里教师的床,有些都烂了。我就赶紧想办法给置换了。你要说进一步学习深造的路径,那一定是有的,但是理想和现实之间,还有很大的差距。

访谈人:乡村家长文化水平较低,对于孩子的学习可能控制过严,也可能流于放任不管,不论哪种情况,都难以给孩子的阅读提供帮助。作为儿童身边的成人,在乡村家长难以担当阅读指导大任时,乡村教师群体要承担起更多的责任,也理应获得更多的关注和支持。

王寅:城市里面很多家长文化水平也不高,这是一个共性的问题。

访谈人：我也做了一个乡村儿童阅读的调研，发现全国多地乡村儿童家庭的藏书量和年购书量相较往年都有所增长。当前，国内大中城市纷纷兴起"绘本热""亲子共读热"，对乡村儿童阅读也有带动作用。你扶贫所在地乡村儿童的家庭藏书情况如何？家长是否重视孩子的阅读需求？

王寅：乡镇孩子没有所谓的家庭藏书概念，家长对孩子的阅读重视程度也因人而异，我觉得大部分家庭还是处于不管、放羊状态。这其实有好有坏，好处是孩子过得确实比较自由。

访谈人：你提到的乡村孩子比较自由这一点，我觉得反而是城市儿童教育中十分欠缺的。当前城市家庭对儿童的学习普遍抓得比较紧，一些家长十分焦虑，孩子也往往压力较大，一些孩子甚至出现了精神问题。而农村孩子这方面的状况好像就比较少。这和乡村广阔的自然环境、家长管束得比较宽松、玩耍空间比较大是不是也有关系？其实乡村也有着城市比不了的独特的教育资源，比如乡村的自然条件、生态环境、民俗文化等，有不少可供孩子们从生活中学习的好机会，关键是我们现在如何扬长避短，利用好、发挥好乡村的教育优势，弥补不足？

王寅：我觉得还是课程设置的问题，一个好校长会通过课程设置来弥补这些不足。乡村教育应该有它自己的特色课程，同时也吸收外界的好课程，以此来扬长避短。人的发展应该是全面的，人的评价标准也不能只有一个。乡镇教育的重点还是在义务教育阶段，这个阶段好的课程能够给学生的未来创造尽可能多的可能性。

访谈人：谢谢王老师！也希望更多的人能关注乡村儿童的教育和成长问题。

四 在乡村学校讲故事的人——麻小娟老师访谈[①]

被访谈人：麻小娟（湖南省常德市鼎城区蔡家岗中学教师）

---

① 本次访谈曾以《在乡村学校讲故事的人，最希望能开设正式的绘本课》为题，发表于"澎湃新闻·市政厅"，2022年1月7日。

前言：随着全民阅读的开展，乡村儿童的阅读受到了越来越多的关注，2021年，湖南省常德市鼎城区蔡家岗中学女教师麻小娟给学生讲故事的事迹得到社会广泛关注，她坚守多年，用一千多个故事给乡村儿童提供了文学教育、情感安慰和人生引导。笔者长年关注乡村儿童文学教育话题，对麻老师做了一个访谈。麻老师的工作给我们的乡村教育提供了一个好的思路，但究竟如何开发出一个既田园又现代的乡村教育体系，让广大乡村儿童能平等地享受现代教育的光照，依然任重道远，也需要更多的有识之士出谋划策。

访谈人：《光明日报》2021年12月28日刊发了关于你给乡村儿童讲故事的报道文章（《一千零一夜——90后乡村教师麻小娟用故事点亮孩子心灵》）。报道里特别打动我的是一个自问自答，你说："讲故事的缘起是什么？其实是眼泪。是孩子的眼泪——寂寞的眼泪、思念的眼泪；是我自己的眼泪——委屈的眼泪、感激的眼泪。"这句话特别打动我。鲁迅先生说过，"无穷的远方，无数的人们，都和我有关"。我很好奇，作为一个年轻女孩儿，你对乡村儿童的悲悯之心从何而来？受成长背景的影响吗？

麻小娟：我从1岁到5岁是由外婆和亲戚抚养长大，14岁以前，我的成长很大部分来自父母以外的亲人的照顾。我从小喜欢听故事，在外婆讲的故事的滋养下长大，所以工作以后，那些渴望陪伴的眼神与心灵，我实在难以辜负。

访谈人：你给乡村儿童讲了七年的故事，这些故事大概有哪些类型？是否关注了当地的民间故事？孩子们在接受故事时，更偏爱哪类故事？

麻小娟：我给孩子们讲的故事大部分来源于我阅读的不同的书本，比如文学作品中的某一个选段啊，《安徒生童话》《一千零一夜》《格林童话》等，童话故事占很大一部分，再就是寓言故事，我还会讲一些成语类的、具有警醒寓意的故事。此外，我还会选择一些比较好的读本，比如说《第一粒扣子》这样的，此外就是传统文化和红色经典的一些读本。

民间故事会有，但是比较少，偶尔会提到。嗯，至于孩子们更加钟爱的故事，我个人觉得，不同年龄段的孩子，心智年龄不同的孩子，他们所爱的故事都不太一样。

我觉得男孩子们比较乐于接受自然科学类的故事或童话，有趣一点的，他们会更能接受。而女孩子们的心理年龄，我感觉要比男孩子成熟一些，她们更愿意听一些情节比较丰富的故事或文学作品，比如人物传记之类的。

访谈人：除了讲述既有的故事，你也会给孩子们创编故事，这类故事大概有多少个？是即兴编的吗？有哪些类型？

麻小娟：我会编一些故事，写下来的不多，几十个吧，创编故事之前，在收集故事素材的时候，往往想得比较细致，文字上也会认真斟酌，所以写得很慢。这些故事的灵感往往就来源于我当天的一个小感受，或是我身边发生的一件事，更多的来源于我教过的学生、我的亲人，我经历过的事儿，我周遭的一些人，我看到的一些新闻里报道过的好故事，都会成为我的故事来源。这些故事几乎都是即兴编的，就是我想到了，然后我觉得某个时机适合讲这个故事，就会讲给孩子们听。

访谈人：我注意到你为一个女孩编了一个故事，叫《慧慧的舞鞋》，当听故事的乡村儿童成了你故事的主角，他们本人的"读后感"是怎样的？

麻小娟：我想用我曾经教过的孩子的故事去影响现在的学生。《慧慧的舞鞋》故事里面的这个孩子，她的妈妈有精神病，这个孩子非常热爱舞蹈，她本来可以考上重点高中的舞蹈专业，但是后来因为家庭条件的限制，放弃了，去读了免费师范。我记得她听我讲故事那阵儿，有一次记者来采访，她跟我说："老师，我的梦想是想和您一样，当一个老师，在农村当老师，我想当一个舞蹈老师。我想教农村里的孩子，让他们也能学舞蹈。"她当时是这么跟我讲的。

就故事本身的效果而言，在讲故事的过程中，如果能把人物的家庭背景等因素交代清楚的话，肯定会更加动人啊。但这样的故事也涉及一些家庭隐私，如果曝光出来，我觉得可能会对孩子本人有一些负面影响，所以在讲的时候我没有用本人真名。这个故事我没有在这个孩子读书的时候跟那一届的学生讲过，我不希望听了故事的孩子认识她，戴着有色眼镜去看她，我也没有跟她本人讲过这个故事，是等这个学生毕业了之后才对我现在的学生讲。

访谈人： 中国乡村地区有着悠久的讲故事传统，曾经，在恬静无事的夜晚，家中父老边做农活边给孩子们讲故事是常有的情景，我小时候就听姥姥讲过很多民间故事。据你的了解，现在的乡村家庭里，长辈给儿童讲故事的情况还普遍吗？

麻小娟： 好像现在不太普遍了，但是在我小的时候，我就经常听我的外婆给我讲故事，我是听着她的故事长大的，所以我就想给学生讲故事。据我了解，现在农村里很少有老人再去跟孩子们讲故事了。一方面，会讲故事的人，他要有一定的生活阅历，还需要有一定的语言表达能力，受过一定的教育，而这不是人人都能具备的；另一方面，时代也变了。我小的时候，通信还不够发达，很难看到有线电视。我记得我读初中的时候家里才有有线电视，那会儿也没有智能手机，也不会想着去电影院看电影，因为农村条件没有那么好嘛，那时候得知外面的信息、家长教育孩子的一个渠道，就会有讲故事这个方式。但现在的孩子可能有更多渠道接触电子产品，可以多渠道地去获取一些信息，讲故事这种方式慢慢地就会越来越少。

访谈人： 给孩子们设立任务，让他们去搜集村里老一辈人口中流传的故事或是父母辈的故事，然后再来讲述，我觉得是一个很好的思路。当老人们不再讲故事，晚辈就要想办法讲出他们本人的故事，这既是村史、家族史的教育，也是生命教育。让乡村孩子们借着传承故事，了解家乡的文化和风土人情，培养对家乡的热爱和认同感。这是我的一个建议啊。你讲故事时，完全口述还是借助图书呢？在"故事会"之后，是否给孩子们推荐过由民间故事转化而来的绘本或是相关书籍阅读？

麻小娟：大部分的时候我讲故事都是依据图书的，不会完全地口述。至于从民间故事转化而来的绘本和书籍，这个我没有推荐过。

访谈人：在家庭和学校的教学中，家长、教师引导儿童编造新故事，是锻炼儿童想象力和语言表达能力的重要途径。在你的影响下，你的学生也尝试自编故事，你怎么评价他们的故事特色？有什么优点和缺点？

麻小娟：我很少看到我的学生自编故事，大部分时候，他们从零基础到大胆地站在讲台上去给他人讲故事，已然非常需要勇气了。所以他们很少自编故事，通常讲书本里的故事，基本在讲的时候也要借助书本。

我在他们创编的作品中，其实看到过一些科幻类的童话故事或寓言故事。平常阅读量较多、语言组织能力好的孩子呢，通常他们编故事的能力就要强一些，而阅读相对较少、平常语言表达上有一定缺陷的孩子，他就想不出多精彩的故事，甚至一段很顺畅的表达可能都难以实现。

访谈人：在教学之外，你的阅读兴趣是什么？有读过故事指导类或阅读推广类的书籍吗？

麻小娟：除了要找一些适合孩子们的故事素材，我还会去详读当下语文课本里面推荐的那些文学作品。我更喜欢读散文作品和诗集。阅读推广类的书籍或者故事指导类的书籍，我很少看。

访谈人：你通常选择晚间给孩子们讲故事，这样的时间点也每每给自己的个人生活带来了一些不便，你有没有想过以故事课的形式，将讲故事纳入日常的正规教学中？换句话说，你觉得在乡村学校开设专门的故事课程是否有必要？

麻小娟：我在大三的时候，2014年的时候，我去了长沙好几所优秀的小学见习，那会儿他们就已经开设绘本课了，这就相当于把我晚上讲故事的时间放在了白天。我当时上了一堂儿童文学选修课，我学这门课的时候，老师给我们布置了很多任务，其中一个就是讲故事。让我们录一段视频，然后再进行打分，继而教我们怎么讲。另外给我们发了一套书，让我们寒暑假带回家，给当地的留守儿童讲故事。这对我影响很大。毕业时，我的想法就是，如果我去了乡镇小学或中学，我一定要把绘本课带给乡村的孩子们。

这就是我讲故事的初衷，现在之所以我会选择晚上讲故事，是因为没有开成绘本课，在农村的小学和中学现在没有开绘本课的条件。你作为老师，你不可能把一门英语课上成故事课，或本来是语文课你去上故事课。我想过几个办法，但感觉都不现实，所以后来我只能折中，只能在音乐课中或我的英语课当中，看能不能找到一个契合点，能够把我的学科教学和故事教学融合起来，可以说就是夹缝中求生存的感觉。我想把故事长期讲下去，就只能通过晚上就寝前一段时间，晚上更安静，孩子们更能接受，同时也不违反学校的规定。

我要走出一条特殊的道路，就只能采取自己的方式。如果说我现在做的讲故事这件事真的对全校或者说对整个区市造成了影响，那我想今后在农村中小学开设绘本课的可能性应该会前进一步。

访谈人：乡村学校的故事课和语文教学之间是什么样的关系？你是否也兼职语文教师？你觉得故事讲述对语文教学的帮助主要体现在哪些方面？

麻小娟：讲故事和数学、语文之间有什么样的联系？其实每一堂课，无论是语、数、外还是道法、科学，每一门科目它都会有一个教学目标，其中有一个非常重要的目标，就是塑造价值观，培养孩子怎么去交朋友，怎么去珍惜粮食、热爱国家，等等。这个价值观的培养，就是德育的主要内容。你刚刚也说了，说故事有的时候像是在疗愈人心一样，那么讲故事这个形式是不是也是思想道德品质课的创新方向呢?

在一定程度上,可以说讲故事它就是一堂具有创新性的生动有趣的思想道德政治课,而语文和数学在每一堂课的教学当中,也会有那么一部分的内容是启发孩子确立正确的人生态度、价值观,养成良好品质。在这一点上,讲故事和其他学科教学是相通的。

我没有当过语文老师,非常遗憾,但是我做过语文老师工作范围的事情,因为我是班主任嘛,我让孩子们写周记。检查作业的时候,我发现孩子们的语文作文字数老达不到450字,所以当时就想,哎,我怎么样帮助语文老师把语文这门课搞好,我就让孩子们每周都写周记,养成这个习惯,我亲自批改,一周批改一次,我也会把我的批语写在他们的文章后面。

访谈人: 作为一个妈妈,我也有多年讲故事的实践,只不过我是给自己的孩子讲故事,差不多讲了五六年吧。然后我们经常一起编故事,我说一句,孩子说一句,一起合作完成故事的情节发展和整个进程。你给乡村孩子讲故事的过程是怎样的?你觉得乡村儿童和城市儿童在故事接受上有什么差异?

麻小娟: 我讲故事之前会有个由头,即使没有由头,我去寝室例行检查时,也会和学生闲聊几句,比如问一问学生的卫生习惯呀,是否已经刷牙洗脸完毕呀,今天发生了什么有趣的事情啊,问一问寝室长,寝室同学有没有一些特别的需求?问完了我就会开始讲故事。你讲故事有一个和孩子一起创编的过程,我讲故事呢,这个过程比较少,我更多的是提问题,比如问一些这样的问题:接下来这个人是谁呢?这个故事将怎么样发展呢?然后会和学生一起交流交流,表扬一下学生的思考,深入分析作者的思想,对故事作一个总结。基本就是这样一个过程。

我们最近收了一个转学来的学生,他是从城市学校转到农村学校的,他讲故事的时候,我发现他的思维更加活跃,他的语言组织能力会更好,对讲故事也更加感兴趣。

访谈人： 你给孩子们讲的故事往往有着现实的由头，通常是发现了孩子们在生活习惯、道德品质、学习能力等方面的不足之后有针对性的讲述，是"对症下药"。这种故事，我们一般称为"疗愈性故事"。通过疗愈性故事来对乡村儿童施加有益影响是你工作的一大特色，这个《光明日报》的报道里提了很多个案例。我想问的是，在这中间你是否遇到过困难？有没有故事"疗效"不佳的时候？对那些"疗效"不佳的故事，你觉得原因何在？

麻小娟： 有没有失败的案例？有的。有一次去查寝，男生寝室的孩子就告诉我，寝室里有一个男生经常违反寝室规则，但他本人却不自知。这个男孩父母年龄比较大，家里人比较宠他，父母没有那么在乎对他的学习和行为习惯的培养，就觉得只要他健康就好，他在寝室里面就比较自我。这个孩子他会跟其他的孩子说："嗯，还听故事？你这么大人了还听故事！"我觉得对他来说，故事疗愈可能是没有那么大作用的。

效果不好，除了学生个人和家庭的原因，还有一些其他因素。我们在讲故事的过程中，尤其是初期，往往不带目的性，就单纯地给孩子们讲故事。然后你讲着讲着，会发现这个故事它有很深刻的文化历史背景，比如说像《安徒生童话》《格林童话》，讲到丹麦呀，或者其他国家的时候，涉及一些社会历史背景，孩子们不了解，他就感受不到故事里面的一些很深刻的含义。但是如果对这些背景做一些拓展的话呢，讲故事的时间又会延长。就是说准备如果不充足的话，也会导致故事影响不大，也比较失败。

访谈人： 你是轮流在男生寝室和女生寝室讲故事的，你觉得对于故事这一形式，男生和女生的接受程度有什么不同？

麻小娟： 男生、女生在接触故事的时候，是有差异的，比如说之前我给他们讲过一个绿手指的故事。故事讲的是一个老奶奶研究出了生物学家都研究不出来的黑色金盏花，但是悬赏广告要求的是在两年之内种出来,才可以得到20万元奖金,老奶奶不顾家人的反对,就把这种黑色的花种出来了,并寄给了研究院。研究院经过一年的时间验证成功了,但是悬赏时间已过,他们就问老奶奶,说这个奖金肯定不能给您了,您还有别的需求吗?这个老奶奶说了一句话,她说的是:"啊,你们还需要白色的金盏花吗?"她还想把白色的金盏花种出来。当时听完这个故事,女孩子们就觉得老奶奶是因为热爱,不是为了奖金才这么说的。但是男孩子的读后感就不同,有一个男孩子就说,老奶奶就是想再得到20万元的奖金,所以她要继续种白色的。举这个例子是想说明,其实每个孩子,讲故事对他们产生的影响,或者说他们的接受程度确实会有差异,这不仅仅是城市和农村的差异,男生、女生之间,个体与个体之间都会存在差异。

好像女生会更迫切,她们会想着说,麻老师今天应该是到我们寝室呀,她们不想漏掉任何一个故事,然后时刻都盼望着你去她们寝室。男生的那种愿望好像没有那么迫切,也会问你,但是女孩子就会更加计较一些,会说"今天应该是在我们寝室讲故事呀,怎么老师还没来呀?"或者类似的话,能看出她们内心那种渴求会更加强烈一些。

访谈人:你觉得和城市学生相比,乡村学校进行文学教育的优势和劣势是什么?

麻小娟:劣势是,乡镇学校往往没把文学教育放在一个比较重要的位置。优势嘛,我仔细想了一下,我其实没太能想出来。

访谈人:乡村的自然条件、民俗文化、居住空间啊,还是有城市所不具备的特色的,我们要做的是因地制宜,发掘并利用好乡村学校的优势,让它们成为乡村儿童学习和发展的机会,比如就像你一样,开辟出一条讲故事的路子来。你给孩子们讲故事这件事在当地产生了什么样的影响?

麻小娟:这次《光明日报》报道我的新闻主题是"一千零一夜睡前故事"。其实在这个报道出来之前,2018年的时候,就已经有记者报道过我了,而且在此之前,我们学校的领导、老师、孩子们也都知道了我讲故事这件事情。我能感觉到周遭的生活起了变化,不仅是孩子们,身边的很多老师,很多爱读书的家长,他们会给自己的孩子讲睡前故事。我想这就是影响力,如果将来有一天将绘本课程推进到乡村,那就更好了。

访谈人: 阅读和语文教学密切相关。当下,全国性的语文教改正在如火如荼地进行,而教改的重点,就是倡议"大语文观",加大课外阅读量,提升学生的语文综合素养,对学生的阅读能力越发重视。考试评价体系的调整,对于严重缺乏阅读资源和阅读训练的乡村学生而言,无疑是一个相当大的挑战,如果没有得力的应对,势必将导致城乡教育水平和人才培养力度差距进一步拉大。你觉得要提升乡村儿童的阅读水平,需要加强哪些方面的工作?

麻小娟: 乡镇中学、乡镇小学,要想引起比较好的社会反响,或者说能够受到教育部门的重视的话,大多是取得一定的教学成果,那么这个成果当中百分之八九十都取决于你是否能够带出学习成绩优异的孩子。例如小学,我们就看有多少个孩子能考上好的初中,对于初中的考评就是看有多少个孩子能够考上重点高中。在学习成绩提升这方面做得比较好的学校,往往就会受到当地教育局的重视。

乡村的文学教育,弱势在于我们把很大一部分精力投入提升学习成绩上了,而往往忽视了阅读这一块儿。所幸语文教改后,考核更加灵活、更加综合了,不仅课本要读好,我们还要在课外积累一些自己的阅读量。这个改革趋势,我觉得还是蛮促进农村学生的阅读的,因为只有让他去重视阅读了,他才可能去关注文学这些方面。

还有就是师资力量还需要提升。老师是孩子的引路人,如果从事教育的老师们,他们都不能够养成一个终身阅读的习惯的话,我觉得很难影响到孩子们。老师下课的时候是怎么打发自己的休闲时间的，是玩手机、打牌，还是干别的？我觉得不同的做法对孩子是会有不同的影响的。如果你是一个热爱阅读、热爱文学的人，是一个爱读故事的人，那么你的学生也会爱读故事；老师是一个爱阅读的人，班里爱读书的孩子，就会越来越多。

当然，除了老师，领导层、学校也要重视起来才行。

访谈人：讲故事其实也是一个教学相长的过程，孩子们学会了聆听，老师锻炼了语言表达，在讲述的过程中，心与心走得近了。在这几年的讲故事活动中，你本人收获了什么？

麻小娟：起初的讲故事，本以为只是文字的输出，我试图将我的语言放轻，速度放慢，我希望孩子们在我的声音的催眠中睡去。可一个个真实又生动的故事的讲述，让我有时觉得，我在讲给学生听的同时，我内心有个声音告诉自己，这也是讲给自己听，我自己也很需要故事里勇敢温暖的力量。后来讲故事变成了我当下想和学生交流的主题，例如诚信、善良、机智……我希望我的孩子们能通过故事，获得一些思想上的触动和实践中的力量，同时，我也以故事中正面积极的形象为目标来要求自己，我希望孩子们能做到的，我同时希望我也能做到，我想成为他们的表率，也想成为他们人生成长途中的同行人。

访谈人：谢谢麻老师！

参考文献

一 中文著作

蔡皋绘:《月亮粑粑》,湖南少年儿童出版社2016年版。
曹文轩:《乌雀镇》,吉林出版集团股份有限公司2014年版。
陈鹤琴、钟昭华编:《儿童故事》,华华书店1946年版。
邓纯考:《中国农村留守儿童教育变迁》,中国社会科学出版社2018年版。
杜传坤:《20世纪中国幼儿文学史论》,北京大学出版社2020年版。
方素珍:《绘本阅读时代》,浙江少年儿童出版社2013年版。
方卫平:《享受图画书:图画书的艺术与鉴赏》,明天出版社2012年版。
方卫平、王昆建主编:《儿童文学教程》,高等教育出版社2004年版。
方卫平、赵霞:《儿童文学的中国想象——新世纪儿童文学艺术发展论》,安徽少年儿童出版社2018年版。
方卫平选评:《童诗三百首》(全本),福建少年儿童出版社2022年版。
费孝通:《人间,是温暖的驿站:费孝通人物随笔》,北京联合出版公司2018年版。
顾明远:《教育大辞典》第1卷,上海教育出版社1990年版。
何捷:《绘本的魔力:让儿童爱上写作》,江苏凤凰科学技术出版社2018年版。

黄耀红：《百年中小学文学教育史论》，湖南师范大学出版社 2008 年版。

康长运：《幼儿图画故事书阅读过程研究》，教育科学出版社 2007 年版。

李广田：《论文学教育》，文化工作社 1950 年版。

（唐）李瀚：《蒙求注释》，颜维材、黎邦元注译，陈霞村修订，山西人民出版社 1987 年版。

李俊国、汪茜主编：《图书馆儿童阅读推广》，朝华出版社 2015 年版。

李森、张鸿翼主编：《当代中国乡村教育研究》，广东教育出版社 2018 年版。

李世娟、李东来主编：《图书馆绘本阅读推广》，朝华出版社 2017 年版。

（明）李廷机：《五字鉴译注》，古卫兵译注，北岳文艺出版社 2016 年版。

李文玲、舒华主编：《儿童阅读的世界Ⅳ：学校、家庭与社区的实践研究》，北京师范大学出版社 2016 年版。

刘守华：《中国民间故事史》，湖北教育出版社 1999 年版。

刘绪源：《儿童文学的三大母题》（第四版），复旦大学出版社 2015 年版。

刘洵：《翼娃子》，明天出版社 2017 年版。

陆胤：《国文的创生：清季文学教育与知识衍变》，社会科学文献出版社 2022 年版。

（明）吕坤：《吕坤全集》，王国轩、王秀梅整理，中华书局 2008 年版。

漆永祥：《五更盘道》，生活·读书·新知三联书店 2019 年版。

钱理群、洪子诚主编：《未名诗歌分级读本》（小学卷），江苏凤凰少年儿童出版社 2019 年版。

璩鑫圭、唐良炎编：《中国近代教育史资料汇编·学制演变》，上海教育出版社 2007 年版。

沈百英：《幼稚园的故事》，张宗麟校，商务印书馆 1933 年版。

施爱东：《故事法则》，生活·读书·新知三联书店 2021 年版。
树才：《给孩子的 12 堂诗歌课》，上海社会科学院出版社 2017 年版。
树才：《写诗真好玩：树才老师给孩子的诗歌课》，上海社会科学院出版社 2021 年版。
孙蕊：《馆校协同儿童阅读推广模式研究》，北京联合出版公司 2020 年版。
陶行知：《中国教育改造》，安徽人民出版社 2019 年版。
王安忆选编：《给孩子的故事》，中信出版社 2017 年版。
韦苇：《世界儿童文学史》，安徽教育出版社 2015 年版。
温儒敏：《温儒敏论语文教育四集》，北京大学出版社 2021 年版。
吴晞主编：《图书馆阅读推广基础理论》，朝华出版社 2015 年版。
萧翱子：《天黑黑要落雨》，湖南少年儿童出版社 2019 年版。
熊秉真：《童年忆往》，广西师范大学出版社 2008 年版。
熊亮主编：《孩子们的诗》，北京联合出版公司 2020 年版。
熊亮主编：《中国童谣》，中信出版社 2019 年版。
徐益波主编：《社区与乡村阅读推广》，朝华出版社 2020 年版。
（清）许奉恩：《兰苕馆外史》，黄山书社 1996 年版。
闫学主编：《绘本课程这样做》，中国人民大学出版社 2017 年版。
俞平伯：《忆》，海豚出版社 2012 年版。
张乐：《池塘》，中国中福会出版社 2020 年版。
张其卓、董明整理：《满族三老人故事集》，春风文艺出版社 1984 年版。
张心科：《清末民国儿童文学教育发展史论》，北京师范大学出版社 2011 年版。
张心科编著：《民国儿童文学教育文论辑笺》，海豚出版社 2012 年版。
张志公：《传统语文教育初探》，上海教育出版社 1962 年版。
赵景深：《民间文学丛谈》，湖南人民出版社 1982 年版。
赵振：《中国历代家训文献叙录》，齐鲁书社 2014 年版。
锺叔河：《给孩子读经典》，现代出版社 2019 年版。

周作人：《儿童文学小论》，朝华出版社 2018 年版。

朱介凡编著：《中国儿歌》，晨光出版社 2022 年版。

朱自强：《朱自强学术文集 3　儿童文学概论》，二十一世纪出版社集团 2016 年版。

朱自强：《朱自强学术文集 9　论小学语文教育与儿童教育》，二十一世纪出版社集团 2016 年版。

朱自强编著：《快乐语文读本》（小学卷），山东文艺出版社 2003 年版。

二　中文译著

[澳] 苏珊·佩罗：《故事知道怎么办：如何让孩子有令人惊喜的改变》，重本、童乐译，天津教育出版社 2011 年版。

[澳] 苏珊·佩罗：《故事知道怎么办 2：给孩子的 101 个治疗故事》，春华、淑芬译，天津教育出版社 2014 年版。

[德] 卢安克：《是什么带来力量——乡村儿童的教育》，中国致公出版社 2014 年版。

[德] 乌特·弗雷弗特等：《情感学习：儿童文学如何教我们感受情绪》，黄怀庆译，上海人民出版社 2021 年版。

[法] 菲力浦·阿利埃斯：《儿童的世纪：旧制度下的儿童和家庭生活》，沈坚、朱晓罕译，北京大学出版社 2013 年版。

[加] 李利安·H. 史密斯：《欢欣岁月》，梅思繁译，湖南少年儿童出版社 2014 年版。

[美] 布鲁诺·贝特尔海姆：《童话的魅力——童话的心理意义与价值》，舒伟、丁素萍、樊高月译，社会科学文献出版社 2015 年版。

[美] 丹尼丝·I. 马图卡：《图画书宝典》，王志庚译，北京联合出版公司 2017 年版。

[美] 吉姆·崔利斯：《朗读手册》（最终修订版），陈冰译，新星出版社 2016 年版。

[美]劳伦斯·科恩：《游戏力Ⅱ：轻推，帮孩子战胜童年焦虑》，李岩、伍娜、高晓静译，中信出版社2018年版。

[美]鲁道夫·德雷克斯：《父母：挑战》，花莹莹译，生活·读书·新知三联书店2017年版。

[美]鲁道夫·德雷克斯：《教师：挑战》，甄颖译，生活·读书·新知三联书店2017年版。

[美]伦纳德·S.马库斯：《图画书为什么重要：二十一位世界顶级插画家访谈集》，阿甲等译，江苏凤凰美术出版社2017年版。

[美]罗伯特·帕特南：《我们的孩子》，田雷、宋昕译，中国政法大学出版社2017年版。

[美]马赛厄斯·德普克、[美]法布里奇奥·齐利博蒂：《爱、金钱和孩子》，吴娴、鲁敏儿译，格致出版社、上海人民出版社2019年版。

[美]南希·梅隆：《你也可以成为故事高手》，周悬译，天津教育出版社2013年版。

[美]琦库·阿达多：《巴巴央和魔法星》，马爱农译，中信出版社2016年版。

[美]斯蒂·汤普森：《世界民间故事分类学》，郑海等译，上海文艺出版社1991年版。

[日]仓桥物三：《育儿之心》，郑洪倩、田慧丽、杨剑译，华东师范大学出版社2015年版。

[日]松居直：《我的图画书论》，郭雯霞、徐小洁译，新疆青少年出版社2017年版。

[日]松居直：《幸福的种子：亲子共读图画书》，刘涤昭译，二十一世纪出版社2013年版。

[英]艾登·钱伯斯：《打造儿童阅读环境》，许慧贞译，北京联合出版公司2016年版。

[英]H.鲁道夫·谢弗：《儿童心理学》（精装修订版），王莉译，电子工业出版社2016年版。

［英］琳·欧德菲尔德:《自由地学习:华德福的幼儿园教育》,王黛西译,中国青年出版社2015年版。

［英］詹尼弗·柯茨:《男士交谈——建构男性气质的话语》,刘伊俐译,北京大学出版社2006年版。

后　　记

　　陪孩子读书的时候，有好几次忍不住，我说："我好羡慕你，你有这么多好看的书，就算家里没有的，你想看什么，只要你告诉我，我都会给你买到。我小时候简直没有书可以看呢。"孩子三四岁的时候，初次听到我这样讲，立即安慰道："妈妈，你怎么不问我借书看，我一定会借给你读的！"现在读小学了，听到我再发感叹，开始反唇相讥："好了妈妈，你看你给我买了这么多书，我都看不完，我好羡慕你啊！"

　　作为一个在乡村度过童年的"80后"，我的童年阅读经验是十分匮乏的。乡村儿童的娱乐生活很单调，阅读可以说是唯一的爱好。但那会儿除了课本，家中并没有多少可以读的书，村子里、镇子上也没有书店，压根儿买不到书。我的爸爸是乡村教师，他年轻时热爱文艺，收藏了一些文学作品，记得有高尔基的《母亲》、奥斯特洛夫斯基的《钢铁是怎样炼成的》等外国文学作品，还有一本并不完整的《红楼梦》，四五本《今古传奇》及一堆钓鱼杂志。

　　大概在小学三四年级时，我就像一只小老鼠一样，开始从爸爸的柜子里一本一本偷书看。拿到自己房间看完后再悄悄放回去。最后，所有好看的书都看完了，我把那些钓鱼杂志也从头到尾翻了一遍。不认识的字，也不敢问大人，就自己偷偷查字典。读初中前，我几乎没有读过绘本和儿童小说。初一到镇上上学，第一次看到一家商铺出租连环画，我欣喜若狂，把午餐的费用全用在租书上了，捧着书站在店里看了一中午。

童年虽然没有多少童书可读，我却幸运地拥有无比珍贵的"听读"经历，"听"了很多童话故事和民间故事。小时候妈妈边纳鞋底边给我讲梁祝故事的场景，我一直记得。那会儿我们的鞋都是妈妈自己做的，鞋是千层底，一针一线纳就。妈妈在煤油灯下讲故事的时候，先是收拾一下针线匾，然后戴上顶针，拿起锥子和鞋底，就开始干活了。随着手和胳膊的抡动，麻线在空中划出一道道弧线。为了省去换线的麻烦，那条麻线往往很长，每次穿底而过的时候，在空气中会发出好听的声音来，在煤油灯闪烁的黄色光晕下，有着非常动人的节奏和音乐感。她讲祝英台和梁山伯最后都变成了蝴蝶，一起翩翩飞舞。在乡村宁静的夏夜，童年的我想象着见过的最美丽的蝴蝶，黑色的大花蝴蝶，是梁山伯，白色的温柔的小蝴蝶，是祝英台，我比画着，拿起针线匾里的碎布片，问妈妈："是这样飞的吗，是这样的吗？"冬天窗外飘雪的日子，不便外出，妈妈就拿出给我们做的鞋面绣花，一面绣，一面给我们讲狼外婆的故事。如今想来，只读过高中的妈妈似乎把她知道的所有故事都讲给我听了。这些故事和画面本身都成了我人生中的宝贵财富，给了我无穷的力量。

很多年后，读到日本幼教之父仓桥物三提出的"母亲的侧脸"理论，深以为然。仓桥物三注意到"忙碌的母亲"这一群体，他认为这样的群体虽然有许多不利条件，但也可以进行良好的家庭教育，家庭教育并不只是母亲有空陪在孩子身边时的工作，而是在从早到晚忙碌处理家务的过程中进行的。仓桥物三认为，母亲正在工作的状态会对孩子产生积极的影响："平时能看到母亲的侧脸，是母亲在做事情的时候。如在田埂上看到的正在插秧的母亲的侧脸，在家里目不转睛地穿针引线的母亲的侧脸，这些都和正面看起来温柔的表情不同，是一种专心工作的神情。看到这样的侧脸，孩子的内心不但没有松懈，反而更加振作了。和想要撒娇的依恋不同，此时孩子感受到的是母亲的富有力量的、有志气的形象。"① 他认为，相对于语言说教，事实和生活更加重要。在家庭生活中辛勤劳作的母亲，同时又不忽略对孩子的关心，这样的母亲才是自家孩子的家庭教育者。

　　这个观点在我个人的经历中得到了验证。是妈妈在劳作之余的口述故事和爸爸不多的藏书，给了我最温暖和最有力量的文学教育，也可以说打下了我人生光明的底子。很多年以后，当我做了母亲，也更理解了妈妈当年的苦心。在孩子三岁之前，因为经济条件的限制，我很少给他买书，都是亲自给他讲故事，有的故事是现成的经典童话，更多的是我根据他的语言发展和认知状态编的故事。与妈妈不同的是，我放下了所有家务，专心致志地给孩子讲。

　　孩子三岁以后，经济状况好转，我家的童书开始多了起来，孩子的"听读"自然而然告一段落。可能潜意识里有一种补偿心理，我挑选购置了许多优质童书，甚至有了"收藏癖"。有了"听读"的铺垫，孩子在自主阅读方面进展得十分顺利。看到孩子把绘本铺了一地，肆意挑选自己感兴趣的读物，看完一本又拿起另一本的画面，我真是开心极了。也往往是在这样的时刻，我想到了童年没有书读的那个小女孩，想到了远方那些可能依然身处图书匮乏境况的乡村的孩子，他们的身影在我眼前挥之不去。

　　这就是本书的由来——我想尽我的绵薄之力，为乡村的孩子们做一点事。本书中的部分章节曾以《合力托举　让乡村儿童享受阅读之美——2020年我国乡村儿童课外阅读情况研究报告》《莫让"填鸭式阅读"毁了孩子的阅读兴趣》《谁来为乡村儿童打开阅读之门》《多方合力，补足乡村家庭教育短板》《探索一条现代化的乡村儿童文学教育之路》《陪孩子读了8年绘本，我总结出这些读绘本的方法》《绘本那么多，怎么才能选出适合自己孩子

---

① ［日］仓桥物三：《育儿之心》，郑洪倩、田慧丽、杨剑译，华东师范大学出版社2015年版，第95页。

的书?》《关于一个孩子的精神成长,松居直先生教给我的》《用故事点亮乡村儿童心中的灯火》为题发表在《光明日报》、"新京报小童书"、《三联少年刊》、《阅读与成才》、"澎湃新闻·市政厅"等报刊和新媒体上(部分文章署笔名费祎),感谢为这些文章付出辛劳的各位编辑老师!

  感谢温儒敏、曹文轩、徐妍、徐则臣、康小伟、常培杰、魏冬峰、李国华、李雅娟等师友,他们在本书的写作过程中提出了真诚的意见或给予了热心的帮助;感谢文学研究所当代文学重点学科对本书的资助,感谢李建军、田美莲两位老师及各位当代文学研究室同事对本书出版的关心!感谢责编王小溪老师耐心细致的编校!

  本书属综合性研究,旨在应用。希望它能切实地给乡村儿童带去一点帮助。因个人能力所限,本书尚有许多不足之处,也期待各位读者批评指正。

费冬梅
2023 年 8 月 17 日